GOLDMANN

D1866267

Buch

Eine Autopanne zwingt eine attraktive junge Frau zum Aufenthalt in einem verschlafenen Dorf im Norden Englands. Sie will die Gelegenheit nutzen, um ihre leidvollen Erfahrungen zu bewältigen und wieder zu sich selbst zu finden. Doch kaum ist die schöne Fremde im Dorf angekommen, sind auch schon alle Männer hinter ihr her. In der Familie Puddleton erliegen nicht nur der schüchterne junge Peter, sondern auch sein Vater, der Großvater und der Urgroßvater ihren Reizen. Nachdem dann die Vorliebe für Waldspaziergänge im Dorf überhandnimmt, schmieden erboste Tugendwächterinnen einen teuflischen Plan...

Autorin

Catherine Cookson, 1906 in der nordenglischen Hafenstadt South Shilds geboren, kennt das Milieu, in dem ihre Romane spielen, aus eigener Erfahrung. Nachdem sie zunächst als Illustratorin und Graphikerin gearbeitet hatte, veröffentlichte sie 1945 ihren ersten Roman. Mit über sechzig Büchern, die in mehr als zehn Sprachen übersetzt wurden und bisher in einer Gesamtauflage von 85 Millionen Exemplaren erschienen, ist Catherine Cookson heute die erfolgreichste englische Schriftstellerin.

Von Catherine Cookson sind im Goldmann Verlag außerdem erschienen:

Der erste Sohn · Roman (8886)
Der falsche Vater · Roman (8918)
Nur eine Frau · Roman (9100)
Der Spieler · Roman (8967)
Die einzige Tochter · Roman (8935)
Ein Freund fürs Leben · Roman (9157)
Es ist nie zu spät · Roman (8952)
Ebbe und Flut · Roman (9235)

CATHERINE COOKSON

Die Fremde

Roman

Aus dem
Englischen übersetzt
von Erni Friedmann

GOLDMANN VERLAG

Originaltitel: »Slinky Jane«

Der Goldmann Verlag
ist ein Unternehmen der Verlagsgruppe Bertelsmann

Made in Germany · 3/89 · 1. Auflage
Genehmigte Taschenbuchausgabe

Umschlaggestaltung: Design Team München
Umschlagillustration: Walter Wyles, Luserke, Friolzheim
Druck: Elsnerdruck, Berlin
Verlagsnummer: 9275
UK · Herstellung: Ludwig Weidenbeck
ISBN 3-442-09275-2

1

Das Dorf Battenbun liegt am Fuße eines Hügels in Northumberland und weist die Form eines Halbmondes auf. Im von Wäldern umgebenen Ort selbst wohnen zwei Drittel der insgesamt hundertsiebenundvierzig Einwohner. Diese Zahl beinhaltet unter anderem den Dorftrottel Tony, die sieben Kinder von Mamie Spragg –, die alle von Tony stammen sollen, was jedoch bis zum heutigen Tag nicht mit Sicherheit nachzuweisen war –, sechzig Frauen über Fünfzig, vierzehn Männer über Sechzig, acht über Siebzig und einen, der auf Neunzig zugeht.
Letzterer, Urgroßvater Puddleton, wohnt heute noch dort, wo er das Licht der Welt erblickt hat: im Zentrum des Dorfes. Sein Haus bildet gewissermaßen dessen Grundpfeiler und sieht von außen überaus malerisch aus. Es wurde seinerzeit aus größtenteils zusammenstibitzten altrömischen Mauerresten sowie den Bohlen einstiger Tyne-Schiffe errichtet und enthält sieben Räume. Aufgrund ihrer besonders niedrigen Decken, an deren Balken man sich unweigerlich den Kopf anschlägt, sowie der ungleichmäßigen Dielenfußböden, auf denen es einem die Füße unterm Leib wegreißt, sind sie die reinsten Todesfallen. Daß sämtliche Puddletons, die hier während der vergangenen neunzig Jahre das Licht der Welt erblickten, dies überlebten, ist ein nicht zu übersehendes Zeichen ihrer enormen Widerstandskraft.
Von neun Uhr morgens bis zum Einbruch der Dämmerung sitzt Urgroßvater Puddleton – abgesehen von den Mahlzeiten und jenen Momenten, in denen auch ihn ein menschliches Rühren überkommt –, komplett angezo-

gen, die Kappe auf dem Kopf, in seinem auf einem kleinen Podium stehenden Lehnstuhl und beobachtet durch das Vorderfenster nicht nur das Leben und Treiben im Dorf, sondern auch den Durchgangsverkehr, sofern ein Auto von der drei Meilen entfernten, nach Allendale führenden Hauptstraße abweicht und einen Umweg riskiert.

Von dem üblichen Dorfbrunnen hat neunzehnhundertvierundvierzig ein amerikanischer Lastkraftwagenfahrer Battenbun befreit. Der Mann fuhr ihn in betrunkenem Zustand glatt um, was er bei der bald darauf in die Wege geleiteten Untersuchung natürlich leugnete. So besteht der Dorfplatz einfach aus einem Streifen Gras, auf dem sich der Rest eines Brunnenrandes befindet. Und da alles über diesen Fleck Wiese marschiert, ist er niedergetreten und dementsprechend unansehnlich geworden. Dahinter reckt sich Mrs. Armstrongs Haus in die Höhe, das gleichzeitig das Postamt und den einzigen Laden des Dorfes beherbergt und praktisch die schönste Aussicht auf den südlichen Teil des Tyne blockiert. Obwohl Battenbun einige Meilen vom Tyne getrennt ist, bilden das saftiggrüne Hügelland, Wald, Moor und Heide quasi eine Ouvertüre zur zu seinen Füßen gelegenen Flußlandschaft.

Zumindest betrachtet es Urgroßvater Puddleton so, wenn er seinen Blick weg von der Gegenwart in die Vergangenheit richtet – weit zurück: Dann eilt er mit langen, kräftigen Schritten immer noch hinter seinem Hund der Schafherde nach. Manchmal in Richtung Allendale, manchmal sogar noch weiter gegen Blanchland. Ach ja, Blanchland ist ein hübscher Flecken Erde – fast so hübsch wie Battenbun. Manche behaupten sogar, noch hübscher. Aber das rührt nur daher, daß es mehr Menschen zu sehen kriegen; denn obwohl es ebenfalls ziemlich abseits gelegen ist, kommt man immer noch leichter dahin als nach Battenbun. Aber in welche Richtung die Gedanken des Alten auch schweifen mögen, letzten Endes landen sie doch immer beim Fluß, dem schönen,

schönen Tyne. Wenn Leute ihn als schmutzig bezeichnen, könnte der Alte glatt verrückt werden. Das sind jene, die ihre Nase noch nie über Jarrow oder Newcastle hinausgestreckt haben, die Stubenhocker, die nicht einmal wissen, daß es einen Nord- und einen Südtyne gibt, und die noch nie was von Peel Fell oder Cross Fell gehört haben. Keine Ahnung haben sie von der Geschichte ihrer Grafschaft, von den Schlössern und Klöstern und römischen Mauern, von der Kunstfertigkeit und dem Farbensinn ihrer Vorfahren. »Verdammte Banausen« eben, wie der Alte diese Spießer immer nennt.

Schaut der Urgroßvater nach links, dann kann er das Gasthausschild vom »Hirschen« sehen. Rechter Hand dagegen, ein bißchen weiter unten, liegt die Tankstelle mit Autoreparaturwerkstätte, die seinem Urenkel Peter gehört und fachkundig von diesem in Schwung gehalten wird. Wohin immer die Blicke des Alten sich zwischen diesen beiden Punkten wenden mögen – ob nun zu Miß Tallows Haus oder zu jenem von Bäcker Wilkins, zum Metzgerladen von Bill Fountain auf der Gasthausseite oder zu den zahlreichen grauen Steinhäusern, die sich zum Teil aneinanderlehnen, zum Teil frei dastehen –, sie schweifen letztlich doch immer wieder zur Tankstelle zurück.

Es war nun beinahe ein Jahr her, seit der Urgroßvater zum letztenmal dort unten einen Besuch abgestattet hatte. Ganz plötzlich hatten ihm seine Beine den Dienst versagt, ihn einfach dazu gezwungen, auf seinem Allerwertesten, direkt gegenüber von Mackenzies Haus, hokken zu bleiben. Verdammte Luder . . . wenn sie schon streiken mußten – warum nur gerade vor Mackenzies Haus, so daß er sich ausgerechnet von diesem Emporkömmling Davy aufhelfen hatte lassen müssen, der keine Gelegenheit ungenutzt ließ, ihrem Peter eins auszuwischen. Diese Mackenzies waren richtige Stadtfräkke, alle miteinander. Das hatte er schon vor fünfundzwanzig Jahren gesagt, als sie zum erstenmal hier aufgetaucht waren, und er sagte es immer noch. Und wenn deren kränklich aussehende, psalmodierende, kuhgesichtige Tochter nicht bald damit aufhörte, ihrem Peter nachzustellen, dann würde er der Bande schon einheizen – und wie!

Dieses Versprechen galt weniger den Mackenzies, als seiner eigenen Brut: seinem Sohn Joe, seinem Enkel Harry und dessen Familie, die aus den siebenjährigen Zwillingen und dem achtundzwanzigjährigen Peter sowie Rosie, deren Mutter, bestand, die er haßte. Der Hauptgrund dafür war ihre Weigerung, einen Hund im Haus zu dulden, nicht einmal Peter zuliebe, der doch ihr Augapfel war ...

Die zur Tankstelle führende Straße entlang kam Peter gegangen, blieb stehen und horchte. In all den Jahren hatte er ein Ohr für ein gewisses Motorklopfen entwikkelt. Er legte den großen, dunkelhaarigen Kopf schräg, und ein erwartungsvolles Lächeln machte sich auf seinem Gesicht breit, das den erfreulichen Gedanken widerspiegelte, daß hier etwas nicht stimmte.

Von dem Wagen selbst war noch nichts zu sehen, denn direkt hinter der Tankstelle machte die Seitenstraße eine scharfe Kurve und verlor sich meilenweit im Hügelland, ehe sie wieder mit der Hauptstraße zusammentraf.

Das nun von einem starken Rasseln begleitete Klopfen wurde immer lauter. Aber da Peter nicht den Anschein erwecken wollte, auf Kundschaft zu lauern, ging er dem Wagen nicht bis zur Zufahrt entgegen.

Als das Vehikel schließlich in Sichtweite kam, hätte Peter beinahe laut herausgelacht. Kein Wunder, daß das da rasselte und klopfte. Während seiner achtjährigen Berufserfahrung als Automechaniker war ihm schon manche Mühle untergekommen, aber die da schlug alle Rekorde. Sie sah älter aus als alles, was so bei Wettrennen alter Klapperkästen mitzumachen pflegte, nur daß sie bei weitem nicht so schmuck war wie viele jener Veteranen.

Kaum hatten die Vorderräder die gekieste Zufahrt berührt, gab das Auto ohne weiteres Geklapper völlig sei-

nen Geist auf, und Peter, der nun doch näher trat, warf durch die Windschutzscheibe einen Blick auf die Besitzerin, ehe er sagte: »Schwierigkeiten, Miß?«
Er hatte ein bißchen gezögert, ob er »Madam« oder »Miß« sagen sollte. Daß das Mädchen hinter dem Lenkrad aus der Stadt kam, ließ sich nicht übersehen. Aber ob sie alt genug für die Anrede »Mam« oder noch jung genug war, um mit »Miß« angesprochen zu werden, darüber konnte sich Peter innerhalb der kurzen Zeit nicht klarwerden.
»Ja, so kann man's auch nennen. Bis hierher hab' ich ihn jedenfalls gebracht.«
Die Stimme klang lebhaft, fast fröhlich; jedoch bemerkte Peter sofort, daß sie in krassem Gegensatz zu dem Gesicht der Sprecherin stand. Auf dem lag nicht einmal die Spur eines Lächelns. Es war vielleicht das blasseste Gesicht, das Peter je gesehen hatte. Natürlich trug ihr kräftiges Make-up dazu bei, daran bestand kein Zweifel. Weshalb junge Mädchen heutzutage so auszusehen wünschten, wußte er tatsächlich nicht.
Als er den Wagenschlag öffnete und die Fremde ausstieg, schoß ihm unwillkürlich durch den Kopf: Du meine Güte, ist die mager! Wenn es auch, wie er gleichzeitig feststellte, eine schicke Magerkeit war, die ihr stand und die noch dazu durch ein gutgeschnittenes graues Wollkleid, das in der Taille mit einem scharlachroten Gürtel zusammengehalten war, betont wurde. Sie trug keine Strümpfe, sondern offene Sandalen, so daß ihre im gleichen Rotton angestrichenen Zehennägel zu sehen waren. Rasch wanderte Peters Blick bis zu ihren Schultern hoch, auf die das lange, strohblonde Haar herabwallte. Es sah feucht, ja geradezu naß aus, als ob sie geschwitzt hätte. Das verminderte die Wirkung der sonst so tadellosen Erscheinung ein bißchen.
»Macht er das schon lang?« Er deutete mit einer Kopfbewegung auf den Wagen.
»Ungefähr seit einer Meile. Durch irgendwas auf der Straße hat er einen Stoß abbekommen.«

Peter nickte verständnisvoll. Es war ein Alvis, einer der allerersten Typen, und hatte garantiert eine äußerst flache Ölwanne. »Ich werde ihn mal reinbugsieren und ihn mir ansehen.« Mit diesen Worten trat er hinter den Wagen und schob ihn mit gebeugtem Rücken langsam in Richtung Werkstatt.

Als er das Tor öffnete, drehte er sich um und blickte auf das nun in der Mitte der Zufahrt stehende Mädchen zurück. Sie wischte sich langsam und methodisch die Hände am Taschentuch ab, hob den Kopf, sah ihn an und sagte: »Das ist aber ein nettes kleines Dorf.«

Er nickte. »Gibt kein netteres.«

»Battenbun – seit Tagen hat mich der Name irgendwie gefesselt. Ich wollte mich unbedingt selbst davon überzeugen, wie ein Ort mit diesem Namen wohl aussehen mag . . . Hübsch.«

Sie ließ den Blick über den Dorfanger schweifen. »Und anheimelnd altmodisch«, fügte sie hinzu.

»Das stimmt, altmodisch ist es.« Er lächelte, als hätte sie ihm ein Kompliment gemacht. »Es gibt kein altmodischeres und hübscheres Nest in ganz Northumberland.«

»Es ist nur schwer zu erreichen.«

»Vielleicht macht das seine Anziehungskraft aus.«

Sie nickte eifrig. »Anscheinend ist es noch nicht ›entdeckt‹ worden.«

»Da haben Sie recht.« Wie sehr wünschte ich, daß es der Fall wäre, dachte er, schalt sich jedoch sogleich selbst: Unsinn! Du weißt genau, daß du das gar nicht willst! Nein, er wollte es tatsächlich nicht, wenn er sich auch etwas mehr Durchgangsverkehr und ein paar Reparaturen dieser vielversprechenden Art hier gewünscht hätte. Es war zwölf Uhr mittags, und abgesehen von Honeysetts Traktor war an seiner Tankstelle heute noch kein Gefährt vorbeigekommen. Dabei sausten die Autos haufenweise durch die Gegend – nur meilenweit entfernt eben, auf der Hauptstraße.

»Wie lange werden Sie brauchen, um herauszufinden, was nicht in Ordnung ist?«

»Nun, ich mache mich sofort drüber. Vielleicht möchten Sie inzwischen was essen ... Sehen Sie – dort, am anderen Dorfende, ist der ›Hirsch‹. Mrs. Booth kocht sehr gut.«
»Wirklich?«
»Aber ja, wenn ich's Ihnen sage.«
Er lächelte, als er sie ansah; dann wandte er den Blick ab, denn sie fixierte ihn geradezu. Ihre Augen waren braun, groß wie Untertassen – jedenfalls wirkten sie so in diesem kalkweißen Gesicht –, aber irgendwie müde, leblos. Nur aus ihrer Stimme klang eine Spur Munterkeit.
Als er den Blick dorfeinwärts richtete, sah er zufällig seinen Vater aus dem »Hirschen« kommen und nach Hause marschieren. Das war derart ungewöhnlich, daß Peter den Kopf hob und die Augen zusammenkniff. Harry Puddleton verließ das Gasthaus niemals, ehe es zehn vor eins war, um genau Punkt eins zum Mittagessen daheim zu sein. Als er ihm noch dazu richtig aufgeregt zuwinkte, bevor er das Gartentor passierte, mußte Peter unwillkürlich denken: Was ist denn da los? Stimmt was nicht?
»Wohnen Sie hier? Ich meine, im Dorf?« ergriff das Mädchen abermals das Wort.
»Ja.« Langsam wandte er den Blick wieder ihr zu und wiederholte: »Ja – direkt im Zentrum. Unser Haus ist das alte, rußgeschwärzte da drüben.«
»Sind hier alle Häuser alt?«
»Nicht alle – nur manche. Unseres ist das älteste, es existiert seit vierhundert Jahren. Die Jahreszahl steht drauf. Seit mehr als zweihundert Jahren gibt es die Puddletons hier.«
»Und Sie sind ein Puddleton?«
»Ja. Mein Urgroßvater ist noch am Leben und beinahe neunzig ... mein Großvater ist zweiundsiebzig.«
»Also wird man hier anscheinend alt?«
»Das kann man wohl sagen. Kommt von der guten Luft und der Ruhe. Hier passiert nicht viel. Man weiß genau, was jeder wann macht.«
Sie stand da und sah ihn unverwandt an. Ihre Hände hin-

gen schlaff herab, als sie ihn fragte: »Und haben Sie es gern so?«
Peter wurde eine Spur verlegen. Das war gewissermaßen sein wunder Punkt. Einesteils hätte er wahrheitsgemäß darauf antworten müssen: Doch, doch, hab' ich. Möchte nicht, daß sich was ändert. Andererseits hätte er ebenso wahrheitsgemäß zugeben müssen: Wenn das Geschäft ein bißchen besser ginge, könnte es nicht schaden. Da käme auch etwas mehr Leben in die Sache . . . Aber noch ehe er sich die richtige Antwort überlegen konnte, wurde seine Aufmerksamkeit abermals auf den Dorfanger gelenkt, weil soeben sein Vater, sein Großvater und seine Mutter von dort in Richtung Tankstelle losmarschierten. Was, um alles in der Welt, war bloß los!
So außergewöhnlich war dieser Familienaufmarsch, daß Peter den dreien am liebsten entgegengegangen wäre. Nur die Höflichkeit hielt ihn davor zurück, weil er ja schließlich Kundschaft hatte. Also beschränkte er sich darauf, einige Schritte die Auffahrt entlang zu machen und dort ihr Eintreffen abzuwarten.
Sein Vater, der den beiden andern vorausgeeilt war, traf als erster bei ihm ein. Wie Peter auf Anhieb bemerkte, strahlte sein Gesicht geradezu. Das kam selten vor. Jedenfalls nicht mittags, ehe er richtig geladen oder seine Frau tüchtig aufgezogen hatte.
»Was gibt's denn?« fragte Peter. »Hast du das große Los gezogen?«
»Nicht die Spur. Was glaubst du wohl?«
»Keine Ahnung.«
»Die neue Straße wird durch unseren Ort gelegt!«
Diese Worte elektrisierten Peter. Sein einszweiundachtzig langer, ungelenker Körper streckte sich, er warf den Kopf in den Nacken, und das Strahlen, das über sein Gesicht glitt, übertraf das seines Vaters um etliches.
»Nein! Wer sagt das? Von wem hast du das?«
»Vom Major. Er ist eben aus Hexham zurückgekommen – war bei Ludworth, seinem Anwalt. Der hat ihm erzählt, daß die Angelegenheit so gut wie perfekt sei. Er ist natür-

lich wütend – du weißt ja, was der Major davon hält.«
»Das sind Neuigkeiten, was, Junge?« mengte sich nun der Großvater ein, und Peter antwortete: »Ja, Opa, das will ich meinen.«
»Jetzt haben wir ausgesorgt!« Joe Puddleton blickte um sich, von einem zum andern, bis seine Augen auf seiner Schwiegertochter haftenblieben, wodurch seine gute Laune etwas getrübt wurde. Denn Rosie sagte mit fester Stimme: »Was hab' ich euch gesagt?«
»Ach, Ma, bitte«, warnte Peter leise.
Es klang mehr wie ein Flehen, aber Rosie wollte nichts davon hören. Sie sah zu dem großen, breitschultrigen Kerl, ihrem Sohn, auf und erwiderte, als hätte sie's noch immer mit einem Schuljungen zu tun: »Misch dich da nicht ein, ich weiß, was ich sage.« Darauf fixierte sie erst ihn, dann ihren Schwiegervater und schließlich Harry Puddleton, ihren Mann, der ausrief: »Soll das jetzt von neuem anfangen, wie?«
»Es hat nie aufgehört, soweit es dich betrifft«, sagte Rosie resolut. »Du warst ja immer dagegen, daß ich für ihn die Tankstelle kaufe.« Sie deutete mit einer Kopfbewegung auf Peter. »Das sei ein Faß ohne Boden, hast du gesagt, habe gar keinen Sinn, bedeute hinausgeschmissenes Geld. Wobei du ganz vergessen hast, daß es nicht dein Geld war, das zum Fenster hinausgeworfen wurde.«
In dem Moment, als Harry mit rotem Gesicht auf seine Frau losfahren wollte, warf Peter beschwichtigend ein: »Aber, aber, dazu haben wir immer noch Zeit. Jedenfalls . . .« er warf einen Blick auf das im Hintergrund stehende Mädchen und fügte etwas leiser hinzu: ». . . hab' ich jetzt zu tun.«
Harry folgte Peters Blickrichtung, und sofort machte sich wieder ein Lächeln auf seinem Gesicht breit. Dann fiel ihm jedoch die Gegenwart seiner Frau ein, und er konzentrierte sich erneut auf das vorangegangene Gesprächsthema. Aufgeregt rief er aus: »Du wirst noch bedeutend mehr zu tun kriegen, Junge, denk doch bloß!« Er trat einen Schritt zurück, so daß er die Werkstätte, die

früher eine Schmiede gewesen war, und das schöne Stück unbebauten Landes betrachten konnte, und dann murmelte er beinahe ehrfürchtig: »Die einzige Tankstelle weit und breit, und das einzige freie Stück Grund und Boden auch noch dazu. Denn eines steht fest: Der Major wird keine Handbreit von seinem Besitz verbauen lassen.«

»Da wäre noch Poynters Baumschule«, sagte Rosie. »Der hat ein schönes Stück Land dabei.«

»Und ein gutes Einkommen dadurch. Er ist kein Narr – der verkauft nie.«

»Nun, und der Wald – vergiß nicht den Wald«, sagte Rosie, die geneigt schien, der Begeisterung ihres Mannes einen Dämpfer aufzusetzen.

»Der Wald!« ging nun der Großvater auf sie los. »Wer soll dort schon bauen? Im Quellgebiet rutscht einem doch der Boden unter den Füßen davon. Der Wald!« wiederholte er verächtlich.

»Das könnten sie ja trockenlegen«, schnappte Rosie zurück.

»Quellen kann man nicht trockenlegen, du Übergescheite. Die würden bei der erstbesten Gelegenheit alles unter Wasser setzen. Nein, nein, es ist schon so, wie Harry sagt: Dies Stückchen Land« – er deutete auf den an die Tankstelle angrenzenden Grund – »ist der einzige bebaubare Boden weit und breit, zumindest, was die Lage anlangt, direkt an der Hauptstraße. Die Bauern mit ihrem Ackerland können gar nichts machen. Nein, du hast einfach keine Konkurrenz, Junge.«

Während der Großvater noch aufgeregt herumfuchtelte, um seinen Worten den gebührenden Nachdruck zu verleihen, schweiften seine Gedanken jedoch von Tankstelle sowie Grund und Boden zu dem abwartenden Mädchen. Er grinste übers ganze Gesicht, seine Augen begannen zu glänzen, speziell das eine schielende, und indem er sich den schütteren grauen Haarschopf schwungvoll aus der Stirn strich, nickte er ihr fröhlich zu und rief: »Guten Tag, Miß.«

Dieser Gruß veranlaßte die übrigen, gleichfalls das Mädchen anzusehen, und erinnerte Peter daran, daß er ja eine dringende Arbeit zu verrichten hatte. Deshalb ging er auf seine Kundin zu und sagte entschuldigend: »Tut mir leid, Miß, aber wir haben soeben von einer Neuigkeit gehört, auf die wir alle schon lange gewartet haben.«
»Ist schon gut.« Sie blickte von einem zum andern, lächelte schwach und fügte dann hinzu: »Ich werde zum Gasthof gehen, wie Sie vorgeschlagen haben. Lassen Sie mich dann wissen, was mit dem Wagen los ist?«
»Natürlich, sowie ich ihn mir angesehen habe, komme ich nach.«
Als sie an der Familie, vorbeischritt, fingen auch Harrys Augen, besonders jenes, auf dem er schielte, zu glänzen an – genau wie es vorhin bei seinem Vater der Fall war –, und er sagte: »Schöner Tag heute, Miß, nicht wahr?«
»Ja, das stimmt.«
Die Blicke der Männer folgten ihr, als wären sie von einem Magnet angezogen, und auch der etwas abseits stehende Peter sah ihr nach. Ihr Gang erinnerte ihn irgendwie an ihre Stimme: träg, aber voller Leben. Es gelang ihm nicht, sie irgendwo einzureihen. Sie war ein merkwürdiger Typ, hatte von allem etwas, dachte er. Er bemerkte, daß sie nicht den Wiesentrampelpfad einschlug, sondern mitten durchs Gras ging, was den leichten Schwung ihrer Hüften verstärkte.
Diese Bewegung allein genügte schon, daß Rosie ihr wohlbekannt unwirsches »Also!« ertönen ließ. Sie warf ihrem Mann rasch einen Blick zu. Wie ein Geier sah er aus, genau wie sein Vater. Sie waren alle die reinsten Geier, diese Puddletons, das heißt, mit Ausnahme von Peter. Rosie betrachtete ihren ältesten Sohn. Er war ebenso groß und breitschultrig wie die andern beiden, hatte denselben kräftigen Knochenbau und die gleichen dunklen Haare. Gottlob schielte er nicht – wenigstens das!
»Nun, Pa, was hat Urgroßvater zu der Sache gesagt?«
Peters Frage holte Rosie unsanft in die Wirklichkeit zu-

rück, und sie sagte in heftigem Ton: »Was er gewöhnlich tut: Gewettert und geflucht hat er.«
»Ja, aber auf seine Beine«, fiel Harry lachend ein. »Weil sie ihn nicht einmal mehr bis zum Gartentor bringen, obwohl er sich kräftig angestrengt hat, mitzukommen, nicht wahr, Vater?«
Joe Puddleton nickte und lachte, als er antwortete: »Tja, probiert hat er's. Temperament hat er noch für zwei.«
Temperament! dachte Rosie, während sich ihr der Magen umdrehte – wie immer, wenn die Rede auf diesen Punkt kam. Ich wünschte, daß er an diesem sogenannten Temperament krepiert, alles was recht ist. Am Samstag war sein neunzigster Geburtstag, und seinem Aussehen nach zu schließen brachte er es noch gut und gern auf zehn weitere Jahre. Sie drehte der Gruppe den Rücken, hob die Augen in stummem Gebet zum Himmel, senkte sie aber rasch wieder, als Harry in scharfem Ton bemerkte: »Seht mal dort drüben . . . Mackenzie.«
Der Reihe nach wandten sie sich um und beobachteten schweigend den kleinen, voluminösen Mann, der sich vor ihrem Nachbarhaus aus dem Wagen wuchtete.
»Ich gehe mit euch jede Wette ein, daß er Wind von der Sache bekommen hat, und zwar nicht erst heute.« Harry drehte sich um und sah seinen Sohn an. »Was hat ihn denn vorige Woche dazu veranlaßt, hierher zu kommen und sich wegen einer Beteiligung bei dir zu erkundigen, hm? Komisch, wirklich, wenn man bedenkt, wie er sich immerzu über uns Schwachköpfe lustig gemacht hat, weil wir die alte Schmiede gekauft haben. Tja . . .«
Ein lautes Schnauben ließ Harry abbrechen, und dann sagte Rosie, die es ausgestoßen hatte, ganz ruhig: »Ich möchte dich nur daran erinnern, Harry Puddleton, daß nicht *wir* es gekauft haben. Damit da keine falschen Vorstellungen aufkommen.« Sie schwenkte die Hand. »Ich hab' nicht vergessen, wie du sechs Jahre lang in mich hineingeredet hast, daß ich das Geld von meinem Vater dafür herausrücken soll. Schön, ich hab's schließlich getan. Und darum gehört dies hier Peter und mir, und das

Geld, das es uns einbringt, ebenfalls. Damit du's nur weißt!«

Harry Puddleton starrte seine Frau an. Manchmal reizte sie ihn derart, daß er sie hätte umbringen können. Er mußte sich dann immer vorsagen, daß sie eine gute Mutter sei. Auch eine verdammt gute Köchin, das wollte er nicht leugnen. Und ihr Haus war das komfortabelste im ganzen Dorf – wenn sie einen nur in Frieden darinnen leben lassen würde! Aber je älter sie wurde, desto ärger wurde es mit ihr. Natürlich wußte er, daß er in Rosies Augen weibstoll war. Sie brauchte nur zu bemerken, daß er einer Frau nachsah, schon hatte er ihrer Meinung nach mit der ein Verhältnis. Sämtliche Puddletons waren, soviel er wußte, Schürzenjäger gewesen. Das war geradezu charakteristisch für sie. Das heißt – Harry machte eine Pause beim Nachdenken – für alle bis auf Peter. Manchmal dachte er, daß Rosie jedes natürliche Begehren in seinem strammen Sohn erstickt hatte, denn noch nie war ihm etwas zu Ohren gekommen, was man eine Affäre hätte nennen können. Er war nett zu Mädchen, zugegeben, aber darüber hinaus spielte sich wohl nicht viel ab. Die Sache mit Mavis Mackenzie konnte man wohl kaum als Affäre bezeichnen, obwohl sie vergangenen Abend einen Familienkrach hervorgerufen hatte.

Dann war da noch diese Miß Florrie ... Aber keiner wußte über sie richtig Bescheid, am allerwenigsten Rosie. Die würde glatt einen Anfall bekommen, bei der bloßen Vorstellung, daß Peter sich an die Tochter des Majors heranmachte. Er selbst war überzeugt davon, daß Peter es ohnehin nicht tat. Es war Miß Florrie, die in dieser Sache den Ton angab. Diese junge Dame besaß einen Dickschädel und erreichte zumeist, genau wie ihr Vater, was sie sich in den Kopf gesetzt hatte. Aber um wieder zum Thema Rosie zurückzukehren ... Wenn sie nicht achtgab, dann würde er eines Tages fortgehen ... Jawohl!

Nachdem Mr. Mackenzie in seinem Haus verschwunden war, richtete sich die Aufmerksamkeit der kleinen Gruppe wieder auf das Mädchen, das sich nun dem »Hir-

schen« näherte, und auf Bill Fountain, den Metzger, der vor seinem Laden stand und ihnen zuwinkte, während er hinter dem Rücken des Mädchens dessen Hüftschwung in übertriebener Weise nachahmte.
Noch so einer! dachte Rosie. Noch so einer, der sich nicht mit dem Anblick seiner eigenen Frau begnügen kann.
»Seht euch Bill an, wie er den Bauch schwenkt – er macht sie nach. Der alte Gauner. Kommt, gehen wir hinunter und sagen wir's ihm.« Harry drehte sich zu seinem Vater um. »Nicht, daß er übermäßig erfreut darüber sein dürfte. Er hat die verrückte Vorstellung, daß eine neue Straße ihm nur Kunden wegschnappen kann ... Komm jetzt. Auf später, Junge, wir reden noch darüber.« Harry nickte seinem Sohn zu und ging, gefolgt von seinem Vater, in Richtung Straße davon, während Rosie verächtlich den Kopf zurückwarf. »Wir reden noch darüber ...! Was haben die schon darüber zu reden?«
»Aber, Mam«, sagte Peter und sah auf seine Mutter nieder. »Fang nicht schon wieder an.«
»Weil sie mich krank machen. Was haben sie jemals getan, um uns zu helfen? Seit Jahren sitzen sie dir wegen des Grundstücks auf der Pelle. Indem sie behaupten, daß du's nicht anbringen wirst und mit dem Bauen weitermachen sollst und dergleichen ... Ein zweiter Mackenzie werden und versuchen, das Dorf in Beschlag zu nehmen.«
»Sorg dich nicht. Ich werde wie immer meine eigenen Wege gehen.« Er lächelte ihr freundlich zu. Und als sie dieses Lächeln erwiderte, verschwanden die harten Linien um ihren Mund; etwas wie Sanftheit kam in ihren Blick, und sie sagte, indem sie seinen Arm tätschelte: »Wenn du in Ordnung bist, Junge, dann bin ich auch in Ordnung.«
Er nickte. »Das weiß ich, Mam.« Es war ein scheues Eingeständnis. Und dann fügte er hinzu: »Aber geh nicht immer auf Pa los. Er hat gar nichts Spezielles im Sinn, glaub mir.«

Sie schüttelte den Kopf. »Nichts Spezielles im Sinn, pah! Ich weiß, was ich weiß ... Aber jetzt muß ich heim und mich ums Essen kümmern.«
»Auf bald.«
Abermals lächelte er ihr zu, ehe sie davoneilte. Er sah ihr nach, wie sie energisch nach Hause stapfte. Arme Mam! Trotz ihres eisernen Willens und ihres herrischen Auftretens empfand er immer irgendwie Mitleid mit ihr. Nun, sie würde Auftrieb erhalten, wenn erst die Straße hier durchging. Dann würden sie Wasser bekommen, was gleichbedeutend mit einem Badezimmer war – natürlich einem, das Mrs. Mackenzies Badezimmer ausstach. Er lächelte vor sich hin. Und warum auch nicht? Warum nicht schließlich? Auch er wollte etwas haben, womit er die Mackenzies übertrumpfen konnte, vor allem Davy, den einzigen Burschen hier weit und breit, der ihn auf die Palme zu bringen vermochte.
Honeysetts Traktor kam über die Dorfstraße zurückgetuckert und Peter wartete auf ihn, um George zuzuwinken, ehe er endgültig in die Werkstatt trabte, um sich an die Arbeit zu machen.
Vielleicht war es das Poltern des Traktors, das die Tritte des sich nähernden Pferdes verschluckt hatte: denn kaum hatte Peter die Kühlerhaube hochgeklappt, sagte eine Stimme hinter ihm: »Hallo, du!« Und als Peter sich mit furchtsamem Blick umdrehte, sah er sich einer kleinen, schlanken, jungen Dame in Reitkleidern gegenüber.
»Oh, hallo, Florrie.« Seine Stimme, ja sein ganzes Gehaben brachten seine Unsicherheit zum Ausdruck, und als sie sich ihm langsam näherte, machte er sich emsig am Motor zu schaffen.
»Sieh mich an!«
Er riß den Kopf hoch, befolgte ihre Aufforderung und verhaspelte sich etwas, als er sagte: »Ich bitte dich, Florrie, das ist doch wirklich kein ...«
»Weshalb hast du es getan?« unterbrach sie ihn schroff.
»Was getan?« Er wischte sich die Hände am Putzlappen ab.

»Du weißt genau, was ich meine. Du hast Mavis Makkenzie Samstag nach Hexham ausgeführt, oder?«
»Aber, Florrie.«
»Stimmt's? Und Sonntag bist du abermals mit ihr ausgegangen, hab' ich recht?«
Florries Stimme klang so angespannt, als koste es sie die größte Anstrengung, diese Worte über die Lippen zu bringen.
Peter richtete sich auf, sah Miß Florence Carrington-Barrett gerade ins Gesicht und sagte entschlossen: »Ja, bin ich. Und wenn schon.«
»Wenn schon! Du bist ein Narr. Wenn ich dagewesen wäre, hättest du nie im Leben die Nerven gehabt, es zu tun, was?«
Den schmutzigen Lappen in die Ecke werfend und einen neuen nehmend, sagte Peter, indem er sich weiter abputzte: »Florrie, wir haben doch vorige Woche schon darüber gesprochen. Ich hab' dir gesagt, daß es nicht gutgehen kann . . . niemals. Es würde nur dazu führen, daß die Leute über dich reden.«
»Reden!« Sie spie ihm das Wort beinahe ins Gesicht. »Was ich mir schon daraus mache, ob die über mich reden oder nicht. Du fürchtest dich davor, daß man über dich reden könnte! Weil dir der Mumm fehlt. Weil du Angst vor deinem eigenen Schatten, vor allem aber vor deiner Mutter hast.«
»Jetzt reicht's aber, Florrie!«
Es war, als hätte die Erwähnung seiner Mutter ihm ins Gedächtnis zurückgerufen, wie man bei ihnen daheim über das Majorstöchterlein sprach. Er brummte also abermals: »Es würde zu nichts führen, ich hab's dir bereits gesagt.«
»Schön«, sagte Florrie in gereiztem Ton. »Von mir aus. Ist das vielleicht der Grund dafür gewesen, daß du dich mit dieser Schwachsinnigen, der du jahrelang ausgewichen bist, eingelassen hast?«
»Marvis ist schon in Ordnung.«
»Marvis ist in Ordnung!«

»Sie ist ein anständiges Mädchen.«
»Weißt du, was sie ist? Scheinheilig ist sie, eine Heuchlerin ist sie – sie macht mich ganz krank. Genauso wie du.«
»Tut mir leid, daß du so empfindest, aber es ist so, wie ich vergangene Woche gesagt habe: Meine Mutter würde einen Anfall kriegen, wenn sie nur den geringsten Verdacht hätte, daß ich hinter dir her sei.«
»Soll sie doch. Es wird langsam Zeit, daß sie einsieht, daß du erwachsen bist. Weißt du, wenn ich mir deinen Urgroßvater so ansehe und deinen Großvater und gar erst deinen Vater, dann kann ich es einfach nicht glauben, daß du ein Puddleton bist. Die haben bei Gott viel mehr los, wenn's um Frauen geht, als du.«
Peters rosiges Gesicht wurde langsam blutrot. Er schüttelte den Kopf. Welcher andere Dorfbewohner, ob nun Frau oder Mann, würde mit einer derartigen Direktheit auf die Moral der Puddletons anspielen? Was sollte ein Bursche auf so was schon sagen? Alles, was ihm dazu einfiel, war: »Ts, bist du aber ein grober Klotz, Florrie.«
»Findest du!« Florries Verachtung nahm daraufhin noch zu. »Es würde mich nicht überraschen, zu erfahren, daß du ein Zwitter bist!«
»Florrie!«
Obwohl Peter nicht sicher war, was ein Zwitter war, sagte ihm doch die Art, in der Florrie das Wort aussprach, daß es sich um etwas Unanständiges handeln mußte.
»Ich werd' dir mal was sagen.« Florrie bohrte ihm den Finger in die Brust. »Wenn du dich mit Mavis Mackenzie einläßt, dann bist du erledigt. Hat diese kleine Katze dir erst einmal die Krallen angesetzt, dann wirst du nicht imstande sein, dich wieder loszumachen. Und gar erst jetzt, wo die Straße hier durchgehen soll, was du ja sicherlich bereits weißt. Da werden schon ihr teurer Vater und ihr Bruder aus rein geschäftlichen Gründen dafür sorgen, daß du ihnen ins Netz gehst. Die lassen sich die einzige Tankstelle im Umkreis nicht so einfach durch die Lappen gehen. Sie werden sie haben wollen, mit Mavis' und deiner Hilfe – du wirst schon sehen.«

»Ach ja, wollen sie das?« Nun war Peter keinerlei Nervosität mehr anzumerken. »Da irrst du dich aber gewaltig. Kein Mackenzie setzt mir auch nur den Fuß da herein, nicht mal über meine Leiche. Die Tankstelle gehört meiner Mutter und mir, wie du weißt, und die würde sie lieber in Rauch aufgehen sehen, als daß ein Mackenzie sie bekäme.«
»Das ist es ja, was ich nicht verstehen konnte. Wirklich . . .« Florrie starrte in Peters verkniffenes Gesicht. »Ihr haßt die Mackenzies nach Strich und Faden, das weiß jedes Kind. Und dann gehst du auf einmal mit Mavis. Das hab' ich einfach nicht verstanden. Bis mir plötzlich die Erleuchtung kam. Du hast gehofft, mich dadurch loszuwerden, stimmt's? Du dachtest, ich hätte zuviel Stolz, um mir das bieten zu lassen. Die Majorstochter und so weiter . . . Da kennst du mich aber schlecht.«
»So hör doch, Florrie.« Peters kläglicher Gesichtsausdruck sprach deutlich von seinem Schuldbewußtsein. »Ich – also ich kann es dir nicht erklären.«
»Natürlich, du kannst es nicht erklären, dazu fehlt dir die Schneid. Du tanzt mit mir und reitest mit mir aus, aber gehen willst du nicht mit mir. Weil ich zu jung bin! Du sagst nicht, daß du einfach zu feig bist, deiner Mami oder dem Dorf die Stirn zu bieten.«
Hoffnungslos und ziemlich verzweifelt schloß Peter die Augen. Als er sie wieder öffnete, verwandelte sich jedoch sein Verhalten urplötzlich. Mit einer raschen Gebärde wandte er sich wieder dem Motor zu und flüsterte: »Da kommt Miß Fowler.«
»Der Teufel soll Miß Fowler holen . . .« Florries Stimme war zwar leise, aber nicht leise genug, als daß Peter nicht gehört hätte, wie sie hinzufügte: » . . . und dich auch!«
Florrie und Miß Fowler gingen aneinander vorbei. Kein Mensch wäre auf den Gedanken gekommen, daß Miß Carrington-Barrett eben noch um einen Platz im Herzen des Tankstellenbesitzers gekämpft hatte, in einem solch herablassenden Ton sagte sie: »Morgen, Miß Fowler. Hübscher Tag heute, nicht?«

»O ja, recht hübsch«, erwiderte Miß Fowler. »Nur sind die Wiesen schon ganz ausgetrocknet. Ich wollte, es gäbe Regen.« Worauf sich die beiden mit einem kurzen Kopfnicken trennten.
Während Peter Miß Fowlers Kanne mit Benzin füllte, nickte und lächelte auch er ihr zu, während sie drauflosplauderte. Aber seine Gedanken beschäftigten sich nicht mit ihrer offensichtlich einzigen Sorge, nämlich wie man die Wiesen bei diesem Wetter grünhalten könnte, sondern mit Florrie, obwohl ihre glühende, unmädchenhafte Art, ihn zu verfolgen, Peter beunruhigte. Ebenso wie ihre Andeutungen bezüglich der Mackenzies.
Er wußte, daß es eine ausgesprochene Dummheit gewesen war, Mavis auszuführen, und Florrie hatte den Grund hierfür ganz richtig erraten. Er hatte geglaubt, daß sie sich, wenn er mit Mavis ausginge, zurückziehen würde, denn sie wurden schon langsam ringsum zum Gespött. Bald würde man ganz offen darüber reden, daß er sich an die Tochter des Chefs seines Vaters heranmachte, und das wollte er nicht. Nach allem, wie sie sich in letzter Zeit aufführte, konnte es ihm tatsächlich über kurz oder lang passieren, eines Morgens im Gutshaus aufzuwachen und zum Major »Pa« und – was noch ärger war – zu dessen Drachen von besserer Hälfte »Mam« sagen zu müssen. Das jagte ihm einen fürchterlichen Schrecken ein. Florrie war jung, verwöhnt, streitlustig und mit der felsenfesten Überzeugung aufgewachsen, daß alles sich ihren Wünschen zu fügen hatte. Und wenn sie nur genug Rabatz machte, war es durchaus möglich, daß der Major samt Gattin in ihren neuesten Spleen einwilligen würden. Diese Vorstellung hatte ihn so durcheinandergebracht, daß er einfach etwas unternehmen mußte. Da es mit einer einzigen Ausnahme kein im Alter zu ihm passendes Mädchen gab, das noch nicht in festen Händen gewesen wäre, hatte er gegen sein besseres Wissen – sozusagen in höchster Not und Gefahr – Mavis zum Ausgehen aufgefordert. Verdammter Narr, der er war.
Im Schweiße seines Angesichts nahm Peter den Alvis in

Angriff, und nach einer halben Stunde hatte er alles Wissenswerte über den Karren herausgefunden. Sein erster Eindruck hatte ihn nicht getrogen: Das Fahrzeug befand sich in einem gräßlichen Zustand.

Nachdem er sich ein bißchen saubergemacht, das Hemd glattgestrichen und sein widerspenstiges Haar zu glätten versucht hatte, gab er sich einen Ruck und ging ins Dorf, zum »Hirschen«.

Ein paar Häuser nach der Tankstelle war Wilkins, der Bäcker, eben dabei, die vollen Säcke vom Speicher herunterzuholen. Er wandte sein weißgepudertes Gesicht Peter zu und rief fröhlich: »Gute Neuigkeiten – was, mein Junge? Das wird die Sache endlich ins Rollen bringen.«

»Wahrhaftig, Dan«, erwiderte Peter ebenso aufgeräumt. Der Bäcker war einer von jenen, die unbedingt wollten, daß die Straße hier durchführte. Als er auf der gegenüberliegenden Seite von Miß Tallows Laden angelangt war, konnte er jedoch sofort Klagen hören. Ihre dünne, piepsende Stimme bejammerte in allen Tönen das schreckliche Los ihres schönen Dorfes. Miß Tallow war so etwas wie eine verkappte ländliche Dichterseele. »Schönheit«, pflegte sie immer zu sagen, »erwächst einfach aus allem.« Nicht einmal Spraggs Senkgrube konnte sie vom Gegenteil überzeugen. Schönheit mußte ihrer Meinung nach natürlich bewahrt und behütet werden. Zum Beispiel mit Hilfe der köstlichen, einfach alles beinhaltenden Jey-Mixtur. Übrigens war sie nicht die einzige, die so dachte. Es gab eine Menge Leute in Battenbun, das wußte Peter nur zu gut, die ihr Dorf lieber langsam dahinsterben hätten sehen als auch nur einen Zollbreit seiner Schönheit preiszugeben.

Ein leuchtendgelber Wagen bremste scharf neben Peter, und der Fahrer, der den Kopf zum Fenster herausstreckte, rief ihm mit breitem Grinsen zu: »Glücklich, Peter?«

»Hallo, Brian. Tjaja, natürlich bin ich glücklich. Wer wäre das nicht?«

Der Wagen fuhr weiter, und Peter dachte mit einem behaglichen Gefühl innerer Wärme: Ich mag Brian, der ist in Ordnung! Warum kann Florrie nicht vernünftig sein und ihn heiraten? Er ist ganz verrückt nach ihr, und zwischen den beiden gibt es wenigstens keinerlei gesellschaftliche Schranken. Da stimmt alles: Gutsbesitz, Geld und Namen.

»Hallo, Peter, mein Junge.« Es war Bill Fountain, der noch immer nicht in seinem Laden war, sondern nun auf der anderen Straßenseite auf den Stufen des Postamtes stand und sich mit Mrs. Armstrong, der Posthalterin, unterhielt. »Kommst dir wohl vor wie ein Millionär, was?«

»Noch nicht ganz, Bill. Die sollen erst mal damit anfangen, dann werden wir weitersehen.«

Er nickte Bill fröhlich zu, bemerkte jedoch sogleich, daß Mrs. Armstrong alles andere als freundlich reagierte. Sie war eine Gegnerin des Straßenprojekts, denn außer dem Postamt führte sie den einzigen Kaufmannsladen im Ort. Bills nächste Bemerkung wurde von einem die ganze Straße ausfüllenden Gebrüll übertönt, so daß Peter sich rasch umdrehte. Ausgestoßen hatte es sein Urgroßvater, der wie immer an seinem Fenster saß und mit seiner Hakennase und seinem großen Mund sozusagen das Urbild der Puddletons darstellte.

»Was, zum Teufel, ist los? Alles spielt verrückt hier, und mir sagt keiner ein Wort. Komm sofort her, verstanden!«

»Na hör mal, Urgroßvater«, sagte Peter und machte einen Schritt aufs Fenster zu. »Ich kann mich jetzt nicht mit dir unterhalten. Ich habe zu tun. Du hast ja die Kundschaft sicherlich vorfahren sehen.«

»Natürlich hab' ich sie vorfahren sehen, ich bin ja nicht blind. Aber mich interessiert nicht der alte Klapperkasten, mich interessiert die Straße. Harry rennt herum, als wäre Gott ihm persönlich erschienen, und Joe hat sich, wie immer, aus dem Staub gemacht. Darin war er schon als Junge groß. Und was deine Mutter anlangt: Versuch einer, ihr mal den Mund zu verbieten! Wenn es aber wirklich was zu bereden gäbe, dann schweigt sie. Eisern.«

Peter lächelte geduldig. »Nun, Urgroßvater, du weißt ge-

nausoviel wie ich: Ich habe gehört, daß die Straße hier durchgehen wird. Und das ist bis jetzt alles.«
Die Stimmung des Alten wurde eine Spur freundlicher. Seine große, knöcherne Hand packte Peters Arm, schüttelte ihn, und er sagte: »Junge, da hast du wirklich was vor dir. Du hast ausgesorgt, du bist gemacht, du wirst ein Vermögen aus der Tankstelle herausholen. Ich sage dir« – er schwenkte den Zeigefinger heftig vor dem Gesicht seines Urenkels hin und her –, »das wird jetzt eine Goldmine, eine richtige Goldmine. Aber ich sag' dir nur eins . . .« Abermals wurde seine Miene wild, und er sagte seiner Meinung nach leise, tatsächlich jedoch mit einer Stimme, die die betreffenden Nachbarn einfach vernehmen mußten: »Ich sag' dir nur eins: Sei vor denen da drüben auf der Hut.« Er deutete mit dem Daumen auf das Mackenzie-Haus. »Die werden hinter dir her sein wie der Teufel hinter der armen Seel'. Du hast was Gutes zu erwarten, und die sind hinter jedem her, der was Gutes zu erwarten hat. Stell dir nur vor« – er senkte die Stimme minimal: »Joe hat mir heute früh erzählt, daß der alte Mackenzie sich in die Mühle eingekauft hat, durch Bezahlung der Ausbesserungsarbeiten. Sieht ihm ähnlich, nicht? Und Cuthbert in Allendale will sein Geschäft verkaufen, und darauf ist er auch scharf. Ich kann dir nur den einen Rat geben, Junge: Sei auf der Hut.«
»Sorg dich nicht, Urgroßvater, das bin ich schon, besonders, was die Mackenzies anlangt.« Obwohl Peter diese Worte dem Alten bloß zuflüsterte, klangen sie doch sehr nachdrücklich, so daß der Urgroßvater eifrig nickte und sagte: »Wahrhaftig das mußt du auch, mein Junge. Hör mal.« Er winkte ihn noch näher heran, heftete den Blick aus seinen tiefliegenden, trüben Augen fest auf Peters Gesicht und fragte mit polternder Stimme: »Ist doch sicher nicht wahr, was ich da gehört habe, was? Daß du dich mit der Kuh von denen einläßt, oder?«
Peter sah zu Boden, zuckte mit den Achseln und seufzte aus Herzensgrund. Da schrie der Alte in voller Lautstärke: »Also, dann mußt du den Verstand verloren haben!

Seit Jahren bist du ihr ausgewichen, jawohl. Sie hat sich schier lächerlich gemacht, wie sie hinter dir her war. Was ist dir da nur eingefallen? Mein Gott, glaubst du wirklich, es mit denen aufnehmen zu können? Da täuschst du dich – da täuschst du dich gewaltig, das sag' ich dir, und . . .«
»Aber, Urgroßvater . . .«
»Ach, fang ja nicht an, mit mir zu streiten. Kein Streit auf der ganzen Welt kann aus dieser blutleeren Ziege eine brauchbare Frau für dich machen.«
Peter richtete sich auf und wollte sich schon umdrehen, da er wußte, daß es sinnlos war, mit dem rechthaberischen Greis zu streiten, als der Urgroßvater plötzlich die Lippen aufblies und, um seiner Empörung den letzten Stempel aufzudrücken, zum Phloxstrauch am Gartentor hinüberspie. Offensichtlich wegen seines aufgebrachten Seelenzustandes war sein Können an diesem Tag weniger berühmt; er verfehlte ihn jedenfalls. Ein mühsam unterdrücktes Gekreisch auf dem Gehsteig hinter ihm erweckte in Peter den lebhaften Wunsch, sich zu ducken und schnell ins Haus zu flüchten.
»Sie Schwein!«
Entrüstet wurden diese beiden Worte förmlich zurückgespuckt, und Peter, dessen Miene eine Mischung zwischen Einfalt und Bestürzung ausdrückte, drehte sich um und betrachtete Miß Collins, die Schwester des Vikars, nicht ohne Mitgefühl. Urgroßvaters Speichel hatte sie zwar nicht getroffen, aber das war reiner Zufall.
Miß Collins dünnes Gesicht mit den Hängebäckchen und den schmalen Lippen war rosig überzogen, als sie sich – in dem Bemühen, den alten Mann zu ignorieren, der alles andere als unbeachtet sein wollte – an Peter wandte. »Man sollte wirklich etwas unternehmen. Kein Mensch kann mehr über die Straße gehen, zumindest was diesen Teil betrifft. Es ist eine Schande!«
»Ich werde mit ihm reden, Miß, verlassen Sie sich drauf.«
»Mit ihm reden! Man sollte ihm längst . . .«
Was man Miß Collins Meinung nach mit dem Alten

längst hätte machen sollen, schien zu arg zu sein, als daß sie es über die Lippen gebracht hätte. So begnügte sie sich, nur ein-, zweimal krampfhaft zu schlucken und stapfte hocherhobenen Hauptes davon.

»Ein Jammer, daß ich sie nicht getroffen habe. Für wen hält die sich bloß? Möchte am liebsten das ganze Dorf kujonieren, diese blöde Gans!«

»Gib lieber acht, Urgroßvater. Einmal wirst du's mit deiner Spuckerei noch zu weit treiben. Was glaubst du, was passiert, wenn das meiner Mutter zu Ohren kommt!«

»Laß mich mit der in Frieden. Die ist auch eine von der Sorte. Man sollte sie der Reihe nach aufhängen – sämtliche Weiber.« Dann legte der Alte den Kopf schräg, kaute an seiner Unterlippe und fragte: »Gehst du zufällig in den ›Hirschen‹?«

»Mhm.«

»Bring mir was Trinkbares mit, ich bin schon völlig ausgetrocknet.«

»Ich kann jetzt nicht, Urgroßvater. Bin mit meiner Kundin verabredet, wegen des Wagens.«

Damit durchschritt Peter das Gartentor, während ihm die Stimme des Alten folgte, nun leise und einschmeichelnd. »Ach, Peter, mein Junge, bring mir einen Schluck – komm, laß dich nicht so lang bitten.«

Peter lachte in sich hinein. Du meine Güte, war der Alte beharrlich. Und ein Hitzkopf. Dabei wußte er genau, daß es Krach gab, wenn Mutter etwas von der Spuckgeschichte erfuhr. Und dafür würde Miß Collins schon sorgen.

Noch ehe er im »Hirschen« anlangte, mußte er mehreren Leuten Bescheid tun, so daß er dachte: Also bei uns geht es heute aber zu. Wie in London. Nie zuvor hatte er eine derartige Geschäftigkeit erlebt, noch dazu an einem ganz gewöhnlichen Montag. An Samstagen war die Dorfstraße schon ein bißchen bevölkert, aber die übrige Woche lag sie wie ausgestorben da.

Als er die Wirtsstube betrat, fragte ihn die hinter der Theke stehende Mrs. Booth ohne jede Einleitung:

»Kommen Sie ihretwegen?«
»Ja, Mrs. Booth.«
»Sie sitzt im Nebenzimmer und ißt gerade einen Bissen. Übrigens« – sie lehnte sich über das Schankpult und fiel in vertrauliches Flüstern –, »was halten Sie von ihr, hm? Das ist mir schon eine Nummer, finden Sie nicht auch?« Sie stieß ihm den Zeigefinger in die Brust. »Ich gehe jede Wette ein, daß die noch keine drei Tage aus dem Gefängnis raus ist. Ihre Haut sieht aus, als wäre sie monatelang mit dem Tageslicht nicht in Berührung gekommen. Da könnt' ich drauf schwören. Und was sagen Sie zur neuen Straße?«
Peter wich ihrem eindringlichen Blick aus. Er hatte noch nie viel Zeit an Mrs. Booth verschwendet – irgendwie kam er mit ihr nicht zurecht. Vielleicht deshalb, weil seine Mutter sie nicht ausstehen konnte. Es gab da so ein gewisses Gerede, daß sie einmal seinem Vater nachgelaufen sein sollte. Folglich sagte er nur, ohne auf ihre vielsagenden Bemerkungen näher einzugehen: »Kann ich hinein?«
»Ja, ja, gehen Sie nur.« Mrs. Booth wischte die Theke mit dem ochsenblutfarbenen Arm ab, und er lief durch den Gang, der zum Nebenzimmer führte.
Beim Eintreten sah er die Fremde an dem Ecktisch neben dem Fenster sitzen. Sie hob die Augen vom Teller, blickte ihn einen Moment an und sagte dann mit schleppender Stimme: »Hallo! Sie waren aber schnell.«
»Nun ja« – er machte ungelenk ein paar Schritte auf sie zu –, »repariert habe ich noch nichts an Ihrem Wagen.« Als er vor ihrem Tisch angelangt war, blickte er auf sie hinab und dachte, daß es tatsächlich so war, wie Mrs. Booth gesagt hatte: Ihre Haut sah nicht so aus, als wäre sie in letzter Zeit allzuviel mit dem Tageslicht in Berührung gekommen. Es war auch nicht die zu Blondinen passende übliche Blässe, das stimmte. Aber gleich Gefängnis! Wieder mal echt Mrs. Booth, gleich das Schlimmste anzunehmen. Eher dürfte es sich wohl, wie er sich schon vorhin gedacht hatte, um ein kräftiges Make-up handeln.

»Wollen Sie sich nicht setzen?«
Peter warf einen Blick auf die Tür. Mrs. Booth verfügte über ein reichlich launenhaftes Naturell; man wußte bei ihr nie, wie man dran war, und er steckte schließlich noch in seinem schmutzigen Overall. Die da benahm sich derart ungezwungen, als gehöre der »Hirsch« ihr. Er mußte über sich selbst lachen und nahm animiert auf einer Stuhlkante Platz, ehe er begann: »Also ich sag' Ihnen lieber gleich, was ich davon halte. Ich könnte den Wagen zwar wieder auf Vordermann bringen, wissen Sie, aber das würde Sie ganz schön was kosten. Deshalb würde ich Ihnen raten, sich lieber einen anderen zu kaufen, einen gebrauchten. Wohlgemerkt« – er lachte kurz auf – »ich habe keinen zu verkaufen. Nicht daß Sie denken, ich versuch' Ihnen was anzudrehen oder Sie zu irgendwas zu überreden.«
Sie lehnte sich in ihrem Stuhl zurück und sah plötzlich irgendwie sehr müde aus. Und so klang es auch, als sie fragte: »Wieviel würde die Reparatur kosten?«
Er biß sich auf die Lippen, überlegte einen Moment und meinte dann zögernd: »Das ist im Moment schwer zu sagen. Man müßte den Wagen auseinandernehmen und neu zusammensetzen. Und der Motor liegt in den letzten Zügen. Sie verstehen also, daß es schwer ist, auf den Penny genau zu sagen, was das kosten würde. Ungefähr um sechzehn Pfund herum, denke ich. Vielleicht etwas mehr.«
Sie sah ihn an, und ihre dunkelbraunen Augen wirkten beinahe schwarz im Gegensatz zu ihrem Haar. Und dann stand sie auf, trat ans Fenster und drehte ihm den Rükken.
Auch er erhob sich und fügte zögernd hinzu: »Außerdem fürchte ich, daß es einige Zeit dauern wird, bis ich die Ersatzteile bekomme.«
»Wie lange?« Sie sagte es, ohne sich umzuwenden.
»Zwei Wochen – vielleicht auch drei. Ich muß die alten erst ins Depot schicken. Deshalb würde ich es, wie gesagt, für besser halten, wenn Sie ihn abschreiben und sich

einen andern zulegen. Aber das bleibt natürlich Ihnen überlassen.«

Als sie nichts darauf antwortete, dachte er: Du verdammter Narr, du – bringst dich glatt ums Geschäft. Was ist los mit dir? Seit einer Woche war kaum was in die Kasse gekommen, und da wollte er einen solchen Auftrag fahrenlassen. Er schüttelte über sich selbst den Kopf, heftete den Blick auf ihren Rücken und dachte mitleidig: Guter Gott, ist sie mager.

Dann sah er die Zwillinge über den Rasenstreifen auf den »Hirschen« zulaufen. Tony Boyle, der Dorftrottel, trabte kreischend hinterdrein, und Penelope, die zahme Ente, versuchte, mit ihnen Schritt zu halten.

Verstümmelte Wortfetzen, von Tony ausgestoßen, drangen durchs offene Fenster. Er schrie: »Laß mich, Jimmy ... Jimmy ... Johnnie, laßt mich ... Petter sagen. Muß Petter sagen.«

»Ein hübscher Landstrich, wirklich«, sagte sie.

Peter zog die Augenbrauen hoch. Eben erst hatten sie über Autos gesprochen. Aber er lächelte und erwiderte: »Ja, das stimmt. Es gibt keinen besseren. Zumindest glaube ich das. Wenn man hier gelebt hat, kann man meiner Meinung nach nirgendwo anders glücklich sein.«

»Ich werde hierbleiben, bis der Wagen fertig ist.«

Die Plötzlichkeit dieses Entschlußes verblüffte ihn.

Sie wandte ihm noch immer den Rücken zu, und er sagte in naiver Überraschung: »Hierbleiben? Aber es kann zwei, drei Wochen dauern, wie ich Ihnen bereits erklärt habe. Vielleicht sogar noch länger. Das weiß man vorher nie.«

Die Fremde drehte sich um und sah ihn an. Ihr Gesicht war ausdruckslos, ihre Miene verriet nichts. Und als sie keinerlei Anstrengung unternahm, zu reden, fuhr er etwas lahm fort: »Aber wenn Zeit keine Rolle spielt« – er fügte nicht hinzu: und Geld –, »dann liegt es natürlich bei Ihnen.«

Ihr Blick hielt den seinen auf merkwürdige Weise fest, bis er verlegen wurde, und da fiel ihm wieder Mrs. Booths

Bemerkung ein. Doch schob er diesen Gedanken rasch wieder beiseite. Dann hörte er sich selbst fragen: »Sind Sie auf Urlaub?«
»Ja, ja. In gewisser Weise.« Sie trat wieder an den Tisch und setzte sich. »Nehmen die hier Pensionsgäste auf?« Sie sah auf ihr halbaufgegessenes Mahl nieder.
»O ja, zwei können sie unterbringen. Zur Zeit haben sie niemanden.«
»Dann bleibe ich, bis Sie den Wagen in Ordnung gebracht haben.«
Sie lächelte zu ihm auf. Peter bemerkte jedoch, daß ihre Augen nicht mitlächelten; ihr Lächeln war rein äußerlich.
»Das liegt ganz bei Ihnen.«
»Ja, das liegt bei mir.«
Ebenso wie in ihrem Blick lag auch in ihrer Art zu antworten etwas ganz Besonderes, so daß er ihr richtig verlegen gegenüberstand. Sie war die ungewöhnlichste Kundin, die ihm seit langem über den Weg gelaufen war. Und ihre Stimme ... Er machte die Entdeckung, daß er ihr gern zuhörte. »Sind Sie Amerikanerin?« fragte er linkisch.
»Nein.«
Als sie nicht näher darauf einging, sagte er nur lahm: »Oh.«
»Pst! Peter! Komm her!«
Er drehte sich zum Fenster und entdeckte über dem niedrigen Sims die Gesichter der Zwillinge und hoch über denselben das breitflächige Antlitz Tony Boyles, der mit offenem Mund hereinstarrte und schließlich wild gestikulierend hervorstotterte: »Hi-hie-hierher, Petter!«
Peter runzelte die Stirn und sagte beinahe heftig: »Verschwindet da! Ich bin in einer Minute bei euch draußen.«
Das Mädchen hatte sich auf dem Stuhl umgewandt und blickte von den drei Gesichtern fragend zu ihm. Er grinste abermals und erklärte leicht verlegen: »Das sind meine Brüder.« Dann fügte er hastig hinzu: »Der Große natürlich nicht. Das ist Tony. Er ist ein bißchen sonder-

lich, wissen Sie.« Bißchen war ja leicht untertrieben, dachte er; aber die Leute ängstigten sich für gewöhnlich, wenn das Wort »schwachsinnig« fiel.
»Wir müssen dir was sagen, Peter – es ist dringend, ehrlich!«
Die beiden Kleinen streckten die Köpfe nun direkt zum Fenster herein, und Peter befahl ihnen mit verlegener Stimme abermals: »Seht, daß ihr weiterkommt – verschwindet, aber sofort!«
Sie starrten ihn ziemlich überrascht an; dann richteten sie, statt zu gehorchen, ihre dreisten Blicke auf das Mädchen.
Hastig ging Peter nun auf die Tür zu, wo er sich umdrehte und fragte: »Soll ich Ihr Gepäck heraufbringen?«
»Das wäre sehr freundlich von Ihnen.« Abermals lächelten ihre Lippen. Die Geschichte mit den Lausbuben schien sie zu belustigen.
Ohne weiteres Aufhebens lief er den Gang entlang und trat durch die Seitentür ins Freie, denn er wollte Mrs. Booth nicht begegnen. Er wußte nicht recht, wie sie es aufnehmen würde, wenn sie erfuhr, daß das Mädchen als Pensionsgast hierbleiben wollte. Eines war sicher: Mr. Booth würde froh sein, wenigstens ein Zimmer anzubringen, denn das Geschäft ging zumindest während dieser Woche im »Hirschen« genauso »gut« wie die Tankstelle.
Als Peter in den Sonnenschein hinaustrat, kamen die Zwillinge sogleich um die Ecke geschossen, Tony wie immer hinterdrein, und so empfing er sie mit einem heftigen: »Jetzt mal nicht so hastig – nicht alle auf einmal, schön der Reihe nach.« Er fixierte sie drohend. »Eins schreibt euch hinter die Löffel: Wenn ihr seht, daß ich mit jemandem spreche, dann haltet gefälligst den Mund und verschwindet, sonst kriegt ihr Senge, ihr beiden. Das gilt auch für dich, Tony.« Er blickte auf das ungeschlachte Geschöpf, das beinahe so groß war wie er.
»Aber, Petter, ich hab' doch nur ...«
»Halt die Klappe. Ich will es ihm sagen. Es handelt sich

um einen Fisch, wie ein Aal, weißt du, nur viel größer. Er steht im kleinen See«, sagte Johnny ganz aufgeregt und beinahe im Flüsterton. »Komm mit und sieh ihn dir an.«
»Ein Fisch?« Die Strenge schwand aus Peters Zügen.
»Tja, ein riesig großer, langer, dicker – ein Mordsding.«
Peter mußte gegen seinen Willen lächeln, musterte seine kleinen Brüder schelmisch und sagte: »Ein Mordsding, so, so. Wie groß. So?« Mit seinen großen Händen deutete er ein Ausmaß von ungefähr fünfzehn Zentimetern an. Sofort schrien die Zwillinge im Chor: »Nein, Peter, doch nicht so klein!«
»Er ist fast so groß wie Tony, ehrlich! Er ist so lang wie er!« Johnny deutete mit einer Kopfbewegung auf den hinter ihnen dreinschwankenden Spielgefährten. Und Jimmy fügte hinzu: »Riesenehrenwort. So groß wie Tony, ich schwör's.«
»Groß wie ich, Petter, groß-groß wie ich!«
Peter hielt sich die Hand vor, um sein Lächeln zu verbergen, als er sagte: »Diese Geschichte habt ihr euch doch bloß ausgedacht. Ihr wißt ganz genau, daß es keine Aale im See gibt, überhaupt keinen Fisch, der größer als meine Hand ist.«
»Wenn ich's dir doch sage, Peter. Komm und sieh ihn dir an, überzeug dich selbst. Er steht bei der Sandbank und ist klar und deutlich zu sehen.« Jimmy sagte es so würdevoll und fachmännisch, als wäre er nicht sieben, sondern vierzehn Jahre.
Peter, der nun doch verblüfft war, beobachtete die Brüder schweigend. Er wußte, welche Art Fische im See lebten, aber es war ihm auch klar, daß es dort etwas Außergewöhnliches geben mußte, denn die Zwillinge waren keine Dummköpfe, was Fische betraf. Kaum daß sie laufen konnten, hatten sie auch schon zu fischen begonnen. Sämtliche Puddletons waren Angelnarren. Und deshalb war die Verlockung, es mit einem derartigen Riesen zu tun zu haben, einfach zu groß für Peter. Er vergaß einen Moment lang Kundin, Wagen und Gepäck und sagte verschwörerisch: »Also, paßt auf, wir müssen schnell ma-

chen, denn ich hab' zu tun. Du, Jimmy, läufst zum Urgroßvater und bittest ihn, er soll die Tankstelle im Auge behalten. Dann komm uns zur Wilkins-Abzweigung nach, dort treffen wir uns. Jetzt ab mit dir.«
Er hatte kaum ausgesprochen, da war Jimmy schon auf und davon. Und Peter zog mit Johnny, Tony und Penelope, die ihre Mißbilligung darüber herausquakte, daß die Rennerei immer noch kein Ende hatte, eilends los, die Hecke des Gasthofs bis zu dem Durchschlupf entlang, durch den man direkt auf die Felder gelangte. Und innerhalb einer Minute waren sie im Wald. Nach weiteren zwei Minuten Laufen hatten sie das riesige Brombeergestrüpp passiert, durch das man mit wenigen Schritten die Sandbank, die in den See hinausführte, erreichte.
Nachdem Johnny die Führung übernommen hatte, deutete er ins Wasser und sagte: »Hier war's.«
Peters Augen folgten den Fingern seines kleinen Bruders, aber es gab nicht das mindeste Anzeichen für die Anwesenheit eines Fisches. Er kannte das schwerdefinierbare Wellengekräusel, das ein Karpfen hervorrief, die Windungen des Rotauges, das Spritzen des Lachses – aber hier war nichts dergleichen zu sehen. Nur eine kleine Weißfischfamilie, die im Sonnengekringel spielte.
»Er war aber da!« sagte Johnny in beinahe wehklagendem, tiefenttäuschtem Ton. Und als Jimmy durch die Brombeersträucher geschlüpft kam und schrie: »Habt ihr ihn – hast du ihn gesehen, Peter?«, sagte Johnny nur mißmutig: »Nein, er ist weg.«
»War es tatsächlich ein Aal? Du weißt doch, wie ein Aal aussieht?« fragte Peter und sah von einem zum andern.
»Nein, es war kein Aal«, sagte Johnny. »Wir kennen Aale, Peter. Der da war viel größer. Er sah aus wie ein Aal, war aber länger, bedeutend länger.«
In diesem Augenblick ließ Penelope aus dem Unterholz ihr weithin schallendes Gequake ertönen, und Peter meinte spöttisch: »Ihr macht's doch nicht schon wieder wie Penelope, wie? Quakt bloß durch die Gegend, ohne daß was dahintersteckt?«

»Nein, ehrlich, Peter. Davon kann diesmal keine Rede sein. Stimmt's, Johnny?« sagte Jimmy direkt beleidigt. Johnny nickte heftig und geradezu empört über diese Zumutung.
Plötzlich schrie Tony ganz außer sich: »Da ... da! Petter ... Fisch ... Fisch!«
»Wo? Wo denn, Mann?«
»Da, Petter.«
Peters Blicke suchten die Wasserfläche ab, auf die Tonys heftig gestikulierende Arme hindeuteten. Und dann sah er ihn und brachte sie allesamt mit einer einzigen Handbewegung zum Schweigen. Er beobachtete mit offenem Mund, wie der Fisch im seichten Gewässer dahinglitt und wie sich sein Leib silberfunkelnd vom dunklen Schlamm abhob. Langsam ließ Peter sich auf die Sandbank nieder, schnappte nach Luft und konnte einfach nicht glauben, was er da mit eigenen Augen sah. Diese Länge! Diese Länge! Gut einen Meter zwanzig, wenn nicht noch mehr. Was der wohl wiegen mochte? Zehn, zwölf Pfund, mindestens. Es war der größte Aal, den er in seinem ganzen Leben gesehen hatte, oder besser gesagt: von dem er gehört hatte. Peter fröstelte richtig vor Aufregung. Er hatte ja hier überhaupt noch nie einen Aal gesichtet, von welcher Größe auch immer. In einem Waldsee gibt es keine Aale ... In den Flüssen, natürlich, dort schon, sowohl im Nord- als auch im Südtyne. An der Featherstone-Brücke hatte er einmal einen ungefähr sechzig Zentimeter langen rasch vorbeigleiten sehen; aber dieser da übertraf selbst die kühnsten Träume des fachkundigsten Anglers. Er mußte einen Durchmesser von rund fünfundzwanzig Zentimetern haben.
Der Aal glitt weiter. Das sich im Wasser spiegelnde Sonnenlicht verwandelte ihn in reine Perlmutter; es sah aus wie ein Strom innerhalb eines Stroms. Er kam näher, und dann – dann sah er Peter, wie es diesem vorkam, geradewegs an. Alles war aus seinen Gedanken fortgewischt: Tankstelle, neue Straße, Frauen und zu reparierende Wagen. Das Tier war eine ausgesprochene Schönheit, bei

Gott, ein Wunder. Oh, wenn sein Vater ihn nur sehen könnte. Er würde es nicht glauben, ehe er ihn mit eigenen Augen erblickt hatte. Aber sie mußten vorsichtig sein mit dieser Neuigkeit, denn wenn die Dorfbewohner von der Sache Wind bekamen, würde jedermann hinter ihm her sein. Peter keuchte geradezu, als der Fisch plötzlich aufglitzerte und davonspritzte, aber es gelang ihm, ihn mit den Blicken so weit zu verfolgen, bis der Aal an eine tiefere Stelle kam, unter die sonnenbeschienene Böschung schwamm und dann reglos über dem Schlamm stehenblieb.

Sie hatten die Köpfe zusammengesteckt und ihre Augen auf einen Punkt gerichtet, und Peter sagte leise und aufgeregt zu ihnen: »Jetzt paßt einmal auf! Das wird keiner Menschenseele außer Pa verraten, verstanden? Du auch, Tony?«

»Ja, ja, Peter.«

»Natürlich, Peter.«

»K-l-a-r, Petter ...«

»Gibt's was zu fischen?«

Den vieren war völlig entgangen, daß jemand die Lichtung betreten hatte, und sie wären, als die Stimme erklang, um ein Haar ins Wasser gefallen, so sehr verloren sie vor Schreck das Gleichgewicht. Als Peter seine Fassung wiedergefunden hatte und sich umdrehte, sah er sich seiner Kundin gegenüber. Er wurde ein bißchen rot und dachte: Du meine Güte, ihr Gepäck.

»Ich habe einen kleinen Spaziergang gemacht und euch gehört.« Abermals fragte sie: »Fischt ihr?«

»Nein, nein, im Moment nicht.« Er kratzte sich den Kopf, dann lachte er kurz auf und sagte: »Die Jungs haben mir vorhin was erzählt, das ich einfach nicht glauben konnte. Es klang wie Anglerlatein, aber es ist tatsächlich wahr.«

»Was haben Sie denn entdeckt? Vielleicht einen Zehnpfünderlachs?« Aus ihrer Stimme klang leichter Spott.

»Nein, Lachse gibt es hier nicht. Aber es befindet sich etwas im See, was ich nie und nimmer drin vermutet hät-

te.« Er kniff die Augen zusammen. »Und ich wette, auch Sie haben noch niemals dergleichen gesehen.«
»Was ist es?« Sie kam näher. Peter schob die Zwillinge zur Seite, kniete sich auf die Sandbank und winkte sie heran. Und als sie neben ihm kauerte, deutete er aufs Wasser und sagte: »Sehen Sie das dort unten?« Er hörte sie nicht nur aufkeuchen, er spürte es förmlich. Sie steckte mit ihrer Aufregung alle an, als sie ausrief: »Nein, so was! Ein Aal!«
»Haben Sie denn schon mal einen gesehen?« Es lag eine Spur von Enttäuschung in Peters Stimme. Sie sah nicht so aus, als ob sie über Fische überhaupt Bescheid wüßte, geschweige denn über Aale.
»Dutzende.«
»Dutzende?« Es klang ausgesprochen ungläubig. Sie wandte ihm ihr Gesicht zu und wiederholte ernsthaft: »Ja, Dutzende.«
»Wo denn?«
»Ich bin in Norfolk zur Welt gekommen und habe jahrelang am Fluß gewohnt.«
Das schlug doch dem Faß den Boden aus! Und er hatte sie für eine Amerikanerin gehalten.
Abermals richtete sie ihre Blicke auf den Aal, während ihr Kopf keine Handbreit von dem seinen entfernt war, und unwillkürlich schnupperte Peter. Sie duftete angenehm, ganz anders als Florrie. Aber schließlich benutzte Florrie nur ein Parfüm, wenn sie ausging, und auch dann war es nicht imstande, den Geruch nach Pferden zu übertönen. Und Mavis Parfüm . . . Er schob den Gedanken jäh beiseite.
»Oh, sie ist eine Schönheit, wirklich.«
»Sie?«
»Natürlich, das sieht man doch. Ist sie schon lange da?«
»Glaub' ich nicht. Ich komme ziemlich oft hierher und hab' sie noch nie gesehen. Ich hab' überhaupt noch keinen Aal in diesem See gesehen. Er liegt zu weit ab von den großen Flüssen. Bin neugierig, wie lange sie hier bleibt.«

»Nicht lange, denke ich. Sie ist ganz ausgewachsen und wartet nur darauf, zurückkehren zu können.« Sie machte eine bewundernde Kopfbewegung, und ihre langsame Artikulation wurde noch deutlicher, als sie hinzufügte: »Das ist einmal ein wirkliches Glanzstück, wie wir in Norfolk dazu sagen.«
Sie starrten die Fremde allesamt an, und Jimmy kicherte drauflos, senkte jedoch den Kopf, als sie sich umwandte, ihn musterte und fragte: »Nun, wie nennt ihr sie denn?«
»Nennen? Gar nicht, Miß. Aal bleibt Aal.« Er lugte zu ihr auf unter seinen dichten Brauen und lächelte, und sie erwiderte sein Lächeln und sagte: »Also, wir haben sie immer Glanzstück genannt. Stimmt doch auch. Seht nur, wie herrlich sie glänzt.«
Abermals kicherte Jimmy. Dann fiel Johnny ein, und Tony, der nicht zurückstehen wollte, stieß einen hohen, hysterischen Schrei aus, was das Mädchen dazu veranlaßte, ihn groß anzusehen. Tony hüpfte wie ein tanzender Derwisch herum, bis Peter ihn anschrie: »Nun aber genug, Tony! Er ist völlig harmlos«, sagte er dann, das Gesicht wieder dem Wasser zukehrend, leise zu der Fremden.
»Davon bin ich überzeugt. Ich fürchte mich nicht vor ihm.« Auch sie sah nur den Aal, sonst nichts.
Das Haar war ihr übers Gesicht gefallen, und Peter dachte: So sieht sie viel besser aus . . . jünger. Jedoch wußte er jetzt, daß sie kein junges Mädchen mehr war, nicht mit diesem Aussehen und diesem Gang. Ein junges Ding hätte auch nicht dieses gewisse Etwas in den Augen gehabt, das fast archaisch wirkte.
Unvermittelt stand Peter auf und sagte: »Ich werde jetzt lieber umkehren. Tut mir leid, Miß, wegen des Gepäcks. Ich bring' es sofort zum ›Hirschen‹. Das Malheur bei mir ist, daß ich einem Fisch niemals widerstehen kann.«
»Nein?« Sie wandte den Kopf, und zum drittenmal während ihrer kurzen Bekanntschaft betrachtete sie ihn genau. Dieser prüfende Blick verwirrte ihn so sehr, daß er das Gefühl hatte, bloß aus Armen und Beinen zu beste-

hen. Folglich haspelte er etwas befangen: »Ich möchte Sie nur um einen Gefallen bitten, Miß. Wir haben ausgemacht, niemandem etwas davon zu erzählen.« Er deutete mit einer Kopfbewegung aufs Wasser. »Ausgenommen meinem Vater. Wenn die Männer im Dorf wüßten, was es da für ein Prachtexemplar von Aal gibt, würden sie alles dransetzen, ihn zu fangen.«

»O nein!« Sie war aufgesprungen, ihre bisherige Ruhe war wie weggeblasen. »Nein, das möchte ich um keinen Preis. Das Weibchen ist auf dem Heimweg ins Sargasso-Meer, zum Laichen. Man muß ihr doch zumindest eine Chance geben, durchzukommen.«

Peter kniff leicht die Brauen zusammen. Sogar darüber wußte sie Bescheid. »Tja«, sagte er, »das ist ihre Bestimmung. Also werden Sie im Gasthof nichts davon sagen, Miß, nicht wahr?«

»Nein, natürlich nicht.«

»Schönen Dank. Ich werde jetzt sofort Ihre Koffer holen. Kommt jetzt, Rasselbande.«

Er winkte seine Brüder und Tony herbei; die quakende Penelope watschelte voran, und als er sich gerade daranmachen wollte, ihr zu folgen, sagte das Mädchen: »Ich habe nichts anderes zu tun. Ich könnte hier sitzen bleiben und Störenfriede abwimmeln.«

Er wußte nicht, ob sie sich über ihn lustig machte oder nicht, also sagte er: »Nun, das können Sie tun. Es gibt Schlimmeres, als hier am Ufer zu sitzen.« Für den Bruchteil einer Sekunde erwiderte er ihren prüfenden Blick, ehe er herumschwenkte und den andern folgte.

2

Gegen sechs Uhr abends würde nicht einmal die Besitzerin selbst den Alvis wiedererkannt haben. Nach den in der ganzen Werkstätte verstreut herumliegenden Teilen zu schließen, hätte man annehmen können, daß der Wagen explodiert sei. Peter hatte beschlossen, dem alten Kasten eine anständige Behandlung angedeihen zu lassen. Wenn das Mädchen schon dazu entschlossen war, ihn wieder auf die Straße loszulassen – nun, dann sollte dies wenigstens in bestmöglichem Zustand geschehen. Obwohl er zugeben mußte, daß dies in diesem speziellen Fall nicht viel besagte; schließlich konnte er keine Wunder vollbringen.
Der Nachmittag war außergewöhnlich schwül gewesen, und da Peter sich nun ebenso müde wie hungrig fühlte, beschloß er, für heute Schluß zu machen und heimzugehen. Also dehnte und streckte er sein lahmes Kreuz, wischte sich den Schweiß von der Stirn, holte tief Luft und war gerade dabei, sich aus dem »Büro« genannten Glasverschlag den Schlüssel zu holen und abzusperren, als ein feuerroter MG mit aufkreischenden Bremsen nur wenige Zentimeter von der Zapfsäule entfernt stehenblieb. Peter schoß mit derart wutverzerrtem Gesicht herum, daß er beinahe nicht mehr wiederzuerkennen war. Aus war's mit der wohlverdienten Entspannung nach getaner Arbeit. Nun stand ein finster blickender, zornroter Tankstellenbesitzer in der Tür und kläffte mit einer Stimme los, die die seines stimmgewaltigen Urgroßvaters womöglich noch übertraf: »Himmelherrgott noch mal, Davy Mackenzie, kannst du dir diese ver-

fluchte Unart absolut nicht von allein abgewöhnen? Muß ich sie dir wirklich eines Tages noch mit meinen Fäusten austreiben!«

»Ach, halt doch die Luft an. Spiel dich nur nicht so auf«, sagte der kleine, hagere, junge Mann seelenruhig und kletterte mit hochmütiger Miene aus dem Wagen. »Keine Angst, deinen kostbaren Zapfsäulen passiert schon nichts. Die stehen alle noch da, was willst du denn?« Er deutete darauf hin. »Immer mit der Ruhe, Mann.« Abwartend verharrte er da und betrachtete Peters wutverzerrtes Gesicht mit einem schiefen Grinsen. Dann besah er sich die Bestandteile des Alvis, ging mit hochgezogenen Augenbrauen, die deutlich zum Ausdruck brachten, was er von diesem Wrack hielt, drum herum und blieb schließlich vor dem Glasverschlag stehen. Er versetzte der umgestülpten Bierkiste, die dem Großvater als Sitzplatz diente, einen Fußtritt, drehte sich um, reckte das Kinn in die Luft und sagte plötzlich ganz freundlich: »Hör mal, Peter. Ich will lieber gleich zur Sache kommen. Ich hab' nämlich was auf dem Herzen.«

»Da sagst du mir ganz was Neues!«

»Schrei mich nicht gleich an. Also: Dad hat Cuthberts Fuhrunternehmen gekauft, und ich will nicht leugnen, daß wir ziemlich versessen auf einen Platz sind, auf dem wir die Lastwagen hier unterbringen können. Ich habe dir vierhundert Pfund geboten, will aber gern noch was zulegen. Wir wollen dir neunhundert für das Ganze geben. Also, fairer kann man wirklich nicht sein. Es ist ein verflixt gutes Angebot, wenn du mich fragst. Die Tankstelle, das ist doch eine tote Angelegenheit, das weißt du genau.«

Wenn Peter etwas aus der Ruhe brachte, wurden seine Hände stets rastlos. Auch jetzt rieb er sie sich derart heftig mit dem Putzlappen ab, daß man meinen hätte können, die Haut müsse im nächsten Moment in Fetzen herabhängen. Er beschäftigte sich angelegentlich damit, bis er sich so weit in der Gewalt hatte, mit der anscheinend

allergrößten Ruhe zu sagen: »Du bietest mir also neunhundert Pfund für eine tote Angelegenheit! Nur dafür, daß du deine Lastwagen wo einstellen kannst, und bestimmt nicht deshalb, weil die neue Straße hier durchgehen wird, wie?« Ohne den Kopf zu heben, sah er Davy fest an, bis dieser die Augen senkte und heraussprudelte: »Aber, ich bitte dich, darüber wird seit Jahren geredet. Das ist doch reines Geschwätz, weiter nichts.«
»Jetzt redet man nicht mehr bloß darüber, jetzt wird die Sache endlich in Angriff genommen, und das weißt du auch. Daß es sich um kein Geschwätz mehr handelt, geht schon daraus hervor, daß du mir für diesen Platz hier auf einmal neunhundert Pfund anbietest, wo du noch vor wenigen Tagen behauptet hast, er sei keine fünfhundert wert. Du legst also mir nichts, dir nichts über Nacht vier Hunderter dazu, nur um deine Lastwagen unterzubringen.«
»Schön«, sagte Davy und nickte bedächtig. »Es ist schon so, wie du behauptest. Trotzdem handelt es sich um ein faires Angebot. Denn wenn die Straße tatsächlich hier durchgeht – wo willst du das Geld hernehmen, um dich entsprechend zu vergrößern? Das frag' ich dich. Du kannst mir noch solange einreden, was das hier alles wert ist – eins steht fest: Geld ist heutzutage knapp. Und du würdest zumindest dreitausend brauchen, um hier etwas Nennenswertes aus dem Boden zu stampfen. Natürlich kann man's auch anders machen, das hab' ich dir ja vorige Woche ohnehin angedeutet.«
»Ich weiß, ich weiß«, warf Peter rasch ein. »Du hast was von Teilhaberschaft dahergefaselt. Davon hab' ich schon früher mal läuten hören. Also, jetzt paß einmal gut auf: Ich verkaufe nicht, ein für allemal. Und sollte ich mir je einen Teilhaber suchen, dann ganz bestimmt nicht dich. Das müßtest du längst wissen, wenn du nicht so verdammt dickhäutig wärst.«
Diese absolut unmißverständliche Feststellung schien Davys Gefühle keineswegs zu verletzen, denn er erwiderte in beschwichtigendem Ton: »Gut, gut, reg dich

nicht auf! Ts – in meinem ganzen Leben bin ich keinem Burschen wie dir begegnet. Zu jedermann benimmst du dich wie das reinste Lämmchen, nur mir gegenüber nicht. Komisch, wirklich. Hab's nie verstanden.«
Peter sah Davy verächtlich an. Dieser Kerl würde glatt eine Kobra verschlingen, wenn er sich was davon verspräche. Aber schlagartig verwandelte sich die Verachtung wieder in weißglühende Wut, als Davy mit leiser Stimme und listigem Lächeln auf ihn einredete: »Kommt noch das Private dazu, Peter. Wenn du gedenkst, in unsere Familie einzuheiraten, dann wirst du dir doch bestimmt nicht zu gut sein, etwas von dem anzunehmen, was von unserer Mavis kommt, nicht wahr?«
Einen Moment lang war Peter nicht imstande, ein einziges Wort hervorzubringen. Aber als es ihm dann gelang, geschah es explosionsartig, und er brüllte los: »Ich heirate nicht in deine beschissene Familie ein – also zerbrich dir darüber gefälligst nicht den Kopf!«
Sie starrten einander schweigend an, bis Davy sagte: »Oh, so ist das also?« Schlagartig waren jede Freundlichkeit und jedes Lächeln aus seiner Miene verschwunden. Während die Ablehnung des geschäftlichen Angebotes ihn offensichtlich kaum berührt hatte, verhärtete die zweite Ablehnung seine Züge. Man konnte ihm ansehen, daß er jetzt seinerseits zornig war.
»Nein, damit du nur Bescheid weißt! Außerdem ist das einzig und allein meine Angelegenheit, verstanden.«
»In dem Punkt irrst du dich, Junge. Das ist nicht ausschließlich deine Angelegenheit. Mavis ist meine Schwester, und ich werde nicht zulassen, daß du mit ihr Schindluder treibst.«
»Hör mal, verschwinde, aber schleunigst, wenn ich dir raten kann!« Abermals ließ Peters Gebaren keinerlei Zweifel aufkommen. Und da auch Davy wie angewurzelt stehenblieb und die beiden einander fuchsteufelswild anstarrten, wurden sie wieder an ihre Schulzeit erinnert, während der es pausenlos heiße Kämpfe zwischen ihnen gegeben hatte.

Wie immer war es Davy, der als erster seine Selbstbeherrschung zurückgewann, und bei dieser Gelegenheit geschah es sogar noch schneller als üblich, indem er sagte: »Ach, Peter, wir sind Hitzköpfe. Was zwischen dir und Mavis ist, ist wirklich deine Sache, genau wie du sagst.« Er sah Peter noch einen Moment an, als warte er auf eine treffende Entgegnung. Aber die einzige Reaktion seines Gegners bestand in einem zornigen Funkeln seiner Augen. Da lachte Davy nur auf, drehte sich auf dem Absatz um und sagte: »Ich komme morgen wieder vorbei.«

»Den Weg kannst du dir sparen.«

Der Motor heulte auf, und der Wagen schoß in Richtung Dorf davon. Peter warf den Putzlappen in die Ecke und schrie: »Verdammt!«, und dann abermals: »Verdammt!« Weshalb nur ließ er sich von diesem Kerl jedesmal ärgern? Es gab keinen Menschen auf der ganzen Welt, der ihn derart zu reizen vermochte wie Davy Mackenzie. Wie konnte er ihm allein deshalb, weil er ganze zweimal mit Mavis ausgegangen war, unterschieben, daß er in deren Familie einheiraten wolle. Mein Gott – Florrie hatte ganz recht behalten.

Mit langen Schritten eilte er zum Glasverschlag, ergriff den Schlüssel und ging zur Tür, wo er sich plötzlich dem Gegenstand seiner Gedanken – nämlich Mavis höchstpersönlich – gegenüberfand.

In Peters Gesicht spiegelte sich offene Verblüffung. Es hatte beinahe den Anschein, als hätte Davy Mavis herbeigezaubert und sie vor dem Werkstattor abgesetzt, damit sie seine und ihre Sache verfechten könne.

»Hallo!« Mavis' leicht hervorstehende blaue Augen sahen zu ihm auf, und ihre Lippen unternahmen die stets vergebliche Anstrengung, sich über den etwas vorstehenden Zähnen zu schließen, was sie auf höchst kultivierte Art tat. Alles an Mavis war kultiviert – oder was sie dafür hielt: von den kleinen Schuhen angefangen bis zur sorgfältigen Dauerwelle. Natürlich erst recht ihre Aussprache. Denn Mavis sprach keinen Dialekt, wie es

hier herum üblich war, o nein – sie drückte sich äußerst gewählt aus. Und nur, wenn sie einmal die Fassung verlor, verrieten gewisse Worte, woher sie tatsächlich stammte.
»Ich dachte, ich sehe mal rasch vorbei, um dir guten Tag zu sagen . . . Ich bin heute etwas früher weggekommen.«
Peter sagte nichts, er schaute nur.
»Mein Gott, war es heiß heute im Büro. Zum Verschmachten.«
Immer noch Stillschweigen seinerseits.
Mavis sah nun durch leicht zusammengekniffene Lider zu ihm auf. Dann fuhr sie sich über den schwellenden Busen und sagte, indem sie die Augen senkte: »Oh, habe ich mich heute geärgert. Dieser Mr. Pringle war wieder unausgesetzt hinter mir her, tatsächlich. Ich glaube, ich werde dort aufhören müssen.«
Peter strich sich mit seinen leicht öligen Händen übers Haar. Warum nur, um alles in der Welt, hatte er sich auf so was eingelassen! Bereits am Samstag abend hatte er gewußt, daß er sie nicht ertragen konnte, und dennoch hatte er sie für Sonntag wieder eingeladen. Er mußte verrückt gewesen sein, rein verrückt. Selbst Florrie war es unbegreiflich gewesen, daß er es mit Mavis Mackenzie zwei Abende lang ausgehalten hatte. Noch ein solcher Abend, und er würde glatt durchdrehen. Mavis war ihm schon immer auf die Nerven gegangen – ein Grund, weshalb er sich stets bemüht hatte, sie sich vom Leibe zu halten. Und nun mußte er sich eine derartige Geschichte einbrocken . . .
»Gehst du heute abend aus?«
Der Schweiß rann Peter aus dem zerzausten Haar über die Stirn; er zog einen Putzlappen aus der Hosentasche und murmelte dabei: »Ich hab' eine große Reparatur zu erledigen.« Mit einer Kopfbewegung deutete er nach hinten auf die Einzelteile des Wagens.
Während Mavis den Kopf schieflegte und das Stahlgerippe des Alvis betrachtete, kam ein verständnisvoller, ja sogar mütterlicher Schimmer in ihre Augen. »Ich werde

nach dem Tee herunterkommen und dir Gesellschaft leisten«, sagte sie.
Abermals senkte sie die Lider und bemühte sich, die Lippen zu schließen, als Peters deutlich bestürzter Ton sie dazu veranlaßte, die Augen aufzureißen.
»Nein, das wirst du nicht, besten Dank! Ich hab' alle Hände voll zu tun. Da kann ich niemanden – ich meine . . .« Was er tatsächlich meinte, konnte er ihr nicht sagen, also drehte er sich um, murmelte etwas von Zusperrenmüssen, schloß das Schiebetor und sperrte ab.
»Was ist denn los mit dir?« Mavis' Stimme ließ nun etwas von ihrer ewigen Geziertheit vermissen, und Peter antwortete über die Schulter: »Gar nichts ist los.«
»Ich dachte mir, weil . . .«
Er hängte den Schlüssel an seinen Platz und sagte gereizt: »Solltest du lieber bleibenlassen. Denken ist Glückssache.«
»Hör mal!«
Nun war er gezwungen, sich umzudrehen und sie anzusehen. Er fragte: »Was?«
»Ich möchte eine Erklärung.« Ihr Kopf war hochaufgerichtet, und ihre Lippen hatten das Unmögliche um ein Haar zustande gebracht.
Er reckte die Brust heraus. »Und ich möchte meinen Tee und mich waschen . . . Ich bin müde.«
Als er drauflosmarschierte, erreichte ihn ihr abermaliges »Hör mal«, aber nur mehr leise. Und er dachte: Schon gut, lauf nur zu deinen Leuten und verklag mich bei denen. Um ihn einzufangen, hätten sie schon früher aufstehen müssen, diese Idioten!
Aber obwohl seine Gedanken so energisch und selbstsicher waren, fühlte er selbst sich alles andere als das. Es war schon so, wie Florrie gesagt hatte: Mavis gegenüber mußte man deutlich werden; bei der bedurfte es mehr als eines derartig kleinen Vorfalls, um sie abzuwimmeln.

Peter war immer noch ziemlich beunruhigt und völlig verschwitzt, als er das Elternhaus betrat. Er wollte gerade

die Hände unter den Wasserhahn halten, als seine Mutter ihn von der Küchentür her fragte: »Wer ist denn das ›Glanzstück‹ – weißt du es?«
Er drehte sich rasch um. »Warum?«
»Sperr mal deine Ohren auf.« Sie deutete mit einer Kopfbewegung an die Decke, und er bemühte sich, zu verstehen, was die Jungs da droben sangen.
Rosie grinste übers ganze Gesicht, als sie sagte: »Muß eine Art Lied sein, das sie über jemanden im Dorf gemacht haben. Horch mal.«

»Glanzstück ist prächtig, Glanzstück ist schön,
Für Glanzstück würd ich 'ne Meile gehn,
Über Stock und Stein, durch Wald und Flur
und alles für Glanzstück, für Glanzstück nur.«

»Eine hübsche Melodie, leicht zu behalten. Hab's nie zuvor gehört – du vielleicht?«
»Nein«, antwortete Peter grinsend, dann wandte er sich wieder zum Ausguß. Nie im Leben hatten das die beiden Jungs da droben zustande gebracht. Da steckte sicher die Fremde dahinter. Und seine Mutter dachte, daß es sich um jemanden im Dorf handle. Komisch, so was.
Eine Weile war es still, dann sagte Rosie in völlig verändertem Tonfall plötzlich: »Dein Vater ist noch nicht daheim. Wenn er wieder im ›Hirschen‹ versumpft ist, dann kracht's aber, das kann ich dir flüstern.«
Die hübsche Melodie, die die Jungs noch immer sangen, schien völlig vergessen. Rosie rumorte nun heftig mit Tellern und Tassen in ihrer Küche, und Peter, dem die Seife in den Augen brannte, konnte sich lebhaft ausmalen, was seinen Vater beim Nachhausekommen erwarten würde.
O Gott, seufzte er innerlich. Das war etwas, was er nicht ausstehen konnte: Wenn seine Mutter über seinen Vater herfiel, mochte sie dabei noch so sehr im Recht sein. Als Zufluchtsstätte vor Mavis war das Elternhaus heute abend wieder mal ungeeignet, das konnte er sich an den Fingern einer Hand abzählen. Als er jedoch mit dem Ab-

trocknen fertig war, sah Peter, daß es für den Bus nach Allendale bereits zu spät war, und da ein Spaziergang viel zu riskant war, weil Mavis ihm dabei garantiert über den Weg laufen würde, blieb einzig und allein der »Hirsch« übrig. Dorthin würde Mavis ihm bestimmt nicht folgen. Die Mackenzies waren durch die Bank Abstinenzler, schon aus purem Geiz . . .

Peter hatte sich derart rasch gewaschen, umgezogen und sein Abendessen verdrückt, daß Rosie ihn mit argwöhnisch gekräuselter Stirn fragte: »Gehst du heute abend noch aus?«

»Ja, in den ›Hirschen‹.«

Früher einmal hatte sie ihn vor dem »Hirschen« gewarnt. »Du willst doch nicht etwa werden wie er«, hatte sie in deutlicher Anspielung auf seinen Vater gesagt. Aber nun verriet ihre Miene offensichtliche Erleichterung. Immer noch besser der »Hirsch«, als Mavis Mackenzie. Sie lächelte ihn an, und es klang überhaupt nicht nach Stichelei, als sie hinzufügte: »Ich werde bald sämtliche Mahlzeiten drüben servieren müssen.«

»Tjaja, schon möglich. Das wird ein Festtag werden.«

Beide mußten lauthals lachen bei dieser unwahrscheinlichen Vorstellung.

Als er durch die Vordertür aus dem Haus trat, bemerkte ihn sein Urgroßvater, der wie immer am Fenster saß. Warnend und in dem hörbaren Bestreben, leise zu sein gab er Peter seine Instruktionen: »Halt die Ohren steif, Junge. Sie schauen schon alle die ganze Zeit nach dir aus da drüben. Ihren Mienen nach zu schließen hast du heute nichts mit der Ziege ausgemacht, und jetzt zerbrechen sie sich offensichtlich ihre verdammten Schädel darüber, wo du wohl hingehen wirst.«

Peter antwortete nicht, sondern warf seinem Urgroßvater nur einen langen Blick zu. Dem Alten entging doch wirklich nichts! Man würde meinen, daß er in seinem Alter längst darüber hinaus war, sich dafür zu interessieren, was ringsum vor sich ging. Aber weit gefehlt! Obwohl sein Mundwerk von den Leuten gefürchtet war, hatte er im allgemeinen mit allem, was er sagte, recht. Auch diesmal, denn als Peter aus dem Gartentor trat, entdeckte er hinter Mackenzies Vorhängen eine Bewegung. Dieser Umstand verlieh seinen Schritten Flügel, so daß er im Handumdrehen in Reichweite des »Hirschen« war. Schon hörte er das unverkennbare Klicken von Mackenzies Haustür. Er drehte sich nicht erst um, um nachzusehen, wer hinter ihm herkommen mochte, aber es bedurfte all seiner Selbstbeherrschung, die letzten paar Meter zum Gasthof nicht im Spurt zurückzulegen. Sowie er den sicheren Hafen, sprich Schankraum, erreicht hatte, warf er einen Blick durchs Fenster. Und wirklich, es stimmte! Da überquerte sie auch schon hastigen Schritts die Straße, um nur ja diesen sündigen Platz hinter sich zu lassen. Peter seufzte erleichtert auf, grinste und wurde mit launigen Zurufen begrüßt.

»Spendierst du eine Runde auf die neue Straße, Peter?«

»Peter Puddleton, der zukünftige Millionär, der Glückspilz, der als einziger im Dorf überschüssigen Grund und Boden und noch dazu eine Tankstelle hat.«

»Schätze, daß du der einzige bist, der was dabei gewinnen wird, Peter.«

»Geschieht dir ganz recht«, erwiderte Peter dem Zurufenden gutgelaunt. »Der alte Parkinson hat jahrelang versucht, seinen Bauplatz anzubringen, und ihr habt ihn bloß ausgelacht. Wer zuletzt lacht, lacht am besten.«

»Was soll's sein, Peter?« ertönte Mr. Booths farblose Stimme.

»Oh.« Peter drehte sich zur Theke um. »Ein Bier, Stan, ein kleines, wie immer ... War vielleicht mein Pa da?«

»Was heißt war. Ist es noch immer.«

»Wo denn?« Peter blickte sich um.

»Drüben beim Pfeilwerfen, mit der Dame.«

Langsam machten Peters Augen die Runde. Aber um die Ecke, wo sich die Zielscheibe mit der Korkauflage befand, konnte er nicht sehen. Eines fiel ihm jedoch sofort auf: Alle Gäste hatten sich so hingesetzt, daß diese Ecke in ihrem Blickfeld lag.

Mit einer gespielt gleichmütigen Geste nahm er sein Glas und suchte sich einen Platz, von wo auch er diese Vorgänge beobachten konnte. Er kam gerade rechtzeitig, um zu sehen, wie die Fremde beinahe aus dem Gleichgewicht geriet, als sie ihren Wurfpfeil abschoß. Peter beobachtete, wie sich ihr schlanker Körper krümmte und dann nach vorn schnellte. Einen winzigen Augenblick lang verstummten Geschwätz und Gelächter, dann schrien alle durcheinander, als handle es sich um eine einmalige Heldentat: »Zweimal zwanzig, zweimal zwanzig!«
»Zweimal zwanzig, nein so was! Also, Miß, das ist aber bestimmt nicht das erstemal, daß Sie beim Pfeilwerfen mitmachen.«
Peter lächelte und wandte sich wieder ab. Es lag auf der Hand, daß seine Kundin Anklang fand.
Anscheinend war das Wurfpfeilspiel beendet, denn nun kamen alle zur Theke: die Fremde in Begleitung von Harry Puddleton und Bill Fountain. Peter spitzte die Ohren und schnappte auf, wie sein Vater zu dem Mädchen sagte: »Was soll's diesmal sein, Miß? Los, bestellen Sie sich was Kräftigeres als einen Grapefruitsaft.«
»Hallo, Junge«, rief er dann quer durch den Schankraum, und Peter sagte, indem er sich quasi überrascht umdrehte: »Hallo, ihr da drüben«, ehe er leiser hinzufügte: »Warst du schon daheim?«
Harry strahlte zwar noch immer, heftete jedoch den Blick auf Peter, während er in liebenswürdigem Ton antwortete: »Nein, noch nicht, Junge.« Dann wandte er sich an Mr. Booth: »Zwei Bier und einen Grapefruitsaft, Stan.«
»Hallo, Peter.«
»Hallo, Bill.«
Bill Fountain machte ein Gesicht, als hätte er eben das große Los gezogen. Da hörte sich doch alles auf: Sowohl sein Vater als auch Bill wirkten in diesem Moment wie Hähne, wenn's Frühling wird, dachte Peter bei sich.
Und nun grüßte ihn auch das Mädchen.

»Oh, hallo, Miß.« Es war, als hätte er erst jetzt ihre Anwesenheit bemerkt, und obwohl er lächelte, klang seine Stimme nicht direkt begeistert.
Der Blick des Mädchens ruhte voll auf ihm, wie bereits mehrmals zuvor. Es schien so eine Art Kniff von ihr zu sein, einem fest in die Augen zu sehen, und obwohl er so tat, als berühre ihn das überhaupt nicht, machte es Peter irgendwie verlegen. Er wußte nicht recht, ob er sie mochte oder nicht, war jedoch sicher, daß er im letzteren Falle mit seiner Einstellung unter allen Gästen des »Hirschen« völlig allein dagestanden hätte. Aber wie dem auch immer sein mochte: Er konnte nicht anders, als verschiedenes an ihr zu bemerken, zum Beispiel ihre Augen. Trotz ihres forschenden Ausdrucks sahen sie müde aus, sehr müde; jedoch fragte er sich, ob im Hintergrund nicht dennoch eine Spur von Lachen zu finden sei. Dieser Verdacht veranlaßte Peter, sich von ihr abzuwenden, wobei er allerdings fest entschlossen war, nicht seinem Vater das Feld zu überlassen, damit der weiterhin Süßholz raspeln konnte. Also stützte er die Ellenbogen auf die Theke und fragte leichthin, aber leise: »Und wie geht's dem Glanzstück?«
Das Mädchen ergriff sein Glas, nippte von dem Grapefruitsaft, ließ dann den Blick über die Theke zu einer Flaschenbatterie auf einem darüber angebrachten Brett schweifen und antwortete mit derselben Beiläufigkeit: »Sehr gut, danke vielmals.«
Am liebsten hätte er über die ganze Geheimniskrämerei laut herausgelacht. Er fühlte sich richtig aufgeräumt, als ob sie beide auf verschlüsselte Weise etwas höchst Wichtiges besprächen.
»Wann haben Sie sie zuletzt gesehen?« fragte er weiterhin in leisem Ton.
»Ungefähr vor einer Stunde. Gehen Sie nochmals hin, bevor es dunkel wird?«
Peter leerte sein Glas auf einen Zug, ehe er sich festlegte. Die Erfahrungen, die er mit Mavis gemacht hatte, lagen ihm immer noch im Magen. Dennoch hörte er sich selbst

sagen: »Ja, ich glaube, ich werde noch einen Abstecher hinmachen und sie mir ansehen.«
Kaum war dies heraußen, wußte er auch schon, daß er sich da auf etwas Dummes eingelassen hatte. Klirrend stellte er sein Glas nieder, als sie zurückflüsterte: »Ich denke, ich werde sie mir auch noch einmal angucken.«
Er wandte den Kopf mit einem heftigen Ruck um und starrte sie an. Sein Mund stand in dem Bemühen, Einspruch zu erheben, leicht offen; dann blickte er wieder weg, geradewegs in den Spiegel, wo er zu seiner Bestürzung entdeckte, daß es im ganzen Schankraum keinen einzigen Gast gab, der nicht neugierig zu ihnen herübergespäht hätte. Wenn er mit ihr zur Tür hinausging, würde das Dorf kopfstehen, und wenn sie beide gar erst miteinander im Wald gesehen würden . . .! Im Wald hielten sich nur dreierlei Kategorien von Dorfbewohnern auf: Fischer, die zum See gingen, spielende Kinder und Liebespaare. Und zur Zeit gab es bloß drei Paare, die einander heftig genug den Hof machten, daß man ihnen allgemein das Recht zuerkannte, sich in den Wald zurückzuziehen.
Seine Wangen liefen unter den dunklen Bartstoppeln rosig an, als sie sich abermals leise und mit einem unmißverständlichen Glucksen in der Stimme an ihn wandte: »Ich werde mir den Mantel holen und einfach die Dorfstraße hinunterschlendern.« Sie betonte das Wort »schlendern«, wandte sich dann Harry zu und sagte: »Danke für das Spiel.«
Sofort brach Harry sein Gespräch mit Bill ab und konzentrierte seine volle Aufmerksamkeit auf das Mädchen. »War mir ein Vergnügen, Miß! Bin jederzeit zu einem Spielchen bereit – egal, ob ich jetzt gewinne oder verliere.«
»Dasselbe gilt auch für mich und alle übrigen.« Billy kostete die Vorfreude offensichtlich jetzt schon aus.
Als sie den Männern reihum zulächelte und Harry sich, übers ganze Gesicht strahlend, zu ihr hinüberneigte, fragte sich Peter, was wohl an seinem Vater dran war, daß

er so gut mit Frauen zurechtkam. Offensichtlich bemerkten sie gar nicht, daß er schielte, obwohl dieser Umstand doch keiner Menschenseele entgehen konnte. Wahrscheinlich waren es sowohl seine Unbefangenheit als auch seine Keckheit. Er wünschte, daß er von beiden Zügen mehr geerbt hätte.

Nachdem das Mädchen in einem regelrechten Chor von »'n Abend, Miß«, »Wiedersehen, Miß« und »Gute Nacht« zur Tür hinausgegangen war, kam Mrs. Booth aus dem Nebenzimmer, drehte sich, nachdem sie ihrem Stan die Getränkebestellungen durchgegeben hatte, um, sah den drei Männern ins Gesicht und stichelte: »Sie scheinen sich ja heute ausgezeichnet zu unterhalten, meine Herren!«

»Was meinen Sie damit?« fragte Harry.

»Was ich damit meine? Daß es keine ärgeren Narren als die reifen Jahrgänge gibt.«

»Also, wie findest du das, Bill?« Harry richtete sein nicht vom Schielen befallenes Auge gekränkt auf Bills vor Lachen hüpfenden Bauch. Aber ehe noch die zu erwartende saftige Antwort erfolgte, verdrückte sich Peter. Er war nicht in der Gemütsverfassung, dem Geplänkel der beiden zuzuhören, wenn es auch Mrs. Booth galt. Außerdem konnte er es nicht riskieren, hierzubleiben; am Ende kam das Mädchen glatt noch auf den Gedanken, ihn von hier abzuholen. Bei Frauen wußte man schließlich nie ... Er sah sich zwischen ihr und Mavis bereits in des Teufels Küche.

Als Peter die Tür, die auf die Veranda führte, öffnen wollte, rief Harry ihm nach: »Du gehst schon, Junge?« Ohne sich umzudrehen, erwiderte Peter über die Schulter kurz und bündig: »Ja, siehst du doch.«

Mrs. Booths Blicke verfolgten ihn, und als sie bemerkte, daß er sich nicht heimwärts wandte, eilte sie rasch zum Hintereingang des Hauses. Bill drehte sich zu Harry um und fragte: »Sag mal, Harry, dein Peter hat sie wohl schon gekannt, was?«

»Glaubst du?«

»Hm.«
»Nein, nein, der hat sie heute zum erstenmal gesehen.«
»Tatsache?«
»Na klar. Weshalb?«
»Nun ja«, Bill kratzte sich das Kinn, »er ist eben doch ein richtiger Puddleton. Diesmal ist er dir sogar um eine Nasenlänge voraus, Harry, obwohl ich das nie für möglich gehalten hätte.«
»Was meinst du damit, Bill?« fragte Harry und machte auf einmal ein verdutztes Gesicht.
»Hast du denn nicht gehört, Mann? Sie haben sich verdammt vertraulich angeredet. ›Wie geht's meinem Glanzstück?‹ hat er gefragt. Genau das waren seine Worte! Hast du's denn nicht mitbekommen?«
Harry hatte sich eben seine Pfeife angezündet und wäre an dem ersten Zug beinahe erstickt.
»Immer mit der Ruhe, Mann«, sagte Bill. »Ist's dir vielleicht in die falsche Kehle geraten?«
»Sieh nur zu, daß dir deine Lügen nicht in der Kehle stekkenbleiben«, sagte Mrs. Booth, die nun wieder hinter der Theke stand. »Wißt ihr, was ich gerade in Erfahrung gebracht habe? Daß unser Gast einen Waldspaziergang zu machen gedenkt. Wo es doch schon beinahe dunkel ist. Und wie ich außerdem feststellen konnte, ist sie keineswegs die einzige, die was für Schummerstunden in der Natur übrig zu haben scheint.«
Mit einem bedeutsamen Kopfnicken schritt Mrs. Booth mit vollem Tablett zur Tür hinaus, und Harry, der immer noch hustete, klopfte sich auf den Mund und sagte: »Du hast den Nagel auf den Kopf getroffen, Bill. Der Junge gerät mir nach.« Dann leerte er sein Glas in einem Zug und meinte: »Es wird besser sein, ich verschwinde jetzt. Sonst tobt meine Alte wieder. Auf bald, alter Dickwanst.« Harry versetzte Billys »Balkon« einen scherzhaften Stoß und ging lachend zur Tür, während sich Bill, gleichfalls lachend, mit dem Rücken an die Theke lehnte und genüßlich sein Bier schlürfte. Herrgott, dieser Harry war schon ein Kerl, wahrhaftig!

Während er sich in Gedanken mit seinem Freund beschäftigte, dämmerte es ihm langsam, daß er ihn gar nicht am Fenster vorbeigehen sehen hatte. Der war also noch gar nicht nach Hause gegangen, sondern mußte sich noch immer im Hof herumtreiben. Oder sollte er am Ende auch . . .? Langsam kratzte sich Bill am Kopf.

Nachdem er sein Bier ausgetrunken und ein bißchen nach links und rechts geplaudert hatte, ohne die Blicke vom Fenster zu wenden – nach wie vor war kein Harry aufgetaucht –, trat Bill in den Hof hinaus, wo er jedoch keine Spur von seinem Freund entdecken konnte. Was ihn sogleich dazu veranlaßte, die saubergestutzte Hecke des Gasthofgartens in Augenschein zu nehmen. Er kannte den Durchschlupf nur zu gut und wußte genau, daß es von dort ein Katzensprung in den Wald war. »Harry«, sagte Bill bloß halblaut, »das hättest du nicht tun sollen.«

Dann sah er sich um. Es war keine Menschenseele zu entdecken, und die Dämmerung sank herab. Niemand konnte ihm was anhängen, wenn er die ›Abkürzung‹ auch für sich in Anspruch nahm. Ein Loch in der Hecke war ja schließlich für jeden da . . .

Es ist erstaunlich, wie rasch dicke Leute sich bewegen können, wenn's drauf ankommt. Bill jedenfalls war blitzartig verschwunden. Allerdings nicht blitzartig genug für Mrs. Booths scharfe Augen.

Denn als sie von der Hofseite den Schankraum betrat, flüsterte sie ihrem Mann, der sich hinter dem Whiskyfaß gerade selbst einen genehmigen wollte, rasch zu: »Was glaubst du wohl, wohin Fountain verschwunden ist? Durchs Loch in der Hecke direkt in den Wald. Der Bursche steigt garantiert hinter der her.«

Mr. Booth wandte sein langes Pferdegesicht seiner Frau zu, ließ sich aber nichts anmerken, als er zurückwisperte: »Fountain? Damit wären's bereits zwei. Denn Peter ist ihr sicher als erster nachgegangen.«

»Drei sind's, darauf kannst du Gift nehmen. Harry Puddleton läßt sich so was auf keinen Fall entgehen.« Mrs.

Booth sah richtig zornig aus, und ihre Stimme klang wütender als sonst. Aber die einzige Veränderung, die mit Mr. Booth vor sich ging, bestand darin, daß sein Gesicht noch länger zu werden schien, als er kurz bemerkte: »Je mehr es sind, desto weniger spielt sich ab.«
»Glaubst du! Da bin ich gar nicht so überzeugt.«
»Schweig, Frau.« Das war ein Befehl. »Leute wie sie bringen Gäste ins Haus. Du wirst sehen, morgen ist es hier gestopft voll. Also halt gefälligst deine Zunge im Zaum. Denen kannst du sagen, was du willst. Aber nicht ihr. Und was Harry Puddleton anlangt . . .« Mr. Booth ließ diese Bemerkung unvollendet und warf seiner Frau nur einen bedeutsamen Blick zu. Worauf diese ihr Kinn in die Höhe reckte und ins Nebenzimmer abschob.
Es lag auf der Hand, daß Mr. Booth, sollte er schon nicht völlig Herr im Haus sein, zumindest an der Theke und in bezug auf sämtliche damit verbundenen Geschehnisse das Kommando führte.

So gemächlich, wie seine langen Beine es ihm gestatteten, hatte Peter versucht, durch den Wald zu schlendern. Sollte ihn zufällig jemand hier sehen, so machte er eben einen Spaziergang. Oder er ging schlicht und einfach fischen. Aber ohne Angel und im Dunkeln? Also, das war keine gute Ausrede. Zum Teufel, wen kümmerte es schließlich, was er tat? Er straffte die Schultern und hob den Kopf in die Höhe; seine Haltung wirkte jedoch trotzdem ziemlich unsicher. Was, wenn Mavis am Ende . . . Ach, zum Teufel auch mit Mavis! Und ebenso zum Teufel mit Florrie!
So zu denken war wirklich anmaßend, aber seine angeborene Vorsicht stellte ihm sofort die Frage: Wäre es nicht doch peinlich für ihn, um diese Zeit mit der Fremden aus dem »Hirschen« im Wald gesehen zu werden? Rasch rechtfertigte er sich: Sie war ja nicht der Grund dafür, daß er hierherkam; höchstwahrscheinlich würde er ihr ohnehin nicht über den Weg laufen. Er ging bloß auf einen Sprung zum See, um sich den Aal nochmals anzusehen,

und dann würde er sofort zum Abendessen heimgehen und sich bald darauf schlafen legen. Nun, wenn man das so darstellte, klang es ja ganz plausibel; aber würde er mit dieser Art von Ausrede durchkommen, falls man ihn tatsächlich mit dem Mädchen ertappte? Derartige Überlegungen waren zuviel für ihn, und so verließ er unvermittelt den Hauptweg und wanderte über den sumpfigen Boden durch das Gestrüpp, das ihm beinahe bis zur Schulter ging, so daß er ziemlich zerzaust und aufgelöst schließlich den Pfad erreichte, der direkt zum See führte.

Da lag das Gewässer vor ihm: düster, malerisch und unheimlich. Nur daß sich jetzt keine sylphenartige Gestalt über die Wasseroberfläche neigte. Langsam ging er auf die Sandbank zu. Immerhin merkwürdig, daß sie nicht hier war. Er ließ den Blick übers Wasser schweifen, in dem ein kleiner Schwarm Rotaugen nach schwarzen Mücken schnappte, die müde und träge dahintaumelten. Vielleicht hatte sie sich verirrt – wer konnte das wissen? Nein, ziemlich unwahrscheinlich: Sie hatte den Weg ja bereits zweimal im Verlauf des Tages gefunden . . . Aber jetzt war es schon ganz dunkel.

Von der gegenüberliegenden Uferböschung ließ sich ein Teichhuhnpärchen in den See gleiten; ihre paddelnden Füße kräuselten das Wasser, und sie hinterließen eine doppelreihige Lichtspur. Die beiden schwammen zu der großen, abgestorbenen Eiche, die bereits halb im Wasser hing und ihre weitausladenden Äste in den kleinen See streckte. Peters Augen suchten das rasch dunkler werdende Wasser nach der Silberlinie des Aals ab. Aber nichts regte sich, außer den umherschnellenden kleinen Weißfischen. Wahrscheinlich hatte das Aalweibchen in der Mitte oder auf der anderen Seite, wo es tiefer war, Zuflucht gesucht. Er wollte in aller Frühe wiederkommen, aber nun hielt er es für besser, nach seiner Kundin Ausschau zu halten. Falls sie vom Weg abgekommen und ins Sumpfgebiet geraten war, würde sie sich vielleicht ängstigen, jetzt in der zunehmenden Finsternis.

Peter wollte sich gerade umdrehen und die Lichtung ver-

lassen, als ihre Stimme an sein Ohr drang. Er kniff die Brauen zusammen, so überrascht war er, als er sie mit dieser so charakteristischen, leicht glucksenden und trägen Stimme sagen hörte: »Das ist ja alles nur ein Fischermärchen, Mr. Puddleton.«
»O nein, es ist Tatsache, Miß – so wahr ich hier stehe.«
Sein Vater! Er war also noch immer nicht heimgegangen. Da hörte sich doch alles auf! Kein Wunder, daß seine Mutter aus dem Häuschen geriet. Peter verspürte plötzlich einen ungewöhnlichen Zorn gegen seinen Vater in sich aufsteigen, kniete sich wieder auf die Sandbank und konzentrierte seinen Blick aufs Wasser.
»Nein, so was, jetzt hast du uns doch tatsächlich geschlagen, Junge!«
Peter musterte die beiden rasch von der Seite; das Mädchen eilte auf ihn zu und fragte eifrig: »Ist sie hier?«
Es war sonderbar, aber er brachte kein Wort heraus. Und als sie sich neben ihn kauerte und ihr Mantelärmel seinen Arm berührte, dachte er aufgebracht: Sie ist genauso schlecht wie er. Es belustigt derlei Frauen anscheinend, Männern den Kopf zu verdrehen.
»Sie kann noch nicht fort sein«, sagte Harry. »Der Boden ist zu trocken. Es wird auch in der Nacht keinen Tau geben. Sehen Sie mal« – er ging neben ihr in die Hocke und lenkte ihre Aufmerksamkeit auf ein paar Blasen an der Wasseroberfläche –, »da schwimmt ein altes Männchen. Ich hab' ihn immer schon fangen wollen, es ist ein Karpfen. Haben Sie schon mal einen gesehen, Miß?«
»Ja, ja, natürlich.«
Hat ihn schon immer fangen wollen! Peter sprang mit einem Ruck auf. Sein Vater war ja dauernd auf Fischzug, und wenn es auch nur darum ging, ein Lächeln zu erhaschen, wie in diesem Falle von der Fremden. Kein Wunder, daß die Puddletons im Dorf berüchtigt waren – ach, was sage ich: im ganzen Umkreis! Schon gut, schon gut, schalt er sich selbst. Was war nur los mit ihm? Er wußte doch um die Schwäche seines Vaters; es hatte also keinen Sinn, sich darüber aufzuregen. Aber er war ärgerlich.

»Ich gehe«, entschied er.
»Wart eine Minute, bleib ruhig!« Harry drehte sich so heftig um, daß er beinahe das Gleichgewicht verlor, dann stand er auf. Und als er seinen Sohn ansah, wurde seine Miene einen Moment lang nüchtern, und in seinen Augen stand eine Art Bitte zu lesen: eine Bitte um Verständnis dafür, daß die Natur sich weigerte, das Alter zur Kenntnis zu nehmen. Etwas davon klang auch aus seinen Worten, als er, indem er sich den Mantel zuknöpfte, sagte: »Ich gehe jetzt heim, Junge. Deine Mutter wird schon warten. Ich habe meine Zeit ohnehin weit überzogen, aber ich hab' einem Fisch nie widerstehen können, das weißt du ja.« Er machte eine Pause und lächelte, dann nickte er dem Mädchen zu – das noch immer auf der Sandbank kniete und so tat, als ginge sie das Gespräch nicht im geringsten an – und sagte: »Ich muß mich jetzt verabschieden, Miß. Wiedersehen!«
»Oh, Wiedersehen.« Sie drehte sich freundlich zu ihm herum. »Und danke für die Begleitung.«
»Ich habe zu danken, Miß, war mir ein Vergnügen. Auf bald.« Er nickte Peter zu, überquerte die Lichtung und verschwand zwischen den Bäumen.
Das Mädchen verharrte in seiner knienden Stellung, den Rücken Peter zugewandt. Er rührte sich nicht von der Stelle, und beide starrten eine Weile schweigend in den See. So still verhielten sie sich, daß die Geräusche der Nacht deutlicher zu hören waren: ein Kaninchen, das durchs Dickicht lief, eine Ratte, die aus ihrem Versteck unter der Uferböschung ins Wasser glitt, das Piepsen einer Feldmaus – lauter Geräusche, an die Peter gewöhnt war. Sie doch wohl kaum, dachte er, wobei er ihr souveränes Verhalten bewunderte: Sie hatte beim Anblick der Ratte ebensowenig aufgeschrien, wie sie sich vor der um ihre Köpfe flatternden Fledermaus zu ängstigen schien. Und das war zumindest merkwürdig bei einem Stadtmenschen.
Er sah zu, wie sie sich langsam erhob. Dann sagte sie, während sie sich den Mantel abklopfte: »Ich glaube

kaum, daß wir sie heute noch zu Gesicht bekommen.«
»Bestimmt nicht.« Er lächelte sie ruhig an; im Augenblick war all seine Verlegenheit wie weggeblasen.
»Dann wird es gescheiter sein, wenn wir umkehren.« Sie blickte ihn aus weit geöffneten Augen an.
»Ja.«
Weshalb konnte er nichts anderes als Ja und Nein hervorbringen? Bei Florrie war er nie so wortkarg, nicht einmal bei Mavis.
Er hatte sich umgedreht und wollte schon vorangehen, als ihn der Klang von Schritten, die durchs Unterholz brachen, innehalten ließ. Und dann ertönte eine Stimme, die er sofort als diejenige Bill Fountains erkannte, schon weil sie von einem dröhnenden Lachen begleitet war:
»Ach was, mir kannst du keinen Sand in die Augen streuen, Mann. Du traust dich einfach nicht, die Wahrheit zuzugeben, das ist es.«
»Sei nicht albern, Bill«, hörte er seinen Vater halblaut erwidern. »Ich sag' dir doch, es geht um einen Aal.«
Peter warf dem Mädchen über die Schulter hinweg einen Blick zu, dann sah er wieder weg.
»Och, Harry! Du alter Gauner willst mich doch bloß aufziehen.«
»Hör mal, du Fettwanst, jetzt kommst du auf der Stelle mit, aber sofort!«
Als Peter die beiden näher kommen hörte, biß er sich auf die Lippen, schlenderte jedoch wieder auf die Sandbank zu. Das Mädchen rührte sich nicht, sondern stand mit gesenktem Kopf da, und für einen Moment schien es ihm, als lache sie in sich hinein. Ihre folgenden Worte überrumpelten ihn derart, daß er bis zum Haaransatz rot anlief. »Dann wollen wir ihm doch die Freude machen.«
Er warf ihr einen verdutzten Blick zu, und sie schnitt eine Grimasse.
»Die Freude machen?«
Ohne darauf einzugehen, schlüpfte sie an seine Seite, kniete bedächtig abermals nieder, beugte sich übers Wasser und starrte ins Dunkle.

Peter stand da und wußte nicht so recht, was er von dem Ganzen halten sollte. So was! War die aber abgebrüht. Er fragte sich, wo sie wohl diese Raffinesse gelernt hatte. Und in dem Moment, ehe sein Vater und Bill Fountain auftauchten, schossen ihm eine Menge Fragen durch den Kopf: Woher kam sie? Wohin ging sie? Was hatte sie bisher getan? Wer war eigentlich dieses Mädchen mit der blassen Haut und dem müden Blick, der die erste Vermutung, daß sie noch jung sei, alsbald Lügen strafte. Sie schien alles andere als das zu sein; schon ihr geistesgegenwärtiges Benehmen unterschied sich kraß von der meist schwerfälligen Reaktion, wie sie andere junge Dinger in einer solchen Situation bewiesen hätten. Woraus entsprang ein derartiges Verhalten? Natürlich aus dem Umgang mit Männern. Ihr Blick wirkte jedenfalls wissend genug. Dennoch war sie nicht dieser freche Animiertyp. Dann hätte sie wohl kaum so gut Bescheid über Aale gewußt, schließlich . . .
Harry grinste nicht wie üblich, als er mit Bill im Schlepptau wieder auftauchte, aber ehe er noch eine Erklärung dafür abgeben konnte, hatte sich das Mädchen umgedreht und in geheuchelt überraschtem Ton gesagt: »Oh, Sie sind wieder zurückgekommen?« Und dann zu Bill: »Hallo!«
Es hatte den Anschein, als ob Bill Fountain sein Körpergewicht plötzlich zuviel wäre, denn er verlegte es von einem Bein auf das andere. Und was Harry anlangte, so schluckte der erst mehrmals heftig, ehe er hervorstieß: »Ich wollte ihm die Stelle zeigen, wo wir den Aal gesehen haben, Miß.«
»Natürlich, den Aal. Nun, er war eben noch da.« Als sie die Hand ausstreckte, trat Bill an den Rand der Sandbank und spähte ins Wasser. Dann blickte er sie fragend an: »Tatsache, Miß? Ein Aal? Hier!?«
»Aber ja. Und ein wahres Prachtstück obendrein.«
»Also, das kann ich einfach nicht glauben.« Bill schüttelte den Kopf. »Wer hat ihn denn entdeckt?«
»Die Zwillinge«, fiel Harry ein. »Und wie ich dir schon

sagte, Bill: Wenn Mackenzie oder Crabb davon hören, dann ist es aus mit dem Aal.«
»Tjaja, verstehe.« Dann sah Bill Harry an und meinte mit verlegenem Gesichtsausdruck: »Du willst ihn doch nicht etwa selber fangen, Harry?«
Der reagierte auf diese Frage mit heftigem Kopfschütteln, musterte seinen Freund mit nachsichtiger Empörung und sagte, als müsse er dem Dicken erst die elementaren Lebensgewohnheiten eines Aals auseinandersetzen: »Sie ist auf dem Weg zurück ins Meer und hatte höchstwahrscheinlich eine harte Zeit, bis sie hierherkam. Und ich glaube nun mal daran, daß man jedem Fisch eine faire Chance geben muß.«
»Tatsächlich?« Diese verständnisvolle Charakterisierung, was Fische betraf, war Bill an Harry offenbar neu.
»Ja, tatsächlich. Und zu deiner Information: sie heißt ›Glanzstück‹.«
»Glanzstück?« echote Bill ziemlich verständnislos.
»Jawohl. Die Lady da hat ihr diesen Namen gegeben.«
»Na so was: ›Glanzstück‹.« Bills runde, glänzende, in Fett eingebettete Augen kreisten förmlich rundum: von Peter zu dem Mädchen, dann zu Harry und schließlich abermals zu dem Mädchen. Schließlich kicherte er: »Ein guter Name für einen Aal, Miß. Hab' noch nie dergleichen gehört.«
»Nein?« Ihre Stimme klang belustigt. »Wir haben sie immer so genannt, als wir noch Kinder waren. Wie nennt man sie denn bei Ihnen hier?«
Während Bill sich noch die Antwort auf diese komische Frage überlegte, drang aus nächster Nähe ein Bellen an sein Ohr, was Harry zu einem ruckartigen Heben des Kopfes und zu der Feststellung veranlaßte: »Du meine Güte, das ist doch Felix! Und wo der auftaucht, ist auch der Major nicht weit. Ich hab' keine Lust, das Ganze nochmals durchzukauen. Komm!« Er forderte Bill hastig zum Gehen auf, und der sagte etwas widerstrebend: »Schon gut.« Dann tippte er mit zwei Fingern seiner Hand grüßend an die Stirn und fügte hinzu: »Auf Wieder-

sehen, Miß, und« – wobei er in sich hineinlachte – »Wiedersehen, ›Glanzstück‹.«
Peters einziger Wunsch war im Moment, seinem Vater und Bill auf dem Fuß zu folgen; er verspürte ebenfalls nicht die geringste Lust, dem Major die Sache mit dem Aal zu erklären. Der würde ohnehin kein Wort davon glauben. Wenn er das Tier nicht zu sehen bekam, würde er schwerer davon zu überzeugen sein als sein Vater am Nachmittag. Peter hörte Major Carrington-Barrett loslegen – über den Aal, der nicht vorhanden war, darüber, daß es völlig unmöglich sei, daß im See jemals ein Aal auftauche –, wobei er garantiert jeden Satz mit einem Zitat krönen würde. Der Major hatte nämlich eine allgemein bekannte Schwäche für Zitate. Außerdem würde er, wenn er ihn allein mit der Fremden hier antraf, seine Schlüsse ziehen und am andern Morgen am heimatlichen Frühstückstisch ganz gewiß das Gesprächsthema Nummer eins daraus machen. Peter sah Florrie bereits wieder schäumend vor Wut aufkreuzen.
»Kommen Sie, verschwinden wir.«
In seinem Bestreben, von hier fortzukommen, vergaß Peter im Moment völlig, zu wem er sprach.
»Weshalb die Eile?«
Er warf ihr einen Blick zu und sagte dann: »Das erkläre ich Ihnen später. Kommen Sie.«
Kaum hatten sie die Lichtung hinter sich gebracht, fand Peter, daß er eine rasche Entscheidung treffen müsse. Wenn er den üblichen Rückweg einschlug, würde er glatt in den Major hineinrennen. Also blieb nichts anderes übrig, als den Buchenweg zu nehmen, der direkt bei der Kirche herauskam.
»Lassen Sie uns hier gehen«, sagte er und machte eine scharfe Wendung nach rechts. »Wir müssen eine Weile hintereinander laufen. Es wird gut sein, wenn Sie sich dicht bei mir halten.«
Sie waren bereits ein ziemliches Stück gegangen, ehe er wieder den Mund öffnete, und auch nur, um über die Schulter zu bemerken, daß es jetzt beinahe dunkel sei.

»Ja«, sagte sie sehr leise, und er bemerkte, daß sie ein Stück hinter ihm zurückgeblieben war. So rief er ihr zu: »Sie müssen aufpassen, wo Sie gehen.«
Peter verlangsamte seinen Schritt, aber sie hielt immer noch Abstand, ohne ein Wort zu sagen. Einmal hörte er sie stehenbleiben und drehte sich um. Er bemerkte bloß, daß sie eine Brombeerranke von ihrem Mantel losmachte, und wußte, daß sein Vater gewiß zurückgelaufen wäre, um ihr zu helfen. Aber das einzige, was ihm einfiel, war die Frage, ob alles in Ordnung sei?
»Ja.«
Etwas widerstrebend ging er weiter, bis er zu der Stelle kam, wo der Weg sich verbreiterte. Hier war es noch dunkler, und er blieb stehen und wartete darauf, daß sie aufholte. Danach gingen sie Seite an Seite weiter, aber schweigend.
Ringsum herrschte völlige Stille. Kein Windhauch war zu spüren, nicht das geringste Geraschel zu hören, nur das verhaltene Geräusch, als ihre Füße durch das Laub pflügten. Er blickte in das dunkle Dickicht der Buchen empor. Es war, als würden sie von einem dichten Gewölbe umschlossen, denn kein Lichtschimmer drang hindurch. Peter äugte nach seiner Begleiterin und fragte sich, ob sie sich fürchtete. Wie merkwürdig es doch war, durch einen finsteren Wald zu gehen – noch dazu mit ihr, die er bis vor wenigen Stunden nicht einmal gekannt hatte. Er hätte gewünscht, daß sie etwas sagen würde, irgend etwas. Statt dessen vernahm er ein Geräusch, das wie ersticktes Husten klang, und er spürte mehr, als daß er sah, daß sie nach einem Taschentuch suchte. Etwas später gab sie abermals dieses Geräusch von sich.
Sie näherten sich dem Ende des Buchenwaldes, und es wurde etwas lichter, als sie zu der Stelle kamen, wo Eichen die Buchen zu ersetzen begannen. Da sahen sie den Mond heraufkommen; er war groß und leuchtend gelb und beinahe voll. Fast schien es, als hätte sein Aufgehen den Wind zum Schweigen gebracht. Peter liebte den Mond. Er konnte das Gefühl, das er in ihm auslöste, zwar

nicht beschreiben; er wußte nur, daß er es gern hatte, wenn der Mond über dem Dorf hing und Berg und Tal mit seinem Licht einhüllte. Diesem geheimnisvollen Licht, das etwas ganz bestimmtes in einem Menschen anrührte und ihm sein Inneres enthüllte.

Es gab im Leben Peters Augenblicke, wo die tiefe Poesie der sanften Hügellandschaft völlig Besitz von ihm ergriff. Und dies hier war einer davon. Angeborene Schüchternheit und Ungeschicklichkeit glitten von ihm ab und ließen ihn über sich selbst hinauswachsen. Er gedachte jenes Dichters, dessen Worte in seinem Innern mit solcher Macht durchbrachen, daß er sie gewissermaßen nur nachzusprechen brauchte. Und so zitierte er leise, aber hingerissen Wordsworth:

»Wie seiner Phantasie entsprungen,
So stand es plötzlich vor ihm,
Das liebliche Wesen,
Das heut' ihm begegnet ...«

Derart berückt war er in diesem Moment, daß er den Doppelsinn dieser Sätze gar nicht erkannte. Doch mußte er plötzlich innehalten, weil er sich von einem prickelnden Gefühl durchglüht fühlte. Schwitzend vor Verlegenheit wandte er den Kopf und warf dem Mädchen einen raschen Blick zu. Sie hatte das Taschentuch vor den Mund gepreßt und unterdrückte mit aller Kraft einen Heiterkeitsausbruch.

Da sie mitten in einem Flecken Mondlicht stand, konnte er ihr Gesicht deutlich wahrnehmen. Und nun keuchte sie: »Se ... sehen Sie um Gottes willen nicht so drein! Es ... es ... es tut mir so leid, aber ...« Sie kämpfte vergebens gegen das Lachen an.

»Lachen Sie nur, lachen Sie ruhig«, sagte Peter. »Wenn es Sie erleichtert!« Aber seine Stimme klang bitter und gekränkt. Sie hatte die Hände in die Seiten gestemmt, der Kopf sank ihr auf die Brust, und sie stammelte: »Ich muß ... muß ... muß einfach lachen. Bitte, lassen Sie mich doch.«

Seine Miene zeigte keinerlei Regung. »Kein Mensch hält Sie davon ab.«
Abermals blickte sie zu ihm auf; dann drehte sie sich zum Stamm der Eiche um, vor der sie stehengeblieben war, lehnte sich fest daran an, und zu seiner Verblüffung lachte sie von neuem, immer lauter, daß der ganze Wald davon widerhallte. Für einen Moment hätte man meinen können, dies Lachen setze die Bäume in Bewegung, denn die Äste begannen zu schwanken, und das Laub sank raschelnd zu Boden. Panik ergriff von Peter Besitz, als er sich sagte, daß man sie bis ins Dorf hören würde. Worüber lachte sie nur so? Bloß weil er einen Vierzeiler zitiert hatte? Das konnte doch niemand derart belustigen! Es war auch kein gewöhnliches Gelächter, sondern kam ihm richtig hysterisch vor. Er trat nahe an sie heran und sagte beschwörend: »Pst, leiser.«
»O mein Gott, mein Gott!« Ihr Lachen war richtig ansteckend, und so mußte er einfach lächeln, obwohl er sich ängstlich umsah, als erwarte er, daß jeden Moment das ganze Dorf hier auftauchte.
Abermals versuchte er, auf sie einzuwirken, als ihm siedend heiß einfiel, daß ja Montag war und der Vikar die allwöchentliche Gemeindeversammlung im Pfarrsaal abhielt – keine fünfzig Meter von ihnen entfernt. Diese Vorstellung ließ ihn sie ernstlich anflehen: »Hören Sie bitte, so hören Sie doch – beruhigen Sie sich . . . Seien Sie still! Wissen Sie, wir sind ganz in der Nähe des Pfarrhofs, und die werden . . .«
»Ach, du meine Güte, du meine Güte . . .! Was? Was haben Sie gesagt?« Sie trocknete sich die Augen, aber er gab keine Antwort, sondern wartete darauf, daß sie sich völlig beruhigte.
Langsam ließ sie den Baum los, stand frei da und senkte den Kopf, als versuche sie, sich zu fassen, ehe sie sich zum Weitergehen anschickte. Aber obwohl sie nun nicht mehr herauslachte, hatte sie offensichtlich ihre Selbstbeherrschung noch immer nicht ganz zurückgewonnen, und als sie zu der letzten abschüssigen Stelle kamen, die

direkt auf die Straße hinunterführte, blieb sie stehen und sagte mühsam keuchend und in entschuldigendem Ton: »Ich ... ich muß ein bißchen verschnaufen. Es geht schon vorbei ... gleich, in einer Minute. Oh, es tut mir leid.«

Er stand da und betrachtete sie. Der Mondschein lag nun voll auf ihr und zeigte ihr Gesicht so, wie es vielleicht einmal gewesen war, rosig überhaucht. Ihre Augen waren dunkel und funkelten noch vor verhaltenem Lachen; ihr Mund war groß und blutrot und Peter bemerkte, während sie schweigend weitergingen, daß er feucht glänzte.

»Weshalb haben Sie so gelacht?« fragte er ernüchtert.

Sie schien einen Moment nachzudenken, ehe sie antwortete, und dann sagte sie, noch immer keuchend: »Es hat mehrere Gründe gegeben. Weil es ein so merkwürdiger Tag war. Weil wir den Aal entdeckten – weil ich dann Ihrem Vater im Wald begegnet bin – weil Mr. Fountain geglaubt hat, daß ...« Sie erläuterte diesen Punkt nicht näher, sondern fuhr fort: »Und weil wir sämtlich vor diesem Major Reißaus genommen haben. Und schließlich das Wordsworth-Zitat ...«

Abermals schoß die Hitze in ihm hoch, und er fuhr sich mit der Hand fest über die Lippen.

»Bitte« – obwohl sie immer noch lächelte, lag direkt ein Flehen in ihrer Stimme –, »bitte, seien Sie nicht verärgert.«

»Ich bin nicht verärgert.«

»Doch.« Sie tupfte sich mit dem Taschentuch die Augen ab und fügte hinzu: »Oh, wenn ich mich nicht in acht nehme, fang ich gleich wieder zu lachen an, und das darf ich nicht. Es tut mir wirklich leid.«

»Seien Sie eine Minute still.« Sie gehorchte ihm zwar, gluckste aber durch das vor den Mund gepreßte Taschentuch.

»Da kommt jemand.«

Ihre Augen wurden groß, als wollte sie ihn fragen: Und wenn schon – was beunruhigt Sie daran?

Dann erklangen aus nächster Nähe Schritte, so daß es für

einen Rückzug auf alle Fälle zu spät gewesen wäre. Denn als die beiden die Straße betraten, kamen ihnen vier Menschen entgegen: Mr. Collins, der Vikar, Bridget Collins, dessen Schwester, Mrs. Armstrong, die Posthalterin, und Mavis Mackenzie. Sie schwiegen allesamt, zögerten etwas und starrten das auftauchende Paar mit offenem Mund an. Ihren Mienen nach zu schließen gab es für sie nicht mehr den geringsten Zweifel über den Grund dieses Gelächters. Peter Puddleton war also mit einem jungen Ding im Wald gewesen! Da konnte man es wieder mal sehen: die Herkunft ließ sich eben doch nicht verleugnen! Hier stand er zum Greifen nahe vor ihnen, nachdem er sich lärmend und lachend im Mondenschein mit einer Frau im Wald herumgetrieben hatte. Noch dazu mit einer solchen!

Es war geradezu ein Verhängnis, daß ausgerechnet Mavis als erste einen durch nichts getrübten Blick auf das unmoralische Paar werfen mußte. Die Augen schienen ihr beim Anblick des Mädchens direkt aus dem beleidigten Gesicht zu fallen. Dann starrte sie fassungslos auf den danebenstehenden Peter und rief mit einer Stimme, die ihren ganzen Zorn ausdrückte: »So etwas!«

Nie hatten zwei Worte so viel ausgedrückt.

Normalerweise hätte Peters Reaktion darauf in dem Wunsch bestehen müssen, im Erdboden zu versinken. Aber merkwürdigerweise war ihm keineswegs dementsprechend zumute. In diesem Vorfall – dem Höhepunkt eines ganz und gar absonderlich verlaufenden Abends –, erblickte er sozusagen die Gelegenheit, endlich Mavis loszuwerden. Folglich rief er ihr in einem seiner gewöhnlichen Stimme völlig unähnlichen, direkt männlich klingenden Ton über die Straße hinweg zu: »'n Abend, Mavis.«

Mavis sah ihn mit einem vernichtenden Blick an, schrie ihm ein drohendes »Du!« entgegen und marschierte dann den Dreien nach, wobei sie ganz ihre sonstige Affektiertheit vergaß.

»O Gott!« Das war keine Einleitung zu weiterem Gelächter, sondern der Ausdruck ehrlichen Bedauerns. Das Mädchen sah direkt bekümmert drein, als sie der davonstapfenden Mavis nachsah, dann drehte sie sich um und sagte zu Peter: »Da habe ich ja was Schönes angestellt. Tut mir so leid. Es war dumm von mir, derart zu lachen. Ich muß es ihr unbedingt erklären und die Sache wieder in Ordnung bringen.«

»Nein, das lassen Sie hübsch bleiben.« Hastig hatte Peter die Hand ausgestreckt, um seinen Worten den gebührenden Nachdruck zu verleihen. »Sie werden nicht mit ihr reden.«

»Soll ich wirklich nicht?« Sie blickte ihn forschend an.

»Nein.« Langsam entspannte er sich, ein Lächeln glitt über sein Gesicht, und er sagte leise: »Ich will Ihnen nicht verhehlen, daß Sie mir sogar einen Gefallen erwiesen haben. Außerdem«, fügte er hinzu, »haben Sie das Gerücht Lügen gestraft, daß ich mich nicht zur Wehr zu setzen verstehe und man mit mir alles machen könne.«

»Ehrlich?«

»Ganz ehrlich. Sie hätten es gar nicht besser anstellen können. Eigentlich sollte ich Ihnen danken. Die Wahrheit ist nämlich ...« Er senkte den Blick und sah auf seine Füße hinunter: »... daß ich zur Bequemlichkeit neige und immer den Weg des geringsten Widerstands einschlage. Sie – also diese Mavis – war in diesem Fall der Widerstand, wissen Sie.« Er hob nun den Blick, zwinkerte ihr zu und schloß: »Weil sie das wußte, war sie sicher, mich festnageln zu können.«

Ihre Blicke ruhten ineinander, sie lachten sich an, bissen sich auf die Lippen, um wieder halbwegs zu sich zu kommen, was ihnen auch mit kurzen Unterbrechungen nach geraumer Zeit gelang. Beiden schien es, als hätten sie auf diese Weise die übliche Probezeit für eine Freundschaft im Eiltempo hinter sich gebracht. Und als sie diesen Umstand erkannten, erstarb ihr Lachen, und sie verfielen in Schweigen; sie blickte auf die Straße, während Peter sich abwandte und zum Mond aufsah. Er hatte das Gefühl, jeden Moment in den Ruf: »Ich scher mich doch

den Teufel drum!« ausbrechen zu müssen, und aus einem Grund, den er sich nicht zu erklären vermochte, spürte er, daß er zum Zerspringen glücklich war.
»Merkwürdig, aber der heutige Tag kommt mir wie ein ganzer Lebensabschnitt vor ...«
»Was sagten Sie?« Er wandte sich rasch um, aber sie fuhr fort, auf die Straße hinunterzusehen, während sie wiederholte: »Ich sagte, der heutige Tag kommt mir wie ein ganzer Lebensabschnitt vor – ein kurzes Leben, aber ein Leben.« Sie hob den Kopf und blickte über die niedrige Hecke auf die mondbeschienenen Hügel und ins Tal hinab. Ihre Stimme verriet nun nicht mehr die geringste Spur eines Lachens, sondern war von tiefer Trauer erfüllt, als sie hinzufügte: »Nichts im Leben geschieht jemals so, wie man es erwartet. Wissen Sie, daß ich, als ich heute in dieses Dorf gekommen bin, dachte, nie mehr lachen zu können, und daß es mir nichts ausmachte?« Ihre Stimme erstarb. Er trat rasch an ihre Seite, sah wie sie in die vom Mondlicht erhellte Nacht hinaus und wartete, mit dem merkwürdigen Gefühl, daß sie sich ihm anvertrauen wollte.
Sie fuhr fort, als dächte sie laut: »Es war nichts übriggeblieben, worüber man hätte lachen können. Nur Dinge, über die man weinen konnte. Und Fragen, auf die Schweigen die einzige Antwort war. Von all den Wünschen und Hoffnungen und Kämpfen war nur mehr ein einziges schwaches Sehnen zurückgeblieben.«
Sie wandte sich nun von der Straße ab und bemerkte, daß seine Augen auf ihr ruhten, zusammengekniffen vor Verwirrung. Einen Augenblick lang verharrte sie reglos, indem sie seinen prüfenden Blick erwiderte. Dann fragte sie leise, und ein schwaches Lächeln huschte wieder über ihr Gesicht: »Darf ich Sie Peter nennen? Wenn ich zwei Wochen oder vielleicht sogar noch länger hierbleibe, kann ich doch nicht die ganze Zeit über Mr. Puddleton zu Ihnen sagen.«
Er antwortete nicht sofort. Ihre Augen schimmerten im Mondlicht, der weiche Schatten der Bäume zauberte ein

sanftes Rosa auf ihre Wangen: Sie war schön . . . Sie war das schönste Mädchen, das er in seinem ganzen Leben gesehen hatte. »Wie heißen Sie?« fragte er.
»Leo – Leo Carter.«
»Leo?«
»Ja, Leo. Die Abkürzung von Leoline.«
»Merkwürdiger Name.« Seine Stimme klang heiser.
»Ja, das stimmt.«
Plötzlich fröstelte sie und zog den Mantel enger um sich. »Ich werde jetzt zurückgehen.« Sie streckte abwehrend die Hand aus. »Nein, kommen Sie nicht mit.« Es entstand eine kurze Pause. »Gute Nacht, Pee-ter.« Sie unterteilte seinen Namen. »Auf morgen.«
»Gute Nacht«, sagte er ziemlich mürrisch.
»Gute Nacht, Leo!« korrigierte sie.
Er ergriff ihre Hand und wiederholte gehorsam: »Gute Nacht, Leo.«
Abermals lächelte sie ihm zu, aber nun war es ein schwaches, trauriges Lächeln – dasselbe, daß sie ihm bereits vor Stunden gezeigt und bei dem sie bloß die Lippen verzogen hatte. Peter sah ihr nach, und als sie verschwunden war und er auch ihre Schritte nicht mehr hören konnte, drehte er sich um und kehrte in den Buchenwald zurück. Sonderbar, aber jetzt fühlte er sich keineswegs mehr zum Zerspringen glücklich, sondern es begann sich etwas in ihm breitzumachen, das man am ehesten mit Angst umschreiben hätte können – nur wollte er sich das nicht eingestehen. Hätte sein Vater sich in einem solchen Fall etwa geängstigt? Oder – zu seiner Zeit – der Großvater? Von seinem Urgroßvater gar nicht zu reden. Nein, die hätten garantiert gewußt, wie man eine solche Frau behandeln mußte, selbst wenn sie noch so viele Facetten aufwies. Die hätten sie ganz bestimmt nicht weggehen lassen, ohne alles daranzusetzen, sie aufzuhalten – wo die Nacht doch gerade erst anfing.
Aber schließlich lagen gut zwei Wochen vor ihnen. Und damit nicht genug: Er war ganz sicher, daß sich zwischen ihnen beiden etwas anbahnte!

3

Während er sich anzog, pfiff Peter halblaut vor sich hin, aber ehe er die Schlafzimmertür öffnete, änderte er unwillkürlich seinen Gesichtsausdruck. Dann ging er leise nach unten. Er hatte die Absicht, sich eine Tasse Tee zu machen und aus dem Haus zu schlüpfen, ohne jemanden zu wecken. Aber als er in die Küche geschlichen kam – wer saß da bereits am Tisch, auf dem die Teekanne thronte? Die beiden Alten.

»He, was ist denn mit euch los?« fragte Peter.

»Guten Morgen, Junge«, sagten sie beinahe gleichzeitig. Dann fügte der Großvater, dabei genüßlich seinen Tee schlürfend, hinzu: »Konnte nicht schlafen. Wie immer bei Vollmond.«

Obwohl er dies nicht zum erstenmal hörte, machte Peter diese Bemerkung aus irgendeinem Grund wütend, und er entgegnete ärgerlich: »Red doch keinen Unsinn, Großvater.«

»Unsinn? Das ist kein Unsinn.« Es klang beleidigt. »So was macht sich eben bei alten Menschen bemerkbar, nicht wahr?«

»Tjaja, tut es.« Der Urgroßvater nickte bekräftigend, dann richtete er den trüben Blick auf Peter. »Auch bei deinem Vater, jawohl, auch bei deinem Vater. Hihi.« Er lachte heiser. »Für uns sind die unruhigen Zeiten natürlich so gut wie vorbei.«

Peter sagte mit einem Blick auf die dünnen, knöchernen, aus dem Nachthemd herausragenden Beine: »Ihr wißt doch, was passiert, wenn Mam euch um die Zeit in der Küche entdeckt, oder?«

»Ach was«, stieß der Urgroßvater ärgerlich hervor. »Die soll von mir aus der Teufel holen! Und alle übrigen Weiber dazu. Eine von ihnen wird dich heute oder morgen einfangen, denk an meine Worte. Überhaupt, wenn du dich so lange herumtreibst. Zehn nach zwölf war es, mein Lieber, ich hab' dich genau gehört. Der Mond hat's ihm angetan, hab' ich mir gesagt, jawohl. So spät bist du noch nie heimgekommen. Bist also doch mit dieser Nervensäge von nebenan losgezogen, was? Die andere war's sicher nicht, die ist, knapp bevor es finster wurde, die Straße entlanggaloppiert gekommen, als wenn der Teufel hinter ihr hergewesen wäre. Hat mir sogar zugewunken, tatsächlich. Tja, die ist in Ordnung, nur viel zu jung und naiv für dich. Nein, die ist nichts für dich, Junge. Und die andere . . . da sei Gott vor!« Der Urgroßvater verdrehte die Augen, als suchte er Gott an der Küchendecke, und Peter, der genau wußte, daß jede Bemerkung seinerseits nur zur Folge gehabt hätte, daß man ihn um so mehr ins Gespräch verwickeln würde, flüchtete in die Spülküche hinaus, wo er sich hastig wusch und dann rasch zur Hintertür ins Freie schlüpfte.
Das war der Beginn eines merkwürdigen Morgens.
Um neun Uhr suchte ihn ein Grundstücksmakler auf, der sich als Mr. Funnel vorstellte und ihm zweihundertfünfzig Pfund für das Stückchen unbebauten Landes bot. Kaum war der wieder zur Tür draußen, tauchte der alte Mackenzie höchstpersönlich auf und erklärte ihm in salbungsvollem Ton, daß er gekommen sei, um ihn vor diesem Funnel zu warnen. Sein Besuch währte eine geschlagene halbe Stunde, in der Peter drei Putzlappen verbrauchte.
Ab zehn Uhr dann gab ein Nachbar dem andern die Türklinke in die Hand. Peter nahm natürlich an, daß sich hinter ihrer Redseligkeit nur Neugier verbarg und sie ihn über seine Zukunftspläne aushorchen wollten. Sie standen herum und sahen ihm zu, wie er den Wagen auseinandernahm, wobei sie nach Peters Meinung nichts als Unsinn von sich gaben.

Es war auch in bezug auf den Benzinverkauf ein ausgesprochen guter Tag. Hätte er nichts zu tun gehabt, dann hätte er bestimmt keine vier Liter verkauft. So aber pendelte er den ganzen Vormittag über zwischen dem Alvis und den Zapfsäulen hin und her.
Das Wichtigste von allem war der Besuch der Zwillinge, die ihm berichteten, daß der Aal noch immer da war, sie »die Miß« jedoch nirgends gesehen hatten. Er selbst hatte »die Miß« auch noch nicht zu Gesicht bekommen, dabei ging es schon auf Mittag zu. Man hätte ja, nach den Ereignissen des vorangegangenen Abends, annehmen können, daß sie zumindest an der Tankstelle vorbeischlendern würde, oder? Diese Frage stellte er sich während einer der wenigen ruhigen Perioden. Aber als es zwölf wurde und er sie noch immer nicht zu sehen bekommen hatte, begann er, sich mit ganz anderen Fragen zu beschäftigen. Nämlich ob er den Verstand verloren hätte, sich aufgrund dieser doch höchst bescheidenen Ereignisse gleich weiß Gott was einzubilden. Waren sein Vater und Bill Fountain etwa auch zu derlei Schlußfolgerungen gekommen, nur weil sie ihnen zugelächelt hatte? Hatten vielleicht auch sie sich vorgegaukelt, daß sich »etwas anbahne«!? Bei diesem Punkt angelangt, stellte er ernüchtert fest, daß er verrückt gewesen sein mußte. Nicht nur ein wenig – nein, ganz gehörig sogar. Und mutterseelenallein im Wald herumzustreunen bis um Mitternacht! Vielleicht hatten die beiden Alten mit ihrer Vollmondtheorie gar nicht so unrecht!
Als innerhalb ganz kurzer Zeit drei weitere Autos vorfuhren, um zu tanken, fragte sich Peter, ob die neue Straße nicht längst hier durchginge und er nur noch nichts davon bemerkt habe.
Der letzte Wagen war ungewöhnlich groß und schnittig. Er war dunkelblau lackiert und hatte dunkelrote Sitzpolster. Etwas von seiner Schmuckheit schien sich auch auf den Besitzer übertragen zu haben, der einen hellbraunen Anzug, ein blaukariertes Hemd und lichtbraune Sandalen trug und der sich, obwohl höchstens an die Vierzig, in

ausgesprochen väterlichem Ton an Peter wandte: »Volltanken, mein Sohn. Und dann sagen Sie mir – wo, zum Teufel, bin ich hier?«

»In Battenbun«, erwiderte Peter kurz.

»Also bitte, ich hab' dir ja gesagt, daß es Battenbun sein muß«, ließ sich eine andere Stimme vernehmen. Nachdem Peter sich die Dame mit einem raschen Blick durch die Windschutzscheibe angesehen hatte, tat er die beiden als »Pärchen« ab. Sicher hatte der Kerl irgendwo Frau und Kinder, und die momentane Begleitung war noch ein Überbleibsel vom vergangenen Wochenende. Da das Tankgeschäft eine Fülle von Menschenkenntnis mit sich brachte, waren diese Typen für Peter nichts Neues.

»Ich will nach Durham.«

»Geradeaus, durchs Dorf, erste Kreuzung rechts. Sie können es nicht verfehlen.«

Es geschah, als Peter nach dem letzten Liter den Schlauch zurückhängte. Plötzlich bemerkte er, daß der Mann ausgestiegen war und aufs Werkstattor zuging: er wandte ihm den Rücken und sagte, ohne sich umzudrehen: »Moment mal.« Und als Peter an seine Seite getreten war, sagte er nicht, was er wollte, sondern ging betont lässig in die Werkstatt, ausgerechnet auf Peters »Büro« zu. Und hier ließ er die Katze aus dem Sack.

»Wo, um alles in der Welt, haben Sie diese Autonummer her?« fragte er und deutete auf das neben dem Schiebetor lehnende Nummernschild des Alvis.

Peter antwortete nicht sofort, sondern starrte den Mann nur an. Bis dieser plötzlich kopfschüttelnd und äußerst nervös, was zu seinem bisherigen Verhalten überhaupt nicht paßte, sagte: »Hören Sie, ich kenne Nummer und Wagen, es ist ein Alvis. Wo steckt er?«

Langsam deutete Peter, der den andern nicht aus den Augen ließ, auf die Karosserie im Hintergrund, und abermals machte der Mann eine nervöse Bewegung und rief aus: »Sie haben ihn gekauft! Von wem?«

»Ich hab' ihn nicht gekauft.«

»Nein?«

»Nein, er ist zur Reparatur hier.«
Diese Feststellung löste bei dem Kunden eine merkwürdige Wirkung aus. Er betrachtete die Bestandteile des Alvis, warf einen Blick auf seinen eigenen Wagen und fixierte danach wieder Peter.
»Und die Besitzerin? Wo ist sie?« fragte er nun leise.
»Im ›Hirschen‹«, sagte Peter mühsam und mit angespannter Miene.
»Hier?« Die Nervosität des Mannes steigerte sich.
»Die Straße hinauf, mitten im Ort.«
Der Mann befeuchtete sich die Lippen, ehe er fragte: »Und sie wartet darauf, bis er fertig ist?«
»Ja.«
»Was fehlt ihm denn, oder« – er lachte etwas verkrampft auf – »besser gesagt, was fehlt ihm nicht?«
»Einige wichtige Bestandteile sind nicht mehr in Ordnung.«
»So.« Er zupfte seine Krawatte zurecht, leckte hastig Zeigefinger und Daumen ab, rieb sie gegeneinander und zog damit rasch die Bügelfalte seiner Hose nach.
Wenn schon aus keinem andern Grund, so hätte diese Handlungsweise allein genügt, um in Peter ein deutliches Gefühl der Abneigung hervorzurufen.
»Also, besten Dank.« Er wandte sich zum Gehen, blieb jedoch nochmals, die Einzelteile des Alvis betrachtend, stehen und sagte leise: »Ich kenne die Besitzerin des Wagens zufällig – eine Miß Carter, stimmt's?«
»Stimmt, eine Miß Carter.« Peter betrat den Verschlag, holte aus der Kasse das Wechselgeld heraus, und als er es dem Fremden übergeben wollte, sagte dieser: »Ist schon in Ordnung.« Dann nahm er wieder Haltung an, setzte eine fröhliche Miene auf und sagte, als er ins Freie trat, laut und deutlich: »Nun, vielen Dank jedenfalls für die Auskunft.«
Peter nickte nur, bedankte sich für seinen Teil jedoch nicht, denn nie zuvor war es ihm so zuwider gewesen, von jemandem ein Trinkgeld anzunehmen, wie in diesem Fall. Aus dem Werkstattinnern beobachtete er, wie

der Mann in den Wagen stieg, und hörte, wie er auf die Frage der Frau, was ihn so lange aufgehalten habe, eine nicht besonders freundlich klingende Antwort gab. Zu seiner Überraschung wendete der Wagen und schoß davon – jedoch nicht in Richtung Dorf und Gasthof, sondern in jene, aus der er gekommen war.

Also kannte er sie. Und selbst wenn – was war groß dabei? Es waren schon oft Leute bei ihm vorgefahren, die sich nach Nummernschildern oder bestimmten Wagen erkundigt hatten, manchmal sogar aus Schottland oder Wales. Der Umstand, daß jemand sie kannte, sollte sie im Grunde genommen weniger rätselhaft machen. Denn abgesehen von ihrem Namen war die auf Essex hindeutende Autonummer und ihre Erwähnung, daß sie sich einmal in Norfolk aufgehalten hatte, das einzige, was er von ihr wußte. Aber so wunderlich es auch klingen mochte: Ihm war, als hätte er sie schon immer gekannt. Als wäre sie nicht erst am Vortag um zwölf ins Dorf gekommen, sondern hiergewesen, solange er sich erinnern konnte. Dieser seltsame Gedanke schien ihm alles andere als angenehm, weil er in ihm ein Gefühl der Beunruhigung erweckte, als hätte er es hier mit etwas zu tun, was nicht zu ergründen war.

Peter ging zur Straße, und seine Blicke, die über Äcker und Gehöfte schweiften, blieben schließlich auf dem »Hirschen« haften. Sollte er hinaufgehen und ihr von der Sache mit diesem Kerl berichten? Der Umstand, daß sie einen derartigen Typ kannte, sprach nicht gerade zu ihren Gunsten. Aber hatte er nicht bereits erkannt, daß sie mit den verschiedensten Typen zurechtkam? Die Geschicklichkeit, mit der sie die Wurfpfeile zu handhaben wußte, war ihr garantiert nicht in der Sonntagsschule beigebracht worden. Auch nicht, wie man es anstellte, den Männern derart souverän gegenüberzutreten. Daß sie ihnen gewachsen war, lag auf der Hand. Sie mußte über ziemliche Erfahrungen verfügen. Sein Arm fuhr hoch, und er winkte dem wie üblich am Fenster sitzenden Urgroßvater ungeduldig zu, der gleich begriff und

über die Schulter ins Zimmer brüllte: »He, Peter will was von dir!«
Als Großvater Joe bald darauf kurzatmig herübergekeucht kam, fragte er: »Was ist denn los?«
»Nichts Besonderes. Ich muß nur in den ›Hirschen‹ gehen und mit dem Wirt sprechen.«
»Das ist alles?« Der Großvater wischte sich den Schweiß von der Stirn. »Ich wollte, du würdest mir immer vorher zu verstehen geben, Junge, wann ich mich beeilen muß und wann nicht.«
Peter lächelte den Alten an. »Hätte kaum viel Sinn, so wie ich dich kenne. Ich würde eher sagen, das liegt am Organ von Urgroßvater.«
»Ha, da hast du recht, Junge. Der wird noch mal die Toten aus dem Grab heraustrompeten, wenn er auf dem Friedhof landet. Da wird's ein schönes Hallo geben.«
Peter lachte kurz auf und eilte die Straße entlang. Als er an seinem Elternhaus vorbeikam, winkte er dem Alten zu; der Urgroßvater winkte zurück und schrie ihm nach: »Bist wohl staubtrocken bei der Hitze, was? Ich auch, bei Gott! Könnte einen Humpen vertragen.«
Peter hielt sich jedoch nicht auf, sondern betrat kurz darauf den Schankraum des Gasthofs. Bis auf Mrs. Booth war niemand da, und sie begrüßte ihn nicht wie üblich, sondern fuhr fort, an ihrem Blumenfenster herumzuwerkeln.
»Morgen! Schöner Tag heute.«
»Oh, guten Morgen.« Mrs. Booth drehte sich halb um, als wäre sie überrascht; dann wandte sie ihre Aufmerksamkeit wieder den Blumen zu.
»Ein kleines Bier, bitte.«
Als würde sie sich nur äußerst widerwillig dazu herbeilassen, ihre kreative Beschäftigung zu unterbrechen, machte Mrs. Booth einen Schritt zurück, begutachtete ihr Werk und ließ sich Zeit. Peter beobachtete sie. Irgend etwas war mit ihr los. Sie saß wieder mal auf dem hohen Roß. Er kannte diese Anzeichen.
»Ein kleines Bier, haben Sie gesagt?«

»Ja, bitte.«
Mrs. Booth schritt langsam um die Theke herum und schenkte ein, und Peter sagte, indem er das Geld hinlegte: »Ich werde eine Flasche für Urgroßvater mitnehmen.« Er sah sich in dem leeren Schankraum um, lauschte auf die aus dem Keller heraufdringenden Geräusche, die Mr. Booth verursachte, und dann fragte er, so gleichgültig er nur konnte: »Ist Miß Carter da? Ich möchte mit ihr sprechen.«
Nun trat der Grund ihres kühlen Benehmens klar zutage, denn die Hand auf dem Flaschenhals ruhen lassend, fauchte die Wirtin mit zusammengekniffenen Lippen: »Ja, Miß Carter ist da. Und ob! Jetzt ist es zwölf, und Gnädigste hatten eben geruht aufzustehen, und ließen fragen, ob man ihr das Frühstück nicht ans Bett servieren könne? Jetzt frag' ich Sie: Finden Sie das in Ordnung?«
Mrs. Booth holte tief Atem, ehe sie fortfuhr: »Ich hab' ihr gesagt, daß die Leute hier nicht bis zwölf im Bett bleiben und daß sie, wenn sie nicht zum Frühstück herunterkäme, keins kriege. Da hat sie darauf verzichtet, jawohl!« Ihre Hand ergriff das auf der Theke liegende Geld mit einer derartigen Heftigkeit, daß die Muskeln auf ihrem sehnigen Arm deutlich hervortraten. »Mit solchen Leuten hab' ich mein Leben lang nichts zu tun gehabt! Kommt mitten in der Nacht heim, wenn wir längst geschlossen haben, und dann erwartet sie noch, daß man ihr das Frühstück ans Bett bringt.« Sie starrte Peter herausfordernd an, und er sagte, krampfhaft bemüht, nicht rot zu werden, was ihm jedoch nicht gelang: »Nun, das hat schließlich nichts mir mir zu tun. Es geht mich nichts an.«
»Ach!« Mrs. Booth preßte das Kinn auf die Brust. »Tatsächlich?«
»Tatsächlich, Mrs. Booth.«
Ihre folgenden Worte veranlaßten ihn, den Mund aufzusperren. »Es hat heute nacht zwei Leute gegeben, die betrunken und gröhlend durch den Wald gezogen sind – ich nenne keine Namen. Und wenn die Gnädigste nicht be-

trunken war, als sie um Mitternacht heimkam, dann haben mich meine Augen nicht nur Lügen gestraft, dann taugen sie einfach nichts mehr.«

»Hallo.«

Wie von der Tarantel gestochen, fuhr Peter herum.

Hätte einer behauptet,daß er sich im Moment wohl in seiner Haut fühlte, dann wäre das eine gewaltige Übertreibung gewesen. In seinem Innern ging alles drunter und drüber. Wo hatte sie jene Zeit – von dem Augenblick an, da sie ihn verlassen hatte, bis Mitternacht – zugebracht? Und sollte sie, wie Mrs. Booth steif und fest behauptete, beim Heimkommen tatsächlich betrunken gewesen sein? Und nun hatte sie ihr glatt den Frühstücksservice verweigert. Die alte Booth war wirklich ein Ekel! Aber all diese Überlegungen wurden schließlich von einem einzigen Gedanken übertönt: Dieser Kerl war am Ende ihr Mann!

»Ein schöner Morgen«, sagte das Mädchen und sah ihm fest in die Augen.

»Ja, ja, wirklich.«

Mrs. Booth völlig ignorierend, drehte sie sich um und trat auf den Gang, während er die Flasche ergriff, sie in seine Overalltasche gleiten ließ und ihr folgte.

Draußen unter dem Vordach blieb sie stehen, legte den Kopf in den Nacken und sah zum Himmel auf. Als er neben sie trat, schweiften ihre Blicke über das Stückchen Rasen die Straße entlang, und sie wiederholte: »Ein wunderschöner Morgen.«

»Ja, ja, wirklich.«

Wie er so verlegen neben ihr stand, war er sich dessen bewußt, daß irgendwo hinter ihnen Mrs. Booth auf der Lauer lag, sie beobachtete und lauschte und daß er, falls er mit dem Mädchen ungestört sprechen wollte, sich einen andern Platz aussuchen mußte. Am liebsten hätte er zu ihr gesagt: Kommen Sie doch zu uns und essen Sie einen Bissen. Aber er konnte sich nur allzugut das Gesicht seiner Mutter vorstellen, wenn er es gewagt hätte, mit der Fremden heimzukommen.

Er musterte sie. Sie war ganz in Rot; wieder trug sie ein gutgeschnittenes, weiches Wollkleid und Sandalen, aus denen die Zehennägel blutrot hervorleuchteten. Das ließ sie womöglich noch bleicher erscheinen, als sie ohnehin war; auch ihr Haar wirkte dadurch unwirklich blond.
So leise er nur konnte, sagte er: »Würden Sie auf eine Minute mit mir da hinüberkommen? Ich muß Ihnen etwas erzählen.«
Sie warf ihm rasch einen Blick zu, dann ging sie wortlos mit ihm auf die gegenüberliegende Seite des Hofes, wobei ihre Sandalen auf den Steinen laut klapperten. Und als er stehenblieb, sah sie mit einem Lächeln zu ihm auf, das jenem des Vortags glich, und sich nur auf ihre Lippen beschränkte, während sie sagte: »Wollen Sie mir etwa eröffnen, daß mir der Vikar ein Ultimatum gestellt hat, demzufolge ich binnen vierundzwanzig Stunden von hier verschwinden muß?«
Peter lachte, wurde dann jedoch jäh wieder ernst und berichtete: »Heute vormittag hat ein Mann bei mir getankt, Ihr Nummernschild erkannt und behauptet, daß er Sie kenne.«
Einen Moment lang veränderte sich ihre Miene überhaupt nicht, und sie fuhr fort, ihn anzusehen, als ob sie das, was er gesagt hatte, nicht verstanden hätte. Dann murmelte sie, wobei ihre Lider heftig flatterten: »Er kennt mich? Hat er seinen Namen genannt?«
»Nein. Er fuhr einen großen Wagen, einen Austin Princess mit blauer Karosserie.«
Diese Beschreibung schien ihr nichts zu sagen. Als Peter jedoch fortfuhr: »Er war ungefähr um die Vierzig, groß, hatte schwarzgelocktes Haar . . .«, bemerkte er, wie sie die Zähne heftig in die Unterlippe grub. Sie verharrte sekundenlang völlig reglos. Dann blickte sie die Dorfstraße entlang, ehe sie wieder zu ihm aufsah. »Die Welt ist klein«, sagte sie.
»So heißt es.« Aber statt dieser banalen Bemerkung hätte er brennend gern die Frage an sie gerichtet: Wer ist es? Ihr Mann?

»Haben Sie ihm gesagt, daß ich hier bin?«
»Ja. Ich konnte nicht anders.«
»Natürlich nicht. Hat er gesagt, daß er zurückkommt?«
»Nein.«
Peter beobachtete, wie sie ihre Handtasche öffnete, ein Taschentuch hervorholte und sich dem Mund damit betupfte. Dann steckte sie das Tüchlein wieder ein, und als er das Zuklicken ihrer Tasche hörte, wartete er darauf, daß sie ihn ansah. Er war ebenso überrascht wie verstimmt, daß ihre ganze Reaktion in der Frage bestand: »Gibt es in dem Dorf irgendeine Möglichkeit, eine Tasse Kaffee zu bekommen?«
Peter tat einen Moment, als überlegte er, obwohl das nicht nötig war; aber der Umstand, daß sie das Gesprächsthema kurzerhand geändert hatte, verwirrte ihn. Dann antwortete er: »Ja, Miß Tallow macht Kaffee, wenn es gewünscht wird.«
»Die von dem kleinen Tuchladen?«
»Ja.«
»Nun, dann will ich da hinuntergehen. Haben Sie den gleichen Weg?«
Er schluckte, ehe er sagte: »Jaja, ich bin auf dem Rückweg.«
Gemeinsam gingen sie durchs Dorf, Seite an Seite, aber nicht zu nahe. Darauf achtete er sorgsam; es würde ohnehin genug getratscht werden, weil er sich in ihrer Begleitung befand. Bei dieser Gelegenheit stellte er wieder fest, daß sie irgendwie anders war, sich von den Dörflern völlig unterschied. Sie schien zu jenen Menschen zu gehören, die nur zu niesen brauchten, um eine Epidemie hervorzurufen.
Bill Fountain winkte ihnen übertrieben herzlich zu; Mrs. Armstrong spähte höchst interessiert durchs Fenster des Postamtes; Mrs. Mackenzie schenkte ihnen einen langen Blick; der Urgroßvater begrüßte sie mit Stentorstimme. Kein Wunder, daß Peter eine gewisse Erleichterung darüber empfand, sie endlich an Miß Tallows Schwelle absetzen zu können.

Das Mädchen war wahrhaftig kühl und beherrscht – nichts schien sie aus der Fassung zu bringen. Dennoch: Als er den Kerl zum erstenmal erwähnt hatte, war sie unangenehm überrascht zusammengezuckt, wenn auch nur für eine Sekunde. Sie erwies sich als sehr geschickt darin, ihre wahren Gedanken zu verbergen.
Wieder zurück in der Tankstelle, wurde er vom Großvater mit einem vielsagenden Räuspern empfangen. Worauf Peter in ungewöhnlich scharfem Ton fragte: »Was meinst du damit?«
»Nichts, mein Junge«, antwortete der Alte, als er sich daran machte, heimzustapfen. »Überhaupt nichts!«

Es war drei Uhr; Peter stand mitten auf der Straße und versuchte, über das Rattern des Traktors hinweg mit Josh Turnbull ein Gespräch zu führen, als er aus den Augenwinkeln seine Mutter über den Dorfanger stürmen sah. Sofort konstatierte er, daß sich ein Gewitter im Anzug befand. Sie schien außer sich vor Wut. Heute, Dienstag nachmittag, fand die allwöchentliche Zusammenkunft im Frauenverein statt. Er schlug auf die Motorhaube und schrie: »Schön, Josh, ich komme morgen früh vorbei und seh' ihn mir an! Bis dann!«
Während Josh wegtuckerte, tauchte Rosie in der Zufahrt auf. Sie würdigte Peter keines Blicks, sondern ging geradewegs in die Werkstatt, was nichts Gutes zu bedeuten hatte. Er wußte genau, daß seine Mutter es vermied, Auseinandersetzungen in der Öffentlichkeit auszufechten. Als er ihr ins Innere folgte, war Rosie bereits im Glaskasten, hielt den Türknauf jedoch noch in der Hand.
»Was ist los, Mam?« fragte er.
»Komm rein.«
Er tat wie geheißen, und seine Mutter schloß die Tür mit großer Heftigkeit. Sie befanden sich nun auf engstem Raum.
»Was gibt's denn? Handelt es sich um Pa?«
Rosies Busen wogte aufgeregt, ihre Nasenlöcher verengten sich, als sie lautstark die Luft einzog und schließlich

hervorstieß: »Darauf kommen wir später zu sprechen. Wo bist du heute nacht gewesen?«
Das also war es. Peter zwang sich zu einer gleichgültigen Miene, um nichts preiszugeben. Er kannte seine Mutter. Wenn er wahrheitsgemäß gesagt hätte: Am See, mit der Fremden aus dem »Hirschen«, dann würde sie der Sache eine weitaus größere Bedeutung beigemessen haben als alle übrigen Dorfbewohner.
»Hör mal, Mam«, antwortete er deshalb so ruhig wie möglich. »Ich muß doch wohl kein Tagebuch darüber führen, wohin ich gehe, oder?«
»Versuch nicht, mich abzulenken, Peter. Weißt du, was die Leute sagen?«
»Die sagen immer etwas, das solltest du eigentlich wissen. Was immer man tut, es gibt Gerede.«
»Komm mir nicht damit«, erwiderte Rosie schroff. »Gerede hin, Gerede her – solange es sich um die Wahrheit handelt, muß man sich damit abfinden. Aber das sind nichts als gemeine Lügen. Du warst doch nicht betrunken gestern, oder?«
»Ich und betrunken!« Er riß die Augen auf. »Natürlich nicht. Doch nicht mit zwei kleinen Bieren im Leib.«
»Na also!« zischte Rosie sichtlich erleichtert. »Dieser Satansbraten!«
»Wer? Mrs. Booth?«
»Nein, Miß Collins.«
»Miß Collins?«
Trotz all seiner Entschlossenheit, nichts zu verraten, wich Peter dem Blick seiner Mutter aus und konzentrierte seine Aufmerksamkeit auf das benzinbefleckte Hauptbuch, das aufgeschlagen auf seinem Schreibtisch lag. Und dieses Ausweichmanöver machte Rosies Erleichterung sogleich wieder zunichte. Sie fragte streng: »Hör mal, warst du gestern mit dieser Frau – deiner Kundin – im Wald oder nicht?«
»Also paß auf, Mam. Ich kann es dir ja erklären . . .«
Rosie unterbrach ihn, indem sie plötzlich ihre Augen mit der Hand bedeckte: »Setz mir jetzt nur ja keine Lügen

vor. Davon hab' ich mein Leben lang genug aufgetischt bekommen. Fang jetzt du nicht auch noch damit an. Du warst dort, und damit ist bereits alles klar.«
»Es besteht für mich keine Notwendigkeit, zu lügen, Mam. Ich bin einfach zum See gegangen, um mir . . .« – es blieb ihm nichts anderes übrig, als diesen Verrat zu begehen – ». . . einen Fisch anzusehen.«
»Einen Fisch?« Die Unglaubwürdigkeit dieser Ausrede erregte abermals Rosies Zorn und bewirkte, daß ihre Tränen schnell versiegten. »Einen Fisch?« schrie sie. »Ha, das will ich meinen, daß die ein Fisch ist und die Männer den Köder abgeben! Hast du gewußt, daß sowohl dein Vater als auch Bill Fountain aus diesem Grund unterwegs waren?«
»Natürlich«, lachte Peter trocken auf. »Wir waren alle beisammen.«
»Ihr wart alle bei . . .!« Rosie blieb der Mund offenstehen.
»Genau.«
Peter begann ihr Verdruß langsam Spaß zu machen.
Nachdem sie ihn einen Moment fassungslos angestarrt hatte, fragte sie in gedämpftem Ton: »Was ist das denn für ein Fisch?«
Peter scharrte mit den Füßen, fuhr sich mit den Händen übers Gesicht und brachte nach kurzem Zögern hervor: »Du wirst es nicht glauben, es ist ein Aal! Der größte, den wir je gesehen haben. Und wenn es sich herumspricht, dann wird Mackenzie oder Crabb oder ein anderer aus dem Dorf ihn fangen.«
»Warum auch nicht?« sagte Rosie verblüfft. »Dein Vater und du seid doch immer der Meinung gewesen, daß ein Aal euch höchstens den Köder wegschnappen und die ganze Anglerei stören würde.«
»Natürlich, stimmt schon, aber dieser ist von einer derartigen Größe, daß wir der Meinung sind, man müßte ihm die Chance geben, heimzugelangen.«
»Heimzugelangen?« sagte Rosie verständnislos, und Peter begann nach einem geduldigen Seufzer, ihr in knappen Worten zu erklären, wohin das Aalweibchen unter-

wegs war, auch, wer den Fisch als erster entdeckt hatte und wie die Fremde in die Sache hineingezogen worden war. »Nun«, sagte er, abermals aufseufzend, »jetzt kennst du die ganze Geschichte.«

»Tja«, sagte Rosie. Aber nach kurzem Überlegen war sie wieder am Ausgangspunkt angelangt. »Wie kommen die Leute dann darauf, daß du betrunken warst und dich weiß Gott wie aufgeführt hast?«

»Wir haben uns nicht weiß Gott wie aufgeführt. Sie, diese Miß Carter ...« Peter hielt inne. Hätte er jetzt erklären wollen, was Miß Carter zu einem derartigen Lachausbruch veranlaßt hatte, dann wäre es aus und vorbei gewesen. Also sagte er nach blitzschnellem Überlegen: »Sie hat über die Zwillinge lachen müssen, weißt du. Wie die sich angestellt haben. Sie war's übrigens auch, die dieses Lied über das ›Glanzstück‹ verfaßt hat.«

»Ach!« Rosie grinste nun übers ganze Gesicht. »Daher haben sie's also!« Einen Moment sah sie ganz zufrieden aus, doch dann erinnerte sie sich abermals an den vollen Wortlaut, den Miß Collins angeblich aufgeschnappt hatte, und sie fing von neuem an: »Aber weshalb hast du Mavis Mackenzie angeschrien?«

»Angeschrien! Als ob ich schon jemanden anschreien würde!«

»Nun von mir aus – jedenfalls warst du mehr als unfreundlich zu ihr.«

Peter senkte den Kopf. Da er keinen anderen Ausweg sah, sagte er mit ziemlich grimmiger Miene: »Ich weiß nicht, was du hast. Eigentlich müßte das ja in deinem Sinne sein. Du hast doch die ganze Zeit keine Ruhe gegeben, und jetzt, wo ich die Gelegenheit beim Schopf gepackt habe ... Also, ich hab's getan, um sie abzuwimmeln, wenn du's ganz genau wissen willst! Alles hat so gut zusammengepaßt, daß ich mir keinen idealeren Moment dafür hätte wünschen können. Miß Carter war, wie ich bereits sagte, gut aufgelegt und hat lauthals gelacht, und auf einmal sind wir den andern gegenübergestanden. Ich will dir auch eingestehen: Mir war klar, daß ich mich in bezug auf Mavis verdammt dumm aufgeführt habe. Es war schon ein Fehler, ein einziges Mal mit ihr auszugehen – aber zweimal . . . Ich kam mir vor, als wäre ich in eine Falle getappt, und hatte keine Ahnung, wie ich da wieder herauskommen sollte. Und dann auf einmal . . . nun ja –«

Es bestand keine Notwendigkeit mehr, fortzufahren: Rosie strahlte übers ganze Gesicht; offensichtlich fiel ihr ein Stein vom Herzen. »Ich wußte, daß du zur Vernunft kommen würdest, Junge«, sagte sie mit weicher Stimme. Abermals scharrte Peter mit den Füßen und atmete derart erleichtert auf, daß er es bis in die letzte Rippe hinunter spürte. »Jetzt weißt du's«, sagte er kurz. »Ich geh' jetzt wieder an meine Arbeit.« Damit drängelte er sich an ihr vorbei zur Tür; ehe er sie jedoch öffnete, drehte er sich nochmals um und warnte: »Aber du läßt kein Wort über den Aal verlauten, Mam, nicht wahr? Niemand soll wissen, daß du eingeweiht bist, abgemacht?«

Sie nickte heftig, lachte und sagte: »Das erklärt natürlich alles – alles.«

»Was?« sagte er.

»Daß die Zwillinge so geheimnisvoll tun und Holz hakken gegangen sind und an irgendwas herumbasteln. Als ich vorhin aus der Versammlung kam, fragte mich Daisy Spragg an der Tür, ob wir uns auch schon wie die Makkenzies einbildeten, Eigentümer des Dorfs zu sein, weil die Jungs einfach Holz aus dem Wald heimgeschleppt hätten, und was sie ihnen erzählen würde, wenn es ihre wären. Nun« – sie lächelte ihrem Sohn liebevoll zu –, »ich schick dir gleich einen anständigen Tee herunter.«

Die Luft war wieder rein. Er nickte ihr gleichfalls lächelnd zu, sah ihr einen Moment nach und kehrte dann an seine Arbeit zurück. Aber es dauerte keine zehn Minuten, da schreckte ihn – wieder einmal direkt hinter ihm – Florries Stimme derart auf, daß er den Schraubenschlüssel fallen ließ.

»Aha, das schlechte Gewissen! Du kannst ganz sicher sein, daß deine Sünden ans Tageslicht kommen.«

»Worüber . . .« Peter drehte sich auf den Knien um und stand auf, ». . . redest du jetzt schon wieder?«
»Worüber werde ich schon reden?« Sie lächelte, was ihn zu der Annahme verleitete, daß sie sich diesmal nicht auf dem Kriegspfad befand.
»Also hast du meinen Rat befolgt, wie?«
Er erwiderte ihr schiefes Lächeln mit einem Grinsen und sagte: »Du meinst Mavis? Tja . . .«
»Nein, ich meine nicht Mavis.«
»Was dann?« Er kniff die Brauen zusammen.
»Wie lange geht das denn schon so?« Sie versetzte dem Kotflügel des Alvis einen ziemlich unsanften Tritt.
»Keine Ahnung, wovon du redest.« Peter schnappte den nächstbesten Putzlappen und wischte sich heftig die Hände ab.
»Das ist schade.« Florrie ließ ihn nicht aus den Augen und ihr Mund wirkte verkniffen, als sie fortfuhr: »So schnell kannst du nämlich gar nicht schalten, daß dir nicht im Handumdrehen eine Aufforderung auf Unterhaltszahlung ins Haus flattert, mein Lieber. Also mach lieber rechtzeitig Schluß.«
Peter kochte beinahe über vor Zorn und fuhr sie dementsprechend an: »Jetzt reicht's mir aber! Wenn du schon unbedingt solche Bemerkungen vom Stapel lassen mußt, dann heb sie dir für euren Jägerball auf – da paßt so was hin. Und laß mich gefälligst in Ruh'!« Damit schleuderte er den Putzlappen an die Wand.
Florrie war über diesen Ausbruch derart verblüfft, daß es für einen Moment schien, als sei sie mit ihrem Latein am Ende. Der Blick, den sie ihm zuwarf, machte ihn jedoch nur noch wütender – worüber er sich selbst am meisten wunderte! –, und so fuhr er in einem reichlich groben Ton fort: »Ich hab' die Nase voll von dem Geschwätz ringsum und wäre dir äußerst dankbar, wenn du mich in Frieden ließest, Florrie. Such dir deine eigenen stinkfeinen Kreise als Jagdgründe aus. Dort gehört das anscheinend zur Tagesordnung, daß Frauen in allem und jedem die Initiative ergreifen.«

Nach diesem Hieb legte sich sein Zorn ebenso rasch, wie er gekommen war, und ließ ihn gleichermaßen kraftlos wie nachdenklich zurück.
»Sehr nett, wirklich. So deutlich hättest du nicht zu werden brauchen.« Die erlittene Kränkung schien Florrie jedoch keine sonderlichen Sorgen zu bereiten, denn sie bemerkte in ihrer aufreizend hochmütigen Art sogleich: »Wir leben in einem freien Land. Das habe ich auch gesagt, als ich hörte, daß du dich gestern abend liederlich aufgeführt hast und betrunken gewesen sein sollst.«
»Ich war weder betrunken, noch habe ich mich liederlich aufgeführt«, fauchte Peter und wurde noch röter, als er ohnehin schon war.
Florrie spitzte die Lippen und stellte sich breitbeinig vor ihn hin. »Es stimmt doch, daß du dich mit einer bestimmten Dame von zweifelhaftem Ruf im Wald herumgetrieben hast, oder?«
Langsam kniff Peter die Augen zusammen und sagte eiskalt, jedoch in einem Ton, aus dem jeglicher Zorn gewichen war: »Was meinst du mit zweifelhaftem Ruf?«
»Nun, soviel man mir berichtet hat, gehört sie zu jener Kategorie langhaariger Blondinen mit totenblassem Gesicht und hautengen Kleidern, die man eben als Wesen mit zweifelhaftem Ruf bezeichnet.«
Auf Peters Gesicht lag nun ein Ausdruck, den Florrie bisher noch nie zu sehen bekommen hatte, und seine Stimme brachte sie regelrecht zur Weißglut, als er schließlich sagte: »Hast du Miß Carter schon gesehen?«
Florrie reckte das Kinn in die Luft. »Nein, ich habe Miß Carter noch nicht gesehen, und ich hege auch keinen derartigen Wunsch.«
»So. Dann laß dir gesagt sein, daß Miß Carters Ruf ebensowenig zweifelhaft ist wie der deine oder – um bei der Wahrheit zu bleiben – sogar bedeutend weniger.«
Florrie starrte ihn in unverhohlener Verblüffung an. Daß der träge, schläfrige Peter Puddleton sich derart für eine Frau einsetzte – sie bezeichnete die Besitzerin des Wagens insgeheim nicht als Mädchen –, die er nicht länger

als ein paar Stunden kannte, unterstrich die Bedeutung der Schlußfolgerung, die sich ihr aufgedrängt hatte. Etwas hatte ihn urplötzlich verändert, und das war garantiert nicht Mavis. Und mit derselben Sicherheit wußte sie, daß sie ebenfalls nicht den Grund dafür bildete. Diese Erkenntnis war – um es gelinde auszudrücken – demütigend. Aber da Florrie letztlich ganz die Tochter ihrer Mutter war, riß sie sich zusammen und behandelte ihn zum erstenmal seit ihrer Bekanntschaft von oben herab. Schnippisch sagte sie: »Ach nein! Da mußt du dich aber gehörig dahintergeklemmt haben, um in so kurzer Zeit so viel herauszubekommen.«

»Jetzt ist aber endgültig Schluß!« Ihr Hochmut schien bei ihm überhaupt keinen Eindruck zu hinterlassen, denn er machte im Gegenteil einen drohenden Schritt auf sie zu. Und wenn es noch eines Beweises bedurft hätte, um sie davon zu überzeugen, daß etwas Drastisches mit ihm vorgegangen war, dann diese Bedrohlichkeit von seiner Seite. Ihr starrer Blick hielt ihn jedoch gerade noch rechtzeitig von weiteren unüberlegten Handlungen ab, denn in diesem Moment war sie das hundertprozentige Ebenbild ihrer Mutter: diese hatte aufgrund ihres hochmütigen Gebarens stets den Sieg davongetragen. Und so wandte sie sich ohne ein weiteres Wort von ihm ab und verließ die Werkstätte.

»Ach, soll sie doch allesamt der Teufel holen!« schimpfte Peter halblaut vor sich hin und stampfte mit dem Fuß auf. Was war denn nur auf einmal los mit den Leuten, daß sie sich derart aufführten, und zwar alle gleichzeitig. Das war ja noch nie vorgekommen! Hätte er denn etwas anderes tun können, als sich gegen eine solche Anschuldigung zu verteidigen? Es wurde ihm heiß unterm Kragen: Was, wenn die andern genauso dachten? Aber nein, niemand würde so etwas denken außer Florrie. Sie war eben ein gemeines Biest . . . Dann sagte er sich jedoch: Wenn die Geschichte bereits bis zum Gut gedrungen war, dann konnte man sich leicht ausrechnen, wie sich jedermann ringsum das Maul zerriß – über ihn

und Miß Carter. Dabei war das Mädchen noch keine zwei Tage hier.
»Wo steckst du denn, Junge!« Der Großvater stolperte zum Tor herein. »Ach, da bist du. Ich bring' dir eine kleine Stärkung. Was ist denn mit deiner Mutter los? Hab' sie vorhin losstürmen sehen wie einen Wirbelwind. Ist was nicht in Ordnung?«
»Nicht, daß ich wüßte.«
»Oh, das kannst du einem andern weismachen. Sie verläßt doch diese Weiberversammlung sonst keine Minute früher, als unbedingt notwendig ist. Ich bin ja nicht auf den Kopf gefallen, weißt du. Überall im Dorf behaupten sie, du seist gestern abend völlig blau gewesen. Warst du doch nicht, Junge, oder?«
»Nein, verdammt noch mal!«
Peter hatte derart losgeschrien, daß der Alte sich kopfschüttelnd hinterm Ohr kratzte. Dann bemerkte er: »Hab' ich mir doch gedacht, sonst hätt' ich dich bestimmt gehört. Keiner von uns hat sich jemals ruhig benommen, wenn er einen sitzen hatte – schon gar nicht beim erstenmal!« Er grinste und schenkte Peter Tee ein, wonach er sich selbst aus der dampfenden Kanne bediente. Dann setzte er sich, nahm einen kräftigen Schluck, wischte sich danach den Mund ab und sagte unvermittelt: »Ist ein nettes Ding, diese Kleine aus dem ›Hirschen‹, wirklich. Was die über Aale nicht weiß, ist nich' wert, daß man's lernt.«
Peters Mund wurde dünn wie ein Strich, und er antwortete mit einer Freimütigkeit, die er seinem Großvater gegenüber selten anwandte: »Du schnüffelst anscheinend gern herum, wie?«
»Ich? Ich hab' nicht herumgeschnüffelt, Peter. Bin nur so durch den Wald geschlendert, und da war sie auch schon mit den Jungen. Die haben mich übrigens schwören lassen, kein Wort zu verraten, und daran halte ich mich auch. Was nicht heißt, daß ich das Aalweibchen nicht gern fangen würde. Sie steht gut im Fleisch, und es gibt nichts Besseres als ein Stückchen Aal. Obwohl ich die

kleineren lieber habe, die sind zarter. Weißt du übrigens, daß die junge Dame den ganzen Heimweg des Aalweibchens kennt? Es wäre auf dem Weg ins Saggassen-Meer – das hat sie jedenfalls behauptet.« Er heftete das nichtschielende Auge auf Peters regloses Profil. »Sie kommt aus Fenland, sagt sie. Nicht der Aal – sie, meine ich. Hat mir erzählt, daß sie mit ihrem Opa fischen gegangen ist und die Aale um die Köder nur so rumgeschwommen sind. Sie kennt jede Menge Angeltechniken. Bin noch nie einer Frau begegnet, die etwas gleichgesehen und trotzdem über Fische Bescheid gewußt hätte. Tja, sie hat eben sozusagen von Grund auf angefangen. Erst Würmer ausgegraben für ihren Opa, und dann ist sie bei jedem Wetter mit ihm fischen gegangen, bei Regen wie bei Sonnenschein, hat sie gesagt. Da haben sie einen großmächtigen Schirm und alles, was dazugehört, mitgeschleppt und sind von morgens bis abends am Fluß geblieben. Das hat sie mir alles erzählt – was sagst du nun? Ist vielleicht noch Tee da?« Er hielt Peter seine Tasse hin, die dieser von neuem füllte und wortlos zurückreichte. Der Großvater sinnierte vor sich hin, kicherte und sagte: »Erinner' mich, als wär's gestern gewesen, wie ich meinen ersten Kanonenrausch hatte. Das war hier im ›Hirschen‹. Es war Spätsommer, das Heu hat geduftet und der Mond geschienen. Und ich bin auf dem Dorfanger da draußen gestanden und hab' lauthals gesungen. Ich hatte damals eine schöne Stimme, kannst mir glauben. Aber, verdammt noch mal, ich kann mich überhaupt nicht erinnern, wie ich an jenem Tag auf die Layman-Farm gekommen bin, denn bis dorthin sind's immerhin drei Meilen. Jedenfalls, als ich frühmorgens erwachte, bin ich am Abflußrohr von der Regenrinne runtergerutscht und hab' mich über die Felder davongemacht, als wenn der Stier hinter mir hergewesen wäre. Die kleine Phyllis hat zwei Monate später geheiratet und ist ins Ausland verzogen.«

»Bist du fertig?«

Der Großvater murmelte jedoch nur etwas und reichte ihm die leere Tasse. Dann erhob er sich von der umgestülpten Kiste und fügte hinzu: »Irgendein Kerl hat im ›Hirschen‹ nach der jungen Dame gefragt. Booth ist selbst in den Wald gegangen, um es ihr auszurichten. Schien keine sonderliche Eile gehabt zu haben, zurückzukommen, tatsächlich. Hat drauflosgeredet, wie ich's noch nie von ihm gehört habe ... Hast du genug, Junge?«

»Ja«, sagte Peter mit Nachdruck. »Ich habe genug.«

Joe Puddleton sammelte das Teegeschirr ein und stellte alles in den Transportkorb, wobei er seinem Enkel fröhlich zugrinste. Dann ging er zum Tor, drehte sich um und erteilte Peter ohne die geringste diplomatische Überleitung einen Ratschlag: »Die Zeit fliegt nur so dahin, vergiß das nicht, Junge. Es gibt nichts Besseres als die Gegenwart. Wenn du noch länger wartest, verlierst du noch den Gusto. Und ich sag' dir was.« Er schwieg einen Moment versonnen. »Wenn ich so zurückdenke, als ich in deinem Alter war, dann kann ich mich an die verschiedensten Begebenheiten erinnern, das kannst du mir glauben. Obwohl ich dich nicht tadle, daß du dich vor der Mackenzie-Kuh und der kleinen Florrie gedrückt hast: die eine ist so trocken wie ein ganzes Jungfernstift; und was die andere angeht – die wird nur ein zweites Bill-Fountain-Kaninchen: siebenundvierzigmal im Jahr schwanger.« Nach dieser Übertreibung in bezug auf die Naturgesetze verschwand der Alte und ließ seinen Enkel wutentbrannt, aber sprachlos zurück.

Früher einmal hatte es für Peter stets eine Quelle der Befriedigung bedeutet, wenn sein alter Austin verliehen war. An diesem Abend bedauerte er jedoch zutiefst, daß er ihm nicht zur Verfügung stand. Dann hätte er irgendwohin fahren können – weg, nur weg.

Als er die dem »Hirschen« entgegengesetzte Richtung einschlug und noch einen letzten Blick auf die Tankstelle warf, kam sie ihm irgendwie unwirklich und kein bißchen baufällig vor. Auf den geschlossenen Torflügeln prangte groß und deutlich PETER PUDDLETON. Er schnaubte verächtlich und ärgerte sich wieder einmal über den seiner Meinung nach albern klingenden Vornamen. Weshalb hatte seine Mutter ihn auch Peter nennen müssen? Arthur, Bill, John, ja sogar Harry hätte besser zu Puddleton gepaßt – aber ausgerechnet Peter! Manchmal glaubte er, daß sich sein ganzes Leben nach diesem Namen entwickelt hatte ... Es lag keine rechte Bedeutung darin, nicht einmal mehr jene, die er bei seiner Geburt gehabt hatte. Jahrelang war er völlig damit zufrieden gewesen, daß alles glatt und ruhig verlief und er ohne sonderliches Zutun gewissermaßen vorwärtsgeschoben wurde. Er hatte sich immer gesagt, daß die Dinge sich schon entwickeln würden, was mit anderen Worten hieß, daß er eines Tages ein Mädchen finden würde, das ihm gefiel und das er heiratete. Jedenfalls war es so bis zu diesem gestrigen Abend. Wieso mußte er also plötzlich, nur weil eine Frau – und eine fremde noch dazu – ihn im Mondlicht angelächelt hatte, verrückt spielen und sich weiß Gott was einbilden?

Peter sprang über den Zaun und lief einen Feldweg hinunter. Immer wieder den Hauptweg vermeidend, als hätte er einen Widerwillen gegen ihn, gelangte er schließlich an den See. Heute blickte kein Mensch ins Wasser; sicher saßen sie zur Zeit allesamt im »Hirschen« und schlossen Wetten darüber ab, welcher Art die Verbindung zwischen dem stutzerhaften Kerl und der Fremden wohl sein mochten. Wenn er es sich jedoch richtig überlegte, gab es da nicht viel zu wetten: Die Art der Verbindung war für ihn sonnenklar.

Keine Welle kräuselte die Oberfläche des Sees; die untergehende Sonne spiegelte sich rotglühend und richtiggehend malerisch darin. Peter stand an der Uferböschung, unterzog sich jedoch nicht der Mühe, das Wasser nach dem Aal abzusuchen, denn in diesem Licht konnte man nur das Abbild des Himmels wahrnehmen, der sich im See zu ertränken schien. Bald übten die Stille und die sanfter werdenden Farben ihre Wirkung auf ihn aus, Er fühlte sich irgendwie beruhigt, ließ sich ins Gras nieder, zog die Knie an und umfaßte sie locker mit beiden Händen.

»Bist du ganz allein, Junge?«
Die Stimme des Großvaters schien aus dem Nichts zu kommen, denn von dem alten Mann war nichts zu sehen. Abrupt schreckte Peter aus seinen Träumen auf und erhob sich blitzschnell von der Sandbank.
»Ich bin hier, Junge. Dachte, es sei jemand anderer, als ich dich kommen hörte. Da hab' ich mich schnell versteckt.« Die Brombeerranken teilten sich, und Joe Puddleton, der über sie hinwegkletterte, stand vor Peter und klaubte sich die Kletten von Rock und Hose.
Ärgerlich fragte Peter: »Was tust du hier?«
»Hab' bloß einen Spaziergang gemacht, Junge.«
»Einen Spaziergang!« Peter verzog verächtlich das Gesicht, aber der Alte blinzelte ihm mit seinem normalen Auge zu und wiederholte: »Genau, Junge, einen Spaziergang.« Dann deutete er mit einer Kopfbewegung aufs Wasser hinaus und fügte hinzu: »Ich hab' sie gesehen.«
Peter, der sichergehen wollte, worauf sich diese Bemerkung bezog, fragte steif: »Den Aal?«
»Tja, vor ungefähr einer halben Stunde. Es hat mich richtig in den Fingern gejuckt. Was meinst du, Junge, wenn wir sie fangen?« Er wurde ganz aufgeregt. »Ich könnte heimlaufen und die Angel holen oder ein paar Würmer suchen und sie auf ein Stück Spagat knüpfen, hm?«
»Du wirst nichts dergleichen tun. Laß sie in Ruhe, ich habe dich gewarnt.«
Der Alte trat ans Ufer und blickte ins Wasser. »Schade ... dieses Aalweibchen wäre was, womit man sich sein Leben lang brüsten könnte, Junge.«
»Möglich.«
»Hab' die junge Dame vor kurzer Zeit einem Kerl davon erzählen hören.« Joe Puddleton drehte sich nicht um, sondern blickte weiter ins Wasser.
»Wo?« Peter heftete den Blick auf den Rücken des Großvaters.
»Hier im Wald. Mit dem Mann, der ihretwegen in den ›Hirschen‹ gekommen ist. Haben merkwürdige Dinge geredet, die beiden. Und nicht bloß über Aale.«

»Du hättest ja nicht zuhören müssen, oder?« Peter schlenderte wieder zur Sandbank zurück und blickte nun gleichfalls ins Wasser.
»Konnte nicht raus, Junge.« Der Alte sah seinen Enkel verschmitzt an. »Hatte mal dringend im Gebüsch verschwinden müssen, als sie ausgerechnet davor stehenblieben. Kannst dir vorstellen, wie ich in der Patsche gesessen bin! Aber da ich genau wußte, daß sie einen gehörigen Schrecken ausgestanden hätten, wenn ich plötzlich aufgetaucht wäre, hab' ich mich einfach ruhig verhalten.« Er wandte Peter fröhlich das Gesicht zu; als er jedoch bemerkte, daß dieser überhaupt nicht darauf reagierte, lenkte er den Blick wieder aufs Wasser. Nach sekundenlangem Schweigen bemerkte er: »Nettes Mädchen, wirklich – merkwürdig, daß sie in Schwierigkeiten ist.«
»Wie kommst du darauf?«
»Och, nur so – nach dem, was die beiden geredet haben.« Der listige Alte stellte sich auf die Sandbank und schlug plötzlich ein völlig anderes Thema aus seinem reichen Erinnerungsschatz an. »Manchmal, wenn ich so auf den See hinausschaue, bekomme ich glatt eine Gänsehaut. Jetzt beispielsweise. Sieh dir nur das Rot da drüben an – wie Blut. Auch der Urgroßvater hat ihn nie gemocht. Oder hast du jemals bemerkt, daß er, solange er noch laufen konnte, hierhergekommen wäre?«
Peter antwortete nicht, sondern wartete ab. Er wußte, daß es sinnlos war, seinen Großvater zu drängen, etwas auszuplaudern, wenn er es nicht auf seine eigene Art und vor allem in seinem eigenen Tempo tun konnte. Er wußte auch, daß der Alte mit ihm spielte, wie er mit einem Fisch spielen würde.
»Nein, um keinen Preis der Welt wäre der hierhergegangen.« Joe Puddleton machte eine ruckartige Kopfbewegung. »Hat mit vierzehn Jahren hier mal was zu sehen gekriegt, das ihn für immer vom See ferngehalten hat. Das war damals, als es den Aufstand gegeben hat. Der Sonntag, an dem die Frauen des Dorfes verrückt gespielt

haben. Die Frau des Pastors und die andern eben. Ich weiß, daß du schon davon gehört hast. Aber nicht alles – nein, nicht alles!« Der Alte fuhr sich mit der Zungenspitze über die Lippen. »Und jetzt kommt nicht mehr oft die Rede darauf. Die Männer schämen sich ihrer Väter, die in der Kirche eingesperrt waren, so lange, bis es losballerte. Ja, ja, das möchten sie am liebsten vergessen.«
Peter verharrte noch immer stumm, und sogleich fuhr der Alte fort: »Connie Fitzpatrick war ein Vollblutweib von Irin, als sie hier auftauchte. Aber sie blieb nicht lange.« Er kicherte in sich hinein. »Nein, tat sie nicht, wenn wir schon dabei sind, aus der Schule zu plaudern. Als sie plötzlich zu Geld kam, ließ sie sich mitten im Wald ein piekfeines Häuschen bauen, gut im Gehölz versteckt. Da war verteufelt schwer hinzufinden, und das ist es noch immer. Hätte sie selbst sich ebenso versteckt wie das Haus, dann hätte sie jahrelang so weitermachen können. Sie war keine Kostverächterin, weißt du. Ihr Motto hieß, wie man allgemein behauptet: Wer Lust und Liebe hat, soll nur kommen. Und sie sind auch gekommen, inklusive der hohen Geistlichkeit. Das hat das Faß zum Überlaufen gebracht! Schreiend und kreischend haben sie sie durch den Wald getrieben, diese Weiber, bis hier zum See. Und da haben sie sie hineingeworfen, und als sie versuchte, ans Ufer zu gelangen, haben sie sie glatt zurückgestoßen. Du wirst es nicht glauben, Junge, aber Ma Armstrongs Mutter – Grannie Andrews – war dabei. Damals war sie ein kleines Ding. Hast du jemals davon gehört?«
Ehe Peter noch antworten konnte, fuhr der Alte fort: »Aber es gibt etwas, was du bestimmt noch nicht gehört hast, da gehe ich jede Wette ein. Und das will ich dir jetzt erzählen. Sieh mal da rüber«. Er deutete auf die andere Seite des Sees. »Von dort hat Urgroßvater sie beobachtet. Wie die wilden Tiere haben sie sich aufgeführt, geheult und geschrien, hat er gesagt. Er hat beobachtet, wie Connie auf seine Uferseite zugeschwommen ist. Sie war mehr tot als lebendig, als sie ins Gebüsch kroch, wo sie

direkt auf ihn draufgefallen ist. Er war wie versteinert, hat er gesagt. Kannst du dir unser Alterchen versteinert vorstellen?« Joe Puddleton lachte. »Und was meinst du, was er getan hat?« Abermals drehte er sich um und blickte Peter fragend an, kam ihm jedoch zuvor, indem er sogleich weitererzählte. »Er versteckte sie im Gebüsch, rannte den Weibern entgegen und machte einen Heidenwirbel. Und als sie angeschossen kamen, lief er ihnen mit Gezeter voran, als würde er hinter ihr drein sein. Raffiniert, nicht? Später ist er wieder zurückgekommen und hat sie total erschöpft vorgefunden. Er brachte sie in den Schafstall im Moor draußen. Und dann schlich er – ob du's jetzt für möglich hältst oder nicht – in ihr Haus und brachte ihr auf ihre Bitte ein Kästchen mit Dokumenten, das sie unter den Dielen versteckt hatte. Oh, sie war klug, diese Connie. Und sie zeigte sich Alterchen gegenüber auf mehr als eine Weise erkenntlich, jawohl. Diesen Teil der Geschichte hast du sicher noch nicht gehört, stimmt's?«

»Nein«, sagte Peter leise, »hab' ich auch nicht. Wird wohl ganz schön übertrieben sein.«

»Daran ist überhaupt nichts übertrieben«, sagte Joe Puddleton, der ziemlich verärgert zu sein schien. »Du wunderst dich immer, wieso wir es zu einem eigenen Haus gebracht haben, Junge. Wo wir doch nur Landarbeiter mit achtzehn Shilling die Woche waren, nicht? Es war Connie, die dem Alten das Geld für geleistete Dienste gegeben hat, die niemanden etwas angingen als sie beide. Und damit hat er das Haus gekauft. Aber vom See hat er sich seither stets ferngehalten. Er hat ihn so gehaßt, daß er meine Mutter weit fortbrachte, bis nach North-Shields.«

Die Geschichte, wie seine Familie zu dem Haus gekommen war, stellte tatsächlich eine Überraschung für Peter dar. Er hatte immer geglaubt, daß sie es von dem Geld, das sie von seiner Urgroßmutter geerbt hatten, erstanden hatten. So hatte ihm jedenfalls seine Mutter immer erzählt. »Weiß das mein Vater?« fragte er.

»Ja, das weiß er.«
»Und Mam?«
»Rosie? Wo denkst du hin!«
»Dann würde ich es ihr an deiner Stelle auch nie erzählen«, sagte Peter entschlossenen Tons.
»Gott bewahre!« sagte der Großvater. »Hältst du mich etwa für verrückt? Die würde doch mir nichts, dir nichts abhauen. Deine Mutter hält was auf einen guten Ruf. Denk nur an die Versammlung, wo man ihr weißmachen wollte, daß du's im Wald getrieben hast, auch noch dazu betrunken.«
»Ich war weder betrunken, noch hab' ich's getrieben – das hab' ich dir bereits gesagt.«
»Schon gut, Junge, sei nicht so empfindlich. Selbst wenn es sich so verhalten hätte, würde sie das nichts angehen. Du bist schließlich alt genug. Ich wünschte, die könnten so was noch von mir behaupten, ich hätt' absolut nichts dagegen, mit der Fremden ein bißchen durch den Wald zu flanieren ... Was mich wieder auf den Ausgangspunkt zurückbringt. Komisch, wie ich über diesen alten Geschichten vom Thema abgekommen bin. Sie hat mich irgendwie daran erinnert, diese Miß, glaube ich. Weiß nicht recht, wieso. Na schön: Ich bin also da drüben hinterm Gebüsch gestanden, als sich die beiden justament davor aufpflanzten, und da hab' ich gehört, wie er gesagt hat: ›Anna ...‹
»Anna?« warf Peter rasch ein, während sich seine Brauen zusammenzogen.
»Tja, Anna, so hat er sie genannt. Also: ›Anna‹, hat er gesagt, ›in dem Punkt mußt du mir einfach glauben. Es hat mich richtig aus den Socken gehauen, als ich hörte, daß du drei Tage vorher weggefahren seist.‹ Tja, das waren seine Worte. Und sie hat immerzu ›Das macht ja nichts‹ gesagt. Und er hat dauernd ›Doch, doch‹ darauf erwidert. Und dann sagte er: ›Du hältst mich sicherlich für einen Lumpen, nicht?‹ Und sie: ›Ich halte dich für gar nichts, du gehst mich nichts mehr an, wenn du es genau wissen willst.‹ Er blieb darauf die Antwort schuldig. Und dann

sagte sie: ›Ich werde etwa eine Woche hierbleiben, und alles, worum ich dich bitte, ist, mich in Ruhe zu lassen.‹ Und dann sprach er furchtbar schnell, aber sehr undeutlich auf sie ein, so daß ich eine Weile überhaupt nichts verstanden habe. Erst als er fragte: ›Und was ist mit dem Geld?‹, hab' ich's wieder mitgekriegt. Sie sagte darauf: ›Dazu ist es jetzt zu spät, ich habe alles, was ich brauche!‹ – ›Was hast du denn vor?‹ fragte er dann, und sie antwortete drauf: ›Das ist einzig und allein meine Angelegenheit.‹ – ›Du kannst aber nicht weiter mit dem alten Alvis durch die Gegend gondeln‹, sagte er. ›Ich werde dir den Austin dalassen, ja?‹ Damit gingen sie weiter, während ich sie noch sagen hörte, daß sie weder den Austin noch sonstwas wolle. Das letzte, was ich aufschnappen konnte, war: ›Der Alvis gehört mir. Ich habe mit ihm angefangen, und ich werde mit ihm aufhören.‹ Das war's. Was hältst du davon, Junge?« Großvater Puddleton blickte Peter nun ernst und fragend an.
Was er davon hielt? Mrs. Booths Bemerkung schoß ihm durch den Sinn, und der Alte bestärkte ihn noch in diesem Verdacht, als er hinzufügte: »Weißt du, die Art, wie er mit ihr geredet hat und so, das läßt irgendwie darauf schließen, daß die beiden in ein nicht ganz sauberes Geschäft verwickelt sind, findest du nicht?«
»Unsinn.«
»Möglich. Ich würde deshalb auch nicht schlechter von ihr denken, denn sie ist nett, wirklich nett, diese Kleine. Ich sag' immer: ›Man muß die Menschen nehmen, wie sie sind.‹ Trotzdem – wenn du sie gehört hättest, dann wäre es dir bestimmt auch so vorgekommen, als ob irgendwas faul wäre . . . Später dann sind die beiden wieder vorbeigeschlendert, und da hab' ich ihn abermals auf sie einreden hören. ›In diesem Nest kannst du doch nicht bleiben‹, hat er gesagt. Nest – wohlgemerkt! ›Was willst du denn hier anfangen?‹ Und weißt du, was sie geantwortet hat?«
Peter wartete ab.
»›Ich kann dasitzen und dem Aal zusehen‹, sagte sie, ja-

wohl. ›Und mir einbilden, ich sei wieder jung.‹ Wie findest du das, hm? Dabei ist sie doch ohnehin noch ein junges Ding, genaugenommen. Was hältst du davon?«
Auf die Wiederholung dieser Frage sagte Peter langsam und ruhig: »Das Ganze geht uns nichts an.« Damit drehte er sich um und wollte rasch die Lichtung verlassen, um sich vor den allessehenden Augen seines Großvaters nicht zu verraten. Aber dieser war erstaunlich schnell auf den Beinen. Seite an Seite gingen sie durch den Wald. Der Alte war klug genug, den Mund zu halten, bis sie den Hauptweg erreichten. Und dann fragte er: »Kommst du mit auf ein Glas Bier?«
Noch vor einer halben Stunde hätte Peter mit einem entschiedenen Nein geantwortet. Aber nun meinte er gleichgültig: »Warum nicht?«
Der »Hirsch« war rappelvoll, sowohl Schankraum wie Nebenzimmer. Nachdem Peter seinem Großvater ein Glas spendiert hatte, trennten sich die beiden. Der Alte setzte sich zu seinen Freunden an den Stammtisch, und Peter blieb in der Nähe der Theke stehen, als warte er auf jemanden.
In der Fensterecke erblickte er seinen Vater und Bill inmitten vertrauter Gesichter, konnte aber weder das Mädchen noch diesen Fremden entdecken. Einige Dorfbewohner reckten sich neugierig die Hälse nach ihm aus und begrüßten ihn, und der Keckste von ihnen rief: »Bist du heute allein, Peter?«
Er gab keine Antwort; das kurze Lächeln, das über sein Gesicht geglitten war, versickerte, und er drehte sich wieder der Theke zu, wo er sich Mrs. Booth gegenüberfand. Die blickte über ihn hinweg und sagte laut, als spräche sie bloß zu ihrem Mann: »Entweder hat man ihm den Abschied gegeben, oder er gehört eben zur Nachtschicht.«
Ein unterdrückter Schrei, der andeutete, daß Mr. Booth seiner besseren Hälfte einen Tritt vors Schienbein gegeben hatte, besänftigte Peters Gefühle keineswegs. Sein Gesicht hatte eine purpurrote Färbung angenommen. Er

verspürte den heftigen Wunsch, der Wirtin an den Kragen zu fahren, und hätte es vielleicht auch getan, wenn Mr. Booth sich nicht im selben Moment umgedreht und ihn gefragt hätte: »Was soll's sein, Peter?«

»Geben Sie mir einen Whisky – einen doppelten.«

Mr. Booths Miene verriet keine Spur von Überraschung. Peter Puddletons übliche Bestellung lautete auf Bier, und auch da meistens bloß auf ein kleines Glas. Das war das erstemal, daß er in der Schänke Whisky verlangte. Der einzige Puddleton, der sich manchmal dazu verstieg, war der Großvater, und Mr. Booth erinnerte sich an so manche turbulenten Folgen. Aber hatte er nicht noch am Vorabend zu seiner Frau gesagt, daß die Fremde Gäste anziehen würde? Ein Typ wie sie brachte alles mögliche zustande – so oder so.

»Und ein Glas Bier.«

»Sofort.«

Nachdem Peter Bier und Whisky hinuntergekippt hatte, zeigte Mr. Booths ansonsten undurchdringliche Miene doch so etwas wie Staunen, als der jüngste Puddleton sagte: »Dasselbe noch mal.«

Der Wirt füllte die Gläser erneut, und als Mrs. Booth auf dem Weg ins Nebenzimmer kurz innehielt, um zu beobachten, wie es Peter nach dem zweiten Whisky leicht schüttelte, meinte sie leise zu ihrem Mann: »Was hab' ich dir gesagt!« Worauf dieser kurz erwiderte: »Verschwinde!«

Peter, der spürte, daß er von hinten durchdringend angestarrt wurde, hätte der Wirtin am liebsten ins Gesicht gespuckt oder ihr eine Kränkung an den Kopf geschleudert. Dieser Wunsch wurde derartig intensiv, daß er sich um des lieben Friedens willen gezwungen sah, einen gewissen Abstand zwischen sich und Mrs. Booth zu legen, was er zu deren Enttäuschung auch tat.

Wieder auf der Straße draußen, stand er einen Moment da und blickte sich um. Es war gerade erst neun Uhr abends – zu früh, um schon nach Hause zu gehen, geschweige denn, sich ins Bett zu legen. Seine Mutter würde todsi-

cher noch aufsein und höchstwahrscheinlich dies oder das zur Sprache bringen, was er im Moment keinesfalls ertragen hätte.
Um nicht an seinem Elternhaus vorbeigehen oder durchs Dorf zu müssen, trottete er die Straße zurück, die er vorhin mit dem Alten gekommen war. Der Whisky übte eine besänftigende Wirkung auf ihn aus; er fühlte sich in gewissem Maße getröstet, und auch seine Gereiztheit ließ nach. Die Leute hier waren ganz in Ordnung. Er war immer mit allen gut ausgekommen – das heißt mit allen außer Davy. Kaum war der Name in seinen Gedanken aufgeblitzt, erblickte er Mavis, was ihn davon abhielt weiterzugehen. Er schluckte mühsam und hatte schließlich die verrostete Pforte zum Wald erreicht, als er – zu spät – bemerkte, daß Mavis ihm zuvorgekommen war und sich hinter einer der alten Eichen versteckte.
Er hatte eigentlich gar nicht beabsichtigt, in den Wald zu gehen, und der Umstand, daß Mavis sich da herumdrückte, verdarb ihm vollends die Lust. Noch am Tag zuvor wäre er ihr ausgewichen wie ein aufgescheuchtes Kaninchen; aber nun steuerte er aus irgendeinem unerklärlichen Grund direkt auf jene Eiche zu und blieb davor stehen. Er wußte genau, daß sie ihn – wenn er es nicht getan hätte – auf irgendeine Weise abgepaßt hätte.
Mavis sah ihn fest an, keineswegs puppenhaft, wie sie es bisher so gern getan hatte. Auch ihr Tonfall war nicht kleinmädchenhaft geziert, sondern sarkastisch, als sie fragte: »Wieder mal aus?«
»Hm«, sagte Peter langsam, aber mit Nachdruck: »So ist es. Ich gehe aus, Mavis.«
Diese Antwort – und die Art, in der sie vorgebracht wurde – war bestimmt nicht das, was die Gute erwartet hatte. Aber ihr gesunder Sinn schaltete schnell und sagte ihr, daß auch sie ihre Taktik ändern müsse, da er die seine so offensichtlich geändert hatte. Und so machte sie eine richtig betroffene Miene und sah ihn mit dem zutiefst gekränkten Ausdruck einer betrogenen Frau an. Dann jammerte sie los: »Wie konntest du nur, Peter?«

Peter, der sich durch zwei doppelte Whisky samt den beiden Bieren ordentlich aufgewärmt fühlte, war obenauf. »Wie konnte ich was?« fragte er sie grinsend.
Sie schluchzte los: »Du bist völlig verändert. Warum ... warum hast du mich denn vergangene Woche ausgeführt?«
»Das frag' ich mich auch.« Die Kühnheit seiner Antwort belustigte ihn offensichtlich und gebot gleichzeitig Mavis Tränen Einhalt. Sie kniff die blaßblauen Augen, die plötzlich stahlgrau wurden, zusammen, trat einen Schritt auf ihn zu und rief, nachdem sie ihn kurz angestarrt hatte, entsetzt aus: »Du bist ja wieder betrunken!«
Peter ließ diese Anschuldigung sowie die damit verbundene Empörung völlig kalt. Merkwürdigerweise hegte er nicht den geringsten Wunsch, verrückt zu spielen, zu leugnen oder gar in seine frühere Nachgiebigkeit zu verfallen. Statt dessen blies er sie lachend kräftig an und stieß ein einziges Wort hervor: »Whisky!«
Diese respektlose Handlungsweise, verbunden mit der starken Alkoholfahne, veranlaßte Mavis natürlich, entsprechend zu reagieren. »Du!« rief sie in demselben drohenden Ton, den sie am vergangenen Abend im Wald angewendet hatte. »Glaub ja nicht, daß du so leicht davonkommst. Ich bin keineswegs auf den Kopf gefallen! Und was deine Hure anlangt ...« Peter zog erstaunt die Brauen hoch; er hatte überhaupt nicht geahnt, daß sie dieses Wort auch nur kannte! »Wenn du wissen willst, wo sie ist – da drinnen!« Mit einer heftigen Armbewegung deutete sie ins Dickicht. »Liegt der Länge nach im Gras. Und mit wem? Mit dem Major – jawohl, mit dem Major. Ich hab' die beiden mit eigenen Augen gesehen. Sie hätten gar nicht näher beisammensein können. Und was sie so miteinander reden! Gedichte sagen sie einander auf: Liebesgedichte! Der Major, in seinem Alter! Du bist ja schon immer ein Narr gewesen, und die da drinnen hat nur noch einen größeren aus dir gemacht! Jedermann lacht über dich. Weißt du, wie sie sie nennen? ›Glanzstück‹.« Und mit so was läßt du dich ein!«

»Bist du jetzt fertig?«
»Oh, du kannst noch solange tun, als ließe dich das alles kühl bis ins Herz. Mir machst du damit nichts vor, das sag ich dir. Das letzte Wort ist noch nicht gesprochen, Peter Puddleton. Wart nur ab – ich werd' es dir noch heimzahlen, du wirst es schon sehen.«
Mit einer wilden Kopfbewegung drehte sich Mavis um und stürzte davon. Und erst nachdem das entrüstet klingende Geräusch ihrer Absätze nicht mehr zu hören war, setzte Peter seinen Marsch in den Wald fort.
Das ging über einen Scherz hinaus. Aal oder nicht Aal ... die Angelegenheit mußte in Ordnung gebracht werden. Zum Teufel mit diesem Vieh: kein Fisch auf der ganzen Welt war wert, daß sie ihren guten Ruf einbüßte. Die Sache mit dem Aal mußte an die Öffentlichkeit gelangen – jawohl, unbedingt. Sämtlichen Dorfbewohnern mußte sie verkündet werden und der Name, den sie ihm gegeben hatte, obendrein. War ohnehin eine verdammt dumme Bezeichnung für einen Fisch. Und der Major – mußte er sich einfach mit ihr ins Gras legen? Sogar er hatte das nicht getan. So was – wenn sich das herumsprach! Welche Erklärungen das erforderte. Er wußte, weshalb die beiden im Gras lagen: Der Aal mußte wieder aufgetaucht sein, vielleicht hatte er sich unter der Böschung versteckt. Wahrscheinlich hatte der Major die Lichtung betreten, und sie hatte ihm davon berichtet. Der glaubte ja nur, was er mit eigenen Augen sah. Zu blöde aber auch, daß ausgerechnet Mavis die beiden dabei überraschen mußte. Was wäre gewesen, wenn er sie entdeckt hätte? Bei diesem Gedanken blieb er unvermittelt stehen. Nicht diese Vorstellung war jedoch schuld daran, sondern der Anblick Leos, die eben den Buchenweg betreten hatte. Sie kam auf ihn zu, und zwar allein. Er ging langsam weiter, aber je mehr sich der Zwischenraum zwischen ihnen verringerte, um so mehr purzelten seine Gedanken durcheinander. Sie war bleicher als je zuvor. War sie zu lange aufgeblieben? Wer war der Kerl? Wenn Mavis im Dorf herumerzählte, daß die Fremde mit

dem Major im Gras gelegen hatte, war der Teufel los – und es gab nicht den geringsten Zweifel, daß Mavis es tun würde. Leo war schön, wenn sie auch blaß aussah. Aber schön war sie, o ja. Und wie sie ging . . . sie trottete nicht einfach so dahin, als ob die Beine nicht zu ihr gehörten. Wer konnte dieser Kerl bloß sein?
»Hallo.« Peter war es, der zuerst sprach.
»Hallo«, sagte sie, und es klang müde. Kein Lächeln huschte dabei über ihr Gesicht.
Er sah sie einen Moment lang ruhig an, dann bemerkte er: »Sie sehen müde aus. Sind Sie zu weit gelaufen?«
»Ja, ich bin etwas müde.« Nun lächelte sie schwach und fügte hinzu: »Aber nicht vom Spazierengehen, sondern wegen der Mühe, die es kostet, diesen Aal im Auge zu behalten. Ich hab' ›Glanzstück‹ eben erst gesehen. Ihr Major ist plötzlich aufgetaucht und war ganz aufgeregt – er glaubte, seinen Augen nicht zu trauen. Wirklich ein netter alter Herr, finden Sie nicht?«
»Ja, der Major ist in Ordnung.« Peter strahlte sie an.
Mit einem belustigten Blick fragte sie: »Waren Sie feiern?«
Er grinste nun übers ganze Gesicht. »Na ja, nicht direkt, aber mein übliches Maß hab' ich heute jedenfalls überschritten. Merkt man's?«
Abermals spielte ein Lächeln um ihren Mund, und sie sagte: »Ein bißchen.« Dann schüttelte sie sich die Haare aus dem Gesicht und fragte, sich umsehend: »Was hielten Sie davon, wenn wir uns setzten?«
Setzen! Was war, wenn Mavis plötzlich unvermutet zurückkam? Dieses verflixte Weibsstück!
Auf einen gefällten Baum deutend, sagte er: »Da drüben ist eine Möglichkeit!«
Er ging voran, beugte sich nieder, schob die abgebrochenen Zweige beiseite und machte so Platz für sie. Sie beobachtete ihn dabei, dann setzte sie sich, lehnte sich an den Stamm an, atmete ein paarmal tief ein und seufzte. Dann stellte sie ihm eine merkwürdige Frage. »Wann bin ich hierhergekommen?«

Er sah sie lachend an. »Muß ich es Ihnen wirklich sagen? Gestern mittag.«
»Gestern mittag ... Wenn Sie gesagt hätten: Vor zehn Jahren, dann hätte ich geantwortet: Es muß unbedingt länger her sein! Gestern mochte ich diese Gegend, ich bin absichtlich hierhergekommen. Ich war von dem Namen irgendwie angetan, den ich vor Jahren irgendwo aufgeschnappt habe. Und dann habe ich ihn vor kurzem wieder gehört und hatte das Gefühl, daß ich herkommen müsse. Gestern wollte ich bleiben. Der Wagen schien eine gute Ausrede dafür zu sein. Aber jetzt weiß ich nicht recht.« Sie schwieg, sah sich um, als wolle sie alles einschließen – den ganzen Wald und das Dorf dahinter –, um dann hinzuzufügen: »Ich fühle, daß ich gehen muß.«
Mit der durch den Whisky hervorgerufenen Gelassenheit war es schlagartig vorbei. »Ich dachte, Sie wollten bleiben, bis der Wagen fertig ist«, sagte er.
»Das dachte ich auch, aber ich kann ja wieder herkommen und ihn abholen.«
Als er hierauf nicht antwortete, betrachtete sie ihn und meinte: »Sie sind ein ausgesprochen lieber Mensch, Peter. Wieso Sie noch frei sind, ist mir schleierhaft. Irgendeine hätte Sie längst schnappen müssen. Kommen Sie, setzen Sie sich«, sie deutete auf den Baumstamm. »Wenn Sie so dastehen, sehen Sie zu groß aus, wie einer der Bäume hier. Und Sie müssen müde sein, wo Sie doch den ganzen Tag über gearbeitet haben.«
Er ging auf ihre Aufforderung nicht ein, sondern hörte sich zu seiner eigenen Überraschung sagen: »Sie reden schon daher wie meine Mutter.«
Leo lachte auf, nicht so laut und hemmungslos wie am vorangegangenen Abend, sondern leise und richtig belustigt. »Gut, dann will ich die mütterliche Rolle seinlassen. Wenn es auch tatsächlich vernünftiger wäre, sich hinzusetzen.« Sie kicherte. »Es klang so komisch, wissen Sie: ›Sie reden schon daher wie meine Mutter ...‹ Sie sollten öfter einen über den Durst trinken, finde ich. Haben Sie vielleicht eine Zigarette für mich?«

Als er ein Päckchen aus der Tasche zog, sagte er: »Bisher habe ich Sie noch gar nicht rauchen sehen.«
»Ich habe es vor einiger Zeit aufgegeben, aber ich spüre, daß ich jetzt eine brauche.«
Sie nahm die Zigarette in den Mund, und er gab ihr Feuer.
»Setzen Sie sich doch.« Diesmal klang es wie eine Bitte.
Langsam ließ er sich neben ihr nieder, aber nicht zu dicht.
»Wo ist Ihr Vater?« fragte sie.
»Im ›Hirschen‹.«
»Mit Bill?«
»Ja.«
»Die zwei sind ein nettes Gespann – so erfrischend.«
»Finden Sie?«
»Ja. Sie etwa nicht?« Sie blies den Rauch sanft in die Höhe.
»Doch, doch, sie sind schon in Ordnung.« Er hatte keine Lust, aus der Schule zu plaudern.
»Haben Sie schon jemals daran gedacht, von hier fortzugehen, Peter?« Diese Frage veranlaßte ihn, sie anzusehen, so als wollten sich seine Augen an ihr festsaugen.
»Nein, nicht ernsthaft.«
»Dann tun Sie's auch nicht. Bleiben Sie hier, bis Sie alt werden, wie Ihr Urgroßvater.«
»Jetzt reden Sie schon wieder wie meine Mutter.« Er sagte es nicht so angriffslustig wie vorhin, sondern ruhig, beinahe sanft. Dann beugte er sich nach vorn, ließ die Hände zwischen den Knien herabhängen, richtete den Blick geradeaus und fragte: »Wie alt sind Sie?«
»Was für eine unpassende Frage!« Sie lachte jedoch freundlich. »Morgen früh werden Ihnen all diese Fragen bestimmt leid tun, und Sie werden sich selbst ausschelten, daß Sie aufgehört haben, auf der Hut zu sein. Das heißt, falls Sie sich dann noch daran erinnern.«
Die Hände immer noch zwischen den Knien, drehte er den Kopf zu ihr herum. »Ich werde mich erinnern. Übrigens – ich bin keineswegs betrunken, jedenfalls nicht im üblichen Sinne. Von zwei Whiskys und zwei Bieren be-

kommt man noch keinen Rausch. Und mehr habe ich nicht intus.«

»Ich weiß, daß Sie nicht betrunken sind – nur neugierig.«

»Ja«, bestätigte er keck, »nur neugierig.«

Sie griff das Thema nicht mehr auf, sondern fragte: »Ist das immer so, daß Fremde die Aufmerksamkeit des ganzen Dorfes erregen?«

»Im großen und ganzen nicht. Aber nur, weil es sich fast immer um ganz gewöhnliche Leute handelt.«

Sie schmunzelte ein bißchen über das versteckte Kompliment und lehnte den Kopf wieder an den Baumstamm. Dann blies sie den Rauch in die Krone und bemerkte in einem höflichen Ton, der im krassen Gegensatz zum Inhalt ihrer Worte stand: »Diese Mrs. Booth scheint das zu sein, was man gemeinhin als infames Luder bezeichnet, nicht?«

Nun schallte sein Lachen durch den Wald, und es war ihm ganz egal, wer es hören mochte.

»Da haben Sie wohl recht! In diesem Punkt sind wir uns jedenfalls einig.« Er richtete sich leicht empor, daß seine Schultern sich auf gleicher Höhe mit den ihren befanden, und sie wandte ihm voll ihr Gesicht zu, als sie sagte: »Wenn ich Sie länger kennen würde, dann würde ich darauf bestehen, daß Sie jeden Abend Ihre zwei Whiskys und zwei Biere trinken. Dann würde Sie wenigstens nichts von dem, was ich Ihnen sagen würde, schockieren.

Peter kniff die Brauen zusammen. »Was bringt Sie zu der Annahme, daß Sie mich schockieren könnten?«

»Oh, ich weiß, daß es so ist. Gestern abend zum Beispiel dachten Sie, daß ich mich den Männern gegenüber viel zu offenherzig benehme, stimmt's?«

Einen Moment war es still zwischen ihnen; dann erwiderte er: »Sie wissen eine ganze Menge. Aber ich war nicht schockiert, wie Sie es ausdrücken, nur verblüfft. Und ...« – er wurde wieder kühn – »... dann hab' ich mich gefragt, wo Sie dies alles gelernt haben, was Sie so wissen.«

Sie antwortete nicht sofort; schließlich sagte sie leicht-

hin: »Sie machen mir aber recht fragwürdige Komplimente, Peter. Nun, ich verdanke mein Wissen, wie Sie es nennen, Amerika, dem Theater und – einer Autohandlung.«
Die beiden ersten Bemerkungen ignorierend, rief er sichtlich verdutzt aus: »Einer Autohandlung?«
»Ja. Ich habe eine Zeitlang geholfen, Wagen zu verkaufen.«
»Tatsächlich?«
»Warum nicht? Was finden Sie daran so überraschend?«
»In Amerika?«
»Nein, hier in England. Als Kind lebte ich eine Zeit in Amerika, im Süden. Deshalb der Akzent. Obwohl ich erst siebzehn war, als ich zurückkam.«
»Aber Autos ... Wie sind Sie zu dem Geschäft gekommen?«
Sie senkte die Lider, preßte den Mund zusammen, streckte die Arme aus und klopfte die Asche von der Zigarette ab. Dann sagte sie: »Das ist eine lange, lange Geschichte.«
»Und dieser Mann heute – war er ein Teil dieser Geschichte?«
Langsam hob sie die Augen zu ihm. »Ja.«
Peter benetzte nervös seine trockenen Lippen. »Ist – ist er Ihr Gatte?«
Abermals wurde es still, diesmal für längere Zeit. »Nein, er ist nicht mein Gatte«, sagte sie schließlich.
Bedauern lag in diesem Eingeständnis, Sehnsucht...
Sein Mund war noch immer wie ausgedörrt, als er fragte: »Wer ist er denn?«
»Ein – Bekannter.«
»Aus der Autobranche?«
»Ja, aus der Autobranche.«
Sie wandte das Gesicht ab, und es kam ihm beinahe durchscheinend vor; es hob sich von dem Baum und den tiefer werdenden Schatten des Waldes wie feinziselierter Alabaster ab. Und als er sie so ansah, erwachte in seinem Körper eine brennende Sehnsucht, sie festzuhalten, sie

an sich zu ziehen und sich in ihrer Blässe zu vergraben. Es war nicht jenes ihm bisher wohlbekannte sanfte Drängen, sondern ein ungestümes Verlangen, sich ihre blasse Schmalheit einzuverleiben. Beinahe unmerklich rückte er ein Stückchen näher; und nach einer kurzen Pause, in der keiner von ihnen ein Wort sprach, schob er sich abermals ein Stückchen an sie heran. Als er zum drittenmal ansetzte, ertönte ihre Stimme ruhig und schleppend, wie gewohnt. »Kommen Sie nicht noch näher, Peter.«

Das war eine richtige kalte Dusche, die den letzten Rest von Kühnheit, den der ungewohnte Whisky in ihm hervorgerufen hatte, auslöschte. Dieser Befehl machte ihn mit einem Schlag nüchtern.

Peter war, als säße er splitterfasernackt da, und er hatte plötzlich das peinliche Gefühl, sich ihr gegenüber zuviel herausgenommen zu haben. Dabei hatte nicht einmal Florrie jemals eine derartige Empfindung in ihm erweckt.

Er stand gedemütigt und zornig auf. In diesem Augenblick kam er sich entsetzlich plump und linkisch vor. Sein Gesicht war flammend rot; seine Hände suchten verzweifelt nach dem gewohnten Putzlappen; seine langen Beine weigerten sich einfach, still zu stehen, wollten ihn jedoch auch nicht weiterbefördern. Recht geschah ihm! Das war die gebührende Antwort auf seine vorangegangenen Hirngespinste – daß sich nämlich zwischen ihnen beiden etwas anbahne ... Du lieber Gott! Jeder Trottel hätte sich besser zu benehmen verstanden.

Als nun auch sie sich mit einer raschen Bewegung erhob, die eigentlich gar nicht zu ihrem sonstigen trägen Gehaben paßte, und so nah vor ihm stand, daß er die winzigen Schweißperlen auf ihrer Stirn sehen konnte, tröstete ihn die Erkenntnis, daß sie nun die Verlegene war, nicht im geringsten.

»Peter«, begann sie und berührte seinen Ärmel, »es tut mir leid, daß ich das gesagt habe, aber ...« Sie hielt inne und senkte verlegen den Kopf. »Es ist – verrückt, völlig verrückt. Wir kennen uns vierundzwanzig Stunden. Es ist wahrhaftig verrückt und darf einfach nicht sein – nicht einmal im Spaß.« Sie hob die Augen zu ihm auf und fuhr rasch fort: »Peter, Sie sind nett, und ein kleiner Flirt mit Ihnen würde auch nett sein. Es hat eine Zeit gegeben, wo ich so etwas genossen, ja geradezu forciert hätte, aber nicht jetzt. Ich – kann es Ihnen nicht erklären, ich kann einfach nicht. Fassen Sie es nicht falsch auf, bitte. Ich würde Sie bestimmt nicht so behandeln, wenn ich keinen zwingenden Grund hätte, mich dementsprechend zu verhalten, glauben Sie mir. Ich mag Sie, Peter – schon vom ersten Moment an habe ich Sie gemocht. Ich bin gern mit Ihnen zusammen, weil Sie es verstehen, mich zum Lachen zu bringen. Und das bedeutet viel mehr, als Sie denken. Selbst wenn Sie kein einziges Wort sagen, erwecken Sie in mir den Wunsch zu lachen. Ich hatte sofort das Gefühl, Sie gut zu kennen. Vielleicht will ich Sie deshalb nicht näher oder auf andere Weise kennenlernen.«

Als er nicht darauf antwortete, sondern sie weiterhin nur anstarrte, schloß sie die Augen, und ihr Körper schien zusammenzusinken, so daß sie tatsächlich kleiner wurde. Ihre Stimme klang unendlich müde, als sie fortfuhr: »Sie haben kein Wort von dem, was ich gesagt habe und was ich sagen mußte, verstanden. Wie sollten Sie auch! Ich wußte bereits gestern abend, daß ich nicht hierbleiben darf. Ich werde morgen früh abreisen.«

»Meinetwegen brauchen Sie nicht fortzugehen.« Er konnte die Worte kaum über die Lippen bringen, die Zunge schien seinen ganzen Mund auszufüllen. »Ich muß Ihnen ja nicht über den Weg laufen.«

»Oh, Peter, Peter!« Ihre Stimme klang richtig gebrochen, und die darauffolgenden Worte waren nur schwer verständlich. Alles, was er davon mitbekam, war: »Ich werde Ihnen Unglück bringen . . . müde . . . todmüde. Kann es nicht erklären . . . kann nicht . . . mach' Sie nur unglücklich.«

Leo schwankte leicht, hatte die Hände vors Gesicht ge-

preßt und bemühte sich, nicht in Tränen auszubrechen, was ihr jedoch nicht gelang. Am Abend zuvor hatte sie gelacht, als könne sie nie mehr aufhören. Und nun weinte sie, als könne sie nie mehr aufhören.
Als seine Arme sie umschlangen und er sie an sich zog, damit sie sich an ihn anlehnen könne, protestierte sie nicht länger, sondern barg ihr Gesicht wie ein erschöpftes Kind, das einen Platz zum Ausruhen suchte, an seiner Brust. Seine Hand lag auf ihrem Haar – auf diesem lose herabfallenden ungebärdigen Blondhaar – und an seinem Kinn spürte er die Zartheit ihrer Wange. Ihr Körper lehnte an dem seinen, entflammte jedoch keinerlei Glut in ihm. Die leidenschaftlichen Gefühle, die kurz vorher in ihm gelodert hatten, ergriffen nicht nochmals Besitz von ihm. Aber als er so im Wald stand, und die Nacht sie beide wie ein Mantel einhüllte – auf diese Art eine Welt bildend, die nur ihnen allein gehörte –, empfand er für sie große Zärtlichkeit, die dem Mitleid entsprang. Diese Zärtlichkeit gaukelte ihm nicht mehr vor, daß sich hier etwas »anbahne«, keinerlei Versprechen auf künftige Leidenschaften, ja nicht einmal eine Spur von Trost. Auf unerklärliche Weise spürte er, daß er sich auf Schmerz und Kummer eingelassen hatte, weiter nichts. Wieso oder weshalb, hätte er nicht zu sagen vermocht.

4

Das Postamt war voll. Sechs Leute befanden sich darin: vier am Schalter und zwei in dem abgeteilten Kolonialwarenladen. Eine der letzteren war Miß Collins, und als sie an die Reihe kam, trat sie ihr Vorrecht mit affektierter Herablassung, die in ihren Augen die reinste Demut war, an Mrs. Fellow ab – diese gottlose Frau, wie sie sie insgeheim nannte. Denn Mrs. Fellow hatte ihren Fuß noch niemals in die Kirche gesetzt und prahlte zudem damit, daß sie nicht vorhabe, es jemals zu tun. Nachdem Miß Collins mit zusammengekniffenen Augen beobachtet hatte, wie Mrs. Fellow den Laden verließ, drehte sie sich zu der abwartend dastehenden Mrs. Armstrong herum und meinte: »Ach ja, was brauche ich denn noch?«
Mit einer vogelartig flinken Bewegung legte Mrs. Armstrong den Kopf schräg, lächelte und wartete.
»Also eine Rolle Kekse, ein viertel Pfund Vollkornbrot – ich besuche heute Grannie West, sie ißt das so gern. Und – ja, natürlich: noch mal Zucker! Wir haben gestern fast zwanzig Pfund Brombeeren gepflückt.«
»Wirklich?« Mrs. Armstrong eilte zum Glasregal. »Ich wollte, ich hätte Zeit zum Beerenlesen. Das Wetter ist ja wunderbar: Der Wald muß direkt übergehen davon.« Sie legte die Keksrolle auf den Ladentisch und wandte sich dem Brotfach zu. Erst jetzt antwortete Miß Collins.
»Nicht so sehr von Brombeeren als von Menschen«, sagte sie mit bedeutungsvoll aufgerissenen Augen.
»Tatsächlich?« Mrs. Armstrong blickte auf die Waagschale.
»Haben Sie noch nicht das Neueste gehört?«

»Nein.« Die Waagschale prallte leicht auf. Mrs. Armstrong nahm das Brot, wickelte es ein und legte es neben die Keksrolle. Sie hatte die Schwester des Vikars keine Sekunde aus den Augen gelassen und gab sich alle Mühe, nichts von ihrer Belustigung durchschimmern zu lassen. Denn wie auch immer Miß Collins Neuigkeit lauten mochte – sie würde es kaum mit jener Neuigkeit aufnehmen können, die sie selbst in petto hatte. Die Schwester des Vikars würde bestimmt nicht halb so selbstgerecht dreinsehen, dachte sie, wenn sie gewußt hätte, daß ihr Unschuldsengel von Bruder am Nachmittag zuvor gute zwei Meilen mit diesem Weibsstück aus dem »Hirschen« die Hauptstraße entlanggeschlendert war. Und so versunken war er in das Gespräch mit ihr gewesen, daß er völlig vergessen hatte, seinen allwöchentlichen Krankenbesuch bei dem alten Mr. Taplow zu machen. Mrs. Taplow hatte abwartend am Fenster gestanden, als der Vikar wie ein balzender Auerhahn vorbeistolziert war. . . Ray Sutton hatte nämlich die beiden vom Kuhstall seines dem Taplowhaus gegenüberliegenden Gehöftes beobachtet. Nein, was immer sie auch von seiten Miß Collins' vorgesetzt bekommen würde – das würde es nicht sein.

»Sie werden es nicht glauben, wirklich.«

»Meinen Sie?« Mrs. Armstrong zog erwartungsvoll die Augenbrauen in die Höhe.

»Der Major . . .!«

»Der Major? Nein!« Mrs. Armstrong ließ das Kinn auf die Brust sinken, während Miß Collins das ihre in die Luft reckte.

»Wenn ich es Ihnen sage! Und stellen Sie sich vor . . .« Miß Collins beugte sich über den Ladentisch und raunte: »Sie sind miteinander im Gras gelegen« – es entstand eine bedeutsame Pause – »und haben's zusammen getrieben!«

Die Wirkung dieser Information auf die Posthalterin war äußerst befriedigend. Der obere Teil ihres falschen Gebisses machte in ihrem weitaufgerissenen Mund eine ruckartige Bewegung, so daß sie Mühe hatte, es nicht auf den Ladentisch fallen zu lassen. Rasch preßte Mrs. Armstrong die Zunge mit einem deutlich hörbaren Schnalzen dagegen, wodurch die Prothese wieder an ihren angestammten Platz gelangte.

»Das kann doch nicht wahr sein, Miß Collins!«

»Ist es aber. Mavis hat die beiden mit eigenen Augen gesehen. Und noch etwas: Peter Puddleton hat sich in den Wald geschlichen, um nach diesem Weibsbild Ausschau zu halten. Und denken Sie nur! Er war schon wieder betrunken! Die arme Mavis – sie war ganz außer sich. Ich befand mich zufällig im Pfarrgarten, als sie vorbeikam, und mußte sie ins Haus bitten, um sie ein wenig zu trösten. Und das ist noch nicht alles!«

Mrs. Armstrong war sprachlos. Mit entsetzten Augen wartete sie auf die Fortsetzung dieses skandalösen Berichts, und Miß Collins fuhr auch sogleich mit unheilverkündender Stimme fort: »Was meinen Sie, wem wir auf der Hauptstraße begegnet sind, als ich Mavis ein Stück heimbegleitete.«

Mrs. Armstrong rührte sich nicht.

»Mr. Puddleton . . . Mr. Harry Puddleton« – sie betonte den Namen Harry – »und Mr. Fountain, die sich heimlich, still und leise gleichfalls in den Wald schlichen. wir haben die beiden gesehen, wie sie bei der Abzweigung über den Graben gesprungen sind – nur um uns auszuweichen natürlich. Nun ja, jedenfalls konnten sie nicht so tun, als wollten sie fischen gehen, denn keiner von ihnen hatte eine Angel mit. Was sagen Sie? Ist so was die Möglichkeit?«

Mrs. Armstrong schüttelte langsam und ganz benommen den Kopf, überlegte es sich dann jedoch offensichtlich und sagte mit gedämpfter Stimme: »Doch, ich kann es mir vorstellen. Diese Metze macht die Männer einfach verrückt. Meine Mutter« – sie deutete mit einer Kopfbewegung auf die Glastür, hinter deren durchsichtigem Vorhang man die Umrisse einer alten, in einem Sessel sitzenden Frau wahrnahm –, »meine Mutter hat sie gestern die Straße heraufkommen sehen. Und Sie wissen doch, daß sie sich in ihrem Alter nicht mehr besonders für Dinge, die sie nicht direkt angehen, interessiert. Aber als sie dieses Weibsstück erblickte, starrte sie ihr lange nach und sagte dann etwas ganz Komisches.« Mrs. Armstrong warf rasch einen Blick auf die Glastür, als wollte sie sich davon überzeugen, daß diesselbe geschlossen war. Dann beugte sie sich über den Ladentisch zu Miß Collins und fuhr flüsternd fort: »Wer ist denn das?« hat sie gefragt. ›Diese Art sieht man hier nicht viel herumstreunen. Ich kenne die Sorte – so was bringt nur Unruhe ins Dorf, jawohl.‹ Und wissen Sie, was sie noch sagte? Sie sagte: ›Erinnert mich an jemanden, kann es beschwören.‹ – ›An wen?‹ hab' ich sie gefragt. ›Kann es im Moment nicht sagen‹, hat sie erwidert, ›wird mir schon einfallen. Aber soviel weiß ich auf alle Fälle: Sie hat nichts getaugt.‹«

Die beiden Frauen sahen einander an. »Übrigens«, schloß Mrs. Armstrong, »haben Sie schon gehört, wie sie genannt wird?«

»Nein.«

»›Glanzstück.‹« Mrs. Armstrong grinste übers ganze Gesicht. Miß Collins schien das nicht komisch zu finden, denn sie kniff die Lippen fest zusammen, so daß ihr hageres Gesicht wie ein einziger Faltenwurf aussah, und rief: »›Glanzstück!‹ Nun, wer immer ihr den Namen gegeben haben mag, wußte jedenfalls, wovon er sprach. Ich habe noch nie jemanden gesehen, auf den diese Bezeichnung besser gepaßt hätte. Das Make-up, die Frisur, die hautengen Kleider und der viele falsche Schmuck, der nur so glitzert und funkelt – wahrhaftig: ›Glanzstück‹ trifft den Nagel auf den Kopf.«

Mrs. Armstrongs eben noch lächelndes Gesicht wurde plötzlich ernst, und den Blick über Miß Collins Schulter gerichtet, flüsterte sie hastig: »Mrs. Carrington-Barrett hat soeben direkt gegenüber haltgemacht. Sie spricht mit Mr. Johnston.«

Miß Collins wandte den Kopf, um sich zu vergewissern,

wo die Majorsgattin sich tatsächlich befand; ihre Blicke huschten rasch auf die gegenüberliegende Straßenseite. Dann verkündete sie mit schallender Stimme, der deutlich zu entnehmen war, daß sie keine Zeit mehr hatte: »Den Zucker hole ich dann auf dem Rückweg ab. Ich möchte ihn nicht unnütz mit mir herumschleppen. Grannie West wartet bereits auf meine kleinen Mitbringsel.« Damit packte sie Brot und Keksrolle in ihre Tasche, nickte Mrs. Armstrong zu, drehte sich betont ungezwungen um und verließ den Laden.
Mrs. Armstrong beobachtete reglos, wie die Schwester des Vikars schnurstracks auf Mrs. Carrington-Barrett zuging. Wenn sie nicht alles täuschte, dann würde die bevorstehende Unterredung da drüben der ganzen Geschichte die Krone aufsetzen. Miß Collins war seit Jahren darauf aus, der Majorsgattin eins zu versetzen: nun schien die Gelegenheit gekommen. Mit genüßlicher Miene verschränkte Mrs. Armstrong die Arme, blickte lauernd über die Straße und wartete ab. Nicht vergeblich, denn es dauerte keine drei Minuten, und schon war Mrs. Carrington-Barrett ganz deutlich anzumerken, daß Miß Collins getroffen hatte.

Ungefähr eine Stunde darauf kam Miß Collins an der Tankstelle vorbei. Es bestand nicht die geringste Notwendigkeit für sie, diesen Weg zu nehmen, aber der Sieg der Rechtschaffenheit hatte sie vor Wonne trunken gemacht. Während der abgelaufenen Stunde hatte sie über den Hochmut ihrer Nachbarinnen zwei Siege errungen. Denn nach ihrem ersten Triumph – jeder Tropfen Blut war aus Mrs. Carrington-Barretts Gesicht gewichen, so daß es plötzlich eine kränklich graue Farbe gezeigt hatte, und der Wortschatz der ansonsten so redegewandten Dame war zum Versiegen gekommen – hatte die Schwester des Vikars Amelia Fountain getroffen. Nun verkörperte Mrs. Fountain eine ziemlich schwankende Christenseele, die manchmal in die Kapelle und nur höchst selten in die Kirche kam, weshalb sie für Miß Collins eine ständige Quelle des Ärgernisses bildete. Überdies hegte sie noch aus einem anderen Grund einen geheimen Groll gegen die Gute. Während des Krieges und auch noch einige Zeit danach zu den großen Festen hatten mit ziemlicher Regelmäßigkeit kleine Liebesgaben den Weg zum Tisch des Pfarrhauses gefunden. Vor zwei Jahren wurden sie dann auf einmal eingestellt. Weshalb, konnte man bedauerlicherweise nicht erfahren. Da Miß Collins der felsenfesten Überzeugung war, daß dies allein auf Mrs. Fountains Konto ging, hatte sie nur auf eine passende Gelegenheit gewartet, es der filzigen Metzgersgattin heimzuzahlen.

Amelia Fountain war eine magere, kleine Frau mit spitzen Zügen, in jeder Weise der vollkommene Gegensatz zu ihrem Mann – auch, was die Gemütsart anlangte. Deshalb hatte der an jenem Morgen ausgestandene Schock – als ihr die Schwester des Vikars einen nur allzu deutlichen Fingerzeig in bezug auf ihren angeblich völlig verblendeten Mann gegeben hatte, der dem Weibsstück aus dem »Hirschen« in den Wald nachgelaufen sein sollte – zuwege gebracht, daß ihr jede Spur von Gegenangriff so gut wie im Hals steckengeblieben war. Diese Information hatte sie genauso wie zuvor Mrs. Carrington-Barrett sprachlos gemacht. Amelia mußte den spontanen Wunsch in sich niederkämpfen, auf dieses Haut-und-Trübsal-Bündel von Miß Collins loszufahren.

Aber als sie an die vergangene Nacht zurückdachte, fühlte sie sich plötzlich wie gelähmt. Es stimmte – der gewaltige Leib ihres Bill hatte sich immer wieder von einer Seite auf die andere gewälzt, während er in einem fort gemurmelt hatte: »Mhm, reizend ist sie, wunderschön, ein wirkliches . . .« Das darauffolgende Wort hatte sie nicht verstanden. Sie hatte ihn mit dem Ellbogen in die Seite geknufft, und dann war er keuchend und schnaubend aufgewacht, wie er es immer tat. Und nun tönte ihr von Miß Collins Lippen besagtes unverständliche Wort entgegen: »Glanzstück«! Amelia konnte sich auch sofort wieder entsinnen. Deshalb hatte sie, ohne auch nur ein

einziges Wort zur Verteidigung ihres Angetrauten zu sagen, Miß Collins mitten in ihren Ausführungen stehenlassen und war in den Laden geflüchtet.
Nach zwei derartigen Siegen hätte man annehmen können, daß die Schwester des Vikars Ruhe geben würde. Aber weit geirrt. Es fehlten ja noch die Hauptpersonen in dieser Geschichte, mit denen man abrechnen mußte: die Puddletons. Jedoch war sie klug genug, nach den Ereignissen des vergangenen Nachmittags nicht Rosie einen Besuch abzustatten, um sie davon in Kenntnis zu setzen, daß auch ihr Mann sich im Wald herumgetrieben hatte – das konnte warten, das würde sie ihr schon noch einschenken –, sondern die Krönung ihrer morgendlichen Aufklärungskampagne bildete unbedingt Peter und die Verteidigung der armen Mavis. Was sie dem jungen Mann mitzuteilen gedachte, würde der bestimmt nicht so bald vergessen.
Miß Collins fühlte sich glücklich, so glücklich wie schon lange nicht – und es war bedauerlich, daß sie ausgerechnet auf die Zwillinge stieß, die ein Spiel spielten, zu dem sie nur dann Zuflucht nahmen, wenn sie sich besonders langweilten. Dann spuckten sie um die Wette. Sie lagen im Straßengraben und gedachten, die Zeit bis zu Peters Rückkehr damit totzuschlagen, weil sie ihm von der »Miß« was auszurichten hatten. Die Zeit schlich weniger dahin, fanden sie, wenn sie auf die vorbeikommenden Fahrzeuge losspuckten. Tonys Konkurrenz zählte nicht, weil er immer über eine Unmenge Speichel verfügte. Da der Verkehr nicht gerade als dicht bezeichnet werden konnte, lagen sie da und saugten lange, hohle Grashalme aus zwischen den diversen Wettkämpfen. Als sie endlich wieder Räder näher rollen hörten, kehrten sie mit Begeisterung zu ihrer langgeübten Technik zurück. Daß sie den heranbrausenden Autotyp immer erst dann erkennen konnten, wenn er direkt an ihrer Nasenspitze vorbeisauste – um die Straßenbiegung konnten sie nämlich nicht sehen –, machte das Spiel nur noch anregender. Jedenfalls verstanden sie zwischen landwirtschaftlichen

Fahrzeugen und Personenwagen zu unterscheiden, und das nun mit Spannung erwartete Opfer gehörte ohne Zweifel zur ersteren Kategorie, was durch lautes Klappern und die Langsamkeit der Annäherung angezeigt wurde.

Flach auf den Bäuchen liegend, blähten sie die Backen auf und machten sich bereit. Da rollte er schon heran; seine mächtigen Räder erschütterten den Boden, der Lärm war ohrenbetäubend, und platsch-platsch-platsch gelangen Jimmy auch wahre Volltreffer. Johnny landete keinen Treffer, und Tony spuckte wie immer derart drauflos, daß man einfach nicht mit dem Zählen mitkam. Der Traktor rumpelte vorbei, sein Fahrer beachtete diesen Angriff gar nicht, und die Zwillinge, erschöpft von all den Anstrengungen, rieben sich die schweißigen Gesichter im warmen Gras ab. Ganz anders Tony: der machte mit kleinen Intervallen hoffnungsfreudig weiter, und es war nicht mehr als ein unglücklicher Zufall, daß im selben Moment Miß Collins beflügelten Schritts um die Ecke bog und auf diese Weise einen ganzen Schwall von Tonys Spucke voll abbekam.

Das Gekreisch der getroffenen Jungfer veranlaßte die Zwillinge, in wilder Panik aus dem Graben zu springen und davonzustürzen. Es war nicht nötig, abzuwarten oder gar nachzuforschen, was geschehen war; ihre fliegenden Beine, von denen Tonys gefolgt, zeigten klar und deutlich an, daß sie im Bilde waren.

Miß Collins stürmte auf die Tankstelle zu, nachdem sie sich die dicken Baumwollstrümpfe mit einem Taschentuch abgewischt und dies danach voller Ekel weggeworfen hatte. Auf der umgestülpten Kiste im »Büro« saß der Großvater, die Zeitung in der Hand, die Pfeife im Mund. Er sah Miß Collins nicht an, sondern tat, als wäre er ganz in die neuesten Nachrichten vertieft; zu spät bemerkte er, daß er das Blatt verkehrt in der Hand hielt, was er nicht mehr korrigieren konnte, ohne sich zu verraten. Durch das offene Werkstattor hatte er einen ausgezeichneten Blick auf die Straßenbiegung, die den Zwillingen

verborgengeblieben war. Und so hatte er die ganze Sache nicht nur mit angesehen, sondern vorausgesehen und schüttelte sich nun vor unterdrücktem Lachen.
»Wo . . .wo ist Peter!«
»Hm?« Nun ließ der Alte die Zeitung sinken, faltete sie sogleich und sagte: »Oh, guten Morgen, Miß. Sie wollen Peter sprechen?«
»Jawohl, Sie haben es ja gehört.« Miß Collins sah sich wilden Blicks um.
»Ist nicht da, Miß.«
»Wo steckt er denn?«
»Drüben auf dem Hof. Repariert den Traktor. Wünschen Sie Benzin oder sonstwas?«
Da der Pfarrhof, wie jedermann wußte, weder über ein Auto noch über einen Rasenmäher verfügte, war das eine derart dumme Bemerkung, fand Miß Collins, daß sie darauf nur mit zusammengekniffenen Lippen reagierte. Erst nachdem sie krampfhaft geschluckt hatte, war sie imstande, zu erklären: »Ich werde der Sache ein Ende machen, das schwöre ich Ihnen!«
»Welcher Sache denn, Miß?«
»Dieser da.« Miß Collins deutete auf den nassen Fleck auf ihrem Strumpf. »Wohl sinnlos, mit Ihnen darüber zu reden. Sie sind keinen Deut besser als die beiden Bälger und der ordinäre Alte.« Nun sprudelte sie in ihrem Zorn alles heraus, was ihr auf der Seele lag. »Ihr Vater, der spornt sie ja höchstens noch dazu an. Aber ich werde dem ein für allemal ein Ende machen. Ich werde es Pollard melden, dann wird sich schon die Gendarmerie damit befassen, verlassen Sie sich drauf.«
»Das würd' ich an Ihrer Stelle nicht tun, Miß, das ist doch nicht christlich.«
Miß Collins schluckte heftig, richtete sich zu ihrer vollen Größe auf und sah plötzlich so aus, als wollte sie es dem Alten auf der Stelle zeigen. Dann schluckte sie noch zweimal, drehte sich auf dem Absatz um und schien sich förmlich vom Boden aufzuschwingen, so eilends erfolgte ihr Abmarsch.

Die Tagesereignisse wurden für gewöhnlich abends im »Hirschen« wiedergekäut, und da es innerhalb der letzten vierundzwanzig Stunden sicherlich genügend Ereignisse gegeben hatte, um ein Gespräch in Gang zu bringen, bestand keine Gefahr, daß der Stammtischrunde der Stoff ausging. Denn hatte nicht Miß Collins die Frau des Majors mitten auf der Dorfstraße zur Weißglut gebracht? Der Major, so hieß es, hatte sich angeblich mit der Fremden im Wald herumgetrieben. Und nicht genug damit: Melia Fountain war auf ihren Bill losgegangen, weil er sich offensichtlich die Augen ausgeguckt hatte. Und dann hatten die Zwillinge Miß Collins angespuckt, und sie war tatsächlich zu Pollard gestürmt und hatte es gemeldet. Aber den Höhepunkt bildete doch die Tatsache, daß man Peter Puddleton nach elf Uhr nachts mit der Dame, die das Dorf in Aufruhr versetzte, aus dem Wald hatte kommen sehen. Mrs. Booth sagte, sie hätte eigens nach unten gehen müssen, um die Haustür aufzusperren. Natürlich habe sie ihr, wie sie behauptete, kräftig die Meinung gegeigt. Was komisch genug war, weil die beiden Wirtsleute bekannt dafür waren, daß sie nie vor zwölf nach oben gingen. Mrs. Booth konnte sich offensichtlich mit ihrem neuen Gast nicht befreunden. Und nun war die Fremde nach Newcastle gefahren. Das wußte jeder, weil sie bei den Zwillingen eine dementsprechende Nachricht für Peter hinterlassen hatte, die diese ihm in Anwesenheit Dan Wilkins ausrichteten. Wann sie zurückkäme, hatte sie jedoch nicht gesagt.

Die Frage, die nun im Schankraum die Runde machte, lautete: Wer würde wirklich ihre Gunst erringen – Harry Puddleton? Bill Fountain? Der Major? Oder Peter ... Letztere Vermutung rief ringsum schallendes Gelächter hervor, weil man Peter alles andere als einen Draufgänger nennen konnte. Als Peter dann selbst auftauchte, flaute das Lachen zwar ab, er wurde jedoch von allen Seiten mit geradezu auffallender Herzlichkeit empfangen. Weder sein Vater noch Bill befanden sich im Schankraum, wie Peter sogleich feststellte. Doch kaum hatte er

auf der Fensterbank Platz genommen, trat Bill zur Tür herein, und nachdem er reihum genickt und etwas bestellt hatte, kam er auf Peter zu. Es war ihm anzusehen, daß er nicht in der sonst üblichen Verfassung war; an diesem Abend grinste er kein bißchen.
Er nahm einen tiefen Schluck aus seinem Glas und sagte dann in mißmutigem Ton: »Hallo, Junge.«
»'n Abend, Bill«, sagte Peter und fügte, um ein Gespräch in Gang zu bringen, hinzu: »War ein großartiger Tag.«
Bill griff abermals nach seinem Glas, trank und meinte dann: »Für manche vielleicht.« Bei dieser einfachen, jedoch bedeutsamen Bemerkung beließ er es einen Augenblick, dann rückte er näher an Peter heran und fuhr in einem für seine Gewohnheiten geradezu gedämpften Ton fort: »Für mich war's ein höllischer Tag, und alles wegen des verdammten Aals!«
Peter runzelte fragend die Stirn und fragte: »Wegen des Aals?«
»Tja, anscheinend hab' ich im Schlaf seinen Namen ausgeplaudert. Und dann hat die Schwester vom Pfarrer, diese alte Hexe, heute vormittag meine Frau zu fassen gekriegt und ihr erzählt, daß ich mich gestern abend in den Wald geschlichen hätte. Was glaubst du, mit wem ich mich da getroffen haben soll?« Er beugte sich näher. »Darauf kommst du im Leben nicht. Das Weib hat ja einen Vogel. Sie bildet sich steif und fest ein, ich sei hinter der Miß hergewesen.« Bill blickte verzweifelt zur Decke. »Hab' auf sie eingeredet, bis mir die Luft weggeblieben ist, daß es nur der Aal war, der mich in den Wald gelockt hat, und daß er es ist, der ›Glanzstück‹ heißt. ›Aal?‹ hat sie gekeift. ›Komm mir ja nicht mit derartigen Märchen daher. Einen solchen Bären kannst du jemandem andern aufbinden, bei mir mußt du dir schon was Gescheiteres einfallen lassen, du Hammel.‹ – ›Geh doch selbst hin und überzeug dich‹, hab' ich darauf gesagt. ›Dann wirst du schon sehen, daß einer im See schwimmt!‹ Und kannst du dir vorstellen, was passiert ist?«
Peter schüttelte nur leise den Kopf. Bill wischte sich das

schweißnasse Gesicht ab und fuhr fort: »Sie ist tatsächlich hingegangen. Und wie ein wilder Stier zurückgekommen. Und weißt du, warum?« Bills Gesicht sah direkt bemitleidenswert aus. »Die Zwillinge, die am See waren, schworen Stein und Bein, daß es dort nichts dergleichen gäbe. Sie sagten, sie hätten die ganze Zeit am Ufer gespielt und niemals einen Aal zu Gesicht bekommen. Da hört sich doch wahrhaftig alles auf!«

Er starrte Peter derart an, daß man befürchten mußte, die Augen würden ihm in der nächsten Minute aus den Höhlen fallen. Abermals wischte er sich den Schweiß ab. »Dabei ist das noch nicht alles, Gott bewahre! Weißt du, was diese Satansbraten ihr geantwortet haben, als sie sie fragte, ob die junge Dame aus dem ›Hirschen‹ an den See käme? ›Na klar!‹ sagten sie. ›Und wer noch?‹ fragte meine Alte weiter. ›Manchmal mein großer Bruder, dann wieder mein Vater‹, sagte der eine. ›Und manchmal der Major und – und Mr. Fountain‹, mußte der zweite noch reinkrähen. ›Und was machen sie da?‹ hat meine Alte gebohrt.« Bill hielt inne, sah Peter über sein Taschentuch hinweg hilflos an und stöhnte halblaut: »›Was sie machen? Sie lachen und amüsieren sich eben ein bißchen‹, sagten sie. Bei Gott!« Bill verbarg sein Gesicht im Taschentuch. »Ich könnte die beiden umbringen.«

Peter hätte am liebsten den Kopf in den Nacken geworfen und laut losgelacht. Aber er sah, daß Bill gehörig in seinem eigenen Fett schmorte und der Geschichte absolut keine komische Seite abgewinnen konnte.

»Mittwoch abend«, fing Bill wieder an, »da bin ich immer mit ihr ausgegangen, nach Hexham oder so. Aber diesmal hat sie sich nicht von der Stelle gerührt.« Er holte tief Atem. »Eines weiß ich genau: Solange ich lebe, setze ich keinen Fuß mehr in den Wald.«

Bill nahm einen tiefen Zug, und Peter fragte sich, indem er den traurigen Fleischberg neben sich ansah, wie weit die Selbsttäuschung einer Frau wohl zu gehen vermochte. Und daß sich wieder einmal jenes Sprichwort bewahrheitete, das besagte, Liebe mache blind. Eine Frau,

die imstande war, sich vorzustellen, daß Leo einen Mann wie Bill attraktiv finden könne, mußte nicht nur blind, sondern schlicht und einfach verrückt sein. Und dabei hatte er Mrs. Fountain immer für besonders vernünftig gehalten. Als er Bill wieder ansah, überfiel ihn erneut unbändige Heiterkeit, und das befriedigte ihn. Es war gut, in dieser komplizierten Geschichte wenigstens einen Menschen zu entdecken, über den man lachen konnte. Eigentlich hätte ja die ganze Sache komisch sein müssen: ein Aal und eine Fremde und ein Dorf – und daraus entstand ein solches Kuddelmuddel. Aber irgendwie war sie eben nicht komisch ausgegangen, die Geschichte ... In der Nacht hatte er Leo in seinen Armen gehalten und gespürt, wie ihr Körper beinahe dahingeschmolzen war, hatte seinen Mund in ihrem Haar vergraben – und was hatte er empfunden? Nur Trauer. Offensichtlich hatte sie ihn mit jener Trauer, von der sie selbst erfüllt war, angesteckt. Wo war sie nur hingefahren? Nach Newcastle, na schön. Warum war sie nicht selbst zu ihm gekommen und hatte es ihm gesagt? Sie hätte es doch leicht tun können. Und kein Wort darüber, wann sie zurückkommen würde. Was, wenn sie überhaupt nicht mehr zurückkam?
Dieser Gedanke ließ in jäh hochfahren, so daß Bill, der ihn betrachtete, erstaunt fragte: »Was ist? Gehst du etwa schon?«
»Ja, ich glaube, ich mach' eine kleine Spritztour nach Allendale.«
»Ja, ja, tu das«, sagte Bill und nickte eifrig. »Alles ist besser als in den Wald zu gehen. Natürlich«, fügte er hinzu, »ist das nicht dein Problem. Du bist ein freier Mensch und kannst in den Wald laufen, wann und so oft du nur willst. Aber mich kriegen keine zehn Pferde mehr dorthin – Aal hin, Aal her!«
Peter lächelte auf den besorgt dreinsehenden Metzger hinunter und sagte: »Wiedersehen, Bill.«
»Mach's gut, Peter.«
Unter den verstohlenen Blicken der Stammgäste und von

Mrs. Booths Argusaugen förmlich durchbohrt, verließ er den Schankraum, überquerte den Hof und ging zur Bushaltestelle.
Hier stand bereits jemand, nämlich Miß Tallow, die ihn munter wie immer begrüßte.
»Oh, guten Abend, Peter.«
»Guten Abend, Miß Tallow.«
Niemand sprach sie anders als »Miß Tallow« an.
»War ein wunderbarer Tag heute, nicht?«
»Stimmt, Miß Tallow.«
Miß Tallow hüstelte, zog ihre weißen Baumwollhandschuhe über und sagte dann ohne lange Einleitung: »Ich mag Ihre Kundin, Peter – diese junge Dame. Sie ist gestern auf einen Kaffee zu mir gekommen. Oh, es war nett, endlich wieder mit jemand andern zu reden als immer nur mit den Dorfbewohnern. Nicht, daß ich gegen die Leutchen etwas sagen möchte – Sie verstehen schon, was ich meine, Peter?«
Peter sah die zierliche Frau nur an und nickte zustimmend. »Ein sehr intelligentes Mädchen. Sieht übrigens ganz bemerkenswert aus. Natürlich, andere denken wahrscheinlich anders darüber. Wenn man zu lange an ein und demselben Ort lebt, werden die Vorstellungen von der Welt da draußen recht eng. Ich jedenfalls habe sie höchst belebend gefunden. Wir haben über Literatur gesprochen. Sie weiß eine ganze Menge über dieses Gebiet.«
Miß Tallow blickte neugierig zu Peter auf, weil sie eine Erwiderung erwartete. Aber alles, was ihm einfiel, war: »Wirklich?«
»Ja, sie ist äußerst versiert. Schade, daß sie bloß zwei Wochen bei uns bleibt. Wenn es hier ein, zwei ihres Schlages gäbe – ich meine: Leute mit soviel Geschmack – könnten wir einen literarischen Zirkel bilden. Wissen Sie, Peter« – Miß Tallow senkte die Stimme –, »die Leute im Dorf hier sind wahrhaftig nicht allzu kultiviert. Mrs. Carrington-Barrett tut ihr Bestes, und natürlich gibt es noch ein, zwei andere: aber was die übrigen betrifft – du

meine Güte!« Miß Tallow schüttelte den Kopf. Dann fragte sie in lebhaftem Ton: »Fahren Sie auch nach Allendale, Peter?«
»Ja, ich hab' mir gedacht, ich mach' mal eine kleine Spritztour dorthin, Miß Tallow.«
»Ach, da ist er ja!«
Polternd hielt der Bus. Peter streckte eine Hand aus, um Miß Tallow hinaufzuhelfen, und automatisch hob er die andere, um ebenso aufgeregt wie überrascht der aussteigenden Leo behilflich zu sein.
Miß Tallow bedankte sich, während der Schaffner von der Plattform her mürrisch fragte, ob Peter nun mitfahre oder nicht. Peter rief hastig, als wäre er soeben aus einem Traum erwacht: »Nein, nein! Vielen Dank.«
Die Klingel zur Abfahrt ertönte; Miß Tallow drückte ihr munteres Gesicht an die Scheibe und winkte ihnen beiden zu, und Leo erwiderte den Gruß.
Dann blieben sie nebeneinander stehen und sahen einander an.
»Sie sind also wieder zurückgekommen?«
»Ja«, sagte sie, und ihre Stimme klang fröhlich. Auch ihre Augen glänzten, ja lachten geradezu. Sie sah überhaupt glücklicher aus, als er sie in Erinnerung hatte, und Peter fragte sich, wo sie wohl gewesen sei und was geschehen war, das eine solche Veränderung ausgelöst haben mochte.
»Wollten Sie nach Allendale?«
Er lächelte schüchtern. »Eigentlich ja.«
»Und nun haben Sie meinetwegen Ihre Absicht geändert?«
»So ungefähr.«
Es war nicht zu übersehen, daß sie aufgeregt zu sein schien, und irgendwie deprimierte ihn das. Plötzlich sagte sie: »Würden Sie warten, bis ich meinen Koffer hineingetragen habe?« Sie deutete mit einer Kopfbewegung zum Gasthof hinüber und fügte leise hinzu: »Ich möchte Sie etwas fragen.«
»Mich?«

Leo nickte langsam. »Wir wollen zum See gehen, ja?« Sie hielt seinen Blick fest, ehe sie sich umwandte, und er spürte, wie ihm heiß wurde. Er sah ihr nach, als sie ohne Eile auf den »Hirschen« zuging, und wußte, daß sowohl ihr Eintreten als auch ihr Aufbruch nicht unbeobachtet vonstatten gehen würde. Gar, wenn man feststellte, daß sie gemeinsam in den Wald gingen. Und wenn schon! Er scherte sich keinen Pfifferling darum, was die Leute dachten. Und aus diesem Grunde schlenderte er nicht schon voraus, sondern blieb einfach stehen, wo sie ihn verlassen hatte. Es war eine Unbekümmertheit in ihm, die er zu genießen begann. Aber bei ihrer Rückkehr konnte er trotz dieser neuen Unbekümmertheit nicht die richtigen Worte finden; Peter wußte wieder einmal nicht, was er ihr sagen sollte. Er konnte sie nur anlächeln und seine langen Schritte den ihren anpassen.

Eigentlich hätte er sich unbehaglich fühlen müssen, wie er so die ganze Strecke schweigend mit ihr dahinlief, tat es aber nicht. Erst als sie den Wald betraten, machte er den Mund auf und fragte: »Hatten Sie einen angenehmen Tag?«

»Einen sehr angenehmen, danke.«

»Irgendwie habe ich Sie heute abend nicht zurückerwartet.«

»Tatsächlich?« Sie blickte rasch zu ihm auf. »Es ist sonderbar, aber auch ich habe nicht erwartet, zurückzukommen.«

»Nein?« Ihre Augen begegneten sich, dann gingen sie wortlos weiter, bis sie zum See kamen.

Wie auf ein geheimes Kommando begaben sie sich direkt zum Ende der Sandbank und blickten ins Wasser. Aber vom Aal war nichts zu sehen, und sie erwähnten ihn auch nicht. Nach einigen Minuten konnte Peter jedoch seine Neugier nicht mehr länger bezähmen und fragte: »Nun?«

»Was meinen Sie mit nun?«

Sie sah ihn von der Seite an, und er drehte sich ganz zu ihr herum und sagte: »Sie wollten mich doch etwas fragen.«

Sekundenlang huschte ihr Blick übers Wasser, dann drehte sie sich um und streckte ihm impulsiv beide Hände entgegen. »Oh, Peter.«
Seine Nerven vibrierten. Er hielt ihr Hände einen Moment lang fest, dann hob er sie hoch und preßte die Innenflächen an seine Wangen, wodurch er sie etwas näher heranzog. Und als ihr Gesicht direkt unter dem seinen war, sagte er abermals leise: »Nun?«
Sie starrte ihn an, schluckte und fragte dann: »Könnten Sie zwei Wochen lang bei einer Art Spiel mitmachen, Peter?«
Ihre Stimme war kaum vernehmbar.
»Ein Spiel?« Er kniff die Brauen leicht zusammen, lächelte aber noch immer. »Das hängt ganz davon ab, um welche Art von Spiel es sich handelt.«
»Mich zu lieben«, flüsterte sie.
Peter spürte, wie er über und über rot wurde. Es durchflutete ihn vom Kopf bis zu den Zehen, ein Schleier bildete sich vor seinen Augen: Alles um ihn herum verschwamm.
Das war es doch, was er sich Montag abend so brennend gewünscht hatte: Daß sich etwas zwischen ihnen anbahne. Und nun machte sie ihm gewissermaßen ein Angebot, und er empfand gar keine Freude darüber. Sie zu lieben . . . Aber die Zeitbegrenzung, die der ganzen Geschichte den Stempel aufdrückte, erweckte in ihm ein schmerzliches Gefühl. Er war, gelinde ausgedrückt, durch ihre Einstellung aus der Fassung gebracht. In derlei Beziehungen war es immer noch der Mann, der die Spielregeln diktierte, der Schritt um Schritt vortastete: und nun hatte sie einfach alles auf den Kopf gestellt.
»Peter!«
Abermals blickte er in ihr Gesicht – jedoch nicht freudig. Das spürte sie sogleich, und es drückte sich deutlich in ihrer Stimme aus, als sie sagte: »Oh, Peter! Sie finden mich wohl entsetzlich, nicht? So schnell drauflos, wie ein Flittchen.«
»Nein, nein, keineswegs!« protestierte er heftig, und

schon waren all seine Bedenken und Zweifel beiseite geschoben. »Ich – ich finde, daß Sie das wunderbarste Geschöpf auf der Welt sind, ehrlich. Ich bin noch nie einem Mädchen wie Ihnen begegnet. Ich – ich liebe dich, Leo.«
Seine Arme umschlangen sie: es war, als hätten seine Gedanken Flügel erhalten, und die Worte strömten nur so aus seinem Mund. »Ich liebe dich, und es ist zwecklos, zu sagen, daß ich noch nicht genug Zeit gehabt hätte, dich kennenzulernen. Aber ich möchte nicht nur zwei Wochen, sondern dein ganzes Leben mit dir teilen.«
Da sie sich aus seiner Umklammerung zu befreien suchte, wechselte er den Ton und sagte flehend: »Bitte, hör mir zu, Leo. Ich weiß, daß wir uns erst seit Montag kennen, aber ebensogut wissen wir beide auch, daß etwas zwischen uns entstanden ist. Das ist keine leichtsinnige Angelegenheit, nichts, was man nach Tagen einteilen kann. Sieh mich an, Leo« – er zog ihr Gesicht zu sich herum –, »du mußt es doch spüren . . . du mußt einfach. Oder« – er hielt ihr Kinn sanft in die Höhe – »gibt es einen andern? Ich kann die Erinnerung an diesen Kerl nicht aus meinem Kopf verbannen. Also: ja oder nein? Lüg mich nicht an, was immer es sein mag – sag mir die Wahrheit!«
Ihre Augen blickten wie leblos drein. »Ich versichere dir, daß es niemanden gibt. Niemanden«, antwortete sie.
»Aber es hat jemanden gegeben . . .?« Diese Frage entfuhr ihm gegen seinen Willen.
Ihr Blick wich dem seinen nicht aus, und ihre Stimme klang kühl und ruhig, als sie sagte: »Ja, es hat jemanden gegeben.«
Peter starrte sie an und versuchte, sich dagegen zu wehren, daß diese Vorstellung sich bei ihm festsetzte, wußte jedoch genau, daß der Gedanke daran später bestimmt von ihm Besitz ergreifen würde. »Liebst du mich?« fragte er.
Abermals spürte er, wie sie sich ängstlich von ihm freimachen wollte, wobei ihr Körper nun so etwas wie Ungeduld verriet. Was dadurch unterstrichen wurde, daß sie

ihr Kinn aus seiner Hand löste und sagte: »Ich habe dich doch gebeten, mich zu lieben. Ist diese Frage damit etwa nicht beantwortet?«

»Nein.«

Mit einer erneuten Bewegung deutete sie an, daß sie sich losmachen wollte, aber seine Arme hielten sie unentwegt fest, bis sie zu ihm aufblickte und sagte: »Was du unter Liebe verstehst und was ich darunter verstehe, ist vielleicht nicht dasselbe. Ich mag dich ...« Sie wich seinem Blick aus und sah auf den See hinaus. »Ich hab' dich wirklich gern – genug jedenfalls, um zu wünschen, dich glücklich zu machen. Ich kann dir nicht versprechen, daß das ein Leben lang währen wird, wie du es zu erwarten scheinst ... das wäre auf alle Fälle kindisch nach so kurzer Zeit. Aber ich biete dir etwas an, was sicher ist: ein paar glückliche Tage. Bist du nun zufrieden mit der Erklärung?« Sie sah ihn wiederum an und fügte in ziemlich leichtfertigem Ton hinzu: »Wenn du's nicht so haben willst, macht es ja auch nichts. Noch ist immerhin kein Schaden angerichtet.«

Während er sie ansah, wußte er, daß er sie jetzt eigentlich für abgebrüht hätte halten müssen. Es war bestimmt nicht das erstemal, daß sie dergleichen Vorschläge machte. Aber das Gesicht da vor ihm verteidigte sich ganz allein. Es lag nicht die geringste Spur von Berechnung darin – im Gegenteil: Ihr ausdrucksvoller Mund wirkte sogar ausgesprochen großzügig und schien ihn stillschweigend zu beschwören, sich durch die besonderen Umstände nicht irreführen zu lassen. Welche Meinung auch immer die Oberhand davontragen mochte, er war ihr auf jeden Fall eine Antwort schuldig.

Seine Lippen preßten sich auf die ihren, fest und fordernd. Und die ihren lieferten sich ihm hungrig aus. Ihre Körper drängten aneinander und wiegten sich selbstvergessen hin und her. Und als sie sich schließlich voneinander lösten, sprachen ihre Blicke von dem Bund, den sie beide besiegelt hatten.

Peter legte den Arm um Leo, und gemeinsam gingen sie

zur Bank und setzten sich, als wäre es eine einzige Bewegung, so sehr fühlten sie sich eins.
Lange Zeit sprachen sie kein Wort, sondern saßen nur Wange an Wange da und blickten übers Wasser. Dann wandten sie in völliger Übereinstimmung die Köpfe und sahen einander in die Augen. Erst strahlte Leo ihn bloß glücklich an, dann zuckte es in ihrem Gesicht, und sie begann zu kichern. Erst leise – wobei sofort ein Lächeln über Peters Gesicht glitt. Schließlich lachten sie voll heraus, und mühsam nach Luft ringend rief sie: »Oh, Peter! Peter ...« Sie drückte sich an ihn, und seine Arme hielten sie fest, und diesmal machte er keinerlei Versuch, ihrer Heiterkeit Einhalt zu gebieten, wie er es am ersten Abend getan hatte. Statt dessen stimmte er dröhnend ein, und so schallte es durch den Wald. Das Echo ihres Gelächters war bis zum Pfarrgarten zu hören, wo Miß Collins darob beinahe die Augen aus dem Kopf fielen, und bis zur Dorfstraße hinauf, auf der Mavis eben auf und ab ging. Auch Florrie, die sich unweit jener Bank aufhielt, biß sich bei diesem alles übertönenden Lachen auf die Lippen, bis sie blutig waren. Und als es wieder verstummte, machte jede der drei sich ihren eigenen Reim darauf, was sich wohl da drinnen im Wald abspielte. Aber in einem Punkt waren sie sich einig: Der Sache mußte ein Riegel vorgeschoben werden.

5

Während in der Stadt Themen von der Politik bis zur Kirche die Gemüter erhitzen, lautet der Wahlspruch eines Dorfes – ausgenommen, was die Frauenvereine anlangt – im allgemeinen: »Jedem das Seine.« Nur wenn sozusagen an die Fundamente des Lebens gerührt wird, passiert das Gegenteil. Während die zwischenmenschlichen Beziehungen in der Stadt in der Regel anstandslos toleriert werden, lösen sie auf dem Land eine merkwürdige, meist heftige Reaktion aus. Und zwar, um offen zu sein, in der Hauptsache bei den Frauen. Aber selbst von ihnen werden Techtelmechtel mit gewissen Einschränkungen hingenommen, solange die Betreffende aus ihren Reihen kommt. Stammt sie jedoch nicht aus dem eigenen Ort oder aus der nächsten Umgebung, dann neigen ihre Gefühle dazu, übermächtig zu werden. Tugend fühlt sich beleidigt, wo es niemals Tugend gegeben hat, Feinde verbinden sich auf Zeit, und das Leben vor dem speziellen Ereignis erscheint ihnen gut und richtig, ja beinahe heilig. Diese Gefühle bemächtigen sich selbst der gemäßigtsten Frauen.

In vollem Umfang war Rosie davon betroffen, wie man sich denken kann, denn ihr Naturell war alles andere als gemäßigt. Was sie an diesem Morgen dazu veranlaßte, hinter dem Vorhang ihres Schlafzimmerfensters Aufstellung zu nehmen und darauf zu warten, die Fremde aus dem »Hirschen« herauskommen zu sehen und zu beobachten, wohin sie sich wenden würde. Aber nach einer halben Stunde, die sie nur der hastigen Erledigung ihrer häuslichen Pflichten verdankte, war Rosie gezwungen,

ihren Beobachtungsposten aufzugeben. Sie mußte einfach wieder nach unten, wo sie jedoch dem Urgroßvater ohne nähere Erklärung befahl: »Behalt den ›Hirschen‹ im Auge, und wenn du diese – diese Miß Carter herauskommen siehst, sag mir Bescheid.«
»Weshalb?« Der Alte drehte sich heftig um; dabei spürte er sofort seine Beine, was ihn dazu veranlaßte, einen groben Fluch auszustoßen. Und dann fügte er in ziemlich dem gleichen Ton hinzu: »Wozu willst du das wissen?«
»Kümmere dich nicht darum, sag mir nur Bescheid.«
Während Rosie mit großen Schritten in die Küche stürmte, beschloß sie, daß die Fremde, falls sie die Absicht hatte, zur Tankstelle zu gehen, keineswegs allein dort auftauchen sollte. Sie hatte nicht die Absicht, zuzusehen, wie man ihren Jungen umgarnte. Sie kannte diesen Typ. So eine entwurzelt einen Mann auf Lebenszeit, garantiert! Sicher war was dran an dieser Waldgeschichte. Ein Aal! Lächerlich. Wofür hielt man sie denn? Ihr Sohn mußte sie schon für mehr als einfältig ansehen, daß er ihr dergleichen auftischte. Was nur wieder bewies, wie arglos er war und wie leicht ihn so eine schnappen konnte.
Der Urgroßvater wartete ab, bis Rosie aus dem Zimmer war, dann streckte er den Kopf zum Fenster hinaus und rief: »Joe! . . . Komm her! Hörst du mich? Joe!«
Aber erst nach dem dritten Brüllen tauchte Joe endlich auf und wurde mit einem wutschnaubenden »Bist du taub?« empfangen.
»Natürlich nicht. Wer könnte sich so was schon bei dir leisten?« sagte der Großvater gereizt. »Siehst du nicht, daß ich beschäftigt bin?«
»Wenn ich um die Ecke schauen könnte, dann hätte ich's möglicherweise bemerkt. Da!« Er winkte seinen Sohn näher heran, und als dieser am Fenster stand, sagte der älteste Puddleton mit einer Stimme, die er für Flüstern hielt: »Spürst du nichts?«
Der Großvater kniff die Augen zusammen und legte das Gesicht in Falten. »Spüren?« sagte er. »Was soll ich denn spüren? Meinst du das Sportfest?«

»Sportfest! Sei nicht so belämmert. Du weißt doch genauso gut wie ich, daß etwas in der Luft liegt.«
»Betrifft es den Jungen?«
»Den Jungen und das ganze Dorf, jawohl. Denk nur an gestern, wie Miß Florrie ohne jeglichen Gruß vorbeigestürmt ist. Ein Pferd wäre mitteilsamer gewesen wie sie. Nicht mal hergesehen hat sie, so was war noch nie da! Und dann die alte Gran Andrews, die sich auf einmal vor den Laden gesetzt hat.« Großvater deutete mit einer Kopfbewegung zum Postamt hinüber. »Das hat sie seit Jahren nicht mehr getan, mindestens seit sechs Jahren oder noch mehr. Oder Pluddy Bridget, die zweimal hocherhobenen Hauptes dort hineingerauscht ist. Samt Katie Booth, wohlgemerkt! Was Harry jemals an dieser alten Hexe gefunden hat, weiß ich nicht. Alles schwabbelt an ihr, so fett ist sie.«
»Halt den Mund!« sagte der Großvater heftig.
»Rosie ist in der Küche.« Der Urgroßvater deutete mit dem Daumen nach hinten. »Die müßte sich schon gehörig anstrengen, um was von unserm Gespräch aufzuschnappen.«
»Die schnappt immer was auf, und wenn sie in Hexam ist. Also sei lieber vorsichtig.«
Widerwillig gehorchte der Urgroßvater und kam abermals auf seine Vorahnungen zu sprechen. »Ich sag' dir, es tut sich was, das spür' ich. Ich spür's schon die ganze Woche.«
»Natürlich, das Ziehen in den Beinen, ich weiß schon.«
»Ach Quatsch, das mein' ich doch diesmal nicht!«
Der Alte richtete sich empört auf und versuchte, seine rheumatischen Glieder auszustrecken. »Und komm mir nicht in diesem Gouvernantenton. Da drinnen hab' ich kein Ziehen.« Er deutete auf seine Stirn. »Und hier auch nicht.« Er zeigte auf die Herzgegend. »Konnte die ganze Nacht nicht schlafen vor lauter Nachdenken. Hab' mich viele Jahre zurückerinnert. Komisch war das. Als ob's gestern gewesen wäre.«
»Das gibt sich schon wieder«, sagte der Großvater, in

dem Bestreben, den Alten zu beruhigen. »Damit muß man sich abfinden.«
Einen Augenblick lang sah es so aus, als hätte der Urgroßvater nicht übel Lust, seinem Sohn eine herunterzuhauen. Er überlegte es sich jedoch und kläffte statt dessen: »Ich bin noch nicht tot.«
»Behauptet ja keiner.«
»Dann red nicht daher, als wenn ich schon unter der Erde liegen würde. Manch einer im Dorf gäb' weiß Gott was drum, wenn er noch so klar im Kopf wäre wie ich.«
»Das will ich meinen«, stimmte der Großvater sogleich zu, denn er bemerkte, daß sein Vater heute seinen grantigen Tag hatte. Zweifellos hatte er recht: Es ballte sich irgend etwas Merkwürdiges im Dorf zusammen, und er wußte natürlich, wer der Anlaß dafür war. Sie kam eben aus der Stadt und bot den erfreulichsten Anblick seit langem: sie verlieh einem das Gefühl, jung zu sein – das war's. Es ließ sich nicht leugnen, daß sie über dieses gewisse Etwas verfügte. Kein Wunder, daß der Junge auf sie flog.
Der Großvater rieb sich die Augen, als versuche er, alles auszuschließen, was er wußte. Wer hätte das von Rosies Augapfel gedacht, der bisher so ganz anders gewesen war als die übrigen Mannsleute! In gewisser Weise würde ihr recht geschehen und ihre verschobene Optik etwas geradegerückt, wenn sie erfahren müßte, daß ihr Lämmchen am allereifrigsten hinter der Fremden her war.
»Geh ein bißchen aus dem Weg«, sagte der Urgroßvater plötzlich und rief nach einem Blick zum Gasthof aufgeregt: »Da kommt sie, die Miß. Und geht hinunter. Klar. Übrigens« – er deutete abermals zur Küche –, »sie hat vorhin Ausschau nach ihr gehalten. Ganz schön lang ist sie droben am Fenster gestanden, kann ich dir sagen. Ich hab' die Dielen über mir knarren hören. Dann ist sie heruntergekommen und hat mir aufgetragen, ihr Bescheid zu sagen, wenn diese Miß Carter aus dem ›Hirschen‹ kommt ... Sie hat nicht gesagt: Wenn sie zur Tankstelle geht ... Aber genau das hat sie damit gemeint.«

Der Großvater warf seinem Vater einen neugierigen Blick zu. »Willst du ihr's sagen?«
»Wofür hältst du mich! Was passiert wohl, wenn ich ihr's sage, hm? Hinüberlaufen wird sie und von der Miß verlangen, daß sie Peter in Ruhe lassen soll. Als ob er noch ein Hosenmatz wäre. Nein, nein, der Junge muß sich die Hörner abstoßen. Wird langsam Zeit, daß er damit anfängt. Hängt ihr schon lange genug am Schürzenzipfel. Wenn er nicht bald was unternimmt, wird er noch bei dieser faden Kuh da drüben landen.« Er deutete auf Makkenzies Haus. »Und die macht garantiert das Kraut nicht fett. Da tät' er mir heute schon leid.«
In sich hineinlachend, wollte der Großvater schon zum Gartentor gehen, um sich die näher kommende Leo anzusehen, als der Urgroßvater ihn zornig anfuhr: »Du verdrück dich gefälligst hinters Haus. Mir scheint, du hast nicht alle Tassen im Schrank! Was ist, wenn sie auf einen Schwatz stehenbleibt? Rosie würde sich sofort auf sie stürzen wie eine Wespe auf die Marmelade.«
Joe Puddleton ignorierte die Beleidigung, drehte sich um, murmelte: »Tjaja, vielleicht hast du recht«, und trabte gehorsam, wenn auch widerwillig um die Ecke, während der Urgroßvater offensichtlich völlig in das Putzen und Stopfen seiner Pfeife vertieft war. Sein normalsichtiges Auge schien von dieser Tätigkeit ganz und gar in Anspruch genommen zu sein, während sich das schielende nach eigenen Gesetzen bewegte. Ob dies nun eine Sinnestäuschung war oder nicht, jedenfalls war der Alte imstande, das Mädchen im Blick zu behalten und gleichzeitig Miß Collins und Mrs. Booth zu registrieren, die sich Seite an Seite näherten. Als es in seinem Bauch aufgeregt zu rumpeln begann, sagte er sich: Ist mir im Leben noch nicht untergekommen: Kirche und Gasthof in voller Eintracht. Es braut sich was zusammen, oder ich fress' einen Besen.

Es stimmte, daß Mrs. Booth und Miß Collins gemeinsam durchs Dorf gegangen waren. Das war allerdings vor fünf

Minuten. Als sie jedoch das Postamt betraten, wahrten sie den größtmöglichsten Abstand voneinander. Miß Collins hätte in diesem Moment sogar noch größere Distanz zu der anderen gehalten, wenn sie dabei nicht Gefahr gelaufen wäre, glatt in die Kiste mit den Orangen hineinzutreten. So blieb ihr nichts anderes übrig, als ihr beleidigtes Gesicht den Südfrüchten zuzuwenden, als die korpulente Mrs. Booth höchst befriedigt feststellte: »Ich habe gar nichts damit andeuten wollen, sondern nur gesagt, daß sie nicht einmal vor einem Mann Gottes zurückscheut. Aber Mrs. Armstrong kann Ihnen ja bestätigen, daß bereits alle darüber reden – nicht wahr, Mrs. Armstrong?« Und damit wandte sie sich an die rotgesichtige Posthalterin. »Heißt es etwa nicht, daß Hochwürden völlig darauf vergessen hat, dem alten Taplow den üblichen Krankenbesuch abzustatten, und alles nur, weil er mit der Fremden derart ins Gespräch vertieft war? Er ist direkt an der Haustür vorbeigegangen, jawohl. Und wie gesagt: Ich habe weder nach ihr Ausschau gehalten oder auch nur an sie gedacht – ich weiß mit meiner Zeit Besseres anzufangen – sondern befand mich zufällig auf dem Weg zum Garten, um Petersilie zu holen. Und da hab' ich sie gesehen. Beim Pfarrer kann man sich schließlich nicht täuschen, nicht wahr, Miß Collins?« Mrs. Booth lächelte genüßlich, ehe sie fortfuhr, die Schwester des Vikars weiterzuquälen. »Da ist er bestens gelaunt wie irgendein Kurschneider vor ihr gestanden, hat ihr höchst galant über die abschüssige Stelle bei Reeds Anwesen geholfen und ist dann mit ihr in den Wald gegangen, – wobei er sie am Arm hielt, wohlgemerkt! Putzmunter hat er dabei ausgesehen. Das ist jetzt eine gute Stunde her. Und nun ist sie zu Peter Puddleton unterwegs. Die teilt sich's offenbar ein. Sie sollten mal hören, was so bei uns in der Gaststube geredet wird.«
Mrs. Booth hielt inne, um Luft zu holen. Wider Erwarten nutzte Miß Collins jedoch nicht die Gelegenheit, um die Anschuldigungen gegen ihren Bruder zu zerpflücken, sondern schwieg beharrlich, so daß sich eine recht unbe-

hagliche Stille im Laden breitmachte. Als es nicht mehr länger zu ertragen war, begann Mrs. Armstrong eifrig auf dem Ladentisch zu hantieren, um einige Waren umzugruppieren, und sagte mit trauerumflorter Stimme: »Es beginnt langsam, gräßliche Dimensionen anzunehmen, wirklich ... Sogar Tony Boyle ist unentwegt hinter ihr her. Solange ich denken kann, ist dergleichen im Dorf noch nicht vorgekommen.«

Die Augen der beiden Frauen hefteten sich nun auf Mrs. Armstrong, wobei klar hervorging, daß Miß Collins es höchst widerstrebend tat und offensichtlich in dem einzigen Wunsch, ihre eigene Unruhe zu vergessen.

»Tony Boyle?« sagte Mrs. Booth und machte ein ungläubiges Gesicht.

»Ja, ja, Tony Boyle, ganz richtig. Stan Dolton hat sie gestern an der Kreuzung unten gesehen, wie sie Hand in Hand über die Straße gelaufen sind.«

Die Miene der beiden Frauen drückten sowohl Entsetzen als auch Widerwillen aus.

»Sie ist mit Tony Boyle Hand in Hand über die Straße gelaufen?« wiederholte Mrs. Booth fassungslos.

»So ist es«, sagte Mrs. Armstrong und sah direkt furchtsam drein. Nachdem sie bedeutsam genickt hatte, fuhr sie fort: »Stan stoppte noch seinen Wagen und sprach mit ihnen, weil er das für das beste hielt. Er meinte, daß sie über Tony vielleicht nicht Bescheid wisse, und hat ihnen sogar angeboten, sie mitzunehmen. Aber sie bedankte sich nur und erklärte, sie müsse auf die Zwillinge warten. Die läßt also nicht einmal die Kinder aus dem Spiel, hat man da noch Töne! Stan erzählte, Tony hätte sich die Seele aus dem Leib gelacht. Ich habe es natürlich gleich Mrs. Boyle gesagt, als sie vorhin vorbeikam. ›Wenn Sie nicht wieder mal Unannehmlichkeiten haben wollen, dann passen Sie lieber auf‹, sagte ich zu ihr. ›Ihr Junge ist richtig scharf auf dieses Mädchen. Die bringt noch alle in des Teufels Küche – diese Sorte schafft das glatt.‹«

»Da haben Sie ganz richtig gehandelt. Was hat sie gesagt?« fragte Mrs. Booth.

»Daß sie's ihm schon eintrichtern werde, und wenn's mit dem Stock sein müßte.«
Bei diesen Worten öffnete sich die ins Wohnzimmer führende Glastür, und die alte Andrews erschien, auf ihre beiden Stöcke gestützt. Ihre Tochter sah nicht gerade übermäßig erfreut aus über diese Unterbrechung und rief ihr laut entgegen: »Was ist denn, Ma? Willst du was?«
Die Greisin humpelte um den Ladentisch herum und brummte: »Nichts, gar nichts. Will mich nur vorn hinsetzen.«
Als die alte Frau an Mrs. Booth vorbeikam, versuchte sie, sich aufzurichten und ihr ins Gesicht zu sehen. Da das jedoch eine zu große Anstrengung bedeutete, waren ihre Worte gegen den Fußboden gerichtet, als sie sagte: »Feine Leute beherbergen Sie da, Mrs. Booth.«
Offensichtlich brauchte Mrs. Booth nicht erst lange darüber nachzudenken, auf wen diese Anspielung gemünzt war, denn sie antwortete wie aus der Pistole geschossen: »Wir können es uns eben nicht aussuchen.«
Die alte Frau rümpfte vielsagend die Nase, dann fragte sie: »Wo ist sie denn jetzt?«
Mrs. Booth neigte sich zu ihr hinunter und erklärte in munterem Ton: »In der Tankstelle, nehme ich an. Was halten Sie von ihr, Gran?«
»Ist 'ne Hure.«
Mrs. Booth fuhr ruckartig hoch, warf den Kopf in den Nacken und lachte schallend. Miß Collins hingegen war keineswegs danach zumute, denn dieses Wort schokkierte sie nicht nur, sondern deutete ihr auch an, daß es sich um eine richtiggehende Verführung ihres Bruders handle. Für einen Moment hatte es den Anschein, als würde sie in der nächsten Minute ohnmächtig werden.
Die Alte, die genau wußte, daß die allgemeine Aufmerksamkeit auf sie gerichtet war, sagte mit gebührender Autorität: »Hab' mich die ganze Zeit gefragt, an wen sie mich erinnert. Vor fünf Minuten ist es mir eingefallen.«
Sie warf ihrer Tochter einen bedeutungsvollen Blick zu. »An Connie, die damals einen solchen Tumult entfacht

hat. Das war noch vor deiner Zeit . . . Vom selben Schlag wie die da. Sie haben sie in den See geworfen, jawohl. Danach hat es keine Schwierigkeiten mehr mit ihr gegeben. Hab' es mit eigenen Augen gesehen.« Sie kicherte.
»Wer hat wen in den See geworfen!«
Alle wandten sich nun der offenstehenden Tür zu, in der Florrie düster und hochmütig aufgetaucht war. Ihre Augen funkelten förmlich vor Kampfeslust.
»Oh, guten Morgen, Miß«, sagte Mrs. Armstrong mit einer Spur von Unterwürfigkeit.
»Guten Morgen.« Eifrig wurden Grüße getauscht, während Florrie eintrat. Mrs. Booth erklärte mit einem bedeutungsvollen Ausdruck in der Stimme: »Wir sprachen gerade von einer gewissen Dame und Gran sagte, daß sie sie an eine Person erinnere, die einst genauso war . . . an Connie Fitzpatrick. Aber vielleicht haben Sie noch nie von der gehört?« Diese Anspielung war, gelinde gesagt, heimtückisch: immerhin hatte Florries Urgroßvater damals für besagte Connie das Landhaus erbaut.
»Wie kommen Sie darauf, daß ich noch nie von ihr gehört hätte?« Florrie mochte Mrs. Booth nicht. Sie behandelte sie aus verschiedenen Gründen herablassend, und ihre Gefühle drückten sich deutlich in ihrem Ton aus.
Der Gegenangriff auf diese Blasiertheit ließ nicht auf sich warten. »Oh, wenn Sie ohnehin von ihr gehört haben, dann brauchen wir es Ihnen ja nicht erst zu erzählen. Gran Andrews hier sagte bloß, daß unser Logiergast auch eine von der Sorte sei, und anscheinend hat sie recht. Man braucht sich ja nur vor Augen zu führen, daß Peter Puddleton ganz zuoberst auf ihrer ellenlangen Liste steht, nicht wahr?«
Florrie starrte die dicke Frau einen Moment lang an. Ihr schmächtiger Körper schien sich deutlich in die Höhe zu recken; dann ging sie mit leicht zusammengekniffenen Augen in die Postabteilung hinüber, wobei sie Mrs. Booth über die Schulter die Frage zuwarf: »Wissen Sie zufällig, wo sich Ihr Mann heute vormittag aufhält, Mrs. Booth?«

Trotz der durchaus höflichen Art der Fragestellung war sich Mrs. Booth des Angriffs sofort bewußt. Sie schmiß sich in die Brust und machte einen Schritt in Richtung Florrie, die ihr den Rücken zuwandte; dann schrillte sie: »In der Schänke, um alles vorzubereiten. Dort ist mein Gatte, Miß!«
»Da irren Sie sich aber, Mrs. Booth.« Mit einer raschen Kopfwendung musterte Florrie die Wirtin spöttisch, ehe sie sich wieder dem Postschalter zudrehte.
»Was meinen Sie damit, Miß?«
»Wissen Sie, wo sich Miß Carter befindet?«
»Bei Peter Puddleton in der Tankstelle. Das habe ich Ihnen bereits gesagt.«
»Wieder danebengeraten, Mrs. Booth.« Ein boshafter Zug lag um Florries Mund, als sie fortfuhr: »Sie ist gar nicht bis zur Tankstelle gegangen, sondern hat die Wilkins-Abzweigung eingeschlagen, und dort habe ich gesehen, daß sie Ihrem Mann begegnet ist und mit ihm gesprochen hat. Es wirkte ganz so, als hätte er auf sie gewartet. Und Sie wissen doch, wohin dieser Weg führt: in den Wald, Mrs. Booth.«
Es hatte ganz den Anschein, als würde Mrs. Booth in der nächsten Minute explodieren; ausnahmsweise wußte sie einfach nichts zu erwidern, weder etwas Boshaftes noch sonstwas. Die alte Mrs. Andrew, die längst nicht mehr alles hören konnte, was gesprochen wurde, aber um so besser in den Mienen ihrer Mitmenschen zu lesen verstand, sah die empörte Gastwirtin eindringlich an, ehe sie auf die Ladentür zuhumpelte, zum hitzeflirrenden Himmel aufblickte und meinte: »Bald kommt Regen – ich rieche es. Es regnet jedes Jahr beim Sportfest, und es wird auch diesmal regnen. Und nicht zu knapp, kann ich euch verraten.«
Kaum hatte sie die Tür hinter sich geschlossen, bediente Mrs. Armstrong mit fiebriger Eile ihre Kundinnen. Am liebsten wäre sie alle auf einmal losgeworden – denn so sehr sie selbst auch ein bißchen Klatsch schätzte, sie mochte es absolut nicht, wenn man in ihrem Laden

Streit anzettelte. Katie Booth und Miß Florrie befanden sich ganz offensichtlich auf dem besten Wege dazu. Sollten sie ihretwegen auf der Straße aufeinander losgehen, soviel sie wollten, aber nicht hier, das auf keinen Fall. Es war schon so, wie ihre Mutter gesagt hatte: Noch ehe der Tag um war, würde es regnen.
Und nicht bloß Wasser . . .

6

Peter versuchte krampfhaft, sich zu beherrschen, während er vom älteren zum jüngeren Mackenzie blickte. Abermals tief Atem holend, wiederholte er wohl zum hundertstenmal: »Ich verkaufe nicht.« Um dann in kurzangebundenem Ton hinzuzufügen: »Ich habe euch doch klar und deutlich gesagt, daß ich weder ganz noch teilweise verkaufe.« Er reckte das Kinn angriffslustig in die Luft. »Nun ist endlich Schluß mit dem Thema, verstanden? Und was den Grundstücksmakler betrifft, braucht ihr euch keine Minute lang den Kopf zu zerbrechen – der bekommt auch nichts. Ich verkaufe überhaupt nicht. Weshalb sollte ich auch? Würdet ihr es etwa tun? Ich bin doch nicht verrückt!«

»Natürlich nicht, Junge«, sagte Mr. Mackenzie in beruhigendem Ton, »das wissen wir doch. Aber wie wir sehen, brauchst du Geld, wenn du dich vergrößern willst. Das da« – er deutete auf die zur Autowerkstatt umgewandelte ehemalige Schmiede – »genügt nicht für die Zukunft. Hier muß neu gebaut werden, und woher willst du die nötigen Moneten dazu nehmen?«

»Das ist meine Angelegenheit.«

»Selbstverständlich, mein Lieber.« Mr. Mackenzies Stimme troff förmlich. »Natürlich hast du da recht: Es ist einzig und allein deine Angelegenheit. Schön, wollen wir's für den Moment seinlassen. Man kann nie wissen, was einen dazu veranlaßt, seine Entschlüsse zu ändern – laß dir das von einem erfahrenen Mann gesagt sein, Junge. Nie! Dann wollen wir dich erst mal in Ruhe lassen – aber wir kommen wieder, Junge, wir kommen wieder!«

Als sie aufbrachen, zischte Peter ihnen nach: »Ich verkaufe keinen einzigen Stein. Ihr braucht also gar nicht damit zu rechnen, daß ich meine Meinung ändere.«
»Wir haben's gehört«, sagte David über die Schulter, allerdings lange nicht so freundlich wie sein Vater. Und dann fügte er noch hinzu: »Ich möchte dich nur um eins bitten: Falls du es dir doch noch überlegst, dann laß es uns zuallererst wissen – schließlich sind wir ja Nachbarn.«
Ehe Peter noch etwas darauf erwidern konnte, rief der alte Mackenzie seinem Sohn mahnend zu: »Komm jetzt, genug davon.«
Schon wollte Peter Davy noch eine bissige Bemerkung nachrufen, als er seine Mutter aus dem Haustor stürzen sah. Selbst auf diese Entfernung hin erkannte er, daß das Barometer bei ihr auf Sturm stand, und als er sie die Straße heraufkommen sah, tat er so, als wäre er gänzlich von seiner Arbeit in Anspruch genommen.
Rosie rauschte zur Tür herein – anders war ihr Auftritt tatsächlich nicht zu beschreiben. Ohne Einleitung fing sie dort an, wo sie beim Frühstück aufgehört hatte: »Falls du dir einbildest, daß du mich einfach für dumm verkaufen kannst, irrst du dich aber gewaltig!«
Peter sagte nichts, sondern fuhr fort, das Stahlgestänge abzuschmieren.
»Alle sind außer sich, das ganze Dorf redet schon davon. Hast du denn völlig den Verstand verloren?«
Noch immer erwiderte Peter nichts.
»Wenn du schon nicht an dich denkst, solltest du zumindest an mich denken. Mit dreien von der Sorte hab' ich mich mein Leben lang herumärgern müssen, und jetzt fängst du auch noch an. Gott im Himmel! Es ist einfach unerträglich. Ausgerechnet mit einem derartigen Weibsbild.«
»Halt den Mund!«
Dieser völlig ungewohnte Anpfiff ließ Rosie Mund und Augen aufsperren. »Wage ja nicht, so mit mir zu sprechen!« stammelte sie keuchend.

»Dann paß gefälligst auf, was du sagst.« Er funkelte sie auf eine Weise an, die sie noch nie an ihm erlebt hatte – so, als hasse er sie.

Nach wie vor weigerte sich Rosie, die Veränderung, die mit ihrem Sohn vor sich gegangen war, zur Kenntnis zu nehmen. Also fuhr sie unerschrocken fort: »Bilde dir ja nicht ein, daß ich zusehen werde, wie du einen Narren aus dir machen läßt, so groß du auch sein magst. Ich habe in unserer Famile auch noch ein Wort mitzureden, darauf wirst du schon noch kommen. Eins sag' ich dir . . .!« Sie hob drohend den Zeigefinger. »Falls du sie heute zum Sportfest mitzunehmen gedenkst, wirst du mich dort nicht zu sehen kriegen. Aber dann ist der Teufel los, darauf kannst du dich jetzt schon gefaßt machen.«

»Schön, dann ist eben der Teufel los. Übrigens, wenn es dich beruhigt: Miß Carter fährt ohnehin fort.«

Einen Augenblick schwieg Rosie verblüfft. Danach zischte sie: »Das kann doch nicht dein Ernst sein, Junge – nicht mit so einer. Da würde ich dich noch lieber mit Mavis zusammensehen, das wäre immer noch das kleinere Übel. Die sieht wenigstens nicht aus wie . . .«

»Halt den Mund, ich habe dich gewarnt!«

Rosie starrte ihren Sohn an. Diesmal hatte er sie nicht angeschrien, im Gegenteil – es hatte sie Mühe gekostet, zu hören, was er sagte. Nein, es war mehr die Art, *wie* er es sagte. Sollte das noch ihr Peter sein? Zum erstenmal begann sie, an ihrem Einfluß auf ihn zu zweifeln, und das jagte ihr Angst ein. Aber sie ließ sich nichts davon anmerken, als sie ihn anschrie: »So weit kannst du dich nicht vergessen, das gibt es einfach nicht. Da wärst du ja ärger als die andern Puddletons. Die haben sich zumindest immer solche ausgesucht, die anständig ausgesehen haben!«

Mit flammend rotem Gesicht fuhr Peter herum. Es war, als würde die in ihm aufkommende Wut ihn ersticken; sie starrten einander sekundenlang an, bis sie eine Kehrtwendung machte und zur Tür hinausstolperte, blind und fassungslos.

Langsam fuhr sich Peter mit dem Unterarm über die nasse Stirn. Nie hätte er sich träumen lassen, daß sich so etwas zwischen seiner Mutter und ihm abspielen könne – niemals. Er streckte die Hand aus und umklammerte den Türpfosten, um das Zittern seines Körpers unter Kontrolle zu bringen. Oh, diese Sache war abscheulich, wirklich abscheulich. Wenn er sich selbst besser ausgekannt hätte, hätte er mit aller Entschlossenheit erklärt: »Da kann man eben nichts machen. Und wenn es dir noch so gegen den Strich geht – ich werde sie heiraten!« Aber er kannte sich eben nicht aus, das war es ja. Peter konnte sich einfach nicht vorstellen, daß Leo ihm nur zwei Wochen lang gehören sollte. Und doch zweifelte er nicht daran, daß sie, wenn der Wagen wieder zusammengeflickt war, aufbrechen würde. Einen Augenblick wünschte er, sie nie kennengelernt zu haben. Dann wies er diesen Gedanken jedoch mit aller Heftigkeit von sich. Sie war das Wunderbarste, was ihm im Leben begegnet war. Und doch: Was wußte er schon von ihr? Nichts! Er konnte nur weiterhin mutmaßen. Bei dem Gedanken an die anderen Männer in ihrem Leben fühlte er sich richtiggehend gemartert. In ihm brannte unaufhörlich der Wunsch, herauszubekommen, was dieser Letzte für sie bedeutet hatte. Aber er besaß nicht den Mut, dieses Thema klar und deutlich zur Sprache zu bringen.
Innerhalb weniger Tage war sein Leben ein ständiges Hin und Her zwischen Himmel und Hölle geworden, das sie allein bestimmte. Und am Nachmittag war das Sportfest.
»O Gott!« stöhnte er laut auf.

Seit seinem sechzehnten Lebensjahr hatte Peter – abgesehen von den zwei Jahren Militärzeit – an sämtlichen Sportfesten teilgenommen: beim Wettlauf über die Hügel und Felder, beim Tauziehen, beim Erklimmen der eingefetteten Kletterstange – kurz, er hatte keine Disziplin ausgelassen. Jedes Jahr war er um Punkte vorgerückt und bereits dreimal Sieger gewesen. Miß Tallow, die sich bei den Festen immer als Zigeunerin kostümierte und aufs Handlesen verlegte, sagte ihm auch jedesmal die allerbesten Chancen voraus, was vom Publikum mit anfeuernden Zurufen quittiert wurde. Zum Abschluß der Sportveranstaltungen hatte er immer nach Ned Pooles Geige und Harold Caseys Harmonika auf der stoppeligen Grasfläche vor den Zelten unter schallendem Gelächter eine Tanzeinlage gegeben und sich als Puddleton von echtem Schrot und Korn erwiesen.

Diesmal war es anders! Diesmal fürchtete sich Peter vor der Veranstaltung. Er wollte gar nicht, daß Leo zu dem Fest kam und sich den lüsternen Blicken der Männer und der scheelen Mißgunst ihrer Frauen aussetzte. Denn er spürte genau wie sein Urgroßvater, daß sich etwas zusammenbraute, sowohl zu Hause als auch im Dorf. Bis zu einem gewissen Grad konnte er das Gebaren seiner Mutter gerade noch verstehen, nicht aber das der anderen Frauen. Was haben die nur? fragte er sich. Warum mögen sie sie nicht? Und er gab sich selbst darauf die Antwort: Weil Leo sich so von ihnen unterschied!

Obwohl die Wettkämpfe nicht vor zwei Uhr begannen, verließ Peter kurz nach eins das Haus. Seine Mutter hatte ihre Märtyrermiene aufgesetzt und schwieg gekränkt, was für ihn schlimmer, ja unerträglicher war als ihr ärgstes Gezeter.

Der Urgroßvater, der versonnen aus dem Fenster sah, sagte: »Du gehst aber heute zeitig weg, hm?«

»Tja«, erwiderte Peter kurz.

»Es wird regnen.«

»Sieht so aus.« Er blickte zum graugetönten Himmel auf.

»Könnt' mir sogar denken, daß wir ein Gewitter kriegen.«

»Bestimmt sogar, und zwar ein schweres, kann ich dir sagen.«

»Wiedersehen.«

»Wiedersehen, Junge. Paß auf dich auf.«

Peter blieb auf dem Weg zum Gartentor einen Augenblick stehen und warf dem alten Mann einen Blick zu. Er grollte ihm nicht wegen dieser warnenden Bemerkung;

eher spürte er so etwas wie Zärtlichkeit für den ewig nörgelnden, immer noch lüsternen Alten in sich aufsteigen. Schließlich lächelte er, nickte und meinte halblaut: »Keine Angst, Alterchen, das werd' ich.«
Er schlug den Weg zum See ein, und zwar über die Wilkins-Abkürzung. Nicht, daß er sein Ziel vor den Dorfbewohnern verheimlichen wollte: er lief nur ungern mitten durch den Ort. Sollten sie sich doch die Mäuler zerreißen – sie redeten so oder so ... Trotz dieser neuen kühnen Gedanken überkam Peter leichte Bestürzung, als er – kaum nachdem er auf den Seitenweg eingebogen war – beinahe über Mavis und Florrie gestolpert wäre. Er fühlte, wie er rot wurde, ging jedoch an den Mädchen wortlos und ohne Grußgeste vorbei, obwohl er deutlich fühlte, daß beider Blicke ihn verfolgten, bis er im Wald verschwunden war.
Jedermann kannte das Verhältnis zwischen Mavis und Florrie: Herablassung von der einen Seite und Ignoranz von der anderen. Aber nun waren die beiden offenbar ein Herz und eine Seele und Peter hegte nicht den mindesten Zweifel darüber, wer der Grund für diesen Umschwung war. Befriedigt stellte er fest, wie sehr sein neuerworbenes Selbstbewußtsein schon von ihm Besitz ergriffen hatte: Er wurde zwar noch rot, empfand ansonsten jedoch keinen Ärger oder gar Beunruhigung. Drei Tage früher hätten ihn die beiden noch schwer in Verlegenheit gebracht. Aber inzwischen hatte sich eben manches geändert.
Als Peter die Lichtung betrat, lag Leo auf dem Rücken im Gras, ein Buch neben sich. Sie stand nicht auf, sondern wandte nur träge den Kopf und streckte ihm die Hand hin. Im Nu lag er neben ihr, hatte die Arme fest um sie geschlungen und die Lippen derart heftig auf die ihren gepreßt, daß sie nach Luft rang, als er sie endlich losließ. Sie lachte leise, berührte zärtlich seine Wange und sagte: »Keiner kann mir erzählen, daß du deine Ausbildung in der großen Stadt genossen hast.«
Er ergriff ihre Hand, hob ihre Fingerspitzen an seine Lip-

pen, sah ihr in die Augen und meinte: »Die große Stadt ist eben zu mir gekommen.«
Seinen Blick wie immer festhaltend, machte sie sich sanft von ihm los, setzte sich auf und meinte, noch immer leise lachend: »Ich konnte weder dich noch sonst jemanden davon überzeugen, daß ich nicht die große Stadt verkörpere, nicht wahr, Peter?« Sie blickte übers Wasser, als sie dies sagte, und trotz des Lächelns, das nach wie vor auf ihrem Gesicht lag, war ihm, als entdecke er so etwas wie Trauer in ihren Zügen, als verdüstere sich ihre Stimmung. Es erinnerte ihn an die vergangene Nacht, in der sie geweint hatte – jene Nacht, die nun so weit zurückzuliegen schien. So sagte er einfach: »Ob nun Großstadt oder Kleinstadt, Liebste – du bist gekommen, und das ist alles, was zählt.«
Ihre Hand streichelte über die seine. »Du bist wirklich lieb, Peter.« Sie preßte seine Finger. »Weißt du« – nun wandte sie ihm voll ihr Gesicht zu – »widersprich nicht, wenn ich das sage, denn es ist wahr. Man kann jemanden lieben, ohne ihn zu mögen. Aber wenn man ihn mag und dazu auch noch liebt, dann ist das der Himmel auf Erden. Ich mag dich, Peter.«
»Und lieben? Lieben tust du mich nicht?«
Sie ließ den Kopf an seine Schulter sinken, rieb ihre Wange an seinem Rock und flüsterte: »Eins nach dem andern.«
Eine derartige Antwort hätte ihn früher verstummen lassen. Da hätte er sicherlich gedacht: In diesem Punkt gibt es keine Halbheiten. Entweder ja oder nein! Aber in ihrer Verbindung hatten sich bereits so vielerlei Gefühlsschattierungen gezeigt, daß er sich einzig und allein an das klammerte, was sie ihm zu geben imstande war. Und so versuchte er, das Feuer in sich, das so sehr nach Nahrung verlangte, einzudämmen.
Als sie so an ihn gelehnt dalag, deutete sie mit einer Kopfbewegung auf das Wasser hinaus und sagte: »Ich habe das Aalweibchen heute noch nicht zu Gesicht bekommen – ebensowenig wie die Jungs. Dabei war ich si-

cher, es noch einmal zu sehen. Denn wenn das Gewitter ausbricht, wird sie bestimmt fortschwimmen. Irgendwie habe ich das Gefühl, daß sie mich kannte. Ich werde sie vermissen.«

»Ich werde meine Angel holen, und du kannst dasitzen und fischen.«

»Das ist eine Idee.«

»Du magst das Fischen, nicht wahr? Ich hätte mir nie träumen lassen, je eine Frau kennenzulernen, die sich daraus etwas macht.«

»Ich sitze gern da – das ist es.« Leo lachte, und er gab ihr in Gedanken völlig recht. Es war so, wie sie sagte: Sie saß gern da. Sie war ebenso träge wie die Bewohner südlicher Zonen, wenn die Sonne voll und warm herunterschien, nur daß man ihr ihre Vorliebe für die Sonne absolut nicht ansah. Sie war das bleichste Wesen, das man sich vorstellen konnte. Dieser Gedanke stieß gewissermaßen jene Tür wieder auf, die Mrs. Booth zuerst geöffnet hatte und die im Grunde genommen niemals geschlossen worden war. Und obwohl er sich mit allen Kräften dagegenstemmte, raunte Mrs. Booth' Stimme ständig in seinem Innern: Nun, wo hat sie sich denn im vergangenen Jahr aufgehalten? Sie sagt es nicht, stimmt's? Und Sie fürchten sich, sie danach zu fragen, weil Sie nicht den Mumm dazu haben!

In dem Bemühen, diese Gedanken zu verdrängen, sagte er: »Ich muß gehen.« Aber er machte keinen Ansatz, aufzustehen. Statt dessen griff er nach dem im Gras liegenden Buch und fragte: »Was liest du da?«

»Ach, irgendein Buch. Mir hat der Titel gefallen.«

Mit der freien Hand wendete er es und las auf dem Umschlag: »Worte einer Liebenden.« Da fragte er, indem er sie lächelnd betrachtete: »Hast du es schon lange?«

Sie funkelte ihn übermütig an und erwiderte: »Seit Mittwoch.« Seine Augen, in denen Hoffnung aufkeimte, hielten ihren Blick einen Moment lang fest, ehe er begann, das Buch durchzublättern. Als er dann zu lesen anfing, machte sie sich von ihm los, schlang die Arme um

die Knie und blickte in den dunkel werdenden Himmel, der sich auf die Baumkronen am gegenüberliegenden Ufer des Sees gesenkt zu haben schien. Nach einer Weile fragte sie, da er sich in Schweigen hüllte: »Was liest du denn?«
Peter gab ihr keine Antwort, und es folgte eine erneute Pause.
Dann fing er etwas befangen mit belegter Stimme laut zu lesen an:

»Würde ich Wälder lieben ohne dich?
Und Vogellieder und blütenstaubbeladne Bienen
Und Bäume; die Dämmerung, den nächtlichen Himmel;
Eben erst geborene Geschöpfe?
Oder im Freien essen – hunderterlei Verrichtungen;
Den Herbst in seinen Flammenfarben,
Holzspalten und Laubverbrennen,
Kohlenschleppen und Feuermachen,
Behagliche Wärme, ein lichtfunkelndes Haus,
Das dampfende Bad
Und dicken Schnee auf gewundenen Pfaden;
Das Bett, den Schlaf und die Träume –
Was wär' dies alles ohne dich!«

Nachdem er geendet hatte, sah er sie an. Sie drehte sich um und erwiderte seinen Blick, bis er wiederholte: »Was wär' dies alles ohne dich!« Es lag so viel gepreßte Leidenschaft in seiner Stimme, daß sie, als er »Leo!« rief und sie an sich ziehen wollte, rasch den Kopf schüttelte und überraschend schnell aufsprang. Hastig sagte sie: »Nein, Peter, wir dürfen uns nicht so gehenlassen – nicht auf diese Art.«
Mit einer Hand nahm sie ihm das Buch ab, während sie ihm die andere entgegenstreckte und auf nüchterne Art sagte: »Komm, steh auf! Was ist mit dem Sportfest? Hör dir den Lärm da drüben an.«
»Leo . . .« Er stand vor ihr, seine Miene war ernst, alle Fröhlichkeit daraus verschwunden. »Ich muß endlich wissen, womit ich zu rechnen habe.«

»Du mußt gar nichts wissen.« Ihre Stimme klang plötzlich barsch. Sogar die schleppende Redeweise schien wie weggeblasen zu sein; ihre Worte überschlugen sich direkt, als sie fortfuhr: »Wir haben eine Abmachung getroffen, oder? Also lassen wir es dabei. Warum kannst du damit nicht zufrieden sein? Du bist genau wie die andern.«
»Wie die andern?« Sein Gesicht wirkte auf einmal verfallen, und seine Stimme klang mürrisch.
»Oh, so habe ich das nicht gemeint.« Sie machte eine ruckartige Kopfbewegung. »Ich meinte die Männer im allgemeinen, ehrlich. Ach, Peter! Warum kannst du die Dinge nicht lassen, wie sie sind?«
Nicht die geringste Spur von Zärtlichkeit lag mehr in seinen Augen. Sein Blick war durchdringend, als er hervorstieß: »Die Dinge lassen, wie sie sind! Wofür hältst du mich denn? Ein, zwei Wochen höchstens willst du mein sein, um dann mir nichts, dir nichts zu verschwinden – und ich soll dich einfach vergessen? Ich muß verrückt gewesen sein.«
»Aber so haben wir es ausgemacht, erinnere dich doch. Oder wäre es dir lieber, wenn sich alles gar nicht in diese Richtung entwickelt hätte?«
Als er nichts darauf sagte, schob sie mit einer müden Handbewegung das Haar aus der Stirn und fuhr fort: »Oh, warum mußt du an einem solchen Nachmittag damit anfangen – wo es ohnehin so schwül und stickig ist, daß man kaum noch Luft bekommt. Und was tun wir? Wir streiten!« Diese Feststellung schien selbst sie zu überraschen, und sie schloß die Augen. Als sie sie wieder öffnete, blickte sie in sein verschlossenes Gesicht, und ihre Stimme klang niedergeschlagen, als sie sagte: »Ich will versuchen, dir etwas zu erklären, Peter. Vielleicht wirst du es dann verstehen. Ich hätte mir nie träumen lassen, in meinem Leben nochmals eine Liebschaft zu haben. Ich verstehe, daß du darüber die Brauen hochziehst – du glaubst mir nicht. Aber ich kann dir allen Ernstes versichern, daß ich dies hier wahrhaftig nicht wollte. Das sind

eben Dinge, die passieren. Trotzdem wiederhole ich: Es ist nicht für immer. Ich weiß, daß dir das brutal vorkommt, aber es geht nicht anders, glaube mir.« Damit trat sie einen Schritt zurück und sagte leise, nachdem sie beobachtet hatte, wie Kummer mit Zorn in seinem Gesicht abwechselte: »Möchtest du weitermachen, oder sollen wir das Ganze lieber abbrechen. Ich werde mich völlig nach dir richten. Du brauchst es nur zu sagen.«
Peter stand da und starrte sie fasziniert, ja wie behext an. Er schien alles, was von ihrer Seite kam, gierig einzusaugen, ob es sich nun um Freude oder Kummer handelte. Was hatte sie nur mit ihm angestellt? Ihre letzten Worte waren ihm ebenso berechnend vorgekommen wie alles, was er von ihr gehört hatte. Dennoch straften ihr Gesicht und ihre Augen ihre provozierenden Reden – wie immer – Lügen. Schmerzlich aufseufzend wandte er sich von ihr ab, doch noch im selben Moment streckte er die Hand hinter sich und zog sie mit sich fort.

Peter wurde beim Wettlauf, den er die beiden vorangegangenen Jahre gewonnen hatte, Sechster. Vom Publikum wurde er dafür mit Bemerkungen wie: »Hast du all deinen Kampfgeist verloren, Junge?«, und: »Ts, die Liebe ruiniert einem glatt die Beine!« aufgezogen.
Während er sich den Schweiß abwischte, suchten seine Blicke Leo; er konnte sie jedoch nirgends entdecken. Nachdem sie die Lichtung verlassen hatten, war sie in den Gasthof zurückgekehrt, mit dem Versprechen, gegen vier auf dem Spielfeld zu sein, weil in der Regel um diese Zeit die Wettkämpfe zu Ende gingen. Und jetzt war es beinahe fünf.
Er hatte sich gerade in dem Brunnen, der sonst als Viehtränke diente, etwas abgekühlt und erfrischt, als er sie durchs Tor kommen sah. Rasch sprang er hinter eine Hecke, schlüpfte in die Hose, stopfte das Hemd hastig hinein, klemmte die Jacke unter den Arm und schlenderte dann betont gelassen in jene Richtung, aus der sie auftauchen mußte.

Leo war jedoch am Tor stehengeblieben, wo sie sich mit sonst gar nicht üblicher Unsicherheit umsah. Bei seinem Anblick schien sie unverkennbar erleichtert zu sein, ihn endlich gefunden zu haben. »Da bist du ja!« meinte sie. »Hast du die andern geschlagen?«

»In dieser Verfassung?« sagte er vorwurfsvoll, lächelte aber augenzwinkernd, worauf sie, ebenfalls lächelnd, nur den Kopf schüttelte. Dann gingen sie gemeinsam zum Spielfeld.

Als sie an den diversen Gruppen vorbeikamen, wendeten sich da und dort Leute nach ihnen um. Natürlich rückte Leo sofort in den Mittelpunkt des allgemeinen Interesses. Es entging Peter nicht, wie sie die Köpfe zusammensteckten, aber er nahm keine Notiz davon, und es hatte den Anschein, als wäre Leo unempfindlich gegen alles, was um sie herum vorging.

Auf dem Kinderwettkampfplatz erblickten sie Florrie. Ihr Gesicht war rot, beinahe purpurfarben. Zwar herrschte eine drückende Hitze, aber dies war keineswegs der Grund für diese hektische Röte. Peter erkannte das deutlich, als Florrie ihn anstarrte und ihre Augen vor Haß förmlich glühten. Die Zwillinge kamen auf ihn zugerast und beklagten sich bitter, bei den Wettkämpfen, die wie stets unter Florries Leitung stattgefunden hatten, unfair benachteiligt worden zu sein. Peter war nicht imstande, über Verwirrung, Enttäuschung und Niedergeschlagenheit der Buben zu lachen. Eine derartige Reaktion hatte er eigentlich nicht erwartet, schon gar nicht den Zwillingen gegenüber, die bisher von Florrie bei jeder sich nur bietenden Gelegenheit verhätschelt worden waren. Daß sie ihm nun hochmütig die kalte Schulter zeigen würde, das ja – aber so etwas!

Sowohl um aus Florries Nähe zu verschwinden als auch, um die aufgebrachten Zwillinge zu beschwichtigen, nahm er die beiden zum Lotteriestand mit, wo er noch jedes Jahr einen Treffer gezogen hatte. Diesmal bekam er die Nummer 13. Aber auch hier schien die Atmosphäre völlig verändert. Etwas Heuchlerisches lag in der allgemeinen Fröhlichkeit, das spürte Peter genau. Als dann Dan Wilkins über seinen rätselhaften Gewinn loszuwiehern begann, versammelte sich im Handumdrehen eine Menschenmenge. Zur Bestürzung der Zwillinge hob Dan eine halberdrosselte, kläglich quakende Penelope als Treffer Nummer 13 in die Höhe. Das Gelächter wurde immer ausgelassener; wie Peter sehr wohl bemerkte, kam es jedoch hauptsächlich von seiten der Männer. Gleichzeitig hatte es den Anschein, als hätten sie für den Augenblick völlig die Angst vor ihren Weibern verloren, denn selbst Bill trat herzu und begrüßte Leo ganz offen. Allerdings war in diesem Moment seine Amelia nirgends zu sehen. Auch Rosie hatte ihre Drohung, nicht zu kommen, wahrgemacht, und das betrübte Peter mehr, als er sich eingestehen wollte.

Aber Leo schien glücklich zu sein. Die Feststimmung hatte sie offenbar angesteckt, ja sie schien sogar diesen ganzen Rummel zu genießen. Und dann sagte sie: »Ich hätte gern eine Tasse Tee.«

In unmittelbarer Nähe befand sich ein kleinerer Getränkestand. Peter wollte bereits darauf zusteuern, als er bemerkte, daß Leo den Blick auf das Festzelt gerichtet hielt. Und schon fragte sie: »Wie wär's damit?«

Mit ihr ausgerechnet ins Festzelt zu gehen, das erforderte eine gehörige Portion Mut. Dort hatte sich nämlich sozusagen die Elite der Pfarrgemeinde versammelt.

Bis auf einen Tisch, an dem im Moment nur der unbehaglich wirkende Major saß sowie Vikar Collins, der eine Amtsmiene aufgesetzt hatte, waren sämtliche Tische – zwölf an der Zahl – besetzt. Peter, der, Leo vorangehend, das Zelt betrat, registrierte das sofort.

Vikar Collins litt anscheinend noch immer unter den Anschuldigungen, die seine Schwester ihm erst vor wenigen Stunden unter die Nase gerieben hatte. Der Major hingegen war schon aus härterem Holz geschnitzt, obwohl auch er tags zuvor ein regelrechtes Familiengericht über sich hatte ergehen lassen müssen, nachdem er zugegeben hatte, mit jener verrufenen Fremden im Gras gele-

gen zu sein. Natürlich hatte er die Geistesgegenwart besessen, alle abwegigen Vorstellungen weit von sich zu weisen, und kühn gedroht, daß er jeden, er ihm fortan mit solchem Unsinn kommen würde, ganz gehörig zur Rechenschaft ziehen würde. Und dann mußte sich ausgerechnet Florrie, die bisher immer seine Verbündete gewesen war, über den Frühstückstisch beugen und ihn mitten aus heiterem Himmel fragen: »Erinnerst du dich an die Geschichte mit Connie Fitzpatrick?« Connie Fitzpatrick! Ja, hatten sie denn alle miteinander den Verstand verloren?
Major Carrington-Barrett stand nun jedenfalls auf und begrüßte die sich nähernde Leo mit einem Lächeln. Es wurde von ihr mit einer Vertraulichkeit erwidert, die ansonsten dem Dorfautokraten gegenüber keineswegs Usus war. Und dann sagte sie: »Hallo, Major.« Einfach so. Und der Major verbeugte sich, was er sonst nur bei gegebenen Anlässen tat, und erkundigte sich nach ihrem Befinden. Anschließend holte er ihr einen Stuhl herbei. So sehr er sich auch bemühte – Peter konnte es doch nicht ganz verhindern, daß in seiner Stimme eine gewisse Nervosität mitschwang, als er mit dem Major Grüße wechselte. Und wer wäre auch nicht nervös geworden, wenn einen Mrs. C.-B. und Miß Collins geradezu mit Blicken durchbohrten. Ihn mußte der Teufel geritten haben, mit Leo das Festzelt zu betreten.
»Sie kennen ja unseren Vikar bereits, nicht wahr?« Der Major heftete seinen Blick auf den Geistlichen, der sich förmlich vor Verlegenheit zu winden schien. Leo, die beim Setzen leicht den Ärmel des Vikars berührte, antwortete: »O ja, und nicht nur das – wir haben uns sogar schon unterhalten.« Die letzten Worte sagte sie mit besonderem Nachdruck, um gleich darauf schmunzelnd hinzuzufügen: »Und zwar keineswegs nur über kirchliche Belange, um das gleich festzuhalten.«
Nach dieser schlagfertigen Bemerkung brach der Major in ein derart schallendes Gelächter aus, daß das ganze Zelt davon widerhallte und auf Peters Stirn Schweißper-

len auftauchten, während die übrigen Gäste wie versteinert schwiegen. »Sie haben Humor, Miß, alles, was recht ist!« brüllte der Major, ohne auch nur im mindesten auf die Zeichen zu achten, die ihm sein angetrautes Eheweib machte. Im Gegenteil, es bereitete ihm sichtliches Vergnügen, diese zu ignorieren. Mochten doch alle diese Tölpel die Fremde hundertmal für ein Flittchen halten: sie verfügte über Verstand, Witz, Charme und Bildung. Er brauchte bloß an den Vortag zu denken, als er ihr im Wald begegnet war und eine anregende Stunde der Unterhaltung mit ihr genossen hatte. Und dabei waren sie beobachtet worden ... Sollten sie doch allesamt zur Hölle fahren, diese verdammten Schnüffler und Wichtigtuer.

»Was meinten Sie eben?« fragte der Major mit Stentorstimme und wandte sich dem Vikar zu.

»Ich? Nichts ... nichts, ich habe gar nichts gesagt«, stotterte Mr. Collins, der unter den strengen Blicken seiner nur wenige Meter entfernten Schwester förmlich zu schrumpfen schien. Er hustete angelegentlich in sein Taschentuch, und der Major klopfte ihm leutselig auf die Schulter. »Nehmen Sie einen Schluck Tee, Mann. Das kommt von diesem Kuchen. Er ist strohtrocken. Also« – abermals sah er Leo an –, »Sie möchten doch bestimmt eine Tasse Tee, nicht? Wo bleibt die Bedienung?« Als er die Hand hob, um eine der Kellnerinnen herbeizuwinken, sagte Peter hastig: »Ich kümmere mich schon darum, Sir.«

»Schön. Dann bringen Sie mir auch gleich noch einen, Peter, ja? Und was ist mit Ihnen, Collins?«

Diese neuerliche Frage schien den Vikar noch mehr zu verwirren, denn er stammelte nur: »Nein ... nein, danke. Ich wollte ... ge-ge-gerade gehen. Die Preisverteilung ...«

»Lassen Sie sie warten, Mann. Die rennen Ihnen schon nicht davon. Nun, wie gefällt Ihnen unser Fest?« wandte sich der Major an Leo. Sie antwortete strahlend: »Oh, ganz ausgezeichnet! Und so gut organisiert.«

»Ha – da hätten Sie mal früher dabeisein sollen. Was glauben Sie, was da los war ...? Großes Wettreiten von hier nach Blanchland, rund ums Gut, am Moor entlang und zurück. Grandios, sage ich Ihnen. Das waren noch Leistungen! Aus allen Richtungen der Grafschaft kamen sie herbeigeströmt, um mitzumachen. Heutzutage sind die Leute viel zu beschäftigt oder haben kein Geld. Und keine Pferde. Und wenn sie schon ein, zwei besitzen, dann beteiligen sie sich beim Springturnier. Das ist doch kein Sport. Die wollten uns ja sogar die Jagd hier vermiesen. Seid nicht grausam zu den Füchsen – pah! Was sagen Sie dazu, Vikar?« Es funkelte spöttisch in den Augen des Majors.
»Nun ja ...« Collins rückte verlegen hin und her, weil es unter diesen Umständen schwierig war, seine Prinzipien zu verteidigen. »Sie wissen, was ich von dergleichen Veranstaltungen halte, Major.«
»Hören Sie sich das an«, sagte der Major belustigt. Dann beschrieb seine Hand einen Kreis über die Versammelten, und er fragte verschmitzt: »Wie wär's. Fällt Ihnen dazu kein passendes Zitat ein, hm?«
Sie ließ sich von seiner guten Laune anstecken, warf den Kopf in den Nacken, blickte nachdenklich in die Höhe, schüttelte jedoch nach einem Moment der Überlegung den Kopf und sagte: »Ehrlich gesagt, nein. Ich passe.« In dem Moment trat Peter, der das beladene Teetablett mühsam durch den schmalen Gang zwischen den vollbesetzten Tischen balanciert hatte, an den Tisch. Leo warf ihm einen Blick zu, der ihm das Blut ins Gesicht trieb, und rief ausgelassen: »Kennst du vielleicht ein passendes Zitat, das auf die Versammlung passen könnte, Peter?«
»Ein Zitat? Nein, leider.« Er wünschte sehnlichst, daß sie sich nicht so auffallend benommen hätte. Es war jedoch pure Absicht, das spürte er. Ihr saß der Schalk im Nacken. Weshalb verhielt sie sich so? Fast hätte man meinen können, der Teufel wäre in sie gefahren und forderte sie dazu auf, sich besonders aufreizend in Szene zu

setzen. Er hatte das schon einmal bei ihr erlebt – im »Hirschen« damals. Als Mrs. Booth hinter der Theke gestanden hatte und die Wirtsstube zum Brechen voll gewesen war.
Sämtliche Frauen kochten vor Zorn. Peter war direkt froh, daß Rosie das nicht miterlebte. Schon schlimm genug, Mrs. C.-B. zu beobachten, die aussah, als würde sie jeden Moment explodieren. Natürlich hatte Mavis ihr alles brühwarm erzählt. Und wenn er gar Miß Collins betrachtete, so hätte es ihn absolut nicht überrascht, wenn sie in der nächsten Sekunde in Ohnmacht gefallen wäre oder gar einen Schlaganfall erlitten hätte. Dabei standen drüben am Eingang zu allem Überfluß ausgerechnet Mrs. Fountain und Mrs. Booth und sahen wie das leibhaftige Donnerwetter drein.
»Der Tee ist köstlich«, sagte Leo, nachdem sie daran genippt hatte, strich sich das feuchte Haar aus der Stirn und meinte dann: »Wenn ich es mir so recht überlege, fällt mir vielleicht doch ein Zitat ein, das auf unsere Umgebung passen könnte, Major.« Sie blickte ihn über den Rand ihrer Tasse hinweg mit lachenden Augen an, stellte sie ab, beugte sich über den Tisch zu ihm hinüber und begann:

»Ich wünschte, ich liebte die menschliche Rasse,
Die groben Gestalten, die dummen Gesichter . . .«

Dann fragte sie: »Kennen Sie das?«
Der Major legte beide Hände auf den Tisch, begleitete jedes ihrer Worte mit einem Nicken und setzte dann prompt fort:

»Ich wünschte, ich liebte den Weg, den sie nimmt,
Die Art, wie sie denkt, die Art, wie sie spricht . . .«

Und schon fiel Leo ein, so daß sie die folgende Zeile gemeinsam hinausschmetterten, als stünden sie auf einer Bühne:

»Doch ist dem nicht so: zur Hölle mit ihnen!«

Abgesehen von dem Gesumme, das durch den halbgeöffneten Eingang hereindrang, herrschte im Zelt abermals völlige Stille, – eine betroffene Stille, die selbst Peter einhüllte. Warum mußte sie das tun? Und weshalb benahm sich der Major derart? Nun ja, Leo forderte ihn richtiggehend dazu heraus, das war's. Weshalb nur? Sie würde damit noch alle in Aufruhr setzen.
Jedenfalls brachte es den Vikar endlich auf die Beine. Allerdings aus einem andern Grund, als man hätte annehmen können. Reverend Collins befand sich zwar in größter Verwirrung und war schockiert – aber nicht über diese unziemliche Darbietung der beiden, sondern nur über sich selbst. Erstens einmal, weil es ihn die größte Mühe gekostet hatte, nicht in ihre Deklamation mit einzustimmen und damit allen – speziell dem Major – zu zeigen, daß er nicht der einzige hier war, der seine Dichter kannte. Und zweitens – diese Entdeckung hatte ihn zutiefst getroffen – weil er ungemein eifersüchtig darauf war, daß der Major so hoch in der Gunst der Fremden stand. O Gott, o Gott! Er wischte sich den Schweiß von der Stirn und verließ mit einem kurzen Nicken in die Runde und einem furchtsamen Blick auf seine Schwester das Zelt.
In dem allgemeinen Gemurmel, das dem Abgang des Vikars folgte, wandte der Major sich wieder seinem Tee zu, wobei er anscheinend völlig ignorierte, daß die Atmosphäre im Zelt äußerst gespannt war. Im selben Moment donnerte es zum erstenmal.
»Na bitte. Darauf habe ich nur gewartet«, sagte der Major und grinste Peter zu. »Wird ein ziemliches Unwetter geben, wenn das erst einmal losbricht . . . Möglicherweise einen Wolkenbruch. Am besten, ich mache mich auf den Heimweg. Pferde haben für dergleichen nichts übrig, wißt ihr. Sie entschuldigen mich doch, meine Liebe?«
Er neigte den Kopf und Leo lächelte ihn übertrieben freundlich an, als er aufstand und um den Tisch bog. Dann beugte er sich über sie und flüsterte: »Was meinen Sie – ob sich unser ›Glanzstück‹ heute wohl davon-

macht?« Und Leo, die sofort auf seine Geheimnistuerei einging, tuschelte ebenso zurück: »Mit ziemlicher Sicherheit.«
In dem Bestreben, ja das Richtige zu tun, war auch Peter aufgestanden und sah ziemlich finster aus. Er versuchte, es dem Major nicht anzukreiden, daß er sich wie ein balzender Auerhahn aufführte. Sie hatte ihn schließlich dazu ermutigt. Bei allem Verständnis fand er es jedoch reichlich abgeschmackt, wie man sich so vergessen konnte.
»Schade, wird mir abgehen«, sagte der Major lächelnd und zupfte sich die Weste gerade. »Also – auf Wiedersehen. Wiedersehen, Peter.«
»Wiedersehen, Sir.«
Dann nahm Peter wieder Leo gegenüber Platz. Sie ignorierte seine ernste Miene und sagte: »Was für ein prächtiger Mensch – findest du nicht?«
Als er keine Antwort gab, verschwand das Lächeln von ihrem Gesicht, und sie sagte leise: »Ich bin ein loses Frauenzimmer, stimmt's? Weil ich einfach mit ihm drauflosgelacht habe.«
»Das ist es nicht«, sagte er mit rauher Stimme. »Doch, das ist es.« Sie sprach ebenso leise wie er. »Und ich habe es mit voller Absicht getan, das gebe ich zu. Glaubst du, ich spüre nicht, was die hier von mir denken?«
Sie schluckte mühsam, während sie ihn ansah. Dann starrte sie auf ihre Tasse und fuhr fort: »Es tut mir leid, wenn ich dich verärgert habe, aber ich möchte einfach lachen. Ich muß lachen. Ich hab' es dir gesagt. Aber vor Frauen kann man das nicht, die lassen das nicht zu ... Ich hätte nicht hierherkommen sollen. Du hättest mich nicht einladen dürfen, das sehe ich jetzt ein. Es war, als würdest du direkt unter ihrer Nase mit mir angeben. Und das werden sie dir nie verzeihen.«
Er straffte die Schultern und sagte: »Was ich tue, ist meine Angelegenheit. Und überhaupt – wo ich hingehe, da gehst du auch hin, punktum.«
Beinahe hatte er vergessen, daß die Augen aller auf ihnen

ruhten. Nicht so Leo; mit fast unhörbarer Stimme warnte sie: »Paß auf.«
Noch ehe er etwas erwidern konnte, donnerte es. Heftige Blitze folgten, und dann wurde es derart finster, daß man meinen hätte können, es wäre Nacht.
Ringsum erhob sich alles, und Peter sagte, gleichfalls aufstehend: »Besser, du gehst jetzt heim. Du hast keinen Mantel mit und wirst sonst noch durch und durch naß.«
Sie sah sich um, ehe sie erwiderte: »Lassen wir die anderen vorangehen. Dann wollen wir uns auf die Beine machen, ja?«
Erneutes Blitzen und krachender Donner bewirkten, daß sich das Festzelt binnen weniger Minuten bis auf die Bedienungen leerte, die fieberhaft einzupacken begannen.
»Komm.« Peter ergriff ihren Arm und führte sie zum Ausgang, wo ein greller Blitzstrahl, der förmlich den Himmel entzweischnitt, sie innehalten ließ. Weit drüben sah man, wie sich die letzten Zuschauer durchs Tor drängten und heimeilten.
In immer kürzeren Abständen wechselten nun Blitze und ohrenbetäubendes Donnern einander ab. Besorgt rief Peter: »Es wird jeden Moment losgehen. Besser, wir beeilen uns, damit wir noch ungeschoren ins Dorf kommen. Los, laß uns laufen.«
»Ich würde lieber gehen.«
»Spazierengehen etwa?« fragte er in ungläubigem Ton und sah sie an. »Aber du wirst ganz naß werden.«
»Das macht nichts. Ich will nicht laufen.«
Sie sprach anders als sonst. Matt, aber unbeugsam, was ihn sowohl verwirrte als auch zornig machte. Am liebsten hätte er sie jetzt behandelt wie die Zwillinge, wenn sie ungehorsam waren, und ihr eins hinter die Ohren gegeben, damit sie endlich Vernunft annahm. Sie war, wie er sich sagte, bloß widerspenstig, und was hätte er dagegen unternehmen können. Da er es für klüger hielt, nichts zu sagen, ging er schweigend mit ihr aufs Tor zu, wo die ersten Regentropfen sie einholten: große, herabklatschende Tropfen in weiten Abständen. Dann war

eine Minute lang nichts als der stockdunkle Himmel zu sehen, aus dem leise der Regen strömte. Im nächsten Moment jedoch erhob sich eine heftige Bö, die im Handumdrehen mit der Intensität eines Sturms über den Rasen fegte, und veranlaßte Peter nun, in notgedrungen schreiendem Ton Leo die Frage zu stellen: »Was ist? Willst du weiter so dahinschlendern?«
»Ja.«
Er konnte zwar ihre Stimme schlecht hören, an der begleitenden Kopfbewegung jedoch erkennen, was sie meinte.
»Schön«, sagte er grimmig lächelnd und so laut er konnte – »dann schlendern wir eben!«
Schwer gegen den Wind ankämpfend, gingen sie weiter, wobei Peter sich bemühte, seine Schritte den ihren anzupassen, während hinter ihnen nun das Personal aus dem Festzelt loszulaufen begann, um sich nur ja rasch ins Trockene zu retten. Albern war das mit Leo, wirklich! Wenn das Unwetter erst richtig losbrach, wußte Gott allein, wie arg es ausfallen würde. Und sie hatten noch die ganzen Felder vor sich.
Plötzlich war es, als öffneten sich sämtliche Himmelsschleusen auf einmal. Sintflutartig rauschte der Regen herab und durchnäßte sie im Nu bis auf die Haut. Als sie sich an ihn preßte, beschloß Peter, diesen Unsinn nicht mehr länger mitzumachen, ergriff ihre Hand und rannte los. Ihre Füße kamen mehrfach ins Stolpern, so zog er sie vorwärts, ohne darauf zu achten, wie sie sich an ihn klammerte. Er hatte nur einen Gedanken: Raus aus dem Gewitter! Erst nachdem sie eine ziemliche Strecke gerannt waren und sie aufgehört hatte, sich wie eine Katze anzukrallen, blickte er sie an. Und das veranlaßte ihn sogleich, wie angewurzelt stehenzubleiben.
»Leo!« Seine Stimme wurde vom Wind fortgerissen. »Leo!« Er versuchte, ihr regenüberströmtes Gesicht hochzuheben, aber sie hatte das Kinn auf die Brust gepreßt und hob in Reflexen die Schultern. Von Panik erfüllt schrie er nun: »Leo – Leo! Was ist denn?«

Mit einer heftigen Bewegung riß er ihr Gesicht hoch, in dem die nassen Haare klebten. Ihre Augen waren geschlossen, und abgesehen davon, daß sich ihr Brustkorb hob und senkte, hätte sie ebensogut tot sein können. Sie war kreidebleich, und er rief ein ums andere Mal: »Leo, Leo! Was ist los? Um Gottes willen, sag es mir! So sieh mich doch an – Leo!«
Peter stemmte sich gegen den Wind und versuchte, sie zu decken. Das Wasser ergoß sich in Strömen über seinen Hals, als käme es aus einem Brunnenrohr, aber er wurde sich dessen gar nicht bewußt.
»Leo!« Er schüttelte sie eindringlich. »Sag etwas, um Himmels willen! Hörst du mich?«
Als sie keinerlei Anzeichen machte zu antworten, blickte er wild um sich. Sie befanden sich auf der Hauptstraße, nicht weit entfernt vom Sportfeld, aber der Platzregen war so dicht, daß man kaum mehr die Bänke zu beiden Seiten ausnehmen konnte. Er drückte sie an sich, und im selben Moment bog ein Wagen zum Tor heraus und fuhr langsam an ihnen vorbei. Wie Peter sah, war er voll besetzt. Natürlich hielt er nicht an. Nach kurzem Zögern beugte er sich zu Leo hinunter, hob sie auf und stolperte so mit ihr weiter.
Der Wind, der sich nun in einen regelrechten Sturm verwandelt hatte, trieb ihn mit aller Macht in den Graben, und es bedurfte all seiner Kraft, sie beide davor zu bewahren, der Länge nach hinzufallen. Glücklicherweise war der Graben nicht tief, so daß er ein Bein auf die Böschung stützen und sich einen Moment lang ausruhen konnte. Peter drückte die leblose Gestalt fest an sich und konnte vor Angst kaum durchatmen. Nie zuvor hatte er dergleichen empfunden. Er spähte in ihr Gesicht, aber sie regte sich nicht. Nicht einmal ihre Brust hob sich mehr wie vorhin.
Als sie sich kurz darauf dem Pfarrhof näherten, tauchte ein zweiter Wagen hinter ihnen auf, fuhr langsam um sie herum und schwenkte in die Auffahrt ein. Auch er war voll besetzt, doch konnte Peter durch die angelaufenen

Scheiben gerade noch Florrie hinterm Lenkrad erkennen. Es war ihm klar, daß auch sie ihn bemerkt hatte, aber er kümmerte sich überhaupt nicht mehr darum, was sie oder andere denken mochten.

Nachdem er tapfer weitergetorkelt war, begann Leo sich zu regen, ja sogar zu sprechen. Aber obwohl ihre Lippen an seinem Ohr lagen, konnte er nicht verstehen, was sie sagte. Nur durch ihre Bewegungen erriet er, daß sie hinunterwollte.

Vor Erleichterung tief aufseufzend, setzte er sie sanft ab. Die Arme immer noch um sie geschlungen, fragte er besorgt: »Geht's wieder?«

Obwohl sie keineswegs besser aussah, nickte sie langsam, dann ließ sie den Kopf erneut an seine Brust sinken.

»Kannst du gehen, oder soll ich ...« Er tat so, als wolle er sie wieder tragen, aber sie streckte abwehrend die Hand aus und taumelte, sich schwer auf ihn stützend, neben ihm weiter.

Peter scherte sich nicht im geringsten darum, daß sein Hemd ihm auf dem Rücken klebte und seine Hosen an den Beinen – aber daß sie klatschnaß war, ging ihm durch und durch. Er konnte sogar das Wasser niederplatschen hören, als er nur den Arm um ihre Taille legte. Ein schreckliches Donnergrollen ließ sie herumfahren und bei ihm Schutz suchen. Peter verhielt den Schritt und drückte ihr Gesicht an seine Brust. Nun kam bereits der Gasthof in Sicht, und er drängte sie sacht vorwärts. Als sie endlich das schützende Vordach erreichten, lehnte sie sich völlig erschöpft an die Hausmauer und rang verzweifelt nach Luft.

Peter ergriff ihre Hand und drückte sie sanft. »Bist du krank, Leo?«

Sie machte eine hilflose Bewegung mit ihrer freien Hand, und er sagte, ohne eine Antwort abzuwarten: »Am besten wird sein, du gehst gleich zu Bett.« Es kostete ihn Überwindung, ihr diesen Rat zu erteilen, denn wenn sie erst einmal auf ihrem Zimmer war, würde er sich ja nicht mehr um sie kümmern können.

Leo hob die Augen zu ihm auf und murmelte dann: »Ich werde. . . ich werde . . . ein Bad . . . nehmen.« Es entstand eine beträchtliche Pause, ehe sie hinzufügte: »Ich werde versuchen . . . wieder herunterzukommen . . . später.«
Er ließ ihre Hand los, und sie berührte seinen Arm, wobei sie sagte: »Sorg dich nicht . . . ich komme schon . . . wieder in Ordnung.« Peter blieb ihr die Antwort schuldig, so angsterfüllt war sein Herz. Also stieß er die Tür für sie auf und half ihr in den Korridor, und dann sah er ihr nach, wie sie langsam die Treppe hinaufstieg. Erst nachdem er gehört hatte, daß sie die Tür ihres Zimmers oben schloß, drehte er sich um und kehrte heim.

Peter hatte gerade die Haustür erreicht, da öffnete der Urgroßvater auch schon einen Spaltbreit das Fenster und schrie: »Bist du unter die Enten gegangen, oder was?« Und als er nur einen wortlosen Blick erntete, rief er über die Schulter ins Zimmer: »Ich würde an deiner Stelle nicht mit offenem Mund herumstehen, Rosie, sondern dem Jungen einen Kübel Wasser heiß machen. Der scheint's auf die Spitze getrieben zu haben!«

Ausnahmsweise reagierte Rosie nicht gereizt wie üblich auf diesen Befehl des Alten, sondern wandte sich um und ging ins Wohnzimmer. Und ob der's auf die Spitze getrieben hatte! Während der letzten paar Minuten war sie hinter dem Urgroßvater am Fenster gestanden und hatte sein Heimkommen beobachtet. Die erlittene Schmach der Zwillinge sowie das Verhalten ihres Peters dieser Miß gegenüber hatten sie erst richtig in Rage gebracht. Der ganzen Geschichte mußte ein Ende gemacht werden – so oder so.

Im Wohnzimmer brannte Licht. Vor dem Kamin saß der Großvater und las, und ihm gegenüber hockte Harry, der dasselbe tat, aber offensichtlich nur, um die Zeit totzuschlagen, bis das Gewitter vorbei war. Denn er war zum Ausgehen gekleidet, selbst die Kappe lag auf seinen Knien. Als Rosie an den beiden Männern vorbei Richtung Küche eilte, wechselten diese einen kurzen Blick, ehe sie ihre Leserei wieder aufnahmen.

Aber Rosie hatte die Küchentür noch nicht erreicht, als Peter durch den hinteren Eingang eintrat. Sie sah ihn nur an, während er auf der Matte stand und das an ihm herablaufende Wasser eine Lache zu seinen Füßen bildete. Er bemerkte sofort, daß ihre Stimmung auf dem absoluten Siedepunkt war, wie es von Zeit zu Zeit passierte, wenn sein Vater sie allzusehr gereizt hatte. Merkwürdigerweise machte es ihm kaum etwas aus, denn ihn erfüllte ausschließlich Sorge um Leo. Das war völlig neu für ihn. Irgend etwas stimmte nicht mit ihr – aber was? Sie war doch jung, und dennoch konnte sie nicht laufen. Und als er sie schließlich dazu gezwungen hatte, waren die Folgen katastrophal. Er war verwirrt, besorgt und – erschrocken, und deshalb berührte ihn das Verhalten seiner Mutter im Moment kaum. Sie entnahm das sogleich seinem Tonfall, als er lapidar sagte: »Bringst du mir was Trockenes zum Anziehen herunter?«
Rosies Busen wogte empört; dann machte sie auf dem Absatz kehrt und stürmte hinaus.
Als sie abermals mit langen Schritten durchs Wohnzimmer eilte, ließ Harry seine Zeitung sinken, stand auf und folgte ihr bis an den Fuß der Treppe. Dort sagte er leise, während er mit den Handflächen den Knauf des Geländers umfaßte: »Wenn du meinen Rat hören willst, dann halt jetzt lieber den Mund.«
»Ich brauche deinen Rat nicht, besten Dank.«
Harry sah ihr nach, wie sie nach oben stapfte, kehrte zu seinem Platz zurück und griff wieder nach seiner Zeitung, wobei er mit seinem Vater einen bedeutungsvollen Blick wechselte. Als sie nach wenigen Minuten abermals durch das Wohnzimmer eilte, taten die beiden so, als wären sie fest in ihre Lektüre vertieft.
In der Küche angelangt, legte Rosie die trockenen Kleidungsstücke langsam auf einen Stuhl und sagte mit Nachdruck: »Also?« Danach stemmte sie die Hände in die Hüften und verharrte abwartend.
Peter, der bereits aus den nassen Sachen geschlüpft war, rieb sich mit einem Handtuch trocken. Das tat er so lan-

ge, daß Rosie der Kragen platzte und sie losschrie: »Es hat keinen Sinn, die Sache hinauszuzögern. Ich will wissen, was hier gespielt wird.«

»Ich dachte, du wüßtest es . . .«

»Kannst du mir nicht vernünftig antworten?«

»Hör mal, Mam. Laß mich in Ruhe.«

Diese scharfen Worte, die so gar nicht zu ihrem Peter paßten, ließen Rosie mit offenem Mund dastehen, und als sie sah, wie er seine trockenen Sachen packte und rasch an ihr vorbeiging, war sie nicht imstande, ein weiteres Wort herauszubringen. Sie gaffte ihn bloß an und fühlte gewissermaßen, wie die einzige Freude ihres Lebens in nichts zerfiel.

Langsam ging sie zum Fenster und starrte in den strömenden Regen hinaus. Zehn Minuten später stand sie noch immer dort, als Peter in Regenhaut und Kappe die Küche betrat und wortlos an ihr vorbeieilte. Der Klumpen, der ihr in der Kehle hochstieg, drohte sie beinahe zu erstikken, und als Harry – Peter auf den Fersen folgend – hinter ihr Aufstellung nahm und ruhig sagte: »Hab' ich's dir nicht gesagt? Du wirst es nie lernen!«, schoß sie, wie von der Tarantel gestochen, herum, wobei sich ihre Miene zur Grimasse verzerrte. Aber alles, was sie herausbrachte, war: »Laß mich doch in Ruhe, du verdammter Kerl!« Damit stürzte sie an ihm vorbei durchs Wohnzimmer und polterte die Treppe hinauf. Harry blieb reglos stehen, drehte seine Kappe in den Händen und machte ein derart besorgtes Gesicht, daß sie überrascht gewesen wäre, wenn sie es gesehen hätte. Gern wäre er ihr nachgegangen und hätte ihr gesagt, daß sie Geduld haben müsse, daß die Sache nichts weiter als ein Strohfeuer sei, eine Verliebtheit, wenn man so wollte, die ebenso schnell verpuffen würde, wie sie entstanden war.

Eine Weile grübelte Harry auf diese Weise vor sich hin. Er war selbst ziemlich beunruhigt, nur wollte er es sich nicht eingestehen. Vielleicht war an der Sache mehr dran, als er wahrhaben wollte. Langsam setzte er sich die Kappe auf, zog sie sich fest in die Stirn und ging fort.

7

Peter ging nicht direkt in den »Hirschen«, sondern sah sich zuerst eines der beiden davor geparkten Autos näher an, und das brachte seine krausen Gefühle noch mehr durcheinander. Er hatte diesen Wagen schon gesehen. Zweimal. Es war – *der* Wagen. Das bedeutete ... Weitere Erklärungen ersparte er sich und betrat den Schankraum. Ein kurzer Rundblick genügte bereits, um das zu entdekken, was ihm schwante. Der Fremde stand an der Theke, wandte ihm den Rücken und hielt ein Glas Whisky in der Hand. Er beobachtete offensichtlich die Anwesenden, doch ohne besonderes Interesse. Dies änderte sich jedoch sofort, als er sich gelangweilt umdrehte und Peter auf die Theke zusteuern sah. Er rückte ostentativ etwas zur Seite, um Platz neben sich zu schaffen, und rief ihm entgegen: »Hallo, Sie da drüben!«
Als Peter auf seinen Wink, näherzukommen, nicht reagierte, sondern ihm bloß zunickte, sagte der Mann noch lauter: »Kommen Sie doch einen Moment hierher, ja?«
Peter ging an den Stammgästen vorbei, trat an die Theke und sagte kurz: »Was gibt's?«
»Was wollen Sie trinken?«
»Danke, nichts, ich bin verabredet ...« Dieser vage Hinweis hätte auf jeden hier Anwesenden gemünzt sein können.
»Ach, trinken Sie doch erst mal einen Schluck mit mir.« Damit leerte der Fremde sein Glas und rief der hinter der Theke stehenden Mrs. Booth zu: »Noch einen Whisky und ...« Er sah Peter fragend an, und dieser ergänzte widerstrebend: »... ein kleines Bier.«

»Ein kleines Bier also.« Der Mann stützte die Ellbogen auf die Theke, deutete mit einer Kopfbewegung zum Fenster und sagte: »Was für ein Hundewetter.«
»Das kann man wohl sagen.«
Als Mrs. Booth die Gläser vor die beiden hinstellte, starrte sie Peter derart dreist an, daß es nicht einmal dem Fremden entging. Er griff nach seinem Whisky, drehte sich wieder mit dem Rücken zur Theke und murmelte: »Wenn das keine Kuh ist, was?«
Er kicherte über seine eigenen Worte.
Peter enthielt sich jeder Bemerkung. Aber als der Mann fortfuhr: »Also, ein Boulevardblatt ist nichts gegen die, kann ich Ihnen verraten – die weiß über alles Bescheid«, wußte er, daß Mrs. Booth getratscht hatte, und zwar über ihn und Leo. Diese Annahme wurde sofort dadurch bestätigt, daß der Mann in einschmeichelndem Ton hinzufügte: »Sie sind also alle beide naß geworden?«
Peter, der eben zum Trinken angesetzt hatte, hielt inne. »Wüßte nicht, wen das außer uns was anginge?«
Es klang sowohl herausfordernd als auch drohend.
Der Fremde ging jedoch auf diesen Ton nicht ein, sondern sagte direkt versöhnlich: »Das stimmt, aber es ist nicht sehr klug von ihr. Nun ja, schließlich« – er schlürfte seinen Whisky – »war Anna nie besonders klug. Sie mag den Eindruck erwecken, o ja, das versteht sie – aber sie war es nie und wird es nie sein.« Gleichsam als Bestätigung schüttelte er traurig den Kopf.
»Worauf wollen Sie hinaus?«
»Ich? Auf gar nichts!« Der Fremde wandte sich halb um, ließ den Blick durch den Schankraum schweifen und meinte dann: »Hören Sie mal – da drüben am Fenster sind zwei Plätze frei. Die Leute gehen gerade, sicher wollen sie vor dem nächsten Unwetter noch heimkommen, na ja. Kommen Sie, setzen wir uns doch.« Und ohne eine Antwort von seiten Peters abzuwarten, zwängte er sich durch das Gedränge, und Peter, fest entschlossen, alles zu erfahren, was zu erfahren war, folgte ihm.
Als sie auf der breiten Fensterbank Platz genommen hat-

ten, sagte der Mann: »Also, was haben Sie gesagt, mein Junge?«
»Ich? Keinen Ton. Sie haben die ganze Zeit geredet. Außerdem bin ich nicht Ihr Junge.« Der Nachsatz klang unfreundlich, ja geradezu kindisch, aber Peter konnte sich zu seiner ureigensten Verwunderung nur mit Mühe zurückhalten, um nicht auf diesen Kerl loszugehen.
Der Mann sah ihn ruhig an, lachte kurz und sagte: »Ist ja nur so eine Redewendung, hab's nicht bös gemeint. Und daß ich die ganze Zeit geredet habe – da haben Sie völlig recht. Also« – er beugte sich so weit vor, daß sein Gesicht beinahe jenes von Peter berührte –, »Sie werden es nicht glauben, aber ich möchte versuchen, Ihnen einen Dienst zu erweisen. Oh, ich wußte ja, daß Sie mir nicht glauben werden. Niemand würde das, ich am allerwenigsten, wenn ich an Ihrer Stelle wäre. Nichtsdestotrotz ist es meine Absicht. Wenn ich mir erlauben darf, Ihnen folgenden Rat zu erteilen.« Seine Stimme wurde leiser. »Halten Sie sich von Anna fern.«
Obwohl Leo ihm gesagt hatte, daß dieser Mann nicht ihr Gatte sei, zweifelte Peter jetzt daran, daß dies die Wahrheit gewesen war, und zwar so sehr, daß er dem Mann – wenn dieser das Gegenteil behauptet hätte – ohne Einschränkung geglaubt hätte. Er zischte: »Wie kommen Sie eigentlich dazu, mir solche Ratschläge zu erteilen? Wer sind Sie denn? Ihr Mann?«
Der Mann zog die Augenbrauen in die Höhe, ehe er antwortete: »Nein, ich bin nicht ihr Mann . . . das heißt« – er tupfte sich das schmucke Bärtchen mit den Fingerspitzen ab und warf Peter von der Seite rasch einen Blick zu –, »nicht eigentlich. Moment! So hören Sie doch.« Blitzschnell änderte er sein Verhalten, streckte beschwörend die Hand aus und sagte leise: »Sitzen Sie nicht allzusehr auf dem hohen Roß, mein Lieber, sondern lassen Sie sich von mir warnen. Ich kann für mein Alter noch einen sehr anständigen linken Haken landen, glauben Sie mir. Also reißen Sie sich ein bißchen zusammen!« Nachdrücklich klopfte er sich auf den schlappen Wanst. »Was ich Ihnen

zu sagen habe, ist wirklich zu Ihrem Besten. Sie haben mir eine offene Frage gestellt, und ich habe Ihnen ehrlich und offen geantwortet. Ich war sozusagen ihr Gatte, aber das ist vorbei. Dennoch ist sie nichts für Sie. Und wenn Sie meinen Rat hören und befolgen wollen, ersparen Sie sich nur eine Menge Kummer.«

»Ich soll das Feld wohl Ihnen überlassen, wie?«

Der Mann seufzte tief auf. »Nein, nein, so meine ich das nicht. Ich kenne sie nur besser als Sie . . . Ach was!« Er leerte mit einer ungeduldigen Geste sein Glas. »Was zerbrech' ich mir überhaupt den Kopf, schade um den Energieaufwand, es hat ja doch . . .«

Das lautstarke Kreischen von Bremsen unterbrach seinen Redefluß: ein Auto war gerade noch vor der Veranda zum Stehen gekommen. Der Fremde rieb die angelaufene Fensterscheibe blank und rief ärgerlich aus: »Solche Idioten! Um ein Haar wären sie hier drin gelandet!« Zornig starrte er auf den betreffenden Wagen, der nun den Rückwärtsgang eingeschaltet hatte und im Hof verschwand. Plötzlich schienen Peter und das vorherige Gesprächsthema vergessen zu sein; der Fremde richtete den Blick auf die Tür und wartete mit verbiestertem Gesicht. Als schließlich vier völlig durchnäßt aussehende junge Männer auftauchten und lebhaft darüber debattierten, ob sie hierbleiben oder ins Nebenzimmer gehen sollten, murmelte er: »Verdammte Narren!«

»Hier herein, Jungs.«

»Nein, dort hinein.«

»Kommt schon, auf zu Bier, Kegelspiel, hübschen Mädchen und einem kräftigen Happen.«

So vergnügt war ihr Lachen, so lebhaft ihre Rede, daß die anderen im Schankraum Anwesenden nach und nach verstummten und den jungen Leuten neugierig und lächelnd entgegensahen.

Die Neuankömmlinge waren ungefähr zwischen fünfundzwanzig und fünfunddreißig und schienen – mit einer einzigen Ausnahme – einen ganz schönen in der Krone zu haben. Besagte Ausnahme, der kleinste von ih-

nen, war zwar auch angeheitert, übte aber deutlich Einfluß auf seine Freunde aus. Offensichtlich handelte es sich bei ihm um den Anführer der Gruppe. Er machte sich gerade auf den Weg zum Tresen und mußte dabei etwas drängeln, wofür er sich jedoch sofort entschuldigte und jenen, die ihm Platz machten, dankbar zunickte.
Peter wandte seine Aufmerksamkeit dem größten der Neuankömmlinge zu, der gut einen Meter neunzig maß. Er war blond, kräftig gebaut und hätte als Modell jedem Fotoatelier Ehre gemacht. Es dauerte nicht lange, und nicht nur Peter, sondern sämtliche Anwesenden wußten, daß der Name dieses Hünen »Tiffy« lautete.
»Komm, sing was, Tiffy!« drängten die beiden andern Begleiter, während der Kleine erst eine Bestellung für alle aufgab, dann jedoch gleichfalls in die Kerbe hieb und sagte: »Ja, Tiffy, zeig's ihnen, zeig, was du draufhast.«
Tiffy, der ziemlich schwankte und übers ganze Gesicht strahlte, wandte sich den Anwesenden zu: »Möchtet ihr auch ein Lied hören?« Und als ihm hierauf aus allen Ecken zugestimmt wurde und zögerndes Gemurmel erscholl, rief er: »Schön, schön! Was wollt ihr hören, hm? Los, raus mit der Sprache! Vom Rock and Roll bis Rigoletto reicht mein Repertoire – ihr braucht euch nur was zu wünschen. Also, was soll's sein?«
Seine Begleiter schienen sich hinsichtlich ihrer Wünsche nicht einigen zu können, bis der, den sie Max nannten, sich der Theke zuwandte und sagte: »Ach was, trinken wir erst mal einen. Die da verstehen ohnehin nichts von Musik, schade um die Mühe! Kommt, trinken wir was.«
Woraufhin die ganze Bande zur Theke marschierte, einander die Arme um die Schultern legte und sich zuprostete. Der Fremde neben Peter trank ebenfalls, ja er schüttete seinen Drink geradezu angewidert in sich hinein. Es lag auf der Hand, daß er für die Typen da vorne nicht die geringste Sympathie aufbrachte, woraus er Peter gegenüber auch kein Hehl machte: »Diese Sorte kann ich nicht ausstehen. Als ob ich so was nicht kennen würde. Krakeelen überall herum, haben nie einen Penny in

der Tasche, studieren aber selbstverständlich. Und wir müssen das noch bezahlen.« Er schnaubte verächtlich: »Je eher die verschwinden, um so lieber wird's mir sein.« Dann wandte er seine Aufmerksamkeit wieder voll und ganz Peter zu, reckte den Hals aus dem Kragen, straffte die Schultern, als wolle er seine zuvor zur Schau gestellte Gelassenheit zurückgewinnen, und meinte: »Nun, wo waren wir stehengeblieben, mein Junge? Oh, entschuldigen Sie – ich sollte ja nicht Junge sagen, was?«
Ohne auf diese Bemerkung einzugehen, antwortete Peter: »Sie haben sich vorhin entschieden, mir keine Ratschläge mehr zu erteilen.«
Der Mann lachte kurz auf und sagte mit zusammengekniffenen Augen: »Sie sind gar kein solcher Narr, wie man auf den ersten Blick annehmen könnte. Mir scheint, Sie haben schon so einige Erfahrungen gesammelt, obwohl Sie ein Hinterwäldler sind.«
Peter preßte die Lippen fest zusammen und ließ einige Zeit verstreichen, ehe er antwortete: »Ihre Sorte unterschätzt unsereinen. Es gibt heute keine ›Hinterwäldler‹ mehr, wie Sie es nennen. Aber selbst, wenn es noch solche gäbe, würden sie trotzdem imstande sein, Ihnen so einiges auseinanderzusetzen. Sie mögen diese Leute da drüben nicht« – er deutete mit einer Kopfbewegung auf die fröhliche Gruppe an der Theke –, »weil die Sie durchschauen! Weil sie sich von Leuten wie Ihnen nichts vormachen lassen! Die halten nicht viel von Ihresgleichen und Ihrer Art der Geschäftemacherei. Gebrauchtwagenhändler – darüber lachen die nur! Die könnten Sie zehnmal ausstechen, in jeder Hinsicht. Und noch eines kommt hinzu: sie sind jung!«
Diese letzte Bemerkung schien den Mann mehr zu treffen als alles vorher Gesagte. Seine Augen verengten sich zu Schlitzen, und während er sich erhob, war es Peter klar, daß er ihm zum Abschied einen Denkzettel verpassen wollte und daß sein pseudoväterliches Getue nun ein Ende hatte. Da er überzeugt davon war, die Antwort des Fremden würde mit Leo zusammenhängen, stand er

gleichfalls auf, um besser gewappnet zu sein. Aber im selben Augenblick ertönte die kraftvolle Kommandostimme des Anführers der Gruppe an der Theke, und zwar so bezwingend, daß sich die allgemeine Aufmerksamkeit auf ihn konzentrierte.
»Ruhe, Ruhe! Ihr bekommt jetzt die Goldstimme Bruder Tiffys zu hören. Ich bitte um Aufmerksamkeit für Bruder Tiffy, den Star des Steven-Theaters.«
Bei diesen Worten brüllten die beiden anderen vor Lachen los. Während sie sich die Arme gegenseitig um die Schultern legten, grölten sie so lange durcheinander, bis der Kleine schrie: »Schluß jetzt, Max und Shaggy. Ihr schmeißt noch die gesamte Vorstellung. Bruder Tiffy wird dem verehrten Publikum nun zeigen, was er auf dem Kasten hat.« Damit wandte er sich wieder dem übers ganze Gesicht grinsenden jungen Hünen zu und rief nochmals: »Ruhe! Ruhe jetzt! Also los, Tiffy, wir sind schon riesig gespannt. Fang an.«
Es wurde still ringsum. Max und Shaggy ließen einander los und lehnten sich an die Theke. Die einzigen gedämpften Geräusche drangen jetzt nur mehr aus dem Nebenzimmer. Alle Gesichter waren dem Blonden zugewandt, der sich zu seiner vollen Größe aufrichtete, tief einatmete und ohne jegliche Einleitung mit der Arie aus »Samson und Dalila« loslegte.
Und sogleich vergaß Peter den Mann neben sich, seine durcheinandergeratenen Gefühle, ja sogar sich selbst. Nur ein einziger Gedanke hatte in seiner Brust Platz: Mein Gott, was für eine Stimme! Es war, als sänge Samson, der Riese, selbst zu seiner angebeteten Dalila – so von Liebe erfüllt war diese reine, mächtige, wunderbare Stimme, deren Zauber sämtliche Anwesenden mit wahrhaft unheimlicher Macht in seinen Bann schlug. So einmalig, umfangreich und schön war dieses Organ, daß keine einzige Hand mehr nach dem Glas griff und binnen weniger Minuten auch die Geräusche aus dem Nebenzimmer verstummten. Der Solist selbst schien von dem, was er sang, ebenfalls völlig hingerissen zu sein, denn

obwohl er die Blicke über die Menge schweifen ließ, war ihm anzumerken, daß er nichts von alledem bemerkte. Mr. Booth, dessen einziges Interesse sonst nur den Einnahmen galt, machte einen höchst zufriedenen Eindruck und lehnte sich aufmerksam über die Theke. Mrs. Booth hingegen stand an ein riesiges Faß gelehnt, während sich auf ihrem Gesicht ein völlig ungewohnter, beinahe zärtlicher Ausdruck breitmachte. Kein Mensch hätte sagen können, welche Gedanken ihr durch den Sinn gingen, als sie so verträumt auf den Adonis blickte. Offensichtlich kam ihr dies alles zu schön vor, um wahr zu sein, denn sie seufzte aus tiefstem Herzen auf.

Peter, dem es merkwürdigerweise nicht viel anders ging, war ebenfalls hingerissen. Dieser blonde, junge Mann schien alles zu besitzen, wovon ein Mensch nur träumen konnte: blendendes Aussehen, eine göttliche Stimme und einen Charme, dem sich niemand zu entziehen vermochte. Vor allem war es diese wunderbare Stimme. Sicher handelte es sich bei ihm um eine Berühmtheit, um einen Star womöglich, der mit seinen Freunden zur Abwechslung eine Landpartie gemacht hatte. Da Peter das lebhafte Mienenspiel des Stimmgewaltigen mit größtem Interesse verfolgte, entging ihm nicht, wie aus der entrückten Hingabe an die Musik urplötzlich überraschte Begeisterung wurde, als der Hüne seinen Blick auf die Tür richtete. Auf einmal breitete der Blonde jedenfalls beide Arme aus und schrie mitten in der Arie auf: »Gott der Allmächtige! Seht bloß, wer da drüben steht – so seht doch nur!«

Peter drehte sich um und bemerkte Leo in der Tür. Sie war erschreckend bleich, und einen Moment sah es so aus, als wäre sie in eine Statue verwandelt worden. Dann, nachdem sie ihre Fassung wiedergewonnen hatte, drehte sie sich um und wollte eilends verschwinden. Die Umstehenden schnitten ihr jedoch fröhlich den Weg ab, und schon war sie von den vier Männern umringt.

Diese Szene war so ungewöhnlich, daß die ringsum Sitzenden sich völlig ruhig verhielten, als wären sie Zeugen

einer Szene, die zu der vorangegangenen Darbietung gehörte. Auch Peter war wie vom Donner gerührt.
»Leo! Ja, Leo! Wer hätte erwartet, ausgerechnet dich hier zu sehen.« Die Stimme des kleinen Mannes übertönte nun deutlich die seiner Freunde. Er ergriff ihre eine Hand, während ihre zweite in den Pranken des Sängers verschwand, der mit gefühlsbetonter Stimme, zu der zweifellos sein Alkoholpegel beitrug, rief: »Ach, Leo! Strahlendste aller Geliebten!«
Als hätte ihn jemand mit einer scharfen Klinge durchbohrt, verspürte Peter einen heftigen Schmerz in seiner Brust. Er mußte beobachten, wie Tiffy den Arm um Leo legte und sie zur Theke zog.
»Das erst bedeutet die Krönung des Tages, nun bin ich wunschlos glücklich. Leo, mein Schatz! Ausgerechnet du hier!« Dabei sah er seine Gefährten an, als erwarte er von ihnen begeisterte Bestätigung, und der hinter ihm vordrängende Max rief auch sofort: »Was treibst du denn hier, Leo?« Aber ehe sie noch antworten konnte, schrie Tiffy: »Herzen brechen, was sonst? Da geh' ich jede Wette ein, gib's nur zu!«
»Du bist ja betrunken, Tiffy«, sagte sie zwar leise, aber dennoch für alle verständlich.
»Ja, ich bin betrunken, Leo. Ich habe den ganzen Tag getrunken – wir sind alle betrunken. Komm, laß dich nicht lange nötigen, trinke mit uns. Das ist doch wahrlich ein Anlaß! Laß dich ansehen.«
Stille senkte sich auf den Raum herab, als Tiffy ihr, sie auf Armeslänge von sich haltend, ins Gesicht blickte. Dann rief er dröhnend: »Du schaust fabelhaft aus – fabelhaft.«
Angesichts ihres kränklichen Aussehens war das eine ziemlich sonderbare Bemerkung.
»Still, Tiffy! Erst mal hören, was sie trinken will. Einen Grapefruitsaft, Leo?«
Abermals war es der kleine Mann, der die Führung an sich riß. Leo drehte sich zu ihm um und sagte: »Bist du immer noch die Seele des Ganzen, Roger?«

Er erwiderte lächelnd und wirkte dabei nahezu nüchtern: »Einer muß es ja sein, Leo. Wie geht es dir wirklich, hm?« Diese Frage war kaum mehr hörbar, selbst in dieser Stille.
»Gut.«
»Das ist schön.«
Peter beobachtete den Kleinen, der Leo liebevoll betrachtete. Dann fragte Roger laut: »Bist du auf der Durchfahrt?«
»Nein. Ich bleibe auf einige Zeit hier.«
Hierauf machte sich ein rätselhaftes Unbehagen bei den vier Männern bemerkbar. Max und Shaggy tranken und Tiffy , die Augen weiter auf Leo gerichtet, nahm ab und an einen Schluck aus seinem Glas, wobei er gelegentlich wie ungläubig den Kopf schüttelte. Von Zeit zu Zeit murmelte er ihren Namen, als könne er seinen Augen immer noch nicht trauen.
Als sich die Stimmung im Schankraum nahezu wieder normalisiert hatte, wünschte sich Peter mit aller Intensität, daß Leo ihn ansehen möge. Sie drehte sich auch tatsächlich um, als sie, mit ihrem Grapefruitglas in der Hand, einem der vier Männer Antwort gab, wobei ihr Blick jedoch nicht auf ihn fiel, sondern auf den Mann neben ihm. Peter bemerkte, daß sie unangenehm überrascht zusammenzuckte und sich dann abrupt wieder abwandte.
Ihm entging es auch nicht, daß der Fremde, der Leo gleichfalls angestarrt hatte, aschfahl im Gesicht geworden war. Trotz all seiner Sorge um Leo ergriff plötzlich ein heftiger Gefühlsumschwung von Peter Besitz. Daß sie mit Betrunkenen spielend umzugehen verstand, mochten sie sie auch noch so sehr belagern, wie diese vier da drüben – all das war ihm nichts Neues. Wie viele Männer mochte sie bisher wohl so gut gekannt haben wie jenen Kerl neben ihm? Diese Frage machte sich mit einer derartigen Eindringlichkeit in seinem Innern breit, daß helle Wut in ihm aufzuflackern begann. Nach besten Kräften versuchte er, den Wahnsinn, der ihn offenbar be-

fallen hatte, niederzukämpfen. Aber schließlich war er ja kein Narr – er hatte doch Augen im Kopf!
Die Leute begannen, wieder zu trinken und ihre Gespräche aufzunehmen. Alles wirkte beinahe wie zuvor, ehe die vier Fremden zur Tür hereingepoltert waren. Auf einmal hörte Peter Tiffy rufen: »Ach komm, Leo! Sing etwas. Erinnerst du dich an den Weihnachtsabend? Das war eine Sache! Los. Unser Duett, ja, Liebchen?«
In demselben Moment verstellten die massigen Gestalten seines Vaters und Bills Peter die Sicht auf die Theke. Sie standen plötzlich wie aus dem Erdboden gestampft vor ihm, und Harry sagte mit ruhiger Stimme: »Komm, Junge, laß uns woanders hingehen. Wir könnten den Bus nach Allendale noch erwischen oder nach Blanchland fahren – er muß jeden Augenblick kommen.«
»Jawohl, mach das, Peter«, drang Bill gleichfalls in ihn. »Es ist heute zu voll hier, das bringt keinen Spaß. Komm, Junge.«
»Küß mich, komm, Herzchen. Einen Kuß!« Diese Aufforderung brachte das Geschwätz ringsum abermals zum Verstummen. Alle blickten zur Theke, und Mr. Booth, der fand, daß es Zeit sei, seine Autorität geltend zu machen, schrie: »Also, meine Herren, ich muß schon bitten!«
»Komm, Leo ... Leo ... mein Liebling.«
Es klang verlangend und lächerlich zugleich. Dennoch lachte keiner der Anwesenden.
Der kleine Mann, den sie Roger riefen, schaltete sich nun ein und sagte absolut nicht mehr vergnügt: »Schluß mit diesem Unfug, Tiffy! Hör auf, hörst du?« Er zerrte den Freund am Ärmel, wurde jedoch lachend beiseite gestoßen, und Tiffy, den Arm fest um Leo legend, redete nun wie ein kleines Kind auf sie ein, indem er bettelte: »Bloß ein Küßchen – ein kleinwinziges, einziges Küßchen. Tu mir doch den Gefallen, Leo.«
Tiffy bemerkte offenbar nichts von dem Tumult, der in der Nähe des Fensters entstand, als Peter sich durch die dichtgedrängte Reihe zu zwängen versuchte. Erst als er

mit einem kräftigen Ruck herumgewirbelt wurde, zeigte er sich überrascht, aber allerbester Laune.
»Was ist los, Mann? Wer sind Sie denn?«
»Das werden Sie sofort erfahren. Aber draußen. Los!«
»Oooh!« Tiffy blinzelte Peter unter schweren Lidern belustigt an. »Sie sind ein Freund von Leo, nicht?« Er wakkelte verständnisvoll mit dem Kopf. »Nun, ich bin ebenfalls ein Freund von Leo. Wir sind alle Freunde von Leo – nicht wahr, Kameraden?« Er sah Leo liebevoll an und hielt sie mit seinen riesigen weißen Händen auf Armeslänge von sich. »Aber ich, ich bin ein ganz besonderer Freund von Leo – nicht wahr, Schätzchen? Wissen Sie«, sagte er, sich wieder umdrehend, wobei er Peter vor die Brust stieß, »ich kenn Leo so, wie niemand sie kennt, wie niemand sie kennen kann, deshalb . . . Also nein – das geht zu weit. So was dürfen Sie sich mir gegenüber aber nicht herausnehmen, Freundchen.«
Trotzdem er sternhagelvoll war, wußte Tiffy genau, daß er eben einen Hieb versetzt bekommen hatte. Er duckte sich angriffslustig, während Harry Peters zum Schlag erhobenen Arm packte und schrie: »Laß ihn doch, Junge!«
Das Lächeln war aus Tiffys Zügen verschwunden, seine Stirn wurde finster, sein ganzer Gesichtsausdruck veränderte sich auf bedrohliche Weise, und er sagte mit heiserer Stimme: »Ach, so ist das! Du möchtest eine Rauferei, Bürschchen. Nun, ich bin bereit. Zurücktreten!« Er schob seine Freunde beiseite.
»Hör auf – hör doch auf, bitte!« Es war Leos Stimme, die diese Worte in flehendem Ton hervorstieß; aber sie wandte sich damit nicht an Tiffy, sondern an Peter. Nun gesellte sich auch noch die Stimme des Fremden dazu, der neben Leo geglitten war und zornig ausrief: »Jawohl, Schluß mit dem Unsinn! Sie nehmen sich viel zuviel heraus, verdammt noch mal. Wenn die Sache jemanden etwas angeht, dann bin ich das, klar?«
»Ach, was Sie nicht sagen? Sie also!« Peters wütender Blick wanderte von Tiffy zu dem Fremden, aber Harry verstärkte seinen Zugriff und sagte eindringlich zu Peter:

»Komm da raus, Peter – komm, mein Junge.«
Der Fremde hatte nun seine Hand auf Leos Arm gelegt, als wollte er sie beschützen, und setzte dem Faß damit die Krone auf, daß er sich nun nachdrücklich an Harry wandte, wobei er zu Peters Ärger sagte: »So ist's recht. Bringen Sie ihn heim, ehe er sich Schwachheiten einbildet und seine Fähigkeiten überschätzt.«
In diesem Augenblick hätte kein Mensch Peter mehr Einhalt gebieten können – weder sein Vater noch Bill noch einer jener zur Tür hereingewehten Hanswurste. Von Mrs. Booth, die mit der Behendigkeit einer Gazelle auf die Theke gehüpft war, ganz zu schweigen. Denn Peter holte aus und schlug derartig zu, daß der Fremde zwischen die Stühle flog.
Sofort war die Hölle los. Zwei in der Nähe sitzende Frauen kreischten auf, und Mrs. Booth zeterte los, als sie sah, wie der am Boden liegende Fremde sich hochrappelte und Anstalten traf, zum Gegenangriff überzugehen. »Hinaus – prügelt euch, soviel ihr wollt, aber nicht in meinem Lokal!«
Da es ihr selbst nicht gelang, bis zur Tür zu kommen, was sie nur noch wütender machte, suchten ihre Augen Leo, die mit dem Rücken an die Theke gepreßt dastand. Sie packte sie von hinten an den Schultern, wirbelte sie herum und schrie ihr ins verängstigte Gesicht: »Das ist alles nur Ihre Schuld. Verschwinden Sie, bevor ich mich an Ihnen vergreife – Sie mit Ihrer Verbrecherinnenvisage, Sie dreckige . . .!«
Mrs. Booths Schimpfkanonade ging in dem Gedränge und Geschrei ringsum unter, und wenn Harry Leo nicht festgehalten hätte, wäre sie glatt umgesunken.
Die Gäste spalteten sich in zwei Gruppen: Die eine drängte sich um Peter und dessen Freunde, die andere stand bei dem Fremden. Nur Mr. Booth hielt sich heraus. Er verwendete all seine Kräfte darauf, pausenlos zu rufen: »Macht das draußen ab! Draußen, hab' ich gesagt! Sonst ruf ich die Gendarmerie, verstanden! Hinaus – raus mit euch!«

Es gab keinen Fluchtweg für das Mädchen, das sich verzweifelt an Harry klammerte; das erkannte ihr Helfer sofort. Trotz der allgemeinen Verwirrung, von der auch er ergriffen war, wußte er jedoch, daß er Leo um keinen Preis Mrs. Booth überlassen durfte, wenn es nicht Unannehmlichkeiten oder gar eine Tragödie geben sollte. Das Mädchen sah völlig verschreckt aus und wirkte wie versteinert. Sie ähnelte jener Miß, die er anfangs so gern einmal vernascht hätte, nun nicht mehr im geringsten, sondern machte eher den Eindruck, als würde sie in der nächsten Sekunde ohnmächtig werden.
»Kommen Sie«, sagte Harry entschlossen und zog sie mit aller Mühe zum Fenster, wo vor wenigen Minuten noch Peter gesessen hatte. Er stieß es auf und half ihr über das niedrige Sims auf die regenüberschwemmte Veranda hinaus. Dann überzeugte ihn ein rascher Blick über die Schulter davon, daß Mr. Booth mit Hilfe seiner eigenen bewährten Muskelkraft sowie mit Unterstützung einiger ortsbekannter Raufbolde die Ringenden in den Gang hinauszudrängen begonnen hatte. Also folgte er Leo gleichfalls auf die Veranda.
Geschrei und Gezeter erfüllte die Hauptstraße, als die rangelnden Männer ins Freie drängten und sich unter dem Vordach nach Leibeskräften dagegen wehrten, in den Platzregen hinausgestoßen zu werden. Peters Stimme übertönte die der andern jedoch bei weitem. Immerzu brüllte er: »Laßt mich los! Laßt mich los, hört ihr!«
Wie ein rasender Stier schüttelte er die ihn umklammernden Männer ab, machte sich los und traf beim Umsichschlagen unglücklicherweise ausgerechnet mit aller Kraft den armen Bill. Im nächsten Moment lag der Dicke auch schon in voller Länge im Matsch.
Der Anblick von Bills arg ramponierter Gestalt im Zusammenhang mit dem unentwegt niederprasselnden Regen schien die erhitzten Gemüter der direkt Betroffenen noch mehr auf den Siedepunkt zu bringen, denn Tiffy ergriff sofort die Partei des zu Boden Gegangenen, zwängte

sich zu Peter durch und bearbeitete ihn mit seinen riesigen Fäusten. Es war nur gut, daß seine Zielsicherheit durch den Alkohol ziemlich gelitten hatte, sonst hätte Peter sich bestimmt gleich neben Bill wiedergefunden. Die meist vorbeigehenden Hiebe brachten Peter jedoch genauso in Wut, als wäre er getroffen worden. Wie ein Berserker stürzte er sich auf Tiffy, und binnen Sekunden wälzten sich die beiden Kampfhähne im Schlamm, wo sie einander, blind vor Rage und Regen, die Köpfe blutig schlugen.

Harry lehnte Leo ans äußerste Verandenende, um Bill zu Hilfe zu eilen. Es gelang ihm auch, seinem Freund wieder auf die Beine zu helfen, als zwei Dinge seine Aufmerksamkeit erregten: Sein Junge kämpfte mitten auf der Dorfstraße mit diesem Sänger, während der Mann, der Harrys Meinung nach an dem Ganzen die Schuld trug, sich von jenen, die ihn festgehalten hatten, losriß und auf die beiden Kämpfenden zueilte.

»Das werden Sie nicht tun!« Harry ließ den benommen hin und her wankenden Bill einfach stehen und verstellte dem Mann den Weg. Sofort griff dieser an, und Harry mußte sich seiner Haut wehren.

Die Straße vor dem »Hirschen« bot nun eine Szene, wie sie nie vorher in Battenbun zu sehen gewesen war. In jedem Tor, in jedem Fenster ringsum standen dicht gedrängt die Zuschauer, denen es allesamt schien, als wäre plötzlich das ganze Dorf verrückt geworden. Die Friedensstifter, die versucht hatten, die Kampfhähne zu trennen, waren nun selbst in die Bredouille geraten und bekamen jede Menge Knüffe und Hiebe ab.

Erst nach erbittertem Geboxe, Gezerre, Gestoße, Gedränge und Geschrei konnten die beiden feindlichen Parteien getrennt werden. Der Lärm tobte ärger als auf dem Fußballplatz und setzte sich auch dann noch fort, als die direkten Kampfhandlungen längst eingestellt waren.

Einigermaßen überrascht stellte Peter plötzlich fest, daß er auf einmal weder weitere Hiebe austeilte noch einsteckte, sondern mit dem Rücken an die Wirtshausmauer gelehnt stand, nach Luft schnappte und von dem Blut, das ihm in die Augen rann, beinahe blind war. Er bemerkte, daß er von links und rechts gestützt wurde, und erkannte verschwommen die Stimme des kleinen Burschen, der sagte: »Immer mit der Ruhe! Setzen Sie sich hierher.«

Verwirrt und nach wie vor heftig keuchend, als würden ihm im nächsten Moment die Lungen platzen, ließ er sich auf einen Sitz ziehen, den er alsbald als den Kotflügel des Wagens erkannte.

»Ich bring' das schon in Ordnung. Max, gib mir mal den Verbandskasten herüber. Und du, Tiffy, steigst ein und machst keinen Mucks mehr. Paß auf auf ihn, Shaggy, ich bin gleich fertig.«

»So!« Peter spürte ein heftiges Brennen, das mehr schmerzte als der böse Hieb, der ihm die Braue aufgerissen hatte. Dann kehrte langsam sein Sehvermögen zurück, und er erkannte direkt vor sich den Anführer der Vierergruppe. Das dunkle, magere Gesicht des kleinen Mannes schien völlig verändert, und seine Stimme klang befehlend, als er sagte: »Stillhalten, bis ich das Pflaster draufgeklebt habe.«

Es entstand eine Pause, während welcher der Kleine behutsam die Ränder des Pflasters festdrückte. Dann murmelte er rasch: »Die Blutung dürfte gleich aufhören. Es wird nicht nötig sein, das zu nähen.« Abermals eine Pause, dann fuhr er fort: »Es tut mir leid, daß das passiert ist. Tiffy ist manchmal unbeherrscht, aber er meint es nicht böse. Er wollte Ihnen nicht weh tun. Sie haben gewissermaßen nur bekommen, was Sie verdienten. Wir mögen Leo nämlich alle gern – besonders Tiffy. Er hat eine Menge für sie getan, das muß man dabei bedenken. Wenn einer sie kennt, dann er.«

Die Erwähnung von Leos Namen ließ Peters Geist fast schlagartig wieder klarwerden und veranlaßte ihn dazu, sich schwerfällig zu erheben. Er stand leicht schwankend da, während er sich heftig mit der Hand übers Gesicht fuhr. Schließlich sagte er leise und nicht ohne Sarkas-

mus: »Das glaub' ich Ihnen aufs Wort.« Und dann konnte er einfach nicht widerstehen, weiterzufragen, wobei sich seine Lippen höhnisch verzerrten: »Und was hat er so Großartiges für sie getan, wenn ich fragen darf?«
Der Kleine wich seinem Blick aus und sagte dann so ungezwungen wie möglich: »Nun, er hat sie einige Monate lang gepflegt. Sie war ja nicht nur eine auffallend hübsche Patientin, sondern ein ausgesprochen interessanter Fall.«
Es schmerzte, als Peter versuchte, die Augen zusammenzukneifen. Er sah verwirrt drein, stammelte heiser: »Sie sind also weder Schauspieler noch Sänger, sondern . . .?«
»Schauspieler oder Sänger? Wie kommen Sie darauf? Wir sind Ärzte«, kam es in munterem Ton zurück.
»Ärzte?« echote Peter höchst verwundert, obwohl ihm war, als bedeute das die langerwartete Antwort schlechthin.
»Ja, Ärzte.« Roger lachte kurz auf. »Ich nehme nicht an, daß wir diesbezüglich der landläufigen Vorstellung entsprechen. Aber in diesem Beruf muß man sich einfach manchmal gehenlassen, sonst würde man den Verstand verlieren. Wissen Sie denn über Leo nicht Bescheid?«
Peter stand ganz still und starrte den andern blicklos an.
»Sie ist krank, das wissen Sie doch?«
Peters Lippen bewegten sich stumm, und als er schließlich sprach, konnte er seine eigenen Worte kaum hören: »Krank? Was hat sie denn?«
»Kommen Sie, gehen wir aus diesem verdammten Lärm weg.«
Roger wandte sich zu Max, der fragend aus dem Wagenfenster blickte, und sagte kurz: »Keine Angst, ich bin gleich wieder da.« Dann legte er die Hand auf Peters Arm und führte ihn in die vergleichsweise stille Ecke des Hofes, wo er stehenblieb, Peter fest ins Auge faßte und folgende, von einer Frage begleitete Feststellung traf: »Sie sind in sie verliebt. Ernstlich? Sagen Sie jetzt nicht« – er hob den Zeigefinger empor –, »das sei Ihre Angelegenheit, sondern geben Sie mir eine ehrliche Antwort.«

Verflogen war die trunkene Fröhlichkeit von vorhin. Wenn man den kleinen Mann so ansah, war es kaum zu glauben, daß er auch nur einen einzigen Tropfen angerührt hatte. Also tat Peter wie geheißen und antwortete völlig ernsthaft mit ja.
»Und Sie haben nicht erraten, daß sie krank ist?«
Peter schüttelte heftig den Kopf. »Nein, nicht direkt. Nur heute ist mir aufgefallen, daß sie trotz des Regens einfach nicht laufen wollte oder konnte, und da . . .«
»Also . . .« Der Arzt biß sich auf die Lippen und machte eine ungeduldige Bewegung, die deutlich Unbehagen ausdrückte. »Es ist sicher weder der richtige Ort noch der richtige Zeitpunkt, um es Ihnen zu sagen, schon gar nicht nach der Art, wie wir uns betragen haben . . . Dennoch glaube ich, daß es besser ist, wenn Sie es wissen, weil ich annehme, daß Sie ernsthafte Absichten haben. – Ich komme!« Er wandte Max, der etwas aus dem Wagen herüberrief, ein ziemlich barsches Gesicht zu, ehe er langsam fortfuhr: »Als sie vor vier Monaten das Krankenhaus verließ, hatte sie höchstens noch ein Jahr zu leben. Sie sollte sich in regelmäßigen Abständen bei uns melden, aber sowie sie einmal draußen war, haben wir nie mehr etwas von ihr gehört. Nach einer Bemerkung zu schließen, die sie Shaggy gegenüber einmal fallengelassen hatte, nahm er an, daß sie mit ihrem alten Wagen so lange herumfahren würde, bis sie nicht mehr weiterkonnte, wonach sie höchstwahrscheinlich Schluß machen wollte. Natürlich konnten wir nichts unternehmen, da es sich nur um eine reine Vermutung handelte. Als sie überhaupt nicht mehr auftauchte und wir nicht wußten, wo sie war, hatten wir das Gefühl, daß sie ihre Andeutung in die Wirklichkeit umgesetzt hatte. Leo blieb uns unvergessen, und wir unterhielten uns oft über sie. Sie gehörte zu den mutigsten Patientinnen, die wir je behandelt hatten. Ihr dann auf derartige Weise völlig unerwartet hier zu begegnen . . .«
Peters Aggressionen, seine Angst vor dem, was er nicht wußte und vor dem, was er wußte, selbst seine blinde Ei-

fersucht auf den Mann, der – dessen war er sicher – ein Teil ihres Lebens gewesen war: all dies war wie weggefegt, sozusagen von einer wahren Flut aus Erbarmen, Liebe und Hilflosigkeit weggeschwemmt. Diese Hilflosigkeit erweckte in ihm den Wunsch, die Hände vors Gesicht zu schlagen und zu weinen, laut, laut loszuweinen. Von diesem alles beherrschenden Gefühl fast überwältigt, wandte er sich ab und blickte hinaus auf die Straße, bis vor seinem geistigen Auge der Wald, der See und der Aal auftauchten. Sie war es zufrieden gewesen, dort zu sitzen, den Aal zu beobachten und zu warten, bis er eines Tages verschwand. Woran mochte sie wohl gedacht haben während der einsamen Stunden am Ufer? Ans Sterben? An das rasche Ende, das sie sich selbst bereiten würde? Von dieser Vorstellung mußte sie unentwegt erfüllt gewesen sein.
Plötzlich war Peter von oben bis unten in Schweiß gebadet. Die Stimme des Arztes machte allerdings seiner Schwäche rasch, aber voller Mitgefühl ein Ende. »Wenn Sie sie wirklich lieben, dann bleiben Sie bei ihr. Nicht, daß das gerade leicht sein wird – denn im Gegensatz zu den meisten Frauen, die ich kenne, bäumt sie sich gegen Mitleid auf wie ein wildes Füllen. Aber das tut sie vor allem deshalb, weil sie das für ihre Rolle hält. Sie ist immer leichtgenommen worden, sie ist der Typ, der gern lacht und das Leben genießt, aber sie hat auch eine ganz andere Seite. Das haben wir während ihres langen Krankenhausaufenthaltes herausgefunden.«
Peter riß es herum. »Was ist es denn? Was hat sie eigentlich?«
»Ein Gewächs. Ein bösartiges – hier.« Der Arzt zeigte auf seine Brust.
Peters Mund fühlte sich staubtrocken an. Er rieb sich über seine angeschwollene Lippe, ehe er sagte: »Aber es gibt heute doch schon Fälle, wo man . . .«
»Natürlich. Manchmal ereignen sich Wunder. Es schadet nichts, wenn Sie um eines beten. Aber wie die Dinge liegen, habe ich Ihnen lieber reinen Wein eingeschenkt.

Natürlich gibt es Fälle, wie Sie sehr richtig sagten, wo wir entgegen aller Erfahrung doch noch etwas ausrichten können. Medikamente und so weiter. Aber das beste Allheilmittel, das ich kenne und mit dem einfach nichts, gar nichts konkurrieren kann, ist und bleibt immer noch – eine wirkliche Liebe.«
»He, Junge!«
Peter drehte sich zur Hofeinfahrt um, wo sein Vater und Bill, mittlerweile in der Begleitung seines Großvaters, auftauchten.
»Komm.« Harry verhielt den Schritt. Seine Stimme klang rauh, und er sah richtig schlecht gelaunt aus. Während sein Gesicht anzuschwellen begann, konnte Bill mit einer aufgeplatzten Lippe und einem veilchenblau geschlagenen Auge aufwarten.
»Tja, wir werden jetzt auch machen, daß wir hier wegkommen«, sagte der Arzt, sich wieder dem Auto zuwendend. Dann fügte er hinzu: »Das war, gelinde ausgedrückt, eine reichlich denkwürdige halbe Stunde. Leben Sie wohl. Sagen Sie Leo, daß mir dies alles ehrlich leid tut, ja? Und daß ich ihr hierher schreiben werde.«
Peter beobachtete von seinem Standplatz aus, wie der Kleine sich hinter das Steuer klemmte, und als die Autotür zuschlug, eilte er rasch hinüber, beugte sich zum Seitenfenster herab und stammelte lahm: »Es tut mir leid – es tut mir wirklich leid, daß das passiert ist. Es war mein Fehler.« Dann schwenkte sein Blick nach hinten zum Rücksitz, von dem ihm das finstere Gesicht Tiffys entgegensah, und er wiederholte: »Tut mir leid . . .« Worauf sich Tiffys düstere Miene schlagartig aufheiterte, er sein mächtiges Haupt schüttelte und sagte: »Ach, so was muß man schon in Kauf nehmen. Wir kommen wieder mal vorbei.« Er lachte schon wieder, und zum größten Erstaunen Harrys, Bills und des Großvaters sowie einiger immer noch unter dem Vordach stehender Männer winkten die Insassen des Wagens Peter beim Verlassen des Hofes sogar zu. Und noch erstaunlicher fanden sie allesamt, daß Peter diesen Gruß scheu erwiderte.

»Also ich freß einen Besen, wenn ich das verstehe!« Harry drückte sein triefend nasses Haar aus, wonach er abermals brummte: »Ich freß einen Besen, meiner Treu!« Dann wandte er sich dem näherkommenden Peter zu und fragte: »Wie kannst du dieser Bande bloß noch zuwinken, Junge?«
Peter ging nicht weiter auf diese tadelnde Bemerkung ein, sondern fragte in merkwürdig ruhigem Ton: »Wo ist sie?«
Harry hielt an sich und sagte nur: »Gleich um die Ecke, verschreckt und naß bis auf die Haut.«
»Und dieser andere Bursche?«
»Oh, der ist auf und davon. Zu seinem eigenen Besten. Dem wurde einfach der Boden zu heiß unter den Füßen.«
Peter ging stumm hinter den andern Männern drein, und als sie die Vorderfront des Gasthauses erreicht hatten, pflanzte sich Mrs. Booth, der es gelungen war, sich bis an die Tür durchzukämpfen, kriegerisch vor ihm auf und schrie ihm mit wutverzerrtem Gesicht entgegen: »Sie werden für alles aufkommen, jawohl. Den Schaden, der angerichtet worden ist und so weiter. Sie und dieses billige Flitt ...«
»Halten Sie gefälligst den Mund!«
Einen Augenblick lang hatte es ganz den Anschein, als wolle er sie ohrfeigen – auch sie schien das zu befürchten, denn sie wich hastig einen Schritt zurück und rief gellend: »Unterstehen Sie sich! Das ist wohl denn doch die Höhe! Diese Puddletons sind eine richtige Schande für den ganzen Ort, das hab' ich schon immer gesagt. Jetzt erst gar, wo dieses Weibsstück hier aufgetaucht ist. Laßt euch ja nie mehr bei uns blicken – nie mehr, wohlgemerkt!«
Nachdem er ihr einen langen, verächtlichen Blick zugeworfen hatte, ging er an ihr vorbei und drängte sich durch die Männer hindurch zu Leo, die an die Mauer gelehnt dastand, das Gesicht wie ein kummervolles Kind abgewandt. Und als er wortlos ihren Arm nahm und sie in Richtung seines Elternhauses führte, leistete sie keinen

Widerstand, sondern schritt gesenkten Hauptes neben ihm her.
Peters offensichtliche Absicht, sie mit heimzunehmen, traf Harry wie ein Keulenschlag. Im Nu befand er sich neben Peter. Sein lautstarker Protest erstickte jedoch im Keim – nicht so sehr durch einen Blick in das Gesicht seines Sohnes, sondern durch den erbarmungswürdigen Anblick, den das Mädchen bot. So fiel er mit einem hilflosen Achselzucken zurück und wartete auf Bill und den Großvater, die nachkamen. Der Junge mußte den Verstand verloren haben. Das war doch völlig hirnverbrannt und konnte nur zu den allergrößten Schwierigkeiten führen. Harry pfiff durch die Zähne bei dem bloßen Gedanken daran.
Der Weg gestaltete sich zu einem regelrechten Spießrutenlauf, denn überall drängten nach wie vor die Gaffer. Als sich Bill wenig später von ihnen trennte und auf seine eigene Haustür zuging, wurde er bereits von seiner Frau erwartet und mit einem Schwall auserlesener Schimpfwörter überschüttet.
Die Mackenzie-Einfahrt war nicht nur von Mrs. Makkenzie und der nun höchst tugendhaft entrüsteten Mavis besetzt, auch die Männer des Hauses boten dem Regen Trotz. Aber ob es nun der Anblick Harrys, des Großvaters, Peters oder Leos war, jedenfalls enthielten sich die Mackenzies aller Bemerkungen.
Der Urgroßvater erwartete sie bereits in der Eingangstür. Er schwang seinen Stock und rief ihnen etwas Unverständliches zu. Harry, der die Situation sofort erfaßt hatte, schob den alten Mann beiseite und stand einer vor Wut kochenden Rosie gegenüber, die ihn empört anschrie: »Wie kannst du das zulassen! Wie kann er es nur wagen! Die – die kommt mir nicht über die Schwelle!«
Wortlos versetzte Harry seiner Frau einen derart kräftigen Stoß, daß sie sich urplötzlich im Wohnzimmer wiederfand. Bevor sie jedoch wütend protestieren konnte, stand er schon vor ihr und zischte: »Du sagst jetzt kein Wort, verstanden! Halt dich zurück!«

»Findest du nicht, daß du . . .«
»Halt die Klappe!«
»Halt die Klappe, sagst du? Du wirst schon sehen, ob ich die Klappe halte oder . . .«
Im selben Moment tauchten ihr Sohn und – diese Frau in der Tür auf; Rosie hielt inne und trat einen Schritt zurück. Einen Moment lang fürchtete sie sich nicht so sehr vor den Drohungen ihres Mannes als vor dem wild auflodernden Haß in ihrem Innern, der den schier unüberwindlichen Wunsch in ihr entfachte, auf dieses Mädchen loszufahren und ihr das Gesicht zu zerkratzen. Als sie noch dazu mitansehen mußte, wie ihr Junge die Fremde liebevoll zu einem Stuhl geleitete, mußte sie sich jäh abwenden. Sie preßte die Hand auf den Mund, um das Stöhnen, das in ihr aufsteigen wollte, mit aller Macht zu unterdrücken. Und dann breitete sich ein spannungsgeladenes Schweigen im Zimmer aus.
Die Männer wechselten fragende Blicke: Was sollte nun geschehen? Dann schauten sie allesamt, mit Ausnahme Peters, zu Rosie hin. Peter hatte sein ganzes Augenmerk auf Leo gerichtet, aber auch sie starrte nur seine Mutter an. Er bemerkte, wie sie um Worte rang, und schließlich sagte sie atemlos und mit gebrochener Stimme: »Mir tut dies alles so leid, Mrs. Puddleton. Aber ich bleibe nicht lange – nur so lange, bis ich mir meine Sachen aus dem Gasthaus holen kann.«
Ihre Worte machten augenscheinlich keinerlei Eindruck auf Rosie; sie schien sich nur noch mehr zu versteifen. Aber für Peter, der nun alles über sie wußte, bedeuteten sie den Ausdruck ihrer völligen Verlassenheit und drehten ihm das Herz im Leibe um. Er beugte sich über sie und sagte mit einer Sanftheit, die für seine Mutter unerträglich war: »Komm, leg dich ein bißchen hin, bis wir alles besprochen haben.«
Hinlegen – hinlegen? Das ging zu weit! Wut und Entrüstung bäumten sich in Rosie auf. Nicht, solange sie etwas in diesem Haus zu sagen hatte. Der einzige Platz, wo sie sich hätte hinlegen können, wäre Peters Zimmer gewe-

sen, und das würde sie nicht zulassen. Nein, auf keinen Fall!
Mit offenem Mund fuhr sie herum. Aber es sah ganz so aus, als hätte der Urgroßvater nur auf diesen Moment gewartet, denn er schnitt ihr sogleich das Wort ab, indem er fauchte: »Halt den Mund, du! Peter hat ganz recht. Sie braucht erst einmal Ruhe. Gehen Sie nur, Miß, keiner in diesem Haus wird es Ihnen verbieten – nein, keiner. Nicht, solange ich am Leben bin und mich noch rühren kann! Steh da nicht herum, Junge, bring sie nach oben.«
Während der Urgroßvater diese mutige Anweisung gab, behielt er Rosie genau im Auge. Harry und der Großvater sagten nichts.
Abermals sah Leo Peters Mutter an, und es lag dabei eine flehentliche Bitte in ihrem Blick. Aber aus Rosies Augen sprühte ihr nur unversöhnlicher Haß entgegen. Und als Peter, dessen Miene sich verhärtet hatte, Leo auf die Beine half und ihr Zittern unter seinen Händen spürte, funkelte er seine Mutter derart wutentbrannt an, daß ihr fast die Knie weich wurden. Rosie fühlte sich plötzlich ganz krank und stöhnte innerlich auf: Und das alles wegen dieses Weibsstücks. O Gott im Himmel!
Sie war gezwungen mit anzusehen, mit welcher Zärtlichkeit und Behutsamkeit Peter das Mädchen aus dem Zimmer führte, und allein schon dieser Anblick genügte, sie völlig aus der Fassung zu bringen. Ihr großer, träger, gleichgültiger Sohn hatte ihr innerhalb weniger Tage so viele neue Wesenszüge offenbart, daß sie aus der Bestürzung nicht mehr herauskam. Aber das da – diese verweichlichte, rührselige, idiotische Vernarrtheit, wie sie es bei sich nannte – war einfach nicht zu fassen und schon gar nicht auszuhalten.
Als sie die Zimmertür oben ins Schloß fallen hörte, hob sie den Blick zur Decke. Dann musterte sie die Männer der Reihe nach und sagte: »Nett, was? Das ist natürlich ganz in eurem Sinne! Ein wahres Wunder, daß ihr nicht selbst schon vor Jahren auf so einen Gedanken gekommen seid.«

»Jetzt paß einmal auf.« Harry ging auf sie zu, wobei er zu seinem Vater, der gerade erneut aufbrausen wollte, eine beschwichtigende Bewegung machte. Er pflanzte sich vor Rosie auf und sagte ruhig, aber mit aller Deutlichkeit: »Er ist immer dein Augapfel gewesen, nicht wahr?« Eine versteckte Anschuldigung schien in dieser Bemerkung zu liegen. »Du hast ihm lange die Schürzenbänder überlassen, sie jedoch fest um seine Fußknöchel geschlungen. Nun hat er sie zerrissen, und ob es dir paßt oder nicht, du mußt es zur Kenntnis nehmen. Peter steht auf eigenen Beinen, wie auch immer. Er hat seine eigene Wahl getroffen.«

»Das freut dich, was? Du bist natürlich froh, daß das passiert ist.«

Die Worte kamen brüchig aus Rosies Mund, und Harry schüttelte den Kopf und sagte: »Kind, sei doch vernünftig! Du wirst es nicht glauben, aber ich bin überzeugt davon, daß nicht einmal er selbst froh darüber ist, wie sich die Sache entwickelt hat. Und ich weiß besser als du, was er in dieser Minute mitmacht.«

»Ja, das glaube ich dir gern.« Ihre Stimme klang wieder in altgewohnter Schärfe. »Du kannst es gut verstehen, du hast ja genügend Erfahrung mit deinen ewigen Affären! Nun steht er genau dort, wo du ihn immer haben wolltest. Jetzt ist er endlich ein richtiger, waschechter Puddleton.«

Harrys Miene verfinsterte sich. Dann drehte er sich heftig um, in der Absicht, aus dem Zimmer zu gehen, als das Geräusch des Türschließens oben seinen Schritten Einhalt gebot und ihn warten ließ. Sie warteten alle. Nachdem Peter eingetreten war, sah er sie nicht, wie sie es erwartet hatten, zornig an, sondern ging langsam auf den Tisch zu, setzte sich und stützte nach wenigen Sekunden den Kopf in die Hand.

Der Anblick des völlig durchnäßten, blutbefleckten Jungen erweckte in Rosie wieder sämtliche Mutterinstinkte. Sein armes Gesicht war ganz zerschlagen und verschwollen, und die klaffende Wunde über seinem Auge

hätte eigentlich genäht gehört. Als er jedoch den Kopf hob und mit aller Festigkeit sagte: »Ich muß mit euch sprechen«, wurde Rosie wieder genauso unbeugsam wie zuvor.
»Los, Junge! Sag, was du zu sagen hast.« Der Urgroßvater setzte sich zurecht und senkte den Kopf, und Harry zog seinen Stuhl wortlos und auf eine Weise herum, die unmißverständlich seine Bereitschaft zum Zuhören ausdrücken sollte.
Als Peter von einem zum andern blickte, würgte es ihn derart in der Kehle, daß er glaubte, ersticken zu müssen. Er schlug die Hände vors Gesicht, sprang dann mit einem heftigen Ruck auf und stieß gepreßt hervor: »Sie ist krank ... sehr krank. Sie ... sie wird bald sterben.« Und damit stürzte er Hals über Kopf in die Küche und ließ die andern wie versteinert zurück.
Die Männer sahen einander erschrocken an; nur Rosie starrte in Richtung der Tür, hinter der er verschwunden war.
Sterben! Ha, das wurde ja immer schöner! Das war nichts als ein billiger Trick von diesem Weib, um ihren Jungen einzufangen. Und der war prompt darauf hereingefallen ... Sterben! Je kräftiger sie waren, um so weicher waren sie, diese Mannsleute. Sterben – lächerlich! Dann schlug Rosies höhnische Stimmung plötzlich um, und so etwas wie eine Art frevelhafter Hoffnung regte sich in ihr. Wenn sie es sich so recht überlegte, dann stimmte tatsächlich Verschiedenes nicht an dieser Fremden. Der Blick zum Beispiel. Was ihr wohl fehlte ...? Nun, wenn sie wirklich bald sterben mußte, dann hatte die Sache wenigstens nicht viel Zukunft. Langsam, als müßte sie sich dazu zwingen, ging sie auf die Küche zu.
Er stand am Fenster und zeigte nicht, daß er ihre Anwesenheit bemerkt hatte. Sein Kopf war auf die Brust gesunken, und Rosie wußte, daß er weinte. Als sie ihn so ansah, verschwanden all ihre Gefühle: die guten, die bösen oder die gleichgültigen. Wenn ein Mann wegen einer Frau weint...

Nach wenigen Sekunden hob er den Kopf und drehte sich zu ihr um, ohne sich seiner Tränen zu schämen. Und schlagartig erkannte sie, daß sie ihren Jungen verloren hatte. Nicht einmal in übertragenem Sinn konnte sie das Wort »Junge« mehr auf ihn anwenden. Denn ihr gegenüber stand ein Mann: ein willensstarker, charaktervoller Mann, trotz der Tränen – ein stärkerer jedenfalls als die drei da hinten im Wohnzimmer. Tot oder lebendig, das Mädchen hatte es geschafft. Und als er nun mit rauher Stimme sagte: »Ich muß mit dir reden, Mam. Ich gehe weg«, erhob sie keinen Einwand, sondern setzte sich langsam, um vorzubeugen, daß ihr wie verrückt schlagendes Herz sie im Stich ließ.

8

Es war bloß sechzig Minuten später, aber Peters Empfinden nach hätten es ebensogut sechzig Jahre sein können, so viel war entschieden worden. Dennoch wußte er genau, daß es nicht einmal dieses Zeitraumes bedurft hätte, um – soweit es ihn betraf – konkrete Pläne zu schmieden. Denn von dem Augenblick an, wo der kleine Arzt im Hof des »Hirschen« mit ihm gesprochen hatte, stand alles zu Geschehende klar vor seinen Augen. Es bedurfte im Grunde genommen nur mehr der Formulierung, und auch die war gefunden, als er zu seiner Mutter gesagt hatte: »Ich gehe weg.«

Sie hatten sich beide am Küchentisch gegenübergestanden, und er hatte hinzugefügt: »Ich werde die Tankstelle verkaufen, und zwar auf der Stelle.« Als Rosie hierauf keinerlei Einspruch erhob, ja im Gegenteil steinern schwieg, erkannte er klar und deutlich, welchen Schmerz er ihr zugefügt hatte. Doch hatte er in diesem Augenblick kein Erbarmen mehr übrig, nicht einmal für sie.

Nach ziemlich langer Zeit sagte Rosie mit einer völlig fremd klingenden Stimme: »Wenn sie wirklich in so schlechter Verfassung ist, weshalb wollt ihr denn dann überhaupt fort?« Und er hatte geantwortet: »Selbst wenn sie bleiben wollte, würde es nicht gehen. Es ist hier plötzlich alles so . . .« Er hielt inne, sah sich verwirrt um, und sein Blick schloß gewissermaßen das ganze Dorf mit ein, als er endete: ». . . so eng geworden.«

Rosie verstand, was er meinte. Genau wie ihr klar war, daß er – falls sie in den Verkauf der Tankstelle nicht einstimmen würde, dennoch fortgehen würde. Allerdings mit einer Bitterkeit im Herzen, die ihn davon abhalten könnte, jemals wiederzukommen. Wenn hingegen das Mädchen starb . . . Sie hatte sich nicht gestattet, in dieser Richtung weiterzudenken, sondern gesagt: »Verkaufen wird nicht leicht sein. Wenn es die drei auch nichts angeht« – sie deutete mit einer Kopfbewegung zum Wohnzimmer –, »werden sie doch dagegen auf die Barrikaden steigen.«

Und Rosies Prophezeiung erwies sich als richtig. Zwar waren Vater, Großvater und Urgroßvater über Peters Worte zutiefst gerührt – denn das Mädchen da oben entsprach im wesentlichen völlig ihren Vorstellungen, was Frauen anlangte. Von dem Moment an allerdings, wo Peter mit Rosie aus der Küche zurückgekehrt war und ihnen die Neuigkeit mitgeteilt hatte, waren sie wie vom Blitz getroffen und vergaßen das Mädchen schlagartig. Für die drei zählte nur das Unheil, das über die Familie hereinzubrechen drohte. Denn der Verlust der Tankstelle bedeutete in ihren Augen eine glatte Katastrophe, war es doch gleichbedeutend mit dem Verlust von Geld und Ansehen. Bei jedem der drei Puddletons rangierte das Ansehen an erster Stelle – aber wie die Dinge nun einmal lagen, wußten sie natürlich, daß beides untrennbar war. Finanziell abgesichert dazustehen bedeutete, über Macht und Ansehen zu verfügen. Jeder von ihnen bedurfte dieses Gefühls auf seine Weise, und sie alle hatten darunter gelitten, beobachten zu müssen, wie die Macht sich ringsum ausbreitete und ihrer Meinung nach in die falschen Hände zu gelangen drohte. Was bedeutete es da schon weiter, daß die Nachbarn es häufig an Respekt mangeln ließen? Denn man konnte sagen, was man wollte: Letzten Endes zählte doch immer nur das Geld. Das war so und würde immer so bleiben.

Der bloße Gedanke daran, die Tankstelle zu verkaufen, war bereits arg genug, ja es erschien ihnen durch die Bank so, als ob überhaupt nichts Schlimmeres passieren könne. Und dann kam der ärgste Schlag. Fast hatten sich die

Gemüter schon wieder beruhigt, als Peter plötzlich sagte: »Ich will sie den Mackenzies anbieten.« Selbst Rosie riß Mund und Augen auf. Aber Peter, der zu ihrer aller Überraschung auf einmal kühl zu überlegen verstand, erklärte, daß sie immerhin ein ganz hübsches Sümmchen dafür geboten hätten und er den Preis vielleicht sogar noch höher hinauftreiben könnte, wenn der Grundstücksmakler erst mit seinem Angebot daherkam.
Von diesem Moment an hatte es einen nicht enden wollenden erbitterten Streit gegeben, dem Peter sich nur dadurch entziehen konnte, daß er Leo ein heißes Getränk zubereitete und es ihr hinaufbrachte.
»Hör mal«, sagte Harry, kaum daß Peter das Wohnzimmer wieder betreten hatte, »was passiert, wenn das Geld ausgegeben ist? Es gehört nur zur Hälfte dir, das weißt du. Dann wirst du wieder von vorn anfangen müssen und niemals genug zusammenkriegen, um dir ein anderes Geschäft zu kaufen. Angenommen, du kehrst zurück: Dann wirst du dir die Haare einzeln ausreißen, wenn du sie da wie die Maden im Speck sitzen siehst, denn genauso wird es kommen bei dem Gewinn, den sie aus der Tankstelle herausholen werden. Ich sag' dir was: Wenn du diesen hirnverbrannten Plan schon unbedingt durchführen mußt, dann nimm sie einfach als Teilhaber. Sollen sie das Geschäft eben eine Zeitlang allein führen, wenn auch die bloße Vorstellung daran mir richtiggehend den Magen umdreht.«
»Ich will die Mackenzies nicht als Teilhaber. Entweder es wird ganz verkauft oder gar nicht«, sagte Peter mit grimmiger Miene, jedoch in ruhigem Ton.
Nun mischte sich der Großvater in die Debatte ein. Ausschließlich auf Rosie konzentriert, sagte er: »Wenn das nicht verrückt ist! Das kann er doch einfach nicht machen! Und du läßt es ihm so durchgehen. Jahrelang hast du den Mund wegen jeder Kleinigkeit aufgerissen, und jetzt stehst du da, als ob du nicht . . .«
»Ich!« Der Ton, in dem sie dieses eine Wort hervorstieß, spiegelte ihre ganze aufgestaute Erregung. »Natürlich

ich! Ja, wem schlägt er denn in dieser Beziehung nach, wenn ich fragen darf? Mich dafür verantwortlich zu machen! So weit die Bewohner dieser Gegend zurückdenken können, ist bei der bloßen Erwähnung des Namens Puddleton immer sofort ein Spitzname aufgetaucht, ein äußerst passender sogar, und . . .«

»Halt den Mund!« fuhr Harry sie zornig an, während er gleichzeitig seinen wütend aufspringenden Vater auf den Stuhl zurückstieß.

»Seid einen Moment ruhig. Horcht doch mal!« rief Peter, worauf ihn alle fragend anblickten. Der Urgroßvater murmelte: »Das sind die Jungs.«

Aber es waren nicht die Zwillinge. Als Peter die Tür erreicht hatte und sie aufriß, sah er Leo gerade die Treppe herabkommen. Sie hatte sich in seinen Mantel gehüllt und war noch bedeutend bleicher, als vorhin bei ihrer Ankunft. Ihre Augen lagen tief in den Höhlen.

»Weshalb bist du aufgestanden? Ich wollte gerade nach dir sehen . . . Hattest du vor, in den ›Hirschen‹ zurückzukehren?« Besorgt ergriff er ihre Hände, die Leo ihm ohne Widerstand überließ. Sie schüttelte jedoch den Kopf und sagte: »Nein, dorthin kann ich so nicht gehen. Wenn mein Kleid trocken wäre, würde ich es gern tun, aber so . . . Außerdem – außerdem möchte ich mit deiner Mutter sprechen.«

Peter machte eine verblüffte Kopfbewegung, dann führte er sie ins vordere Zimmer, wobei er ihr zuredete: »Komm da herein, hier ist niemand drin. Du hättest nicht aufstehen dürfen.«

Als sie sich gesetzt hatte, sah sie nicht ihn an, sondern blickte auf den leeren Stuhl des Urgroßvaters, der wie immer vor dem Fenster stand. Schließlich sagte sie ruhig: »Ich muß mit deiner Mutter sprechen. All diese Schwierigkeiten meinetwegen – soll das denn endlos so weitergehen?«

»Es ist nicht deinetwegen«, log er mit fester Stimme. »Leg dich wieder ins Bett. Du kannst morgen mit ihr sprechen.«

»Nein, es muß jetzt sein.«
»Aber, Leo ...«
»Es hat keinen Zweck.« Sie schüttelte müde den Kopf. »Wenn du mich nicht mit ihr sprechen läßt, dann gehe ich auf der Stelle – so wie ich bin – zurück zum Gasthof. Sie können mir den Zutritt zu meinem Zimmer und meinen Sachen nicht verbieten. Die muß ich ohnehin noch holen. Vielleicht kann mich Miß Tallow für eine Nacht aufnehmen.«
»Sieh mich an, Leo.« Er hatte sich vor sie hingekniet, und weder in seiner Stimme noch in seinem Gebaren lag auch nur die leiseste Spur von Unentschlossenheit, als er ihr Gesicht zu sich herumdrehte. »Was immer du auch meiner Mutter zu sagen haben magst – es ändert nichts. Ich verlasse Battenbun auf alle Fälle. Wir gehen miteinander. Es ist möglich, daß ich ein, zwei Tage brauche, um alles zu ordnen, aber ich werde es so rasch wie möglich erledigen, darauf kannst du dich verlassen.«
»Nein.« Sie versuchte, sich von ihm loszumachen. »O nein. Du gehst nicht mit mir fort, weder jetzt noch sonstwann. Du verstehst nicht – du verstehst gar nichts. Ich gehe allein, und dabei bleibt es.«
»Sei doch still.« Er tätschelte ihre Hände, als ob sie ein Kind wäre. »Nichts, was du sagst, wird mich davon abhalten – nichts. Ich liebe dich, und damit ist alles gesagt.«
Er hatte ohne jedes Pathos gesprochen und wollte sich schon erheben, als sie ihn bei den Schultern packte, ihm verblüfft ins Gesicht sah und schließlich sagte: »Du bist ganz – anders. Weshalb bestürmst du mich nicht mit Fragen? Wegen Tiffy und Roger und den andern – weshalb nicht?«
Nachdem sie ihn lange angesehen hatte, flüsterte sie: »Du weißt es also. Du weißt, wer sie sind. Du weißt über ...«
Rasch zog er ihre Hände an seine Lippen, drückte sie fest dagegen und sprach durch ihre Finger hindurch auf eine leidenschaftlich-drängende Art wie noch nie zuvor in

seinem Leben: »Ich weiß nur, daß ich dich liebe ... Ich bete dich an, Leo. Ich möchte niemals, niemals von dir getrennt sein, keinen Augenblick meines Lebens.«
Langsam ließ sie sich in den Stuhl zurücksinken, wandte ihr Gesicht ab und wiederholte in gequältem Flüstern: »Keinen Augenblick deines Lebens ...« Dann sah sie ihn wieder an und sagte: »Du weißt doch, daß das alles sein wird: ein Augenblick deines Lebens ... Oh!« Sie schien etwas von ihrer alten Willenskraft zurückzugewinnen, denn sie schüttelte heftig den Kopf, als suche sie einen Fluchtweg. »Weshalb hat das geschehen müssen? Weshalb mußten sie nur hierherkommen? Von allen Menschen ausgerechnet diese!«
»Nun, sie sind eben gekommen«, sagte er sanft. »Es hat ganz den Anschein, als sei es Vorsehung gewesen. Ich habe das deutliche Gefühl, als wäre ich immerzu auf der Stelle getreten und hätte nur darauf gewartet. Eines weiß ich ganz genau: Selbst wenn ich dich nach diesem Abend nie mehr sehen sollte, so wären diese paar Tage mit dir einem lebenslangen Glück mit irgendeinem andern Menschen völlig gleichzusetzen. Folglich« – er lächelte ihr mit ernsthafter Miene zu – »werde ich in den nächsten paar Monaten mehrere Leben leben. Es gibt nur eins, was ich gern wissen würde, und auch das brauchst du mir nicht zu sagen, wenn du nicht willst ... Liebst du mich ein bißchen? War es nicht nur eine – vorübergehende Laune?«
Als ihre Finger die seinen drückten, stürzten ihr die Tränen aus den Augen, und kaum hörbar brachte sie mühsam hervor. »Ob ich dich liebe? Oh, Peter!«
Im Nu kniete er wieder neben ihr, umschlang sie mit beiden Armen und preßte sie innig an sich, wobei er sich darüber wunderte, wie es möglich war, von Trauer und Freude gleichzeitig übermannt zu werden. Er strich ihr übers Haar und sagte: »Nicht, Liebling, weine nicht so, bitte.«
»Peter ...«
»Ja?« Er wartete.

»Ich bin so müde, daß ich gar nicht mehr kämpfen kann.«
»Nun, das ist wenigstens etwas Gutes.«
»Du sollst auch wissen, daß ich . . . daß ich dich vom allerersten Wort an geliebt habe. Ach, so sehr, so sehr.«
Sie lehnte sich nun entspannt und glücklich an ihn.
Er berührte mit den Lippen zärtlich ihr Haar, als sie stammelte: »Was soll ich jetzt nur deiner Mutter sagen? Vor wenigen Minuten war ich in dieser Hinsicht noch so sicher. Ich hatte mir die Worte bereits zurechtgelegt: ›Ich werde Ihnen Ihren Sohn schon nicht wegnehmen, machen Sie sich also keine unnötigen Sorgen‹, wollte ich zu ihr sagen. Aber jetzt? Wie soll ich bloß anfangen?«
»Zerbrich dir nicht den Kopf, Liebes. Sie weiß Bescheid.«
»Über alles?« Es war ein Flüstern.
»Ja, über alles.«
»Oh, Peter!« Dann sagte sie mit noch leiserer Stimme seinen Namen. »Peter . . .?«
»Ja?«
»Ich muß dir über Arthur berichten.«
Arthur . . . Müßig zu fragen – er wußte, wen sie meinte.
»Ich will nichts über ihn wissen«, entschied er.
Er hob eine ihrer Haarsträhnen hoch, und sie streckte die Hand aus, ergriff die seine und legte sie zwischen ihre beiden Gesichter, so daß sie ihn ansehen konnte. »Ich möchte aber, daß du es weißt.«
»Du kannst es mir später erzählen.«
»Nein, jetzt. Vielleicht ist es später noch schwerer.«
»Gut, aber es ändert nichts.« Er erhob sich, zog sich einen Stuhl heran, setzte sich neben sie und ergriff abermals ihre Hände.
»Ich habe ein Jahr lang mit ihm gelebt.«
Unwillkürlich erstarrten seine Finger, und es war, als presse jemand die Freude aus ihm heraus. Aber sein Blick blieb unverwandt und der Ausdruck in seinen Augen unverändert, bis sie die Lider senkte und langsam und zögernd zu sprechen begann.
»Es geschah nach Beendigung eines einjährigen Provinzgastspiels. Ich hatte mir ein bißchen was erspart und

wollte einen eigenen Wagen. Ich wußte eine Menge über Autos, denn Mr. Fuller aus unserer Truppe war ein Autonarr und sammelte sämtliche Prospekte, deren er habhaft werden konnte. Während unserer langen anstrengenden Tourneen gab es für ihn auch nur dieses einzige Thema, so daß er mich mit diesem Virus richtiggehend angesteckt hatte. Als wir einmal einen Gebrauchtwagenmarkt besuchten, begegnete ich Arthur. Er pries mir seine ›Schätze‹ der Reihe nach sehr gekonnt an, aber ich hatte mich auf Anhieb in den alten Alvis vergafft. Während unserer Verhandlungen wurde er weggerufen, und ich sah mich weiter um. Als ich mir gerade einen der Wagen näher betrachtete, kam ein Mann auf mich zu und bat mich, ihn beim Autokauf zu beraten. Er hielt mich offensichtlich für jemanden vom Personal – vielleicht weil ich Jeans anhatte und so. Jedenfalls fand ich es reizvoll, ihn bei diesem Glauben zu lassen. Und als er ebenfalls einen Alvis in Augenschein nahm, erinnerte ich mich an alles, was Mr. Fuller mir über diese Marke erzählt hatte: daß es ein großartiger, temperamentvoller Wagen sei, was die Beschleunigung anlangte, und so weiter. Ich war mit meinen Erklärungen gerade im besten Fahrwasser, als ich merkte, daß Arthur im Hintergrund stand und mir zuhörte. Er war keineswegs wütend, sondern gab mir statt dessen durch Zeichen zu verstehen, ich solle ruhig fortfahren. Nun« – ihre Stimme klang erschöpft – »um es kurz zu machen: Ich habe diesem Mann den Wagen verkauft, und Arthur sagte mir danach, daß er mir den Alvis überließe, wenn ich einen Monat bei ihm arbeiten würde. Ob ich etwas verkaufe oder nicht – er wolle es auf alle Fälle riskieren.«
Sie sah zu Peter auf. »So hat es begonnen. Er war verheiratet, und bald setzte er mir die Geschichte des unverstandenen Ehemanns vor. Als ich später seine Frau kennenlernte, erschien es mir sogar einigermaßen glaubhaft. Denn sie argwöhnte sofort das Schlimmste, während zwischen uns damals noch nichts anderes als eben eine geschäftliche Verbindung bestand. Nach achtzehn Mo-

naten hat er von ihr die Scheidung verlangt. Sie wollte nicht einwilligen, also hat er sie verlassen, und wir haben zusammen gelebt.«
Hier machte Leo eine Pause, befeuchtete sich die Lippen, befreite ihre Hände aus den seinen, rieb die Handflächen aneinander und sagte schließlich: »Ich hatte ein Baby.«
Ihre Worte versetzten ihm einen fürchterlichen Schlag, aber er beherrschte sich sofort und ließ sich nichts weiter anmerken. Sie senkte den Kopf und starrte auf ihre Hände.
»Es kam zu früh zur Welt und – starb. Seither war ich nicht mehr dieselbe und habe mich nie mehr wirklich gut gefühlt. Nicht krank – nur nicht gut.« Sie versank in schwere Gedanken, ehe sie fortfuhr: »Eines Tages kam ich dann ins Krankenhaus. Damit war die Geschichte zwischen Arthur und mir zu Ende. Plötzlich entdeckte er sein Gewissen und erinnerte sich wieder an seine gesetzmäßige Gattin, die er schnöde im Stich gelassen hatte.« Ihre Stimme erstarb. »Es hat nie einen andern gegeben. Dr. Patterson – das war der Kleine, jener Roger, weißt du? – und Tiffy, der Blonde, haben mir geholfen, als ich durchzudrehen drohte. Tiffy hat – hat die . . .«
Beschwichtigend ergriff Peter abermals ihre Hände, und ihre Blicke trafen sich, als er sagte: »Das ist Schnee vom letzten Jahr. Vergiß es – vergiß alles außer dir und mir.« Er lächelte, und diesmal war es ein Lächeln der Erleichterung, das sein Gesicht überstrahlte. Es hatte keinen andern gegeben . . .
»Jetzt hör gut zu, Liebste.« Er hielt inne beim Klang seiner eigenen Stimme, die dieses Kosewort zärtlich zum allererstenmal im Leben ausgesprochen hatte. Dann fuhr er mit noch liebevollerem Lächeln fort: »Du brauchst dir über nichts den Kopf zu zerbrechen, über gar nichts. Von nun an werde ich das tun. Für dich denken« – er nickte ihr zu – »und für dich sprechen. Du legst dich jetzt schön wieder oben hin, und ich werde mich um dein Kleid kümmern.« Gern hätte er hinzugefügt: Meine Mutter wird es dir bringen. Aber diesbezüglich machte er sich

keinerlei Hoffnungen, also verließ er sie nach einer letzten stürmischen Umarmung.
Im Wohnzimmer herrschte konzentrierte Stille. Großvater und Urgroßvater saßen ruhig, doch mit angespannten Mienen auf ihren Stühlen. Harry stand da und stützte die Arme auf den Kaminsims. Keiner sagte ein Wort, als Peter den Raum betrat, aber ihre Blicke folgten ihm, als er zu seiner Mutter in die Küche ging.
Rosie stand vor dem Küchentisch und bemühte sich, das Abendessen zuzubereiten. Sie machte keine Bewegung, hob nicht einmal den Kopf auf seine Frage, ob das Kleid trocken sei, sondern antwortete nur kurz: »Überzeug dich doch selbst.«
Entschlossen dreinsehend trat er hinaus in den Vorraum, nahm das Kleid vom Haken, befühlte es und kehrte dann wieder an den Küchentisch zurück. Hier blieb er stehen und betrachtete Rosie, die rasch, aber fahrig mit Schüsseln und Tellern hantierte.
»Mam.«
Sie sah nicht auf.
»Tu mir einen Gefallen, ja?«
»Ich dachte nicht, daß du mich noch für irgendwas brauchst.«
»Bring ihr das hinein. Sprich mit ihr! Sie braucht dich, jemanden wie dich – mehr als mich.«
Rosies Antwort bestand darin, daß sie tief aufseufzte und sich zum Ausguß wandte. Nachdem er ihr einen Moment zugesehen hatte, wie sie mit den Schüsseln klapperte, ging er zur Tür. Plötzlich sagte sie mit mürrischer Stimme: »Laß es hier.«
Das genügte. Er legte das Kleid auf einen Stuhl, trat in den Korridor und holte den alten Regenmantel vom Haken, als sein Vater auftauchte. »Gehst du aus?« fragte Harry mit unverkennbar saurem Ton.
»Ja, zu den Mackenzies.«
»Mein Gott!« Harrys Brustkorb hob sich. »Kannst du damit nicht ein, zwei Tage warten?«
»Nein, tut mir leid.« Peter sprach leise und zog den Vater

ins Wohnzimmer. Dann drehte er sich um und schloß die Tür, damit ihre Stimmen wenigstens nicht ganz so laut nach außen drangen. Er wußte, was kam. Und tatsächlich schrie Harry ihn zornig an: »Wenn du schon unbedingt den Edelmütigen spielen mußt, kannst du das denn, um alles in der Welt, nicht auch hier tun? Sollte sie tatsächlich in einem derart schlechten Zustand sein, wie du sagst, dann ist es doch unverantwortlich, mit ihr durch die Gegend zu ziehen.«

Peter verkniff sich eine heftige Erwiderung und sagte nur betont sarkastisch: »Du meinst, wir sollten das gemütliche Dorfleben hier genießen, wie? Es hat wirklich keinen Sinn, darüber auch nur ein einziges Wort zu verlieren.«

Nach dieser Bemerkung, die absolut nicht besänftigend wirkte, wandte sich Peter jäh um und eilte hinaus, während Harry so aussah, als wolle er im nächsten Moment die Einrichtung kurz und klein schlagen. Dann schien er es sich jedoch anders überlegt zu haben und stürmte ebenfalls mit langen Schritten in den Korridor. Er folgte allerdings nicht seinem Sohn, sondern machte sich durch den Hinterausgang davon, durchquerte den Garten und lief auf die durchnäßten Felder zu.

Die beiden alten Männer saßen einander grimmig gegenüber und starrten zu Boden, bis Rosie mit dem Kleid des Mädchens über dem Arm aus der Küche kam und, ohne auch nur einen Blick an die beiden zu verschwenden, das Zimmer durchquerte. Als die Tür hinter ihr ins Schloß gefallen war, sah der Urgroßvater seinen Sohn an und bemerkte traurig: »Irgendwie ist hier heute alles zu Ende gegangen.«

9

Die Dorfstraße lag wie ausgestorben da. Auch an den Fenstern war niemand zu sehen – aber wer hätte schon ahnen sollen, daß als Höhepunkt dieses bemerkenswerten Tages Peter Puddleton zu den Mackenzies gehen würde, um mit ihnen wegen der Tankstelle zu verhandeln.

Für den Mangel an Beobachtern war Peter tatsächlich dankbar; denn trotz all seiner Entschlossenheit bedurfte es einer beträchtlichen Portion seines neuentdeckten Mutes, bei den ungeliebten Nachbarn vorstellig zu werden. Nicht etwa, daß er sich scheute, Mavis gegenüberzutreten: sie war nur noch Luft in seinen Augen. Auch Vater und Sohn Mackenzie schreckten ihn nicht im geringsten – nein, sein Unbehagen hatte ganz andere Gründe: Peter befürchtete, daß die Verhandlungen letztlich vielleicht daran scheiterten, weil er den Gedanken, ausgerechnet diese beiden sollten seine Tankstelle haben, nicht ertragen konnte. Ein Rückzieher seinerseits hätte zur Folge, daß er den Grundstücksmakler aufsuchen müßte, wogegen zum Glück der große Zeitdruck und die Aussicht, dort weniger herausschinden zu können, sprachen.

Er klopfte energisch an die Haustür, was darauf hinwies, daß er die Angelegenheit möglichst schnell hinter sich bringen wollte. Als ihm geöffnet wurde und er Mavis gegenüberstand, hätte er lachen können, wenn er dazu überhaupt noch fähig gewesen wäre, so groß war die ihr deutlich ins Gesicht geschriebene Verblüffung. Nach einem Keuchen und dem üblichen Kampf, die Lippen über

den hervorstehenden Zähnen zu schließen, gab sie ein lautes »Hach!« von sich und wollte ihm einfach die Tür vor der Nase zuschlagen.
Schnell stellte Peter einen Fuß dazwischen und sagte: »Moment mal! Ich möchte deinen Vater sprechen.« Er sprach so laut, daß es im ganzen Haus zu hören war. Sogleich kam Mr. Mackenzie aus der Küche herbeigeschossen und fragte: »Was ist denn los? Wer ist es denn?« Er riß Mavis die Tür aus der Hand und starrte nun seinerseits Peter an. Sein Erstaunen war um nichts geringer als das seiner Tochter, und er brauchte einen Moment, um seine Verblüffung zu verarbeiten. Danach sprudelte er jedoch heraus: »Na, wenn das keine Überraschung ist. So was – ja, Peter, mein Junge! Was kann ich für dich tun?«
»Ich möchte mit Ihnen sprechen.«
»So?« Mr. Mackenzie schüttelte beinahe ungläubig den Kopf. Dann nahm er wieder sein übliches geschäftsmäßiges Gehaben an und herrschte Mavis an: »Geh aus dem Weg, Mädchen.« Er schob sie beiseite und sagte zu Peter: »Komm weiter. Komm herein.« Und an seine Tochter gewandt, fügte er hinzu: »Steh hier nicht rum und halt Maulaffen feil.«
»Davy!« rief Mr. Mackenzie ins Obergeschoß. »Wir haben Besuch. Peter ist da.«
»Wer?«
Es war, als hätte jemand Davy aus dem Zimmer katapultiert, so rasch tauchte er oben an der Treppe auf. In Sekundenschnelle kam er zu den beiden heruntergepoltert und folgte ihnen ins Wohnzimmer, wobei er sich immer noch kaum zu fassen wußte: »Wenn das keine Überraschung ist! Wer hätte das gedacht, nach unserem letzten Gespräch, nicht wahr?«
Es kostete Peter einige Anstrengung, diese Bemerkung zu ignorieren, doch dann begann er ohne lange Umschweife: »Sie haben eine stehende Redewendung, Mr. Mackenzie, daß man nicht wie die Katze um den heißen Brei herumgehen soll. Lassen Sie mich also direkt zur Sache kommen. Ich bin bereit, meine Tankstelle samt

Grund und Boden für fünfzehnhundert bar auf die Hand zu verkaufen und möchte, daß alles innerhalb von zwei, drei Tagen zwischen uns abgewickelt wird.«
Davy stand mit offenem Mund da und starrte Peter nur an. Seine Augen wurden zu schmalen Schlitzen, dann schob er die Hand in die Hosentasche und sagte: »Ach . . .? Nun, darüber muß man natürlich erst reden. So was kann man nicht einfach übers Knie brechen.«
Auf eine einladende Handbewegung hin setzte sich Peter, und Davy, der tief Atem geholt hatte, fuhr fort: »Wieso denn plötzlich dieser Sinneswandel? Oh, ich weiß . . .« Er winkte mit der Hand ab. »Nun, das ist einzig und allein deine Angelegenheit. Aber fünfzehnhundert – Dad, was meinst du?«
Davy drehte sich zu seinem Vater um, und der sagte prompt: »Tja, weißt du, fünfzehnhundert, Peter – das können wir nicht.«
Obwohl das Gespräch noch keine Minute gedauert hatte, erhob sich Peter sofort wieder. »Das ist alles, was ich wissen wollte«, sagte er. »Fünfzehnhundert, nicht einen Penny weniger. So lautet mein Preis, an dem ich unter allen Umständen festhalte. Ihr könnt euch also das Feilschen sparen.«
»Nun, nun, Junge.« Mr. Mackenzie legte Peter die Hand beschwichtigend auf den Arm. »Nur keine Aufregung, mein Lieber. Geschäft ist Geschäft – so was kann man doch nicht in ein paar Minuten abmachen, würde ich sagen. Eine solche Sache muß doch bedacht werden.«
»Hört mal«, sagte Peter, die beiden dabei scharf ins Auge fassend: »Seit Montag drängt ihr mich, zu verkaufen. Nun will ich's tun, aber natürlich zu meinen Bedingungen und wann es mir paßt. Wollt ihr die Tankstelle oder wollt ihr sie nicht?«
Keiner von beiden antwortete. Dann, nach einer kurzen Pause, ging Mr. Mackenzie, in dessen Gesicht es heftig arbeitete, auf den in der Zimmerecke stehenden Schreibtisch zu, raffte seine Hosenbeine und ließ sich schwer in den Stuhl fallen.

»Wie wär's mit dreizehnhundert?«
Es war Davy, der dieses Angebot machte. Peter drehte sich um, sah ihn fest an und sagte: »Funnel zahlt den verlangten Preis, wenn ich ein paar Tage warte. Und« – er nickte bedeutungsvoll – »er ist nicht der einzige Interessent, laßt euch das gesagt sein.«
Diese letzte Bemerkung basierte mehr auf einem Wunschdenken und dem Bemühen, die beiden mit ihren eigenen Tricks zu schlagen, als auf handfesten Tatsachen. Aber Mr. Mackenzie, der genau wußte, welch günstige Gelegenheit sich da bot, wäre keineswegs überrascht gewesen, wenn Peter ihm ein halbes Dutzend Konkurrenten aufgezählt hätte, die es auf die Tankstelle abgesehen hatten. Deshalb gab er seinem Sohn ein Zeichen und sagte: »Überlaß das mir, mein Junge. Also.« Er stand auf. »Du gehst ganz schön ran, mein Lieber. Denn eins steht fest: Wenn die Straße nicht bald hier durchgelegt würde, müßtest du froh sein, einen Tausender zu bekommen.«
Peter fiel es nicht im Traum ein, die beiden daran zu erinnern, daß sie bis vor kurzem allerhöchstens achthundert Pfund geboten hatten.
»Wo sollen wir den gewünschten Betrag nur so schnell hernehmen, frag ich dich?« Mr. Mackenzie sah seinen Sohn an. »Soviel haben wir gar nicht flüssig, nicht wahr?« Davy ging sofort auf das Spiel ein und bekräftigte: »Nein, wahrhaftig nicht.«
»Wir könnten dir, wenn wir alles zusammenkratzen, die Hälfte in bar zahlen. Den Rest bekommst du dann später.«
Mr. Mackenzie fixierte Peter nun mit seinen kleinen hellglänzenden Augen. Doch Peter gab den Blick unerschrocken zurück und sagte in aller Ruhe: »Ich brauche den ganzen Betrag auf einmal, Mr. Mackenzie.«
»Wenn das nicht die Pistole auf die Brust setzen heißt, mein Lieber.« Mr. Mackenzie rieb sich mit dem Handballen heftig das Kinn. »Alles, was recht ist. Du kommst mir heute überhaupt richtig verändert vor. So kenne ich

dich gar nicht. Wie ausgewechselt. Auf einmal stellt sich heraus, daß du das Zeug zu einem cleveren Geschäftsmann hast.« Er kicherte ausgiebig, schnaufte dann tüchtig auf, was dem Kompliment die Würze wieder einigermaßen nahm, und rief schließlich laut: »Also dann, von mir aus. Der Handel gilt! – So was . . .« Er schlug sich auf die Schenkel. »Wenn man bedenkt . . . Nun ja, da du schon einmal da bist und wir uns einig sind, sollten wir es meiner Meinung auch gleich schriftlich festhalten, hm? Bloß, damit die Sache Hand und Fuß hat.«

Während sein Vater sich am Schreibtisch zu schaffen machte, nahm Davy eine Position ein, aus der er Peter besser beobachten konnte. Er musterte ihn unverhohlen, ziemlich verblüfft über die offensichtliche Veränderung – sowohl was sein persönliches Verhalten als auch was seine Meinungsänderung hinsichtlich des Verkaufs betraf. Innerlich zitterte Davy geradezu vor Aufregung: Tankstelle und Grund mochten im Moment vielleicht nur zwölfhundert wert sein. Sie jedoch bei den Zukunftsaussichten um fünfzehnhundert zu bekommen, war ein ausgesprochener Glückstreffer. In einigen Jahren würden sie, ohne groß investieren zu müssen, leicht ihre fünftausend dafür verlangen können und auch bekommen. Sein Blick wurde fast mitleidig. Er wußte, was Peter zu der blitzartigen Entscheidung veranlaßt hatte. Dieser Einfaltspinsel! Gern hätte er ihn ein bißchen aufgezogen, ihn an seiner wunden Stelle getroffen, hielt es jedoch für klüger, abzuwarten. Das Stück Papier, das dieser Tölpel da unterschrieb, besaß keinerlei verbindlichen Wert. Er sah, wie Peter die Feder niederlegte und wie angespannt sein Gesichtsausdruck dabei war. Nach dem abgeschlossenen Handel und einem heuchlerischen Händeschütteln blickte er ihm noch durchs Fenster nach, als Peter schwerfällig auf die Straße trat.

Kaum war die Tür ins Schloß gefallen, stand Mr. Makkenzie auch schon wieder im Wohnzimmer. Vater und Sohn blickten einander an und klopften sich glückstrahlend auf die Schultern.

»Endlich!« sagte Mr. Mackenzie. Dann knöpfte er sich seine Weste zu und befahl: »Hol den Wagen aus der Garage.«
»Wozu?«
»Wir fahren sofort zu Tyson.«
»Um diese Zeit? Er kann im Moment doch nichts unternehmen.«
»Wer sagt das? Und ob er das kann. Jedenfalls müssen wir die Sache ausführlich besprechen. Und da ich ihm erst vor kurzem zu einem guten Abschluß verholfen habe, wird er mir diesen Gefallen sicherlich erweisen. Zumindest können wir außer dem Schriftlichen alles festlegen. Bis spätestens Dienstag hat er dann den Vertrag ausgestellt, denn – unter uns: keiner ist mehr daran interessiert, daß die Sache vorangetrieben wird, als ich. Erst wenn alles unterzeichnet und besiegelt ist, werde ich richtig dran glauben können.« Er schlug seinem Sohn auf den Rücken. Ein Leuchten ging über sein Gesicht. Dann kniff er die Augen zusammen und nickte mehrmals, als er Bestandsaufnahme machte. »Vorige Woche der gute Vertrag, die Beteiligung an der Mühle, wobei sicher noch etwas herausschauen wird, und jetzt auch noch die Tankstelle samt Grund und Boden für ganze fünfzehnhundert Pfund! Wenn wir uns ein Jahr ordentlich dahinterklemmen, machen wir eine Goldgrube daraus. Dann wird er sich die Hand, die heute unterschrieben hat, abhacken wollen.« Er stieß Davy mit dem Daumen vor die Brust und fügte abschließend hinzu: »Wir werden ihnen schon allen zeigen, wer das Rennen macht, wenn unser Dorf erst einmal auf der Landkarte steht!«

Der Sonntagmorgen war sanft und ruhig. Anscheinend hatte die Natur die schlechte Laune vom Vortag vergessen. Reverend Collins wußte jedoch, daß seine Gemeinde weder dazu angetreten war, der Schönheit und Anmut des Morgens Respekt zu zollen noch um das Wort Gottes aus seinem Mund zu hören. Als er so auf seine Herde hinunterschaute, gab er sich keiner Illusion hin, daß diejenigen, die er für gewöhnlich nur bei Hochzeiten, Taufen, an Weihnachtsfeiertagen und am Erntedankfest zu sehen bekam, auch heute nicht wegen ihres Seelenheils hier waren. Der Grund bestand vielmehr in der günstigen Gelegenheit, nach dem Gottesdienst beisammenzustehen und zu tratschen – und was noch wichtiger war: es tun zu dürfen, ohne deshalb getadelt zu werden. Natürlich war ihm ausführlich über die turbulenten Geschehnisse im »Hirschen« berichtet worden. Seine Schwester hatte ihn zudem stundenlang traktiert, er solle in seiner heutigen Predigt jene anprangern, die tranken und Umgang mit lockeren Frauenzimmern pflogen. Er hatte sich aber standhaft geweigert, etwas Derartiges auch nur in Erwägung zu ziehen. Denn der Vikar kämpfte seinen persönlichen Kampf. Er war zutiefst beunruhigt darüber, daß er sich von der Erinnerung an sonnenbeschienenes Wasser, Sandbank und Gras, zwei freundlich blickende Augen und eine Stimme, die imstande war, alles außer sich selbst vergessen zu machen, nicht loslösen konnte.

Als er auf der Kanzel stand, befiel ihn eine nie gekannte Schwäche. Seine Kraft reichte gerade noch aus, um die aufgesetzte Predigt stereotyp vom Blatt zu lesen. Verständlich, daß er nicht der einzige war, der nach den Schlußworten erleichtert aufseufzte.

Außerdem fand er es einfach unerträglich, nach Beendigung des Gottesdienstes dazustehen, zu lächeln und mit den scheidenden Mitgliedern seiner Gemeinde die üblichen Banalitäten auszutauschen. Diesmal war Vikar Collins derart darauf versessen, sich zurückzuziehen, daß er nicht einmal abwartete, bis die Hauptschar der Kirchgänger das Freie erreicht hatte.

Der Major, der aus dem Vorraum auf den Kiesweg heraustrat, sah dem davoneilenden Pfarrer nach, zog die Nase kraus und dachte: Komischer Kauz. Ein bißchen unbeständig, wirklich. Und erst diese Predigt! Taugte nicht einmal als Schlafmittel. Keine Spur von Humor. Nun ja, da brauchte man sich ja nur den Vortag ins Gedächtnis zu rufen. Hatte sofort das Hasenpanier ergriffen, nur weil das Mädchen ihn ein klein wenig geneckt hatte. War schon eine verdammte Sache, das mit der Kleinen. Harry hatte ihm erzählt, daß sie krank sei und nicht mehr lange zu leben hätte. Er konnte gar nicht glauben, daß es tatsächlich so schlimm um sie stand. Sie war allerdings sehr blaß, aber das lag eben an ihrem Typ und dem Make-up, das sie auflegte. Paßte übrigens ausgezeichnet zu ihr, unterstrich gewissermaßen dieses gewisse Etwas. Was natürlich die Frauen sofort dazu veranlaßte, sie zu hassen. Und das taten sie, bei Gott. Man brauchte ja nur an den vergangenen Abend zu denken. Bei ihm zu Hause war die Hölle losgewesen, nur weil er mit der Kleinen im Festzelt beisammengesessen und gelacht hatte. Florrie war völlig außer sich gewesen. Und wie sie alle die alten Geschichten mit Connie Fitzpatrick aufwärmten. Was hatte dies Mädchen mit Connie zu tun? Wenn man Florrie so reden hörte, konnte man wahrhaftig annehmen, die Fremde unterhielte mitten im Dorf ein Freudenhaus. In dem Punkt übertraf seine Tochter an Gehässigkeit sogar noch ihre Mutter. Natürlich war Peter der Grund. Sie hatte sich auf ihn versteift – dabei wäre das niemals gutgegangen mit den beiden, nie und nimmer. Nun, das war wenigstens ausgestanden. Ganz gut so. Peter hatte jedenfalls am Abend vorher eine Riesenschlägerei angezettelt, weil irgendein Kerl versucht hatte, das Mädchen zu küssen. So was! Er wünschte, er wäre dabeigewesen. Bei einer Frau wie ihr mußte ja so etwas passieren, das war einfach unvermeidlich. Sterben – sie? Unsinn! Sie strotzte geradezu vor Lebensfreude, das konnte doch jeder sehen, der Augen im Kopf hatte.

Der Major straffte die Schultern, zupfte seinen Mantel gerade, reckte den Hals aus dem viel zu engen, steifen Kragen und fragte sich, wo zum Teufel die Weiber steckten. Er marschierte hügelabwärts, am zypressenbestandenen Friedhof vorbei. Als er um die Ecke bog, erblickte er sie: eine Gruppe von sechs oder mehr Frauen, darunter seine eigene. Und Florrie bildete sogar den Mittelpunkt. Er preßte die Lippen zusammen, schlenderte unbekümmert an ihnen vorbei, stieg in den Wagen und fuhr weg. Sie waren natürlich wieder mal dabei, die andern durchzuhecheln. Da sollten sie ruhig zusehen, wo sie blieben. Weder Mrs. Carrington-Barrett noch Florrie hatten auch nur im entferntesten bemerkt, daß das Familienoberhaupt sich davongemacht hatte, so vertieft waren sie, Mrs. Booths Hetzreden zu lauschen. Mrs. Carrington-Barretts Mund und Augen drückten deutlichen Widerwillen aus, während sich in Florries ansonsten unbewegter Miene höchstens so etwas wie düsterer Trotz abzeichnete.

»Vier von ihnen sind um sie herumgestrichen und sie hat die Kerle förmlich dazu animiert, sie zu küssen, wenn wir schon von ekelhaft reden«, sagte Mrs. Booth soeben. »Ich habe so etwas in meinem ganzen Leben noch nicht gesehen. Und der andere Fremde ist wie ein Geier daneben gestanden und hat zugeschaut. Aber wie ich schon sagte, er hat Peter Puddleton nichts getan, er hat ihn nicht angegriffen, bestimmt! Und trotzdem hat Peter sich wie ein Wahnsinniger aufgeführt – ausgerechnet er, der in früherer Zeit nicht einmal ein Huhn verscheucht hätte. Ich hab' ihn bisher stets für einen Waschlappen gehalten, muß ich gestehen. Es war doch nichts an ihm dran, er hat immer genau das getan, was seine Mutter ihn geheißen hat. Und dann verwandelt er sich binnen weniger Tage derart. Ich sage euch, dieses Frauenzimmer macht sämtliche Männer verrückt. Sie ist ja hinter jedem einzelnen hergewesen. Die hat nichts anderes im Kopf als Sex und noch mal Sex, kann ich euch verraten.«

»Genauso wie die, die sie untergetaucht haben.«

»Was meinst du, Gran?« Amelia Fountain, die ebenfalls genug wegen dieser »Dirne« – wie sie es ausdrückte – mitgemacht hatte, fühlte sich ganz und gar berechtigt, mitzusprechen. Sie beugte sich nun zu Grannie Andrews, die sich auf den Arm ihrer Tochter stützte, und fragte abermals: »Was hast du gesagt, Gran?«

Das runzelige Gesicht der Alten bildete einen richtiggehenden Faltenwurf, als sie hörbar kaute, ehe sie wiederholte: »Ich sagte, untertauchen – das ist es, was sie braucht. Der einzige Weg, um derart hitziges Blut abzukühlen. Die andere hat danach Reißaus genommen, jawohl.« Gran sprach von der »andern«, als hätte sich jener Vorfall erst vor kurzem ereignet.
Mrs. Carrington-Barrett lachte belustigt auf und rief: »Nun, nun, Mrs. Andrews. Wir dürfen allesamt nicht vergessen, daß inzwischen einige Zeit ins Land gegangen ist. Heutzutage muß man schon andere Methoden anwenden.«
»Was sagen Sie?« Gran, die den Tadel aus der Stimme der Majorsgattin deutlich herausgehört hatte, stellte sich plötzlich taub und rief abermals: »Was haben Sie gesagt?« Worauf ihre Tochter lautstark erläuterte: »Sie hat gesagt, daß man heutzutage so etwas nicht mehr macht und daß wir andere Methoden anwenden müßten.«
Aller Blicke richteten sich auf Gran, die von einer zur andern sah, jede von ihnen fest ins Auge faßte und schließlich hervorstieß: »Ja, ja, schon möglich. Nur nicht so wirkungsvoll, nicht halb so wirkungsvoll. Unser Dorf wird sich noch in ein richtiges Sündenbabel verwandeln, wenn das so weitergeht, ihr werdet schon sehen. Denkt an meine Worte! Ich habe nicht vergessen, wie die Dirne es getrieben hat. Kein Mann ist vor so einer sicher. Nun, ich habe euch gewarnt. Komm jetzt.« Sie zerrte ihre Tochter am Arm. »Kann nicht solange herumstehen. Hab' mir heute schon viel zuviel zugemutet.«
»Wiedersehen, Gran.«
Ein Chor von Abschiedsgrüßen begleitete die beiden Andrews die Auffahrt hinunter; Mrs. Carrington-Barrett, Mrs. Fountain, Mavis Mackenzie und Miß Collins hatten sich während der Ausführungen von Mrs. Booth und der alten Frau höchst schweigsam verhalten. Nun aber machte Miß Collins den Mund auf und rief, während sich aller Aufmerksamkeit auf sie richtete: »Nie zuvor habe ich mir so gewünscht, keine Christin zu sein!«

Diese Bemerkung schien jeder von ihnen derart aus der Seele zu sprechen, daß allgemeine Unruhe die Frauen ergriff. Und schon spann Miß Collins eifrig den Faden weiter: »Wenn die sich bei uns niederläßt, wird kein Mann vor ihr sicher sein, nicht ein einziger.«
Hierauf entstand eine Pause; die kleine Gruppe verhielt sich mucksmäuschenstill. Sie wartete bloß ab. Abermals fuhr Miß Collins fort: »Ich weiß es, ich spüre es geradezu! Dieser Name allein spricht Bände: ›Glanzstück‹ – ich bitte Sie! Das Weib wird so lange durch Battenbun glänzen, bis bei uns alles drunter- und drübergeht. Und es wird keine Minute Ruhe geben, solange sie hier ist. Keine Frau kann mehr sicher sein, wo sich ihr Mann befindet, oder besser gesagt: Sie kann höchstwahrscheinlich nur allzu sicher sein.«
»Wer hat denn behauptet, daß sie sich hier niederlassen will?« Florries Stimme bebte geradezu vor Empörung.
»Mavis.« Miß Collins deutete mit einer Kopfbewegung auf die Genannte. »Sie sagt, daß er sie heiraten wird.«
»Heiraten?» tönte es Miß Collins im Chor entgegen, in den nur Florrie nicht einstimmte. »Woher haben Sie diese Nachricht?« fuhr sie Mavis wütend an, als handle es sich um eine Frage, die nur sie beide betreffe. Mavis, die nun den Mittelpunkt bildete, wurde jedoch auf einmal ausweichend. »Ich weiß nicht mehr genau, wer es gesagt hat, aber ich habe es jedenfalls gehört.«
Es gab für die Gruppe nicht den geringsten Zweifel, daß Mavis etwas verschwieg. Außerdem war Mrs. Carrington-Barrett klar, daß ihre Tochter sich mit diesem Ausbruch kompromittiert hatte. Aus mehr als einem Grund wäre sie selbst nur froh darüber gewesen, wenn Peter Puddleton die Fremde zur Frau genommen hätte. Zumindest würde es dann keine weiteren »Waldläufe«, wie sie es insgeheim nannte, mehr geben. Wo kein Feuer war, gab es bekanntlich auch keinen Rauch . . .
»Aber, Miß Mackenzie«, sagte sie daher in aufmunterndem Ton. »So etwas Wichtiges darf man einfach nicht vergessen.«

»Oh, laßt mich doch in Frieden. Vielleicht habe ich mich auch geirrt – schließlich kann sich jeder mal verhören.«
»Also wirklich!« sagte Mrs. Carrington-Barrett offensichtlich zutiefst beleidigt. »Wirklich«, wiederholte sie mit Nachdruck.
Mavis, die nun rot bis zu den Ohren war, kämpfte in all ihrer Verwirrung tapfer damit, ihre Lippen über die Zähne zu bringen. Wenn ihr Vater ihr nicht die schlimmsten Folgen angedroht hätte, falls sie ein Wort verrate – mit Begeisterung würde sie alles erzählt haben, was sie wußte. Aber so traute sie sich einfach nicht, weil es ja eng mit dem schwebenden Geschäft zusammenhing. »Sollte nämlich etwas davon durchsickern«, hatte Mr. Mackenzie seiner Tochter eingeschärft, »dann wird ihm Funnel bei Tagesanbruch gleich weiß Gott was offerieren. Also wehe, du machst auch nur die geringste Andeutung, Mädchen. Du weißt von nichts, hast du verstanden?«
Mavis war natürlich klar, daß sie sich höchst ungeschickt verhalten und bereits zuviel ausgeplaudert hatte. Aber wie konnte sie ahnen, daß die andern darüber derart aus dem Häuschen geraten würden. Vor allem die Schwester des Vikars: nach ihrem Verhalten hätte man meinen können, sie selbst habe es auf Peter abgesehen. Ihre Aufmerksamkeit wurde von Miß Collins auf Mrs. Booth gelenkt, als diese mit vor Erregung zitternder Stimme erklärte: »Nun, damit ist die Sache entschieden. Es muß etwas unternommen werden.«
Über den Grabsteinen am Hügelabhang tauchten die Köpfe von Grannie Andrews und ihrer Tochter auf, die sich langsam aufs Dorf zubewegten. Bei ihrem Anblick murmelte Mrs. Booth etwas vor sich hin, was Mrs. Carrington-Barrett nicht verstand. Ihrer Gewohnheit zufolge, niemals Unklarheiten aufkommen zu lassen, fragte sie sogleich: »Was haben Sie gesagt, Mrs. Booth?«
»Ach herrje«, seufzte Mrs. Booth auf, als müsse sie sich erst in die Wirklichkeit zurückrufen. »Ich dachte gerade, welch ein Jammer es ist, daß wir heutzutage nicht mehr so handeln können wie die damals. Grannie Andrews

hatte recht: Eine kräftige Abreibung erweist sich stets als bestes Heilmittel.«

Mrs. Carrington-Barretts dünnes Auflachen flatterte unter den Zypressen dahin. »Aber, aber, Mrs. Booth. Zu solchen Methoden dürfen wir uns doch wahrhaftigen Gotts nicht versteigen. Du meine Güte! Stimmt doch, Miß Collins, oder? Nicht mehr in unsrer heutigen Zeit.«

Miß Collins antwortete nicht gleich, sondern starrte schweigend eine Weile in die Ferne, wie bereits zuvor Mrs. Booth. Dann sagte sie, als beantworte sie damit ihre eigenen Gedanken: »Eines stimmt: So kann es nicht weitergehen! Sie ist in unser Dorf eingefallen. Ich neige bestimmt nicht übermäßig dazu, mir über den Teufel und dergleichen den Kopf zu zerbrechen« – sie blickte rasch in die Runde, um deutlich zu machen, wie modern sie dachte –, »aber es scheint mir doch die Grenzen der Schändlichkeit bei weitem zu überschreiten, wenn ich mir alle bisher mit ihr zusammenhängenden Vorfälle vor Augen führe.«

Eben wollte sie auf Mrs. Carrington-Barretts Drängen noch näher auf diese erwähnten Vorfälle eingehen, als Mr. Fraser, der Kirchendiener, aufgeregt um die Ecke geeilt kam und ihr, noch ehe er die Gruppe erreicht hatte, zurief: »Miß – Miß, kommen Sie schnell – dem Vikar geht's nicht gut!«

»Was?« Schon eilte die Jungfer dem Küster entgegen, der sich sogleich auf dem Absatz umdrehte und schnurstracks den Weg, den er eben gekommen war, zurückzulaufen begann, wobei er ihr über die Schulter zurief: »Ihm ist plötzlich schlecht geworden, und dann ist er umgefallen. Du meine Güte, ich habe den Vikar noch nie in einer derartigen Verfassung gesehen. Er muß sich über irgend etwas maßlos aufregen, denn er spricht unentwegt vor sich hin!«

Als die Stimme des Küsters nicht mehr zu hören war, sahen die Frauen einander an. Dann sagte Mrs. Carrington-Barrett: »Der arme Mann. Das sind die Nerven, nehme ich an. Er kam mir schon während der Predigt

ganz anders vor als sonst, finden Sie nicht auch? Bestimmt ist er überarbeitet.«
Alle sahen sich betroffen an, und es war deutlich zu merken, was sie dachten: Nerven? Überarbeitung? In *unserm* Dorf? Nein, nein, *sie* war es – sie hatte selbst den Pfarrer durcheinandergebracht! Die Geschichte von damals wiederholte sich von A bis Z.
Florrie räusperte sich als erste bedeutsam und sagte, indem sie ihrer aller Gedanken zusammenfaßte: »Das kann nur eines bedeuten – ich meine, darüber sind wir uns doch völlig im klaren!«

10

Rosies äußere Welt drehte sich notwendigerweise um ihre Familie. Daß sie in tausend Stücke zerfallen und durch die Ereignisse der vergangenen Tage zum wahren Chaos geworden war, überraschte sie deshalb nicht. Aber daß es nun mit ihrer inneren Welt, mit ihrer seelischen Stabilität genauso stand, war nicht nur überraschend, sondern bedrückend schmerzlich.
Sie war in der festen Meinung groß geworden, daß eine Sache entweder richtig oder falsch war. Man konnte nur recht oder unrecht haben. Halbheiten hatte es bei Rosie nie gegeben. Sie war immer davon überzeugt gewesen, daß sie Menschen auf den ersten Blick richtig einschätzen könne. Aber nun sah sie sich in ihren Grundfesten erschüttert.
Als Rosie am vergangenen Abend ins Vorderzimmer gegangen war, hatte sie genau gewußt, was sie sagen würde. Es mußte kurz und direkt sein, das stand fest: ob das Mädchen nun krank war oder nicht, in absehbarer Zeit sterben mußte oder nicht – woran Rosie ohnehin zweifelte. Wozu erst lange um die Sache herumreden. Und dann, als sie der Fremden gegenübergestanden war, hatte sie überhaupt nichts gesagt. Es war das Mädchen, das geredet hatte. Und wenn jemand sich ohnehin selbst die Schuld an all der angerichteten Aufregung gab – was blieb da noch viel hinzuzufügen?
Unwillkürlich mußte Rosie sich während des Zuhörens eingestehen: Die spricht ganz anders, als sie aussieht. Und später dachte sie bei sich: Ich kann verstehen, daß Peter von ihr so eingenommen, ja fasziniert ist . . . Zwar

konnte sie nicht genau erklären, was diese Gefühle in ihr auslöste, sie wußte nur, daß die Fremde etwas Besonderes war. Daran änderte auch das zerzauste Blondhaar und der alte Regenmantel von Peter, in den sie eingewickelt war, nichts. Wäre Rosie in der Lage gewesen, klar zu überlegen, was dieses Undefinierbare an dem Mädchen war, das sie allesamt so gefangennahm, dann hätte sie es »ihre Ehrlichkeit« nennen müssen.

Das Gespräch endete jedenfalls mit dem Ergebnis, daß sie der Fremden kurz und bündig befahl, sich wieder hinzulegen. Nicht nur das: sie versprach sogar, ihr etwas zu essen heraufzubringen, und schlug schließlich noch vor, daß sie auch am nächsten Tag im Bett bleiben solle.

Diese mehr als freundschaftliche Geste entsprang allerdings nicht ausschließlich christlicher Nächstenliebe. Nein, sie konnte den Gedanken noch immer nicht ertragen, ihren Peter mit der Fremden zusammen zu wissen. Egal, wie sehr die andere in ihrer Gunst auch gestiegen sein mochte – das änderte doch nichts an der Tatsache, daß ihr Junge dies Mädchen vor kaum einer Woche nicht gekannt, geschweige denn etwas von dessen Existenz gewußt hatte . . . Und jetzt konnte er ohne sie nicht mehr leben! Alles hatte er beiseite gestoßen ihrethalben – selbst seine Mutter. Nein, entschied Rosie bei sich, wenn die Kranke schon bleiben mußte, dann war sie für die Zeit ihrer Anwesenheit im Bett am besten aufgehoben.

Als Peter jedoch von den Mackenzies zurückkam und gleich nach oben ging, waren all ihre Sinne auf das höchste geschärft. Und als sie die beiden nicht einmal mehr sprechen hörte, spielte ihr die Einbildungskraft weiß Gott was für Streiche. Gequält fragte sich Rosie, ob ihre Entscheidung nicht vielleicht doch falsch gewesen war.

Aber am Sonntag waren ihre Gefühle besänftigt, denn Peter hielt sich fast überhaupt nicht mehr daheim auf. Von frühmorgens an war er in der Tankstelle gewesen und sein Zusammensein mit Leo hatte sich auf zwei kurze Besuche beschränkt. Ob er wohl gespürt hatte, wie seine Mutter diesbezüglich empfand? Deshalb ging er ihr auch vermutlich aus dem Weg, um sie nicht unnötig aufzuregen.

Es war bereits spätabends, und Peter befand sich noch immer im Geschäft. In gewisser Weise verständlich, da er wünschte, alles ordnungsgemäß zu hinterlassen, von den Büchern angefangen bis zum Ersatzteillager. Was Rosie nun aber verwirrte und ausgesprochen stutzig machte, war inzwischen das Verhalten von Harry und den beiden Alten. Irgend etwas schien im Busch zu sein. Harrys Laune war am Vorabend auf dem Tiefpunkt gewesen. Den größten Teil der Nacht hatte er sich im Bett herumgewälzt und vor sich hin gemurmelt. Das wußte sie genau, denn auch sie hatte so gut wie kein Auge zugemacht. An diesem Sonntag morgen war er dann mit unheilverkündender Miene aufs Gut gegangen – eine selbstauferlegte Pflicht, die er gern als Ausflucht gebrauchte, um von daheim fortzukommen. Auch die beiden Alten hatten finstere Gesichter gemacht und sich wortkarger denn je gegeben.

Um so erstaunter und argwöhnischer wurde Rosie, als sich die Einstellung der drei in Sachen Geschäftsverkauf kurz nach Harrys Rückkehr plötzlich änderte. Ja, auf einmal standen sie Peter sogar mit Rat und Tat zur Seite und erklärten ihm offen, daß er letzten Endes vielleicht doch das Klügste getan habe, als er sich zu diesem Schritt entschloß.

Für einen Außenstehenden hätte es scheinen können, als ob Harry, nachdem er die Sache gründlich überlegt hatte, sich eben in das Unvermeidliche zu schicken begann. Jedem andern wäre das vernünftig vorgekommen. Aber nicht Rosie, die ihren Mann seit Jahren in- und auswendig kannte. Deshalb ließ sie sich von seinem plötzlich so freundlichen Auftreten nicht täuschen, sondern war auf der Hut. Sie wußte, daß da etwas dahintersteckte. Ihr Verdacht bekam neue Nahrung, als sie die beiden Alten beim Tee dann genauso verändert erlebte. Das erinnerte sie instinktiv an damals, als sie Anstrengungen unternommen hatte, mehr Selbständigkeit zu gewinnen.

Vor acht Jahren, als sie vierundvierzig gewesen war, hatte sie beschlossen, daß ihre Männer in Zukunft für sich selbst sorgen sollten – das heißt mit Ausnahme Peters. Sie würde der Familie eine Art Rahmenservice zukommen lassen, hatte sie verkündet, und ansonsten ihre Rechte beanspruchen wie andere Frauen auch: mal was von der Welt sehen, nicht nur in Schürze und Kittel herumzurennen, Einkaufsbummel in Hexham zu machen ... Kurz und gut, sie gedachte ihrem jahrelang geduldig ertragenen Sklavendasein ein Ende zu bereiten.
Dabei war Rosie allerdings ein großer Fehler unterlaufen: Als sie wieder einmal bis aufs Blut miteinander stritten, verriet sie den Dreien ihr Konzept. Und sie hätte schwören können, daß die sich schon am nächsten Tag irgendwo zusammengesetzt und einen Gegenplan entworfen hatten. Denn von jenem bewußten Tage an war Harry plötzlich wie umgewandelt. Er wurde schlagartig rücksichtsvoll und häuslich, ja geradezu liebevoll, und erwies ihr jede nur erdenkliche Aufmerksamkeit. Natürlich hatte sie das eine Zeitlang äußerst erfreulich gefunden. Sie war geradezu aufgeblüht, alle Leute ringsum bemerkten es.
Und dann – peng! – erwachte Rosie eines Morgens und fühlte sich schwanger. Sie war vierundvierzig und »darüber« hinaus, es konnte einfach nicht sein. Als die Regel ausblieb, hatte sie das dem Klimakterium zugeschrieben: sie war in letzter Zeit schließlich schon öfter mal überfällig gewesen. Diesmal lag der Fall jedoch anders. Und was die größte Ungerechtigkeit war: sie kam mit Zwillingen nieder, und zwar wieder Jungens; beide mit der typischen Puddleton-Höckernase, dem großen Puddleton-Mund und dem Puddleton-Schielen. Tja, damals hatten sie ihr Honig ums Maul geschmiert, und heute taten sie dasselbe bei Peter. Kein Wunder, daß bei Rosie sämtliche Alarmglocken schrillten.
Obwohl sie alles auf der Welt getan hätte, um die ganze Geschichte ungeschehen zu machen, war sie sich deutlich dessen bewußt, daß das Leben ihres Jungen durch

seine Liebe zu dem Mädchen eine Wandlung erfahren hatte. Und da dieses Mädchen aus diversen Gründen nicht hier im Dorf bleiben konnte, mußte Peter eben die Tankstelle verkaufen und mit ihr weggehen. Was sie jedoch allesamt so erbittert hatte, besonders Harry, war der Umstand, daß gerade ihre ärgsten Widersacher sich dieses Geschäft unter den Nagel rissen. Und dennoch steckte er auf einmal mit den beiden Alten unter einer Decke, ermutigte Peter in jeder Weise und sagte, daß dies wahrscheinlich das Beste sei. Das war gegen alle Vernunft! Sie kannte doch die Puddletons. Die heckten was aus, um Peter nicht zu verlieren.
So schlimm die Dinge im Moment auch standen – Rosie sagte sich, daß es noch schlechter werden könnte. Zum Beispiel, falls der Verkauf der Tankstelle nicht zustande kam und Peter gezwungen war, hierzubleiben. Denn wenn er kein Geld hatte, würde er natürlich zögern, sie fortzubringen, zumindest so lange, bis die Dinge neu geregelt waren. Das würde bedeuten, daß sie und das Mädchen den ganzen langen Tag zusammen leben müßten, noch dazu mit diesen drei Tunichtguten ... Und auf wessen Seite die standen, ließ sich unschwer erraten. Nein, nein, das war zuviel, das konnte sie bei Gott nicht ertragen. Als endlich am Abend dieses schier endlosen Sonntags Peter, sein Vater und der Großvater müde heimkamen und offensichtlich einen noch niedergeschlageneren Eindruck machten als am frühen Morgen, trieb Rosie die Männer zur Eile an. Sie wollte das Essen auf den Tisch bringen können, um auch für heute fertig zu werden. Die überraschende Fügsamkeit, mit der ihren Anweisungen Folge geleistet wurde, verblüffte sie aufs äußerste. Als sie Peter einen Moment allein erwischte, winkte sie ihn in die Küche, schloß hastig die Tür und flüsterte: »Riechst du den Braten?«
Er sah sie mit zusammengekniffenen Augen an. »Wieso? In welcher Beziehung?«
»Ich meine unsere drei Helden. Was hat deinen Pa wohl dazu veranlaßt, seine Meinung zu ändern, frag' ich dich.

Gestern abend hätte er dich wegen des Verkaufs noch umbringen können. Und als sich noch dazu herausstellte, daß die Mackenzies sie bekommen sollen, dachte ich schon, er werde im nächsten Moment überschnappen. Du hättest mal miterleben müssen, wie er sich nachts pausenlos herumgeworfen hat. Und sieh ihn dir jetzt an – ihn und die beiden Alten. Ich sag' dir, da ist etwas im Gang.«

Peter blickte zum Fenster hinaus und überlegte blitzschnell: Sie hatte recht. Die Stimmung war grundlegend umgeschlagen. Und er hatte schon gedacht, der Grund läge darin, daß sie ihn nicht ziehen lassen wollten. Nach der Szene des vergangenen Abends war er eigentlich heilfroh, die Gemüter inzwischen beruhigt zu wissen. Aber nun sah er die Sache mit Rosies Augen und pflichtete ihr bei: Die drei führten etwas im Schilde. Bloß was?

Er drehte sich wieder zu seiner Mutter um und sagte: »Es gibt doch keine Fußangeln beim Vertrag, das müßte ich ja wissen . . .«

»Nein, das ist es nicht, soviel ich mir zusammenreimen kann«, flüsterte sie. »Der Haken muß woanders liegen. Überleg doch mal: Du nimmst ihnen etwas weg, was sie alle mit aufgebaut haben, und sie benehmen sich wie die reinsten Engel. Das ist nicht normal, nicht bei denen. Gestern abend ja, aber nicht heute. Hältst du es für möglich, daß dein Vater mittlerweile mit den Mackenzies gesprochen hat?«

»Was würde ihm das nützen?« erwiderte Peter gleichfalls in gedämpftem Ton. »Die sind derart scharf auf die Tankstelle, daß es nicht mehr feierlich ist. Außerdem hab' ich Davy und den Alten heute gegen zehn nach Hexham rüberfahren sehen, und wie ich die kenne, werden sie alles daransetzen, daß der Vertrag so schnell wie möglich unter Dach und Fach kommt. Die wissen genau, was sie wollen, verlaß dich drauf. Sonst wären sie niemals auf meine Forderung eingegangen.«

Sie sahen einander an; dann drehte sich Rosie seufzend um und sagte: »Nun, irgendwas stimmt nicht, das lass'

ich mir nicht nehmen.« Als sie von nebenan unterdrücktes, jedoch deutlich triumphierendes Lachen hörten, fuhr sie nervös zusammen und raunte: »Verstehst du, was ich meine! Kein einziges Mal hat mich dein Vater heute angefaucht seit dem Mittagessen. Auch die beiden andern waren lammfromm. Ich sag' dir nur so viel: Es wird gut sein, wenn du deine Ohren steifhältst.«
Damit machte sich Rosie wieder an ihre Arbeit, während Peter in angestrengtes Grübeln verfiel. Sie hatte sicherlich recht: Aber was konnten sie denn vorhaben? Er zermarterte sich das Hirn; so sehr er jedoch überlegte, ihm fiel nichts ein, was dieses Geschäft hätte zerschlagen können.
Mochte Peter am Vorabend auch noch der Meinung gewesen sein, der Verkauf der Tankstelle sei seine Privatangelegenheit, so wurde er durch die Ereignisse im Laufe des Sonntags eines Besseren belehrt. Verschwunden war die alte vertraute Herzlichkeit, mit der ihm die Dorfbewohner bisher stets begegnet waren. Als er heute die Straße hinunterging, mußte er feststellen, daß die Leute sich bei seinem Auftauchen in die Häuser zurückzogen oder, wenn das nicht mehr möglich war, Umwege in Kauf nahmen, nur um ihm auszuweichen. Die ganze Schuld an der Rauferei war offensichtlich ihm in die Schuhe geschoben worden; und wenn schon nicht ihm, dann Leo – was schließlich auf dasselbe hinauslief. Er würde auch einige Zeit brauchen, die Szene zu vergessen, die sich vormittags im »Hirschen« abgespielt hatte, als er hinübergegangen war, um Leos Sachen zu holen.
Erst einmal hatte Mr. Booth ihn dadurch einzuschüchtern und aufzuhalten versucht, daß er von ihm die Bezahlung des angerichteten Schadens verlangte. Als Peter mit dem Gepäck im Korridor stand, hatte der Wirt ihm glatt den Weg versperrt, ihm vorgerechnet, daß zwei Stühle, ein Tisch sowie einige Fensterscheiben kaputtgegangen seien und dem verdattert Dastehenden rundweg mit einer Klage gedroht. Währenddessen war auch Mrs. Booth dazugestoßen. In seiner Verwirrung bekam Peter gar

nicht so recht mit, was sie sagte, sondern nur, wie sie es sagte, nämlich mit unversöhnlicher Rachsucht. Wie eine Besessene schrillte sie ihm ihre Vorwürfe ins Gesicht: der Vikar sei krank, der Major habe sich vergessen und unsterblich kompromittiert, Amelia Fountain wäre entschlossen, ihren Bill zu verlassen, von anderen gar nicht zu reden. Sie beließ es bei den »anderen«, richtete ihre Basedowaugen jedoch mit derartiger Eindringlichkeit auf ihren Gatten, bis er sie unter Einsatz all seiner beträchtlichen Kräfte ins Nebenzimmer abdrängte. Diesen Moment nutzte Peter, um sich davonzumachen.
Die ihm von allen Seiten entgegengebrachte Geringschätzung und die Szene im »Hirschen« hatten Peter irgendwie mehr beunruhigt als der Raufhandel am vergangenen Abend. Aus diesem Grund war er mit dem Dorf ebenso fertig wie das Dorf offensichtlich mit ihm, und obwohl er es sich nicht eingestehen wollte, traf ihn diese Ablehnung tief.
Er durchquerte das Wohnzimmer, murmelte auf Rosies Blick, den sie ihm vom Tisch her zuwarf, nur: »Komm gleich!« und ging nach oben.
Als er die Tür zu seinem Zimmer öffnete, sah er sofort, daß Leo auf ihn gewartet hatte. Es war, als hätte sie seit seinem letzten Besuch die Augen nicht mehr von der Tür gewandt. Wortlos trat er ans Bett und nahm sie in die Arme. Und sie klammerte sich mit einer Kraft an ihn, die in völligem Gegensatz zu ihrer Zartheit stand. Mit seinen Lippen auf den ihren drückte er sie sanft in die Kissen zurück und fragte zärtlich, nachdem er sie einen Moment lang besorgt gemustert hatte: »War's ein langer Tag?«
»Nein«, antwortete sie und schüttelte den Kopf. »Die Jungs waren riesig nett und haben mir Gesellschaft geleistet.« Mit den Fingern zeichnete sie seine Backenknochen nach. »Ich habe alles über dich und dieses Zimmer erfahren. Dein ganzes Leben scheint damit verknüpft zu sein. Peter . . .« Ihre Stimme wurde drängend, und sie ergriff nun krampfhaft seine Hände. »Ich fühle mich so

schuldig. Wäre ich nicht aufgetaucht, könntest du immer noch hier glücklich sein. Das ist schließlich deine Heimat – dieses Haus, dieses Dorf ...«

»Sei still.«

»Nein, ich kann nicht.«

»Du mußt einfach. Paß auf, was ich dir sage.« Er nahm ihr Gesicht zwischen seine Hände. »Gerade in den letzten paar Tagen habe ich erkannt, was mir vorher überhaupt nie zu Bewußtsein gekommen ist: daß ich nur gemächlich und bequem vor mich hingelebt habe, weder glücklich noch traurig war. Ich war mir des Lebens gar nicht bewußt, weißt du – des tatsächlichen Lebens, meine ich.«

Als er sie liebevoll ansah, sagte sie: »Du kannst noch soviel reden, ich weiß, was ich weiß.« Dann fragte sie mit einem Eifer, den sie zu verbergen trachtete, der ihm jedoch nicht entging: »Wann brechen wir auf, Peter?«

»Sobald der Vertrag unterzeichnet ist.« Er rieb ihr mit dem Knöchel des Zeigefingers sanft über die Wange.

»Deine Mutter wird mir nicht verzeihen, nie und nimmer!«

»Doch, doch, keine Sorge. Ich kenne sie ... Sie wird schon einlenken, sie ist auf dem besten Weg dazu.«

Leo schüttelte den Kopf, dann sagte sie: »Ich könnte es nicht, an ihrer Stelle ... Wohin gehen wir, Peter?« Nachdem sie diese Frage gestellt hatte, lachte sie kurz auf und fügte hinzu: »Siehst du? Ich weiß nicht einmal mehr, wohin ich will.«

Mit einer raschen Bewegung ließ er seine Hände unter ihre Achseln gleiten, zog sie zu sich hoch und sagte leise: »So soll es auch sein. Ich treffe ab sofort die Entscheidungen. Und ich kann dir schon jetzt verraten, daß du in unserem alten Austin sicherer sein wirst, als du es in deinem Alvis jemals gewesen bist. Wir werden irgendwo ein hübsches Plätzchen finden, ein kleines Haus oder eine Wohnung im Grünen, und dann werde ich anfangen, dich hochzupäppeln, und es wird dir bestimmt bald bessergehen.«

»Ach, Peter« – ihre Miene sah gequält aus – »flüchte dich doch nicht in solche Illusionen, das macht die Dinge nur noch schlimmer. Ich hab' es auch getan, und dann mußte ich . . .«
Er legte ihr die Hand auf den Mund und sagte mit einer solchen Bestimmtheit, daß er es beinahe selbst glaubte: »Es wird alles gut, oder du sollst nicht Mrs. Puddleton heißen! Nein, bitte, weine nicht, Liebling – nicht!«
Als er ihr die Augen trocknete, schreckte sie Rosies Stimme auf, die vom Fuß der Treppe rief: »Das Essen wird noch eiskalt.« Sie sahen einander verständnisinnig an, und er flüsterte: »Lächle – los. Nur noch ein, zwei Tage – dann . . .«
Und als sie tatsächlich zu ihm auflächelte und seine Finger der Reihe nach mit tränenfeuchten Lippen küßte, mußte er sich rasch abwenden, um von der Qual dieser Liebe nicht übermannt zu werden und nicht gleichfalls die Fassung zu verlieren.

Am Tisch herrschte beklemmendes Schweigen, als Peter sich setzte; er unternahm nichts, es zu brechen. Schließlich fing Harry an zu sprechen, wobei die Blicke der andern auf ihm ruhten.
»Wie kriegst du dein Geld, Junge?« fragte er. »In bar oder als Scheck.«
Die Gabel, die Peter eben zum Munde führen wollte, stockte auf halbem Wege, und er sagte: »In bar. Weshalb fragst du?«
»Oh, aus keinem besondern Grund. Ich wollt' es bloß wissen.«
»Warum willst du das wissen?« fragte Peter abermals, die Gabel immer noch in der Schwebe haltend.
»Darf ich vielleicht keine Fragen stellen?«
»Kommt mir nur komisch vor«, sagte Peter und schluckte endlich hinunter.
»Nun, ebensogut könnte ich sagen, daß ich es komisch finde, das Ganze in bar einzustreichen, nicht?«
»Nein. Weil ich noch nicht genau weiß, wo ich mich nie-

derlassen werde, und damit rechnen muß, jederzeit flüssig sein zu müssen. Wenn ich erst mal eine Bleibe gefunden habe, werde ich natürlich ein Konto eröffnen.« Aus Rücksicht auf Rosies Gefühle sagte er »ich« statt »wir«.
»Ist eine ganze schöne Summe, die du da mit dir herumzuschleppen gedenkst«, meinte der Großvater ruhig.
Ach so! Sie wollten das Geld zurückbehalten. Rosie ließ das Messer auf den Teller klappern und rief aus: »Er ist ja kein Kind mehr. Wenn er jetzt noch nicht auf sein Geld aufpassen kann, wann denn dann?«
»Stimmt, da hast du recht. Er ist kein Kind mehr.« Diese ausdrückliche Zustimmung von seiten Harrys nahm ihr den Wind aus den Segeln und stürzte sie erneut in Verwirrung. Sie wollte sich schon wieder ihrem Teller zuwenden, als Harry, während er an einem Lendenstück kaute, zu ihr hinsah und sie ganz ruhig, ja direkt in Konversationston, fragte: »Und was wirst du mit deinem Anteil machen, meine Liebe?«
Rosies Stuhl kreischte geradezu auf unter ihrer heftigen Bewegung. Da lag also der Hase im Pfeffer – sie hatte sich nicht getäuscht! Wenn ihnen schon sein Anteil durch die Lappen ging, dann wollten sie ganz offensichtlich alles daransetzen, sich des ihren zu versichern. Sie schüttelte abwehrend den Kopf und rief kämpferisch: »Ich leg's sofort in Wertpapieren an, sowie ich's habe, verstanden?« Entrüstet blickte sie mit funkelnden Augen in die Runde. Zu ihrer grenzenlosen Verblüffung sahen die drei Männer sie nur äußerst fügsam an und nickten verständnisvoll. Und als Harry gar noch hinzufügte: »Sehr gescheit, Schätzchen«, war Rosie der Situation einfach nicht mehr gewachsen. Sie sprang auf und rannte wortlos in die Küche. Peter betrachtete aufmerksam seinen Vater, der anscheinend mit dem größten Appetit sein Abendessen verzehrte, und dachte bei sich: Und ob sie recht hat. Die haben was vor!

11

Der Urgroßvater fühlte sich miserabel; er war so elend beisammen, daß er nicht einmal Lust verspürte, die Zwillinge und Tony anzubrüllen, als sie beim Hinauslaufen einfach das Gartentor offenstehen ließen. Natürlich war das eine prompte Einladung an sämtliche Dorfköter, die nicht versäumten, der Reihe nach ihre Botschaften zu hinterlassen. Es würde was setzen, wenn Rosie zurückkam und sah, wie ihre Blumenbeete zerwühlt waren. Zu jedem anderen Zeitpunkt hätte er sich höchstens ins Fäustchen gelacht und gedacht: Soll sie nur allein damit fertig werden. Anders heute. Da hätte er am liebsten alles in seiner Macht Stehende getan, um die Sache ungeschehen zu machen. Denn vermutlich genau in diesem Moment unterschrieb Rosie in Hexham den Vertrag, womit der Verkauf der Tankstelle an die Mackenzies abgeschlossen war.

Langsam wanderten die Blicke des Urgroßvaters die Straße entlang. Von heute an, das spürte er genau, würde es mit seiner Freude am Leben und Treiben auf der Straße vorbei sein. Er würde nicht mehr die geringste Lust verspüren, zur Tankstelle hinüberzublicken. Und doch! Wenn die Dinge wunschgemäß ihren Lauf nahmen, würde er vielleicht weiter gern an seinem angestammten Fensterplatz sitzen und sich obendrein krummlachen – mochte Peter dann auch nicht mehr hiersein. Seine Sachen waren längst gepackt, ebenso wie die ihren. Morgen um diese Zeit waren die zwei schon über alle Berge. Der Junge würde ihm riesig abgehen. Und sie auch. Warum, um alles in der Welt, ließen sich gewisse Dinge nicht

vernünftig regeln, so daß die beiden hierbleiben konnten . . .!
»Urgroßvater?«
Beim Klang ihrer Stimme drehte er sich rasch zur Tür um und rückte sich automatisch seine Kappe zurecht.
»Hallo, Kind – gerade habe ich an Sie gedacht. Kommen Sie, setzen Sie sich zu mir, meine Liebe.«
Leo trat ein, sagte jedoch: »Jetzt nicht, Urgroßvater – später, wenn ich zurückkomme, dann gern. Ich möchte einen letzten Besuch am See machen. Vielleicht läßt sich der Aal noch mal blicken.«
»Oh, der wird nach dem Unwetter weg sein, Kind.«
»Vielleicht. Aber es ist ein kleiner Spaziergang, und heute ist ein so schöner Tag. Ich bleibe bestimmt nicht lange.« Sie strahlte ihn liebevoll an.
»Ich wünschte, ich könnte mitkommen, Mädchen.« Er erwiderte ihr Lächeln sehnsüchtig. »Gehen Sie schön langsam, ja? Und vergessen Sie nicht Zeit und Stunde. Die andern werden bald zurücksein, und dann wird Peter sofort herumrätseln: ›Wo mag sie nur stecken?‹« Er plapperte eifrig drauflos, und sie schenkte ihm einen beinahe zärtlichen Blick, ehe sie sagte: »Ich bin schon rechtzeitig wieder hier. Bis später, Urgroßvater.«
»Leben Sie wohl, Kind.«
Als er ihr nachsah, wie sie hinausging, schien ihr blondschimmerndes Haar alles Licht aus dem Wohnzimmer mitzunehmen, und als sie dann im Garten auftauchte, veranlaßte ihn etwas, sie zurückzurufen.
Nachdem sie an sein Fenster getreten war, sagte er so leise wie nur irgend möglich: »Gehen Sie nicht durchs Dorf, Kind! Nehmen Sie lieber die Abzweigung, gleich neben dem Bäckerladen. Sie wissen doch, daß es am besten ist« – er nickte ihr bedeutsam zu – »wenn man ihnen aus dem Weg geht.«
Ihre Augen wurden ernst und ziemlich traurig, als sie bestätigte: »Ja, das ist wohl das Beste!«
Am Gartentor angekommen, drehte sie sich nochmals um. Er winkte ihr nach, und sie hob die Hand und lief

weiter. Irgend etwas würgte ihn in der Kehle, er schob sich die Kappe mit einer ungeduldigen Bewegung aus der Stirn und rief halblaut: »O verdammt, verdammt, diese ganz widerliche Bande!«

Nun, da sie gegangen war, verspürte er keine sonderliche Lust mehr, die Straße zu beobachten. Also rückte er in seinem Lehnstuhl zurecht und bereitete sich darauf vor, ein Nickerchen zu machen, bloß ein Nickerchen, nicht richtig zu schlafen. Er schlief nie woanders als im Bett – zumindest bildete er sich das ein.

Er hatte gerade ein Viertelstündchen vor sich hin geduselt, als das Gartentor mit derartigem Schwung aufgerissen wurde, daß er aus dem Schlaf hochschreckte und sich emporrappelte. Aus trüben Augen starrte er ziemlich verwirrt auf die Zwillinge, die eben herangaloppiert kamen. Und noch ehe er sich richtig sammeln und sie gebührend anbrüllen konnte, standen sie schon im Wohnzimmer und schrien um die Wette: »Urgroßvater – Urgroßvater!«

»Himmel noch mal, was ist denn los? Hört sofort auf, zu schreien, sonst rauchts, das sag' ich euch!« Unwirsch wehrte er sie ab.

»Urgroßvater!«

»Was gibts denn, was ist passiert?« Er packte Johnny so fest bei den Schultern, wie seine rheumatischen Hände es nur zuließen. »Hört auf, durcheinanderzureden und sagt endlich, was los ist.«

»Sag's ihm du!« Johnny wandte sich zu seinem Bruder um, und Jimmy sprudelte, sich mehrmals verhaspelnd, drauflos: »Wir haben vorhin hinterm Gemeindesaal Verstecken gespielt, mit Tony und der kleinen Betty und Clara, und als wir an die Reihe kamen, haben wir uns im Waschraum verkrochen. Und da sind auf einmal ein paar Frauen da reingekommen, und wir konnten nicht raus, weil sie uns sonst geohrfeigt hätten. Jedenfalls haben sie uns schon öfter damit gedroht. Und da haben sie zu reden angefangen, Miß Collins und Miß Florrie ...«

Jimmy hielt inne, um Atem zu schöpfen, und Johnny

warf ein: »Und Mrs. Booth war auch dabei und so weiter. Und ... und Mavis, die beim Doktor gewesen ist, wie sie sagte, weil sie's so mit den Nerven hat und eine Woche zu spät dran ist. Das hat sie jedenfalls gesagt.«
»Genau, das hat sie gesagt, wortwörtlich«, nahm Jimmy den Bericht wieder auf. »Aber Mrs. Booth ist es gewesen, die dann damit angefangen hat. ›Tauchen wir sie doch einfach unter, ich hab' sie vorhin zum See gehen sehen, das freche, unverschämte Ding, das gottlose.‹ Das hat sie gesagt, stell dir bloß vor!«
Der Urgroßvater ließ die Arme auf die Stuhllehne sinken und fragte ruhig, obwohl er die Antwort kannte: »Wen wollen sie untertauchen?«
»Die Miß! Unsere Miß!«
»Und wo sind die ... die Frauen jetzt?« Der Urgroßvater war mit Hilfe seines Stockes aufgestanden.
»Sie sind wieder in den Saal zurückgegangen, weil Miß Florrie gesagt hat, je mehr dabei mitmachten, um so besser sei es. Und Mrs. Armstrong würde ganz gewiß mitmachen. Und dann hat Mavis gesagt: ›Und was ist, wenn sie davonschwimmt?‹ Und Mrs. Booth hat darauf gesagt, die Miß kann gar nicht schwimmen, das habe sie Mr. Booth unlängst erzählt. Und dann hat sie noch gesagt: ›Dreimal untertauchen wird genügen. Dann wird sie sich's bestimmt gut überlegen, ob sie hierbleibt oder nicht.‹ Die glauben, daß sie bleibt, Urgroßvater. Und Miß Collins hat dann noch gesagt, daß man ihr am besten die Hände zusammenbinden soll.«
»Allmächtiger!« Der alte Mann blickte sich wild im Wohnzimmer um und dann wieder auf die Zwillinge, die ihn rat- und hilfesuchend ansahen. Schließlich schrie er: »Warum, zum Teufel, seid ihr nicht direkt zur Tankstelle hinübergelaufen, um Großvater zu holen?«
»Haben wir ja gemacht, Urgroßvater, aber er war nicht da. Niemand war da, es war geschlossen.«
»Das gibt's doch nicht! Habt ihr's auch beim Hintereingang versucht?«
»Natürlich, aber alles war zu.«

Der alte Mann blickte auf seine Beine nieder, die bei allergrößter Willensanstrengung gerade noch zu den nötigsten Schritten im Haus herum taugten. Er hob den einen Fuß hoch und versuchte, ihn kräftig zu schütteln. Aber der reagierte darauf nur mit einer unbedeutenden Bewegung. Ungeduldig stampfte der Alte mit dem Stock auf den Fußboden, dann zog er nachdenklich die Lippen ein und fragte die beiden: »Könntet ihr wohl die Latten herausreißen, was meint ihr?«
»Die Gartenzaunlatten, meinst du?«
»Genau die.«
Sie sahen einander bestürzt an und sagten: »Wir denken schon.«
»Gut, dann los . . . Aber hört zu« – er hielt sie davon ab, als sie gleich aus dem Zimmer stürzen wollten. »Wenn ihr das geschafft habt, dann rennst du, Johnny, zur Tankstelle rüber und suchst den Großvater. Sag ihm, daß er so schnell wie möglich zum See laufen soll, dorthin, wo die Ulmen sind. Er kennt den Platz. Also los jetzt, gehen wir.«
»Du kommst mit, Urgroßvater?« Die Zwillinge blieben ganz verdattert stehen.
»Natürlich komme ich mit. Wozu solltet ihr sonst die Latten rausbrechen? Immer überlegen, bevor man fragt!«
Sie blinzelten ihn an, dann rasten sie sofort hinaus, um sich an eine Arbeit zu machen, nach der sie sich immer schon gesehnt hatten. Denn vom unteren Gartenende kam man schnurstracks mitten in den Wald.
Ein Zaun, der seit vierzig Jahren steht und dessen Pfosten von Grund auf vermodert sind, bietet vereinten Jungenkräften keinen sonderlichen Widerstand. Da die Latten jedoch untereinander verdrahtet waren, arbeiteten die Zwillinge im Schweiße ihres Angesichts. Endlich war es so weit: Die Lücke war groß genug, um es dem Urgroßvater zu ermöglichen, über Brennesselstauden und Dornenranken auf die andere Seite hinüberzurutschen.
Brennend vor Ungeduld hatte er dabeigestanden und zugesehen, wie die beiden Buben mit hochroten Gesichtern

seiner Meinung nach trotz allen Eifers viel zu lange herumgewerkelt hatten. Aber als er schließlich auf der anderen Seite ankam, merkte er zu seiner ureigensten Überraschung, daß seine Beine mittaten; wenn schon nicht so gut wie einst, so doch zumindest so gut wie vor zwei Jahren. Unterstützt durch den voraneilenden Jimmy, der alle Hindernisse nach besten Kräften aus dem Weg räumte, erreichte er den Wald binnen weniger Minuten. Als er sich unter dem schützenden Dach der Bäume befand, blieb er jedoch stehen, stützte sich gegen einen Stamm und holte tief Luft, denn er war nicht nur atemlos, sondern zitterte am ganzen Leib.

Nach einigen Augenblicken legte er den Kopf schräg, als lausche er. »Kannst du was hören, Urgroßvater?« fragte Jimmy.

Der alte Mann schüttelte den Kopf.

»Vielleicht halten sie vorher ihre Versammlung ab.«

Abermals schüttelte der Alte den Kopf. »Heute wird es keine Versammlung geben, Junge.«

Jimmy sah zu seinem Urgroßvater auf. Irgendwie schien er sich verändert zu haben. Hier wirkte er bei weitem nicht so alt wie daheim, wenn er in seinem Lehnstuhl hockte.

Es war merkwürdig, aber in diesem Moment fühlte sich der Alte auch völlig verändert. In seiner Erinnerung hatte er gut und gern siebzig Jahre übersprungen und war wieder bei jenem Tag gelandet, an dem er aus fast demselben Grund gleichfalls durch den Wald gekrochen war. Liebe hatte damals in seinem Herzen gebrannt, während er zum erstenmal in seinem Leben die Rachsucht und Heimtücke verfluchte, zu der eifersüchtige Frauen in der Lage waren.

Obwohl bereits einige Zeit seit seinem letzten Besuch im Wald verstrichen war, kannte er jeden Baum und Strauch und fühlte sich hier völlig zu Hause. Er wußte, wo die günstigsten Liebeslauben waren, kannte die Fährten der Kaninchen, die Dachsbauten und die Abzweigung zum Top Fell Dyke.

Davon sprach er nun zu Jimmy: »Sollten wir die Miß nicht zu sehen kriegen, bevor wir zum See kommen, dann gehen wir zur anderen Seite, und wenn wir sie gefunden haben, dann bringst du sie zum Top Fell Dyke.«
»Aber sie wird auf der Lichtung sein, Opa.«
»Um so besser! Nur hat es dann keinen Sinn, auch dahin zu gehen. Denn wenn diese Bande sie erst einmal ausgemacht hat, können wir ihr dort nicht viel nützen. Die Weiber werden natürlich versuchen, sie in den See zu drängen, um ihr dasselbe Schicksal zu bereiten wie Connie ... Ja, ich wußte doch, daß sie mich an jemanden erinnert.«
Jimmy sah ihn verblüfft an und fragte: »Connie – welche Connie?«
Aber der alte Mann sagte, indem er diese Frage mit einer raschen Handbewegung abtat: »Egal. Worauf es jetzt ankommt – wir müssen sie auf die andere Seite lotsen, falls sie bereits auf der Lichtung ist.«
Jimmy bog eine Dornenranke zurück, um seinem Urgroßvater den Weg zu erleichtern, und fragte dann: »Aber wie bringen wir sie auf die andere Seite?«
»Über den Baumstamm im Wasser.«
»Den Baumstamm?«
»Ganz recht.«
»Dort kommt man aber nicht runter, Urgroßvater. Es ist alles zugewachsen.«
»Wir werden's schon schaffen – du auf alle Fälle.« Der Alte sah Jimmy bedeutsam an. »Die Dachse laufen schließlich auch immer da rüber, oder?«
»Das schon.«
»Wo Dachse durchkommen, wirst du es doch auch fertigbringen, oder?«
Er lächelte den Knaben an, und Jimmy meinte ohne besondere Überzeugung: »Tja, Opa.«
»So ist's recht, mein Sohn. Räum den Ast da weg.«
Jimmy schob einen dürren Ast beiseite, und der Alte sagte, tapfer weiterhumpelnd, nicht ohne Stolz: »Meine Beine sind doch brav, was?«

Dann blieb er jäh stehen und hob warnend die Hand. Und als Jimmy lauschte, hörte er aus dem Dickicht das schwache Brechen von Zweigen, und er sah etwas furchtsam zu seinem Urgroßvater auf.
»Komm.«
Zu des Alten eigener Überraschung begannen seine Beine, sich rascher zu bewegen. Die Füße marschierten nun geradezu voran, und als Jimmy bewundernd ausrief: »Urgroßvater, du schaffst es!«, lautete die schnaufende Antwort: »Und ob.«
Sie befanden sich nun auf dem schmalen, rankenüberwucherten Weg, der um den See herumführte und der Lichtung gegenüberlag. Bald deutete der Urgroßvater, dessen Augen die Gegend scharf beobachteten, auf einen großen Baum mit kahlem Gipfel, der nur durch die umstehenden Stämme aufrechtgehalten wurde, und rief aus: »Diese Buche ist es. Es muß irgendwo hierherum sein.«
Mit seinem Stock tastete er die Erde ab, bis er auf einen Baumstumpf stieß. »Da!« rief er. »Siehst du das?« Er zog Jimmy näher und flüsterte, während er mit dem Stock auf den Boden klopfte: »Direkt vis-à-vis ist es, wo die Eiche in den See hängt. Da mußt du hinunter, immer der Strömung nach und immer rechts bleiben, verstanden?« Er berührte die Schulter des Jungen. »Wenn du's nämlich nicht tust, dann kommst du droben bei der Sandbank heraus, weit weg von dem Baum. Wenn du dort bist, pfeif ihr leise zu und wink sie herüber – so.« Er machte es ihm schweigend vor. »Nicht rufen – sonst hören sie dich am Ende noch.«
Jimmy war weit davon entfernt, klar zu verstehen, was er zu tun hatte. Er sah verwirrt aus, als er sagte: »Aber was ist, wenn sie nicht kommen will, Opa?«
»Dann mußt du über den Baumstamm laufen und zu ihr hinüberschwimmen. Du kannst doch schwimmen, nicht? Sag ihr nur, daß ich hier bin. Und mach nicht mehr Lärm, als unbedingt nötig. Ach, du meine Güte!« Die Augen des alten Mannes blitzten zornig auf. »Ich wollte,

ich wäre wieder jung, dann wäre das alles kein Problem.«
»Ist schon gut, Opa, ich gehe ja.« Als er sich niederhockte, sagte der Alte zu ihm: »Du mußt das Gestrüpp nur richtig beiseite schieben, auch wenn du dabei ein paar Kratzer abbekommen solltest.«
Der Zwang kam seinem bißchen Verstand zu Hilfe und so erkannte Jimmy bald, daß er flach auf dem Bauch robbend besser vorankam als kriechend. Zu seiner größten Erleichterung brachte er das Dickicht schneller als erhofft hinter sich. Er hätte vor Freude fast aufgeschrien, als nach all der Düsterkeit ringsum plötzlich das in der Sonne funkelnde Gewässer vor ihm auftauchte, was ihn einen Moment lang zwang, die Augen zu schließen. Entgegen der Anweisung seines Urgroßvaters hatte er sich nicht ausschließlich rechts gehalten: dennoch entdeckte er das mächtige Wurzelwerk des Eichbaumes keine zwei Meter mehr von sich entfernt. Und als seine Blicke dem weit in den See reichenden Stamm folgten, sah er am äußersten Ende der Lichtung die Miß stehen, allerdings mit dem Rücken zum Wasser ...

Leo starrte angsterfüllt auf den Eingang zur Lichtung, in der jede Minute die Frauen auftauchen mußten. Und dann ... Der Schweiß brach ihr aus sämtlichen Poren, und eine nie zuvor gekannte Angst bemächtigte sich ihrer. Mit dem Gedanken, sterben zu müssen, hatte sie sich seit einiger Zeit vertraut gemacht; darüber bestand in ihrem Innern kein Zweifel. Nach dem ersten entsetzlichen, direkt übelkeiterregenden Schock dieser Erkenntnis hatte sie sich eben damit abgefunden, höchstens noch ein paar Monate zu leben. Als ein Tag dem andern gefolgt war, hatte sie, ohne sich dessen bewußt zu sein, ihre Einstellung dem Leben gegenüber geändert und begonnen, die Zügel schleifen zu lassen. Sogar bis vor einer Woche noch hätte es ihr nichts ausgemacht, wenn ihr Ende irgendwann ganz plötzlich gekommen wäre. Aber doch nicht so – nicht durch den auflodernden Wahnsinn einer Gruppe Weiber. Und daß die Frauen im Dickicht da drü-

ben total von Sinnen waren, das spürte sie ganz genau. Es war noch keine fünf Minuten her, daß sie auf der Sandbank gesessen und in einem Gebet ihrem Schöpfer für das völlig unerwartete Geschenk gedankt hatte, das Peters Liebe für sie bedeutete. Sie hatte einen Punkt erreicht, wo sie froh darüber war, daß seine Liebe gerade durch die aufgezwungene Kürze all ihre Lebendigkeit und Frische behalten würde – bis zum Schluß, ja vielleicht sogar darüber hinaus. Nichts, so beschloß sie, sollte ihre wenigen gemeinsamen Tage stören, dafür würde sie sorgen. Ganz von dem Bestreben erfüllt, ein neues, wenn auch noch so kurzes neues Leben anzufangen, war sie aufgesprungen, um sich überströmend von diesem ihr so liebgewordenen Platz zu verabschieden. Mit einer Kußhand grüßte sie den See und das Aalweibchen – mochte es nun noch dasein oder nicht. Gerade wollte sie sich zum Gehen anschicken, als sie unversehens in ihrer Bewegung erstarrte.
Nur etwa zwanzig Meter entfernt – von Baumstämmen und einem langhin ausgestreckten Ast noch halb verborgen – hatte sie eine Gestalt stehen sehen; und zwar nicht die eines Mannes, obwohl sie Reithosen trug . . . Es war das Mädchen vom Gut. Leo beobachtete, wie die andere langsam näher kam, und es lag etwas in ihrer beinahe bedrohlich zu nennenden Art, das sie dazu veranlaßte, sich rasch umzudrehen, um die entgegengesetzte Richtung einzuschlagen. Aber dort tauchten gerade Mrs. Booth und neben ihr die Schwester des Vikars auf. Als Leo merkte, daß die beiden sie keine Sekunde lang aus den Augen ließen, bekam sie es mit der Angst zu tun und versuchte, so rasch wie möglich über den Weg rechts zu entkommen – mußte jedoch entdecken, daß auch dieser blockiert war. Drei Frauen standen dort, die sie nie zuvor gesehen hatte. Aber etwas erkannte sie sofort: Ihre Mienen spiegelten alle dasselbe. Es war nur ein Reflex des geradezu irrsinnigen Hasses, der ihr aus Mrs. Booths Augen entgegengeflackert war.
Einen Moment sagte sich Leo: Laß dir keine Angst einja-

gen, lauf nur ja nicht davon. Was können sie schon vorhaben? Nichts . . . Sie werden nicht wagen, dir etwas anzutun. Das heißt . . . Und gerade, als sie sich fest an diese tröstenden Gedanken zu klammern versuchte, sah sie, wie Mrs. Booth näher kam. Nur einen einzigen Schritt. Aber die andern folgten ihr, auch sie nur schrittweise. Der Wunsch, laut loszuschreien, stieg in Leo hoch. Am liebsten hätte sie sie gefragt, was das Ganze solle, sie angefleht, doch etwas zu sagen. Aber die Vernunft gebot ihr zu schweigen – weil es, wie sie genau spürte, nicht nur falsch, sondern auch völlig zwecklos gewesen wäre. Mrs. Booth würde erst handeln und dann reden: denn sie verabscheute, ja haßte sie ganz offensichtlich.

In unverhohlener Panik hatte Leo die Lichtung verlassen und war an den See zurückgewichen, bis sie das Ende der Sandbank erreichte, wo sie stehenblieb, weil ihre geringen Kräfte sie zu verlassen drohten. Mit einer raschen Kopfdrehung hatte sie einen Blick auf das Wasser riskiert, aber es war vergebens: Selbst wenn sie Schwimmerin gewesen wäre, hätten ihre Kräfte keinesfalls dazu ausgereicht, um ans gegenüberliegende Ufer zu kommen. Im gleichen Moment fiel ihr siedendheiß ein: Irgendwann hatte sie Mr. Booth gegenüber erwähnt, nicht schwimmen zu können – eine Bemerkung, die auch seine Frau mit angehört hatte. Damit war also ihr Todesurteil besiegelt.

Mit weit aufgerissenen Augen, die Zähne krampfhaft in die Unterlippe vergraben, stand Leo da und wartete. Sie spürte, wie die Frauen ganz, ganz langsam – im Zeitlupentempo – näher kamen. Wo war Peter? Wenn er ihr doch bloß helfen könnte. Da hörte sie plötzlich ein »Pst, pst!« und leises Pfeifen. Mühsam wendete sie den schreckensstarren Hals, denn sie kannte den Pfiff. Kaum war ihr Blick auf Jimmy gefallen, der rittlings auf dem Baumstamm im See saß, drehte sie sich blitzschnell um und winkte in sinnloser Hast. Dann jedoch ließ sie hilflos die Arme sinken und fragte sich: Was kann der Junge schon tun? Wenn ich rufe, ja selbst um Hilfe schreie, könnte er vielleicht jemanden herbeiholen. Aber wird er denn nicht glauben, daß alles nur Spiel sei? Selbst wenn sie ihm zuriefe, daß man sie umbringen wolle – würde er dann wirklich den Ernst der Lage erkennen und sie nicht nur für übergeschnappt halten? Plötzlich dämmerte es Leo trotz all dieser gräßlichen Gedanken, daß Jimmy sich ihrer schlimmen Lage bewußt war. Denn er deutete abwechselnd mit dem Daumen aufs Wasser und winkte sie dann wieder mit weitausladenden Armschwüngen zu sich.

Der Baum lag zu ihrer Rechten und – wie es Leos starrem Blick nach schien – meilenweit entfernt von ihr. Wie tief mochte wohl das Wasser einige Fußbreit von der Sandbank entfernt sein? Wenn es da nun plötzlich steil hinabging? Aber hatte sie eigentlich im Moment eine Wahl? Immer noch besser, auf der Flucht zu ertrinken, als diesen Bestien da hinten in die Hände zu fallen. Denn daß sie ihr nach dem Leben trachteten, stand für Leo fest.

Schnell schlüpfte sie aus ihren Sandalen, nahm sie in die Hand, setzte sich behutsam an den äußeren Rand der Sandbank und ließ sich schließlich ins Wasser gleiten. Es fühlte sich kühl, ja beinahe kalt an, als es ihr Knie sanft umspielte, und sie fröstelte, aber hauptsächlich vor Angst. Diese Angst war es auch, die sie weiter in den See hinaustrieb, obwohl ihr das Wasser nun bereits bis zu den Schenkeln reichte. Als sie sich auf den Baum zubewegte, begannen ihre Füße im Schlamm einzusinken, was ihre Schritte verlangsamte. Aber jeder einzelne vergrößerte den Abstand zu ihren Verfolgerinnen ... Nun erhob sich zu ihrer Rechten nichts mehr als eine hohe, grüne, aus Buschwerk bestehende Mauer.

Leos Herz klopfte so heftig, daß sie dachte, es würde am Ende stehenbleiben. Sie schnappte nach Luft und fühlte, daß ihr gleich übel werden würde. Also lenkte sie die Blicke vom Wasser in Richtung Jimmy. Er schien jetzt bedeutend näher zu sein und gestikulierte abermals heftig, um sie zur Eile anzuspornen. In blinder Furcht, nur endlich wieder in seichteres Wasser zu kommen, bewegte sie sich parallel zur Sandbank weiter. Als sie nur noch wenige Meter von dem Baumstamm trennten, wich das Wasser von den Hüften wieder bis zu den Knien zurück. Dennoch bedeutete es keinen Trost für sie, denn um den Stamm und Jimmy endgültig erreichen zu können, mußte sie sich erneut in Richtung Seemitte bewegen, und das verhieß ihr keinerlei Sicherheit, sondern nur unergründliche Tiefe.

»Kommen Sie – kommen Sie, Miß!« Es war mehr ein Zischen als ein Sprechen, aber sie hatte verstanden und nickte Jimmy zu. Dann versuchte sie – Schritt für Schritt den Grund abtastend – voranzugelangen. Aber schon nach kaum einem Meter bemerkte sie, daß die Angst vor dem Tieferwerden des Wassers wohlbegründet war. Denn inzwischen reichte es bereits bis zu ihrer Taille und stieg mit jedem Schritt höher. Ihr Kleid bauschte sich wie ein Reifrock um sie herum. Überdies stieß sie nun mit den Füßen an die unter Wasser befindlichen Äste, die ihr den Weg zu versperren drohten.

Dann ging das Wasser wieder etwas zurück. Sie spürte eine schlammbedeckte Erhöhung unter sich. Indem sie ein Stoßgebet ausstieß, daß sie auf diesem Wege vielleicht gar bis an den Baum gelangen könnte, unternahm Leo aufseufzend einen verzweifelten Versuch. Aber dann, keine zwei Meter mehr von der umgestürzten Eiche entfernt, ging es urplötzlich hinunter, und im Handumdrehen stieg ihr das Wasser bis an die Brust. Ihre wie Schwingen ausgebreiteten Arme erstarrten geradezu, und sie wußte, daß sie nicht mehr weiterkonnte.

»Kommen Sie!«

»Ich – ich kann nicht, Ji-Jimmy.«

»Sie müssen! Kommen Sie doch.« Jimmy rückte gegen eine Astgabelung in der Baumkrone vor. Er befand sich nun so hoch über ihr, daß er beinahe auf sie herunterblikken konnte. »Haben Sie Mut, Miß. Es ist nur mehr ein kleines Stück.«

Als er sie schlingen und würgen und den Kopf schütteln sah, biß sich der Junge auf die Lippen, und sein Gesicht

verzog sich derart, als würde er im nächsten Moment losweinen.
»Bitte, kommen Sie. Urgroßvater wartet bereits. Er ist da drüben auf der Bank.«
Deutlich klangen Tränen aus seiner Stimme, und das veranlaßte Leo, mit einem Fuß herumzutasten; nachdem sie jedoch keinen Halt fand, zog sie ihn hastig wieder zurück. Abermals versuchte sie es, nun auf der anderen Seite. Und als hier dasselbe passierte, stockte ihr beinahe der Atem.
Jimmy, der das Entsetzen in ihrer Miene sah und wußte, daß sie es nicht schaffen würde, sagte hilflos: »Ach, Miß . . . Miß . . .«
Sie sah zu ihm auf und weinte zwischen keuchendem Atemholen hilflos vor sich hin, dann sagte sie mühsam: »Jimmy – ich – ich geh' wieder zurück. Ich versteck' mich unter der Böschung. Geh – geh und hole Peter.«
»Ach, Miß . . .« Jimmy wußte sich keinen Rat mehr. Leo drehte um und versuchte, die Blicke fest aufs Wasser geheftet, den Weg zurückzuschaffen. Im selben Moment erfolgte eine heftige Bewegung. Wie ein Blitz tauchte unmittelbar neben ihr der Aal auf und schlug so heftig mit seinen Flossen auf das Wasser los, als hätte ihn jemand einzufangen versucht. Waren es die aufschießenden Wasserwirbel, der Schreck oder der Ruck, den ihr das Auftauchen des Fisches versetzt hatte – jedenfalls machte Leo einige hastige Schritte in Richtung Stamm und ertastete einen unter Wasser verlaufenden Ast. Sie umklammerte ihn mit beiden Händen, und vorsichtig daran weiterhangelnd, befand sie sich plötzlich direkt unter Jimmys Knie.
»He, Miß! Gut, Miß! He, hierher! Und ich dachte schon . . . Oh, kommen Sie, kommen Sie!« Er zog sie mit aller Kraft zu sich.
Atemlos keuchte sie: »Es geht schon . . . geht schon . . . warte.« Damit zog sie sich den Ast entlang und schließlich aus dem Wasser heraus, direkt auf den Stamm.
Jimmy rutschte sofort zurück und spornte sie dabei an:

»So ist's recht, Miß. Kommen Sie, kommen Sie!« Und wie eine Hypnotisierte krabbelte sie in Richtung Wurzelwerk.
Jimmy kletterte immerzu weiter, hielt jedoch dann inne und rief: »Drehen Sie sich nicht um, Miß. Sie haben Sie gesehen, Miß. Sie stehen alle da und schauen herüber – nein, Moment mal! Tun sie gar nicht, sie gehen! Kommen Sie, schnell.«
Erschöpft nach Luft ringend lag Leo flach auf dem Stamm. »Schnell kann ich nicht, Jimmy, wirklich. Geh du nur – und – hole Peter.«
Er verhielt einen Augenblick und beobachtete besorgt, wie sie, am Ende des Wurzelstocks angelangt, sich aufstützend sitzenblieb, wobei sie murmelte: »Ich – ich muß mich ein bißchen ausruhen, Jimmy.«
»Aber Urgroßvater wartet auf uns . . . gleich da drüben, Miß.« Er deutete aufs Dickicht.
»Urgroßvater – hier? Du meinst den Großvater!« Sie hob den Kopf.
»Nein, Miß, der Urgroßvater.«
»Der Urgroßvater . . .?« sagte sie abermals.
»Ja, Miß.«
Ihre bleischweren Lider hoben sich; sie machte eine ungläubige Handbewegung. Dann drehte sie sich mit größter Mühe auf die Knie und stand auf. Als sie das scheinbar undurchdringliche Gestrüpp sah, fragte sie: »Wie kommen wir da hinaus?«
»Wir müssen kriechen, Miß. Aber es ist nur ein kleines Stück. Wenn Sie's auf dem Bauch tun, dann ist es leicht. Über den Dachsbau da.«
»Zeig's mir.«
Sie biß sich auf die Lippen, während sie ihm mit bloßen Beinen über die dornen- und brombeerrankenübersäte Böschung nachrobbte. Es wurde langsam immer lichter um sie herum, bis sie schließlich vor dem Urgroßvater herauskroch.
Als Leos Kopf beinahe zu seinen Füßen auftauchte, beugte der Alte sich nieder, packte sie, zog sie hoch und

murmelte mit gebrochener Stimme: »Ach, Kind. Ach, meine Liebe, meine Liebe – daß ich Sie nur wiedersehe . . . Mein Gott, daß so etwas geschehen mußte.« Und dann knurrte er in der altgewohnten Art: »Ich lass' sie einsperren, so wahr mir Gott helfe, jede einzelne dieser verdammten Hexen. Jawohl, die kauf ich mir!«
»Ach, Opa.« Leo lehnte sich zitternd an ihn und keuchte bei jedem Atemzug, als sie sagte: »Ich war ja so . . . so . . . verängstigt . . . schrecklich.«
»Klar, Kind, das ist doch klar.« Er tätschelte ihre Schulter. »Aber jetzt fürchten Sie sich nicht mehr, sondern tun, was ich sage. Gehen Sie mit dem Jungen da. Er kennt den Weg zum Top Fell Dyke und wird Sie sicher hinüberbringen. Ab mit euch beiden. Oh, Ihre armen Füße bluten ja.« Er blickte auf ihre zerschundenen Beine, und sie sagte: »Das geht schon in Ordnung. Aber was ist mit Ihnen?«
»Überlassen Sie das nur mir. Geht jetzt, so rasch ihr nur könnt, Kind, und wenn ihr ankommt, wird Joe bereits auf euch warten. Verdammter Kerl, sollte jetzt hiersein! Aber wie immer – er ist nie da, wo man ihn braucht, der Junge.«
»Horcht mal!« Leo legte den Kopf schräg. »Sie kommen. Ich kann sie hören.« Ängstlich blickte sie zu dem alten Mann auf, und der sagte beruhigend: »Ja, ja, ich weiß. Gehen Sie jetzt.« Er wandte sich an Jimmy. »Mach rasch, hörst du? Wenn ihr jedoch an der Weggabelung vorbei seid, dann braucht ihr euch nicht mehr beeilen. Wenn diese Satansweiber hier aufkreuzen, werden sie nicht wissen, welchen von den drei Wegen ihr eingeschlagen habt, und ich lass' mir noch was zu ihrem Empfang einfallen. Fort mit euch!«
Sanft schob er Leo von sich. Jimmy ergriff ihre Hand und machte den Anführer.
Der Alte drehte sich erst um, nachdem sie aus seinem Blickfeld verschwunden waren. Dann ging er mit schwankenden Schritten in die entgegengesetzte Richtung bis zu jener Stelle, wo der Weg schmäler wurde und

eine scharfe Kurve am Seezipfel machte. Hier suchte er sich einen Fleck aus, der von einigen Holzlatten eingefaßt war, den Überresten einer Einzäunung, die früher einmal diese gefährliche Stelle abgeschirmt hatte. Sich vorsichtig niederlassend, saß er schließlich mit dem Rücken gegen die Holzlatten gestemmt da, während seine Beine quer über den Weg ausgespreizt lagen. Dann umklammerte er den Krückstock fest mit der Hand.

Das Herannahen kündigte sich nicht durch die Stimmen der Frauen an, sondern durch ihre Schritte, die in seinen Ohren wie das Stampfen von Pferdehufen klangen. Da sich die Gruppe geschlossen vorwärtsbewegte, mußten Mrs. Booth und Miß Collins so unvermittelt stehenbleiben, daß Mavis und Mrs. Fountain beinahe aufgeprallt wären.

Miß Collins stieß einen erstickten Schrei aus, denn sie konnte einfach nicht glauben, was sie mit eigenen Augen sah: Urgroßvater Puddleton, der sonst kaum mehr als ein paar Schritte humpeln konnte – hier im Wald! Und Mrs. Booths Mund stand kreisrund offen, ohne daß auch nur ein einziger Laut hervordrang. Dann ließ sie ihn fest zuschnappen und rief: »Guter Gott!«

»Von wegen ›guter Gott‹! Wagen Sie ja nicht, den Namen des Allmächtigen in Ihren dreckigen Mund zu nehmen, Katie Booth, ehe Sie nicht vor Gericht stehen und dazu aufgefordert werden, zu sagen: ›Ich schwöre hiermit, die Wahrheit und nichts als die Wahrheit zu sagen, so wahr mir Gott helfe.‹ Und Hilfe werden Sie brauchen, lassen Sie sich das gesagt sein, Sie verdammte, niederträchtige Hexe!«

Diese Worte verringerten etwas den Schock, den Mrs. Booth erlitten hatte, und sie schrie: »Was treiben denn Sie hier? Passen Sie bloß auf, was Sie sagen! Aus dem Weg überhaupt.«

»Geht nicht«, sagte der Urgroßvater mit niedergeschlagener Miene. »Meine Beine haben mir den Dienst aufgekündigt.«

»Dann wälzen Sie sich wenigstens herum.«
Mrs. Booth war die einzige, die gesprochen hatte; denn der Anblick des Alten plus der Drohung mit dem Gericht schien die übrigen ziemlich nervös gemacht zu haben. Selbst Miß Collins war einen Schritt zurückgewichen.
»Wenn Sie nicht verschwinden, dann steig' ich glatt über Sie drüber.«
»Versuchen Sie's, versuchen Sie's nur, Sie schwabbeliges Riesenweib. Mir scheint, Sie haben meinen Stock da nicht gesehen!« Damit schwang er die Krücke drohend hoch und beobachtete ohne die geringste Spur von Belustigung ihr offensichtliches Erlahmen. Als er sich dann genüßlich ausmalte, wie er seinen Stock zu handhaben gedachte, entrang sich der Gruppe ein erschrockenes Keuchen.
»Sie dreckiges altes Schwein, Sie! Man sollte Sie glattweg einsperren!«
»Das ist Ansichtssache, Katie Booth. Sie hätte man bereits vor Jahren hinter Schloß und Riegel bringen sollen für das, was Sie schon alles angerichtet haben!«
Der Alte streckte sein Kinn angriffslustig in die Luft. »Jetzt haben Sie sogar noch versucht, ein hübsches Mädchen umzubringen, nur weil die Männer sie wie die Fliegen umschwärmen, ohne daß sie auch nur einen einzigen Finger zu rühren braucht. Sie haben mehr als einen Finger gerührt und es doch nie so weit geschafft, was? Ich warne Sie! Wenn Sie auch nur den geringsten Versuch machen, Hand an mich zu legen – ich schlag' Ihnen Ihre fetten Beine grün und blau!« Er schwenkte drohend den Stock, um dann die nächste aufs Korn zu nehmen. »Und Sie da drüben, Melia Fountain! Schämen Sie sich, daß Sie bei so was mitmachen, jawohl! Noch dazu mit dieser Dorfhure da, die ohnehin nur hinter Ihrem Mann her ist. Ganz recht, genauso war es!« Nun mußte er seinen Stock schon sehr heftig schwingen, um Mrs. Booth in Schach zu halten. »Aufgelauert haben Sie ihm an jeder Ecke. Konnte Sie nicht loswerden, der arme Bill. Und dann haben Sie's bei unserem Harry versucht. Oh, kommen Sie

nur, kommen Sie, wenn Sie sich trauen!« provozierte er sie, als die Wirtin wie eine wütende Bärenmutter hoch über ihm aufragte. Anschließend fixierte der Alte mit einem raschen Blick Mrs. Armstrong, die sich hinter Miß Collins zu verstecken trachtete. »Und wenn Ihr Mann heute noch am Leben wäre, Celia Armstrong, könnte er Ihnen auch ein, zwei hochinteressante Dinge erzählen. Fragen Sie sie nur nach den Briefchen, die sie immer in der Orangenkiste direkt vor der Tür placiert hat. Mehr als einmal hat er mir erzählt, wie erschrocken er darüber war und daß er sie jedesmal so schnell wie möglich herausgenommen hat, damit Sie die Anträge nur ja nicht entdekken.«

Der Urgroßvater hielt plötzlich inne, um Atem zu schöpfen und auch, weil sein Herz ihm eine deutliche Warnung zukommen ließ. Noch ein solcher Ausbruch, sagte er sich, und es würde sein Ende sein! Besser, er beruhigte sich wieder. Abermals lehnte er sich an die Holzlatten an, wobei er seine durchbohrenden Blicke fest auf das blutrotüberströmte Gesicht von Mrs. Booth heftete und es riskierte, sie einen Schritt näher kommen zu lassen.

»Sie, Sie!« stieß die Wirtin endlich hervor. »Ich zeig' Sie glatt an! Das ist eine Verleumdung! Sie dreckiges ... dreckiges ...« Die Luft ging ihr aus.

»Natürlich«, gab der Alte höhnisch zurück, und zwar auf eine Art, die Bände sprach. Das vergrößerte Mrs. Booths Wut so sehr, daß sie die sonst üblichen Haßtiraden für den Moment unterdrückte.

Als die Augen des Urgroßvaters weiterwanderten, blieben sie schließlich an auffallend glänzenden Reitstiefeln hängen, deren Trägerin sich eben davonmachen wollte, und er rief mit verächtlich klingender Stimme: »Tjaja, machen Sie sich nur in aller Heimlichkeit aus dem Staub, Miß Florrie. Es wird Ihnen nicht erspart bleiben, Ihrem Vater Rede und Antwort stehen zu müssen. Eins sage ich Ihnen: Kommen Sie mir nie mehr in die Quere, haben Sie gehört? Dasselbe gilt für euch alle. Und was im speziellen Sie anlangt, Miß Collins« – er machte eine

kleine Pause – »so hab' ich Ihnen schon vor Jahren – gleich nach Ihrer Ankunft im Dorf – den Rat gegeben, sich lieber an Gott zu halten. Denn um sich einen unserer Jungs anzulachen, dazu sind Sie schon viel zu lange auf der Welt. Aber Sie haben ja nicht auf mich hören wollen. Deshalb sind Sie schließlich so sauertöpfisch geworden. Von mir aus können Sie die Nase noch so hoch tragen! Ich an Ihrer Stelle würde schleunigst in die Kirche gehen und auf die Knie fallen, jawohl!«
Eine übergroße Müdigkeit begann in dem Alten emporzusteigen, was sich vor allem darin äußerte, daß ihm die Worte nun bedeutend langsamer über die Lippen kamen. Es erfüllte ihn daher mit wahrer Erleichterung, zu sehen, wie sie sich, ohne auch nur einen einzigen Pfeil auf ihn abzuschießen, der Reihe nach umdrehten und leise davonstahlen, als fürchteten sie sich vor dem Geräusch ihrer eigenen Schritte. Das heißt: Alle bis auf Mrs. Booth. Denn die blieb reglos stehen und starrte ihn an, als wollte sie im nächsten Moment auf ihn losspringen und ihn in tausend Stücke reißen.
Als der Urgroßvater merkte, daß er nicht einmal mehr über so viel Kraft verfügte, um ihren Blick mit gleicher Münze heimzuzahlen, hörte er Joes Ruf: »Was ist los hier?« Nie zuvor war ihm die Stimme seines Sonnes so wohllautend vorgekommen. »Was wollen Sie denn da, Katie Booth – haben Sie ihn etwa niedergestoßen?«
Mrs. Booth richtete ihre blutunterlaufenen Augen auf den Großvater und sprudelte in wahnwitzigem Haß heraus: »Ihn nieder-nieder-gesto-ßen? Ich wollt', er wäre tot, mausetot – genau wie Sie und sämtliche andern Puddletons, alle, alle! Dieses dreckige, alte Schwein, dieses . . .!« Ihre Lippen waren schaumbedeckt, torkelnd wie eine Betrunkene wandte sie sich ab und lief – einen Schwall von Beschimpfungen und Gehässigkeiten herausschreiend –, in den Wald.
Nachdem der Großvater der Tobenden nachgesehen hatte, bis sie verschwunden war, rief er aus: »Du meine Güte! Wie bist du nur hierhergekommen?« Er starrte

seinen Vater an, der mit gespreizten Beinen über dem Weg dasaß, und der Alte sah verächtlich zu ihm auf und brummte mit dem bißchen Kraft, das ihm verblieben war: »Stell keine dummen Fragen – geflogen bin ich nicht! Wo hast du denn gesteckt? Nie bist du da, wenn man dich braucht. Aber so war es ja schon immer. Los, hilf mir aufstehen.«

Mit größter Mühe gelang es Joe Puddleton, seinen Vater wieder auf die Beine zu bringen. Aber es war sogar ihm klar, daß mit dem Alten etwas vor sich gegangen war. Dieser Streit mit Katie Booth hatte ihn all seiner Kräfte beraubt, darüber gab es keinen Zweifel. Seine Beine schienen aus Gelee zu sein, und er zitterte am ganzen Leib, ja selbst seine Stimme blieb davon nicht verschont. Dennoch enthielt sie noch eine Spur der alten Autorität, als er befahl: »Komm, gehen wir. Wenn ich nicht bald was zu trinken kriege, bin ich erledigt.«

»Wohin willst du denn?« fragte Joe, als sein Vater sich umwandte und weitergehen wollte. »Das ist nicht der rechte Weg.«

»Natürlich ist das der rechte Weg zum Dyke . . . Das Mädchen ist dort.«

»Bis dorthin kommst du nie im Leben.«

»Wer? Ich? Bin doch auch hierhergekommen, oder? Das Mädchen ist halb verrückt vor Angst. Dieses Pack hat sie regelrecht erledigt.«

»Sie wollten es also tatsächlich tun?« Der Großvater zog die Augenbrauen bis zum Haaransatz hoch.

»Was heißt wollten?« fauchte der Alte sofort seinen Sohn an. »Bist du begriffsstutzig? Du hast sie doch alle miteinander gesehen und gehört. Diese verfluchte Katie Booth hat sich wie die reinste Furie aufgeführt, das kannst du mir glauben.«

»Stimmt. Aber das war doch noch nie anders, wenn du ihr die Meinung gesagt hast. Sie reagiert eben allergisch auf dich. Also, ich kann das alles einfach nicht fassen. Das ist doch unmöglich, daß . . . Johnny hat mir gesagt, sie wollten die Kleine ertränken – stimmt das?«

»Es stimmt!« Die Stimme des Alten klang matt. »Was meinst du wohl, weshalb ich aus meinem Lehnstuhl herausgekrochen bin? Um nach Feen und Zwergen Ausschau zu halten in meinem Alter? Also, was ist jetzt – hilfst du mir nun oder muß ich am Ende dir helfen? Laß mich an deiner Schulter anhalten.«
Langsam und schweigend machten sie sich auf den Weg.

12

»Ich bring' sie um, wenn sie mir über den Weg läuft! Bei Gott – ich bring' sie um!«
Peter drückte die völlig durchnäßte Leo fest an sich und blickte von einem Familienmitglied zum andern, wie sie so auf der Straße um sie beide herumstanden. Dann hob er Leos Gesicht zu dem seinen empor und fragte mit flehender Stimme: »Geht es dir auch wirklich gut, mein Herz?«
Sie sagte kein Wort, nickte jedoch schwach.
»Wir bringen dich heim und zu Bett und ...«
»Nein, nein.« Zu seiner Verwunderung entzog sie sich seinem Griff und machte einen hastigen Schritt, als wolle sie sich von allen distanzieren. »Ich gehe nicht mehr dorthin zurück«, rief sie dabei. »Das kann ich nicht – nie und nimmer!«
»Aber, Leo ...«
»Es hat keinen Zweck. Ich setze keinen Fuß mehr in dieses Dorf.
»Aber, Kind, du bist völlig durchnäßt und wirst dir den Tod holen.« Es war Rosie, die dies sagte; eine durch und durch verwandelte Rosie, denn das grausige Ereignis hatte ihr in zweifacher Hinsicht einen gehörigen Schock versetzt. Nicht nur, daß so etwas sich überhaupt zutragen hatte können, sondern vor allem wegen der blitzartigen Erkenntnis, daß sie sich – wenn sie ehrlich zu sich selbst war – durchaus in Katie Booths Gefolgschaft vorstellen konnte: zumindest, was ihre bisherige Haltung anging. Diese traumatische Vorstellung erfüllte sie mit Entsetzen. Und nun war es echtes Erbarmen, das sie

überkam. Abermals sagte sie in begütigendem Ton: »Ein, zwei Tage Ruhe, Kind . . .«
»Nein.« Leo schüttelte unerbittlich den Kopf, und Peter, der neben sie trat, sagte beruhigend: »Ganz wie du willst, Liebste. Was machen ein paar Stunden schon aus. Ich werde heimfahren, um deine Sachen zu holen, und du kannst dich im Wagen umziehen. Einverstanden?«
»Ja«, hauchte sie kaum hörbar.
»Du wirst dir den Tod dabei holen«, mischte Rosie sich ein. Zum einen lag ihr daran, den Abschied hinauszuziehen, zum andern empfand sie echte Sorge um das Mädchen. Aber Harry, der bisher sehr wenig gesagt hatte, entschied: »Es ist am besten so. Hol eure Sachen, Junge, und dann macht, daß ihr fortkommt.«
Ohne ein weiteres Wort zu verlieren, stieg Peter in den Wagen und preschte zurück ins Dorf. Es mochte bloßer Zufall sein, daß die Hauptstraße menschenleer war. Der ganze Ort schien jedenfalls wie ausgestorben. Vielleicht war es ein Segen, daß er keiner Menschenseele begegnete, denn seine Empörung hätte sich unweigerlich gegen jedermann – ob nun schuldig oder unschuldig – gerichtet. Er brauchte nur ein paar Minuten, um seine und Leos paar Habseligkeiten zusammenzuraffen und in den Austin zu werfen, ehe er in Gegenrichtung abermals durchs Dorf brauste. Als er vor den am Wegrand im Gras sitzenden Puddletons anhielt, begrüßte ihn die Stimme des Urgroßvaters. »Hoffe, du bringst was Hochprozentiges mit, Junge, hm?«
Peter stieg aus, zog eine Flasche aus der Rocktasche und reichte sie dem Alten. Dessen Augen funkelten beim Anblick des Whiskys, und er sagte: »Ach, Junge, das ist die Sache . . .« Nachdem er jedoch mit zitternden Händen den als Trinkbecher vorgesehenen Schraubverschluß gefüllt hatte, führte er ihn nicht selbst zum Mund, sondern reichte den Becher Leo und befahl: »Runter damit, mein Kind.«
Diese zögerte, aber Peter schaltete sich ein und sagte: »Trink, es kann dir nicht schaden.«

Als Leo tapfer gehorcht hatte, schüttelte sie sich, und Rosie sagte liebevoll, als hätte zwischen ihnen beiden nie etwas anderes als Zuneigung bestanden: »Das wird dich vor einer Erkältung bewahren . . . Komm, zieh jetzt das Zeug aus.« Und dann sahen die überraschten Puddletons sie in den Fond des Wagens schlüpften und Leo die andere Tür öffnen, wobei sie Peter zurief: »Wetten, daß du nicht daran gedacht hast, ein Handtuch mitzunehmen!«
»Doch – auf dem Vordersitz liegen ein paar.« Er öffnete den vorderen Wagenschlag, beugte sich nach hinten und reichte seiner Mutter das Gewünschte, worauf sie sagte: »Schön, laß sie da liegen und verschwinde jetzt . . . Noch eins: Nimm dem Alten rechtzeitig die Flasche weg, sonst bringen wir ihn überhaupt nicht mehr nach Hause. So, geh jetzt.«
Insgeheim mußte Peter über Rosies ostentative Ruppigkeit schmunzeln: Wußte er doch, daß diese ganze Geschäftigkeit nur dazu diente, ihre Verlegenheit und Aufregung zu verbergen.
Inzwischen hatte die Flasche die Runde gemacht und wurde Peter hingehalten. Aber der schüttelte nur stumm den Kopf. Er stand einfach vor ihnen und betrachtete sie. Da waren sie alle vereinigt, die Puddletons. Und als er so von den Jüngsten zum Ältesten blickte, überflutete ihn jenes merkwürdige Gefühl inniger Zuneigung, das er schon immer für sie empfunden hatte. Er wußte, daß er sie vermissen würde – jeden von ihnen – und zwar mehr, als er sich eingestehen wollte.
Harry, dem es genauso erging, legte die Hand auf die Schulter des Sohnes und sagte leise: »Also, Junge, das wär's.« Sie sahen einander einen Augenblick fest an, ehe er fortfuhr: »Laß uns den Moment ausnützen, miteinander reden zu können. Ich möchte bloß, daß du weißt, daß du, wenn . . . du wieder allein bist, jederzeit zurückkommen kannst, verstehst du? Das hier ist deine Heimat, mein Junge. Dieser Boden, diese Felder und diese Hügel. Es wird dir nicht möglich sein, die Erinnerung so leicht abzuschütteln – egal, was du jetzt denkst. Außer-

dem werden die Leute hier binnen kurzem alles vergessen haben, was geschehen ist. Und wenn später einmal jemand darüber berichten wird, dann wird es eben eine Geschichte sein, weiter nichts. Vielleicht mit einem Körnchen Wahrheit. Oder sogar etwas, worüber man lacht.«

Peters Miene verhärtete sich sogleich, und seine Stimme klang kalt, als er sagte: »Ich werde über diese Geschehnisse nie lachen können.«

»Natürlich nicht, Junge. Du weißt schon, was ich meine. Aber du wirst zurückkommen, nicht wahr?«

Nach einer langen Pause – während der Peter sie nacheinander anblickte und in ihren Augen den Widerschein der eigenen Gefühle entdeckte, die ihn übermannten –, meinte er zurückhaltend: »Vielleicht. Aber nicht für immer, glaubt das bloß nicht.« Seine Stimme klang voller Nachdruck.

»Tjaja, Junge, tjaja«, tönte es ihm im Chor zurück, und alle nickten ihm verständnisinnig zu. »Das wissen wir. Wir verstehen dich. Aber wir werden dich wiedersehen . . . Vielleicht laßt ihr euch nicht allzuweit von hier nieder.«

Die letzten Worte kamen von seiten des Großvaters, und Peter sagte: »Vielleicht! Jedenfalls lasse ich es euch so bald wie möglich wissen.«

»Heda, helft mir auf, einer von euch.« Der Urgroßvater streckte die Arme aus und sie traten hinzu, um ihm behilflich zu sein. Und als er dann zwischen Harry und Joe stand, streckte er Peter seine zitternden Hände entgegen, umfaßte die seine und sagte: »Sie ist ein feines Mädel. Sei glücklich mit ihr, solange es dauert. Später einmal kannst du dir immer ins Gedächtnis zurückrufen . . .« Seine Stimme bebte ein wenig, und seine Augen waren, was nur ganz selten geschah, tränenfeucht, als er mit gebrochener Stimme rezitierte: »Wenn wir auch heute nicht mehr fröhlich sind, tragen wir doch eine fröhliche Miene zur Schau, weil wir einmal fröhlich waren.«

Der Whisky hatte – wie hierzulande üblich – Words-

worth' Dichterwort aufleben lassen, und Peter sagte leise: »Ich werde daran denken, Alterchen.«
Sie standen nun da, ohne etwas zu sagen, und sahen den Zwillingen zu, die zwischen dem Buschwerk umhersprangen. Dann ging die Wagentür auf, und Leo stieg aus. Ihr verändertes Äußeres ließ Peters Gesicht erleichtert aufleuchten.
»So ist's besser«, sagte er und berührte liebevoll ihr Haar. »Jetzt siehst du wieder großartig aus.«
Leos Lächeln war farblos, ungläubig und noch immer ein bißchen verängstigt.
Nun begann das große Abschiednehmen. Nachdem sämtliche Hände geschüttelt waren, sagte er entschlossen: »Jetzt wird es aber Zeit, daß wir die Kurve kriegen. Hat keinen Sinn, das Ganze hinauszuzögern.« Damit setzte er sich hinters Steuer und machte sich am Zündschlüssel zu schaffen. Als er kurz in den Rückspiegel sah, bemerkte er, wie seine Mutter hinter ihm in ihrer emsigen Geschäftigkeit innehielt. Ohne den Kopf zu wenden, fragte er: »Alles in Ordnung, Mam?«
»Ja – ich glaube.« Rosies Stimme klang ruhig, als sie aus dem Wagen auf die Straße schlüpfte.
Leo stand im Kreis der Familie. Die Zwillinge hielten ihre eine Hand fest, während der Urgroßvater die zweite umschloß. Joe Puddleton tätschelte ihren Arm, und Harry sagte: »Also, vergiß uns nicht, Kind. Und laßt euch nicht allzuweit von hier nieder, ja?« Er wartete auf Antwort; als sie nur lautlos die Lippen bewegte und schluckte, meinte er hastig und mit rauher Stimme: »Nun, nun, geh schön. Dein zappliger Bräutigam dort kann es kaum erwarten, loszufahren.«
Urgroßvater knirschte mit dem falschen Gebiß vor Aufregung, aber als sie sich vorbeugte und ihn küßte, sah er ihr tief in die Augen und murmelte liebevoll: »Wir sehen uns wieder, Kind, paß auf! Ich hab' ein untrügliches Gefühl, daß dies nicht das Ende ist. Gott segne dich, meine Liebe.«
Damit schob er sie von sich. Sie wandte sich zum Wagen

um und fand sich Rosie gegenüber, die neben ihrem Sohn stand. Es war ein heikler Augenblick. Langsam streckte Leo die Hand aus, die auch gleich ergriffen wurde. Zur größten Überraschung sämtlicher Familienmitglieder murmelte Rosie: »Hab' mir schon immer eine Tochter gewünscht.«
Leo betrachtete die kleine, sich stets so herrschsüchtig gebärdende Frau, die nun solche Tapferkeit bewies. Dann beugte sie sich rasch zu ihr und küßte sie auf die Wangen, ehe sie sich tränenblind umdrehte und in den Wagen einstieg.
Peter schüttelte nochmals reihum Hände und wurde von allen Seiten mit Ratschlägen überhäuft, bis er endlich zum Schluß vor seiner Mutter stand. Einen Moment verharrten die beiden stumm Aug in Auge, dann zog er sie unbeholfen in die Arme, drückte sie fest an sich und flüsterte, daß nur sie es hören konnte: »Danke, Mam!«
»Aber . . .« wehrte Rosie nur mit schwankender Stimme ab, während ihre Augen vor ungeweinten Tränen brannten. Dann trat sie zurück und sagte: »Fort mit euch, ihr beiden.«
Nachdem er hinter dem Steuer Platz genommen und den Motor in Gang gesetzt hatte, steckte sie den Kopf durchs Seitenfenster und sagte zu Leo: »Gib auf dich acht, Kind.« Um dann noch scheu hinzuzufügen: »Vielleicht kann ich euch mal besuchen, wenn ihr erst eine richtige Bleibe habt.«
»Ja, o ja!« Spontan streckte Leo die Hände über Peters Kopf hinweg nach Rosie aus.
»Versuch, ihn zum Schreiben zu bringen.« Rosie deutete mit einer Kopfbewegung auf ihren Sohn. »Er ist der faulste Briefschreiber der Welt.«
»Das werd' ich. Bestimmt! Und zwar bald.«
»Leb wohl, Junge.«
»Leb wohl, Kind.«
»Leben Sie wohl, Miß.«
»Leb wohl, Peter – mach's gut.«
»Lebt wohl, lebt wohl.«

Die Grüße wollten kein Ende nehmen, bis der Wagen anfuhr, wobei Leos Stimme noch einmal deutlich vernehmbar war: »Wiedersehen, Urgroßvater, leb wohl.«
»Leb wohl, Kind«, sagte dieser laut zu sich selbst, denn sie konnte ihn nicht mehr hören. Von beiden Seiten gestützt stand er da, als der Austin ihren Blicken entschwand. »Verlaßt euch drauf, daß wir uns wiedersehen – verlaßt euch drauf.« Seine Worte klangen klar und fest und hatten einen raschen Blickwechsel zwischen Harry und Joe zur Folge.
Das Geräusch mühsam unterdrückten Weinens veranlaßte sie, sich umzuwenden, und da sahen sie Rosie, ihre zähe Rosie, wie sie ihnen den Rücken zuwandte und sich das Herz aus dem Leibe weinte, während die Zwillinge schweigend und verwirrt neben ihr standen.
»Aber, aber, Kind! Komm, sei tapfer.« Harry ging auf sie zu, legte den Arm um ihre Schulter und meinte nachdenklich: »Es ist eine Sünde, so was zu sagen und ich wünschte, es verhielte sich anders – aber du wirst ihn in kurzer Zeit wiederhaben, früher, als du denkst. Also, komm jetzt.« Und dann fügte er mit einem einfältigen Lachen hinzu: »Schließlich hast du immer noch mich.« Ein merkwürdiger Ausdruck überzog dabei sein Gesicht und er murmelte: »Vielleicht erinnerst du dich jetzt wieder daran, daß es mich auch noch gibt, Kind, hm?«
Rosie hob langsam ihr nasses Gesicht zu ihrem Mann empor und sah ihn an. Und als er ihren Blick erwiderte, erkannte sie trotz ihrer tränenumflorten Augen, daß er etwas abgelegt hatte. War es die Eifersucht auf seinen Sohn? Einen Moment lang vergaß sie, daß sie nicht allein waren, und ein Schimmer von Zärtlichkeit glitt über ihre Züge. Dann schnupfte sie kurz auf und sagte: »Hat keinen Zweck, hier rumzustehen, nicht? Wir müssen zusehen, daß wir ihn heimbringen.«
Zusammen gingen sie hinüber zu den andern, während Rosie mit dem Taschentuch hastig ihr Gesicht abwischte und in bedauerndem Ton sagte: »Und was machen wir jetzt ohne Auto?«

Sofort blickten die drei Männer auf und betrachteten sie aufmerksam. Schließlich fragte Harry zögernd: »Tut es dir leid, Kind, daß sie weg ist?«
Rosie schüttelte leicht den Kopf und meinte: »Also, wenn du's genau wissen willst: Es will mir nicht in den Kopf, daß diese Gauner die Tankstelle gekriegt haben. Und das wird uns mit der Zeit noch bedeutend mehr leid tun, denk an meine Worte!«
»Sag's ihr jetzt, Junge.« Der Urgroßvater zwinkerte ihr zu und wiederholte kichernd: »Sag's ihr.«
»Sofort. Hört mal!« rief Harry die Zwillinge zu sich, beugte sich dann zu den beiden und sagte: »Paßt auf, lauft schnell heim und holt die Schubkarre. Wir wollen Opa damit nach Hause bringen.«
Es war, als würde der Alte im nächsten Moment explodieren. »Mich in einer Schubkarre heimschieben! Das werdet ihr nicht wagen, bei Gott! Ich lass' mich nicht so verfrachten, daß ihr's nur wißt!«
»Pst!« machte Harry beschwichtigend und legte dem Alten die Hand auf die Schulter, wobei er ihm noch obendrein zuflüsterte: »Nur, um die Rangen loszuwerden.«
»Ach so, das ist etwas anderes. Dann schick sie, um was du willst, bloß nicht um die Schubkarre.«
Harry beließ es jedoch bei dem bereits Gesagten und fügte nur hinzu: »Fort mit euch, und daß ihr euch beeilt.«
Schon stoben die beiden Knaben davon, offensichtlich quietschvergnügt über einen derartigen Auftrag. Das gab ein Hallo, wenn sie schließlich den Urgroßvater in der Schubkarre heimrollen würden.
»Also«, sagte Harry und nickte Rosie bedeutsam zu. »Ich habe eine Neuigkeit für dich.«
»Betrifft es die Tankstelle?«
»Du hast es erraten.«
Rosie sah richtig verblüfft drein. Die Tankstelle war verkauft. Peter hatte seinen Anteil und sie den ihren. Noch dazu hatte er den ihm zustehenden Betrag mitgenommen, ohne daß Harry auch nur den Versuch unternommen hätte, etwas für sich abzuzwacken. Es verhielt sich

also so, wie sie es seit Sonntag bereits vermutete: Irgend etwas war los. »Na, dann raus mit der Sprache«, sagte sie. »Was glaubst du, wieviel wir für die Tankstelle bekommen hätten, bevor das Straßenprojekt geplant war?«
»Ja, was glaubst du wohl?« echote der Großvater vergnügt.
»Acht-, vielleicht neunhundert Pfund haben die Makkenzies vorher mal geboten, und da hätten sie sich schon geschröpft gefühlt.«
»Und was habt ihr bekommen?«
»Das weißt du doch: fünfzehnhundert Pfund.«
»Eben.« Harry machte eine Pause und der Alte nickte bekräftigend. »Weil es hieß, daß die Straße hier durchgehen werde. Aber im Vertrag wurde das doch nicht erwähnt, oder? Dieser Schurke Mackenzie hat sich gehütet, auch nur im geringsten darauf hinzuweisen: Ich geb' euch fünfzehnhundert, weil die Straße gebaut wird, o nein! Weil er genau wußte, daß dann die Tankstelle gut und gern dreimal so viel wert sein würde, wie er bezahlt hat. Er ist sich unheimlich schlau dabei vorgekommen.«
»Und?« sagte Rosie höchst verwundert. »Kriegen wir denn nicht endlich eine Hauptstraße?«
»Das schon. Nur wird sie nicht durch Battenbun gehen, verstehst du?« Die drei Männer grinsten wie die Honigkuchenpferde.
»Sie wird nicht hier durchgehen?« Rosie riß die Augen auf. »Wer hat das gesagt!«
»Der Major.«
»Aber vorher hat er doch behauptet, daß es der Fall sein wird.«
»Stimmt schon. Da war es ja auch so – aber offenbar hat es sich die Baukommission inzwischen anders überlegt. Weil sie nämlich herausbekommen haben, daß bei einem Straßenbau durch Downfell Hurst eine schnurgerade Trassenführung möglich ist, während ihnen bei uns der Major einen Strich durch die Rechnung gemacht hätte. Der gibt von seinem Land keine Handbreit Boden ab, und damit wären sie in die größte Verlegenheit gekom-

men. Sie hätten die Straße nur um seinem Besitz herumlegen können, also einen gehörigen Umweg in Kauf nehmen müssen.«

»Aber – aber wird man uns denn nicht ... belangen«, fragte Rosie und sah ganz erschrocken drein.

»Belangen? Wieso denn?« fragte Harry mit der reinsten Unschuldsmiene. »Diese neue Entwicklung gelangt frühestens erst in ein, zwei Wochen an die Öffentlichkeit. So lange dürfte es dauern, bis die nächste Sitzung stattfindet. Der Major hat es mir nur deshalb gesteckt, weil er meine Niedergeschlagenheit bemerkt hat, als der Junge verkaufte. Und er selbst war es auch – wohlgemerkt! – der mir gesagt hat: ›Schließt den Vertrag getrost ab, Harry.‹ Er hat sich über die ganze Geschichte diebisch gefreut. Mackenzie wollte einen Abstellplatz für seine Lastwagen, oder? Aber was die Tankstelle betrifft, meine Liebe: Wenn die Straße nicht hier durchgeht, kommt bei uns so gut wie überhaupt kein Wagen vorbei, das ist sonnenklar. Und jetzt kann er nichts mehr rückgängig machen, überhaupt nichts. Weil alles in gutem Glauben abgemacht wurde. Das waren Mackenzies eigene Worte: ›In gutem Glauben.‹«

»Meinst du nicht, daß er behaupten wird, Peter sei nur deshalb weggegangen, um nicht belangt werden zu können?«

»Laß ihn's nur versuchen«, sagte Harry mit grimmiger Miene. »Jeder, der bis jetzt noch nicht weiß, was heute passiert ist, wird es an diesem Abend erfahren, dafür werden wir sorgen! Und ihr Herzchen von Tochter war eine von denen, die versucht haben, Leo was anzutun. Peter hat seine zukünftige Frau nur wegen der verbrecherischen Angriffe der Dorfweiber weggebracht. Das würde sich gut im Sonntagsblatt machen ... Die sollen mal versuchen, was zu unternehmen.«

Harry warf sich in die Brust. Nachdem Rosie eine Weile zu ihm aufgesehen hatte, begann es ihr erst richtig zu dämmern, und sie lachte und lachte, bis ihr der Schluckauf kam.

»So ist's recht, Kind.« Harry klopfte ihr liebevoll auf den Rücken.
»Das wird ein schöner Schock für sie sein!« Rosie grinste übers ganze Gesicht.
»Und wie sie heute früh die Nase in die Luft gereckt hat, diese Winnie Mackenzie . . .« Rosie schlug sich mit der Hand auf den Mund, um das nicht enden wollende Kichern zu unterdrücken. Dann tätschelte sie Harry die Hand und sagte: »Aber es ist gut, daß der Junge fort ist. Er hätte alles wieder rückgängig gemacht, wie ich ihn kenne.«
»Schon möglich! Deshalb waren wir ja schon so beunruhigt, verstehst du?«
Harry sah seinen Vater und seinen Großvater an, und sie nickten und konnten sich vor Begeisterung gar nicht mehr fassen. Ihr Lachen war unbändig, und Rosie stimmte aus vollem Herzen ein. Zum erstenmal lachten sie allesamt mit vereinten Kräften, und da ihnen diese Tatsache plötzlich bewußt wurde, wuchs ihre Heiterkeit nur um so mehr. Der Urgroßvater hielt sich die Seiten und wiegte sich ausgelassen hin und her. Aber im nächsten Moment lag er wie ein Häufchen Elend auf der Straße.
»Der Teufel soll sie holen, die verdammten Dinger!«
»Ach, du Ärmster, schon wieder die Beine?«
»Verdammt noch mal!«
»Wollen sie nicht?«
»Ich könnt' sie . . . oh, ich könnt' sie . . .!« Der Urgroßvater hieb auf seine nutzlosen Beine ein, dann blickte er jedoch rasch zu Harry auf und schrie: »Aber in der Schubkarre fahre ich nicht heim. Du wirst mich auf dem Rükken durch den Wald tragen. Ich mach' mich doch nicht lächerlich, das könnte euch so passen!«
»Du weißt genau, daß ich dich niemals den ganzen Weg zurücktragen könnte«, sagte Harry. »Wofür hältst du mich denn – für Samson?«
»Aber ich steig in keine Karre. Das könnt ihr nicht von mir verlangen.«

»Doch, doch. Und da kommen sie gerade damit angefahren, Gott sei Lob und Dank.«
Fluchend und laut protestierend wurde der Urgroßvater auf die Schubkarre verfrachtet und rollte, ringsum von den Mitgliedern seiner Familie gehalten, nach Hause. Als sie sich dem Dorf näherten, bohrte Rosie die Zungenspitze in die Wange und meinte mit listiger Miene zu dem Alten: »Wie wär's denn, mein Lieber, wenn du mir jetzt deine Meinung über Katie Booth und das ganze Pack sagen würdest, während wir die Dorfstraße entlangziehen? Und je langsamer wir machen, desto mehr kannst du loswerden. Was hältst du davon?«
Der Urgroßvater hörte schlagartig zu fluchen und zu protestieren auf und warf Rosie aus seinen trüben Augen einen anerkennenden Blick zu. Dann kicherte er und schrie übermütig: »Das ist eine großartige Idee, mein Kind. Etwas, womit ich völlig einverstanden bin. Nach all den Jahren hast du was hervorgebracht, womit ich hundertprozentig übereinstimme. Hundertprozentig!«